Roger Zelazny

AMBER

Hoven van Chaos
Het spel van Merlijn

W0404821

Het Spectrum

Spectrum-boeken worden in de handel gebracht door:
Uitgeverij Het Spectrum BV
Postbus 2073
3500 GB Utrecht

Published by agreement with the author and the author's agents,
Ralph M. Vicinanza, Ltd.
Omslagontwerp: Alpha Design, Leusden
Zetwerk: Elgraphic bv, Schiedam
Druk: Hentenaar, Wijk bij Duurstede
Eerste druk 1990
Tweede druk 1991
Derde druk 1992

This edition © 1990 by Het Spectrum BV
Alle rechten voorbehouden. Niets uit deze uitgave mag worden verveelvoudigd, opgeslagen in een geautomatiseerd gegevensbestand, of openbaar gemaakt, in enige vorm of op enige wijze, hetzij elektronisch, mechanisch, door fotokopieën, opnamen, of enige andere manier, zonder voorafgaande schriftelijke toestemming van de uitgever.

Voor zover het maken van kopieën uit deze uitgave is toegestaan op grond van artikel 16B Auteurswet 1912 het Besluit van 20 juni 1974, Stb. 351, zoals gewijzigd bij het Besluit van 23 augustus 1985, Stb. 471 en artikel 17 Auteurswet 1912, dient men de daarvoor wettelijk verschuldigde vergoedingen te voldoen aan de Stichting Reprorecht (Postbus 882, 1180 AW Amstelveen). Voor het overnemen van gedeelte(n) uit deze uitgave in bloemlezingen, readers en andere compilatiewerken (artikel 16 Auteurswet 1912) dient men zich tot de uitgever te wenden.

All rights reserved. No part of this book may be reproduced, stored in a database or retrieval system, or published, in any form or in any way, electronically, mechanically, by print, photoprint, microfilm or any other means without prior written permission from the publisher.

Ondanks al de aan de samenstelling van de tekst bestede zorg, kan noch de redactie noch de uitgever aansprakelijkheid aanvaarden voor eventuele schade die zou kunnen voortvloeien uit enige fout, die in deze uitgave zou kunnen voorkomen.

20-0425.03 ISBN 90 274 2482 9 NUGI 335

CIP-GEGEVENS KONINKLIJKE BIBLIOTHEEK, DEN HAAG

Hoven van Chaos

Oorspronkelijke titel: *The Courts of Chaos*
Uitgegeven door: Doubleday & Company, Inc. New York
© 1978 by Roger Zelazny
Published by agreement with Lennart Sane Agency, Malmö, Sweden
Vertaald door: Frank Klinkspoor

In 1979 verschenen als Prisma-Science-Fiction 1896, onder de titel 'De hoven van Chaos'.

Tweede druk 1990
Derde druk 1991

This translation copyright © 1979 by Het Spectrum BV
No part of this book may be reproduced in any form, by print, photoprint, microfilm or any other means without written permission from the publisher.
Niets uit deze uitgave mag worden verveelvoudigd en/of openbaar gemaakt door middel van druk, fotokopie, microfilm of op welke andere wijze ook zonder voorafgaande schriftelijke toestemming van de uitgever.

1

Amber: hoog en helder op de top van Kolvir midden op de dag. Een zwarte weg: laag en sinister door Garnath, afkomstig van Chaos in het zuiden. Ik: vloekend, ijsberend en zo nu en dan lezend in de bibliotheek van het paleis in Amber. De deur naar die bibliotheek: op slot en versperd.
De razende prins van Amber ging aan het bureau zitten, richtte zijn aandacht weer op het geopende boekdeel. Er werd op de deur geklopt.
'Ga weg!' zei ik.
'Corwin. Ik ben het – Random. Doe eens open. Ik heb je lunch nog wel meegebracht.'
'Een ogenblik.'
Ik stond weer op, liep om de schrijftafel heen, ging het vertrek door. Random knikte toen ik de deur opende. Hij droeg een dienblad, dat hij naar een tafeltje bij het bureau bracht.
'Je hebt heel wat eten bij je,' zei ik.
'Ik heb ook honger.'
'Doe er dan wat aan.'
Dat deed hij. Hij sneed voor. Hij gaf me wat vlees op een snee brood. Hij schonk wijn. We gingen zitten en aten.
'Ik weet dat je nog steeds razend bent...' zei hij na een tijdje.
'Jij niet dan?'
'Tja, misschien ben ik er meer aan gewend. Ik weet het niet, maar toch... Ja, het was wel nogal plotseling, kun je zeggen.'
'Plotseling?' Ik nam een grote teug wijn. 'Het is net als vroeger. Erger nog. Ik was eigenlijk wel op hem gesteld geraakt toen hij deed alsof hij Ganelon was. Nu hij het weer voor het zeggen heeft is hij weer net zo bazig als altijd, hij heeft ons een stel bevelen gegeven zonder de moeite te nemen iets uit te leggen en is weer verdwenen.'
'Hij zei dat hij gauw contact zou opnemen.'
'Dat zal hij de laatste keer ook wel van plan zijn geweest.'
'Dat weet ik zo net niet.'
'En hij heeft ook niets uitgelegd over zijn andere afwezig-

heid. Goed beschouwd heeft hij eigenlijk helemaal niets uitgelegd.'
'Hij zal zijn redenen hebben.'
'Ik begin het me af te vragen, Random. Denk jij ook niet dat hij eindelijk zijn verstand aan het verliezen is?'
'Hij was nog bij de tijd genoeg om jou te bedonderen.'
'Dat was een combinatie van lage dierlijke sluwheid en het vermogen om zich steeds anders voor te doen.'
'Maar het werkte wel.'
'Ja. Het werkte wel.'
'Corwin, kan het zijn dat jij niet wilt dat hij een doeltreffend plan heeft, dat jij niet wilt dat hij gelijk heeft?'
'Dat is bespottelijk. Ik wil net zo graag als ieder van ons dat deze bende wordt opgehelderd.'
'Jawel, maar zou je niet liever willen dat het antwoord uit een andere hoek kwam?'
'Waar wil je heen?'
'Jij wilt hem niet vertrouwen.'
'Dat wil ik best toegeven. Ik heb hem niet gezien – als zich zelf – sinds een verrekt lange tijd, en...'
Hij schudde zijn hoofd.
'Dat bedoel ik niet. Je bent nijdig dat hij terug is, waar of niet? Jij hoopte dat we hem voor het laatst hadden gezien.'
Ik keek de andere kant op.
'Jij je zin,' zei ik tenslotte. 'Maar niet voor een onbezette troon, of niet alléén daarvoor. Het gaat om hem, Random. Om hem. Dat is alles.'
'Dat weet ik wel,' zei hij. 'Maar je moet toegeven dat hij Brand beethad, en dat is niet gemakkelijk. Het was toch een hele prestatie jou ertoe te brengen die arm uit Tir-na Nog'th mee terug te nemen, mij op de een of andere manier zover te krijgen die arm aan Benedict door te geven, en ervoor te zorgen dat Benedict op het juiste moment op de goede plaats was, zodat alles gunstig verliep en hij het Juweel terugkreeg. Hij is ook nog altijd beter dan wij in Schaduwspel. Hij wist er bovenop Kolvir goed weg mee toen hij ons naar het oer-Patroon bracht. Ik kan dat niet. En jij ook niet. En hij zag kans Gérard te kloppen. Ik geloof niet dat hij trager wordt. Volgens mij weet hij precies wat hij doet en of we het leuk vinden of niet, volgens mij is hij de enige die de huidige situatie aankan.'
'Je wilt zeggen dat ik hem zou moeten vertrouwen?'
'Ik wil zeggen dat je geen keus hebt.'

Ik zuchtte.
'Ik denk dat je de spijker op de kop slaat,' zei ik. 'Het heeft geen zin dat ik verbitterd ben. Maar toch...'
'Zit het aanvalsbevel je dwars?'
'Ja, onder andere. Als we langer zouden wachten, zou Benedict een grotere krijgsmacht te velde kunnen brengen. Drie dagen is niet veel tijd om je voor te bereiden op zo iets als dit. Niet wanneer we zo onzeker over de vijand zijn.'
'Maar misschien zijn we dat niet. Hij heeft een hele tijd onder vier ogen met Benedict gesproken.'
'En dat is nog zo iets. Die aparte bevelen. Die geheimhouding... Hij vertrouwt ons niet meer dan nodig is!'
Random grinnikte. Ik ook.
'Goed,' zei ik. 'Misschien zou ik dat ook niet doen. Maar drie dagen om een oorlog op touw te zetten.' Ik schudde mijn hoofd. 'Het is te hopen dat hij iets weet dat wij niet weten.'
'Ik krijg de indruk dat het meer een beslissende slag is dan een oorlog.'
'Alleen heeft hij niet de moeite genomen ons te vertellen wat we beslissen.'
Random haalde zijn schouders op, schonk nog eens wijn in.
'Misschien zal hij het zeggen wanneer hij terugkomt. Jij hebt toch geen bijzondere bevelen gehad?'
'Op post blijven en wachten, dat is alles. En jij?'
Hij schudde zijn hoofd.
'Hij zei dat ik het zal weten als de tijd komt. Tegen Julian zei hij tenminste nog dat hij zich gereed moet houden om zijn troepen op staande voet te verplaatsen.'
'Oh? Blijven ze niet in Arden?'
Hij knikte.
'Wanneer zei hij dat?'
'Nadat jij vertrokken was. Hij troefde Julian hierheen om hem de boodschap te geven, en ze reden samen weg. Ik hoorde vader zeggen dat hij een eind met hem terug zou rijden.'
'Namen ze de oostelijke route over Kolvir?'
'Ja. Ik zag ze vertrekken.'
'Interessant. Wat heb ik nog meer gemist?'
Hij draaide in zijn stoel heen en weer.
'Het gedeelte dat me dwars zit,' zei hij. 'Nadat vader was opgestegen en gedag had gezwaaid, keek hij naar me om en zei: "En houd een oogje op Martin".'

'Dat is alles?'
'Dat is alles. Maar hij lachte terwijl hij het zei.'
'Gewoon natuurlijke verdenking tegen een nieuwkomer, lijkt me.'
'Maar waarom dan dat lachje?'
'Ik geef het op.'
Ik sneed een stuk kaas af en at het op.
'Toch niet zo'n slecht idee, misschien. Misschien was het geen verdenking. Misschien heeft hij het gevoel dat Martin tegen iets beschermd moet worden. Of allebei. Of geen van beide. Je weet hoe hij soms is.'
Random stond op.
'Aan de andere mogelijkheid had ik niet gedacht. Ga je nu met me mee?' zei hij. 'Je bent hier de hele ochtend geweest.'
'Goed.' Ik kwam overeind, omgordde me met Grayswandir. 'Waar is Martin eigenlijk?'
'Ik heb hem op de eerste verdieping achtergelaten. Hij stond met Gérard te praten.'
'Dan is hij in goede handen. Blijft Gérard hier, of gaat hij naar de vloot terug?'
'Ik weet het niet. Hij wilde niet over zijn bevelen praten.'
We verlieten het vertrek. We liepen naar de trap.
Op weg naar beneden hoorde ik wat tumult opstijgen en ik versnelde mijn pas.
Ik keek over de leuning en zag een drom wachters bij de ingang tot de troonzaal, samen met de massieve gestalte van Gérard. Allen stonden met de rug naar ons toe. Ik sprong de laatste treden af. Random was niet ver achter me.
Ik baande me een weg.
'Gérard, wat is er aan de hand?' vroeg ik.
'Ik mag verrekken als ik het weet,' zei hij. 'Kijk zelf maar. Maar er is geen binnenkomen aan.'
Hij ging opzij en ik nam een stap naar voren. Toen nog een. En dat was het. Het was alsof ik tegen een enigszins meegevende, volkomen onzichtbare muur duwde. Daarachter was iets te zien dat mijn herinneringen en gevoelens samenknoopte. Ik verstijfde toen vrees mijn nek omklemde, en kneep mijn handen dicht. Dat was geen kattepis.
Glimlachend had Martin een Troef nog in zijn linkerhand, en Benedict – kennelijk net opgeroepen – stond voor hem. Dichtbij, op de estrade, naast de troon, stond een meisje met afgewend gelaat. Beide mannen schenen te spreken, maar ik kon de woorden niet horen.

Tenslotte draaide Benedict zich om en scheen het meisje aan te spreken. Na een tijdje leek het erop dat ze hem antwoordde.
Martin ging links van haar staan. Benedict besteeg de estrade terwijl zij sprak. Toen kon ik haar gezicht zien. De woordenwisseling ging door.
'Dat meisje ziet er bekend uit,' zei Gérard, die naar voren was gekomen en nu naast me stond.
'Misschien heb je een glimp van haar opgevangen toen ze langs ons heenreed,' zei ik tegen hem, 'op de dag dat Eric stierf. Het is Dara.'
Ik hoorde hoe hij plotseling naar adem hapte.
'Dara!' zei hij. 'Dan heb jij...' Zijn stem stierf weg.
'Ik loog niet,' zei ik. 'Ze bestaat echt.'
'Martin!' schreeuwde Random, die rechts van me was komen staan.
'Martin! Wat is er aan de hand!'
Er kwam geen antwoord.
'Ik denk niet dat hij je kan horen,' zei Gérard. 'Deze barrière schijnt ons volledig te hebben buitengesloten.'
Random ramde naar voren, zijn handen duwend tegen iets onzichtbaars.
'Laten we hem allemaal tegelijk een zet geven,' zei hij.
Dus ik probeerde het nog eens. Ook Gérard wierp zijn gewicht tegen de onzichtbare muur.
Na een halve minuut zonder succes gaf ik het op.
'Gaat niet,' zei ik. 'We krijgen er geen beweging in.'
'Wat is dat verdomme voor een ding?' vroeg Random. 'Wat houdt...'
Ik had een vaag vermoeden gehad – maar meer ook niet – van wat er aan de hand kon zijn. En dat alleen vanwege het *déjà vu*-karakter van het hele tafereel. Maar nu... Nu klemde ik mijn hand om mijn schede, om me ervan te verzekeren dat Grayswandir nog steeds aan mijn zijde hing.
Dat deed hij.
Hoe kon ik dan de aanwezigheid van mijn karakteristieke zwaard verklaren, met zijn doorwrochte lijnenspel dat voor allen zichtbaar schitterde, dat daar hing waar hij plots was verschenen, zonder steun, in de lucht voor de troon, zijn punt haast op Dara's keel?
Dat kon ik niet.
Maar het was te identiek met wat er die nacht in de droomstad in de hemel, Tir-na Nog'th, was gebeurd, om een sa-

menloop van omstandigheden te zijn. Hier ontbraken de misleidende omstandigheden – de duisternis, de verwarring, de zware schaduwen, de onstuimige emoties die ik had ondergaan – maar toch zag het tafereel er bijna net zo uit als het die nacht was geweest. Het was bijna hetzelfde. Maar niet helemaal. Benedicts houding klopte niet helemaal – verder terug, zijn lichaam in een andere hoek.

Omdat ik haar lippen niet kon lezen, vroeg ik me af of Dara dezelfde vreemde vragen stelde. Ik betwijfelde het. Het tableau – gelijk, ongelijk aan dat wat ik ervaren had – was waarschijnlijk aan het andere uiteinde gekleurd – dat wil zeggen, als er al enig verband bestond – door de effecten die de krachten van Tir-na Nog'th toen op mij hadden gehad.

'Corwin,' zei Random, 'dat lijkt wel Grayswandir die voor haar hangt.'

'Dat is zo,' zei ik. 'Maar zoals je kunt zien, draag ik mijn zwaard.'

'Er kan niet nog net zo'n zwaard zijn... of wel? Weet jij wat er aan de hand is?'

'Ik begin te geloven van wel,' zei ik.

'Wat het ook is, ik ben niet bij machte er een eind aan te maken.'

Plotseling vloog Benedicts zwaard uit de schede en bond de strijd aan met het andere dat zo op het mijne leek. Een ogenblik daarna bevocht hij een onzichtbare tegenstander.

'Jaag hem naar de hel, Benedict!' schreeuwde Random.

'Het heeft geen zin,' zei ik. 'Hij staat op het punt ontwapend te worden.'

'Hoe kun jij dat weten?' vroeg Gérard.

'Op de een of andere manier ben ík dat daarbinnen die met hem vecht,' zei ik. 'Dit is het andere uiteinde van mijn droom in Tir-na Nog'th. Ik weet niet hoe hij het klaargespeeld heeft, maar dit is de prijs voor Pa's terugvordering van het Juweel.'

'Ik kan je niet volgen,' zei hij.

Ik schudde mijn hoofd.

'Ik pretendeer niet te begrijpen hoe het in zijn werk gaat,' zei ik tegen hem. 'Maar we zullen niet kunnen binnengaan totdat twee dingen uit dat vertrek verdwenen zijn.'

'Welke twee dingen?'

'Kijk maar.'

Benedicts zwaard was van de hand verwisseld, en zijn blinkende prothese schoot naar voren en zocht een ongezien

doelwit. De twee zwaarden pareerden elkaar, stootten op elkaar, duwden, hun punten naar het plafond bewegend. Benedicts rechterhand bleef zich spannen.
Opeens was het Grayswandir-zwaard vrij en het bewoog zich langs het andere heen. Het gaf een verschrikkelijke slag op Benedicts rechterarm op de plaats waar het metalen gedeelte zich ermee verenigde.
Toen draaide Benedict zich om en de handeling was enkele ogenblikken aan onze waarneming onttrokken.
Toen hadden we er weer duidelijk zicht op, omdat Benedict zich op een knie liet zakken en zich omdraaide. Hij greep naar de stomp van zijn arm. De mechanische hand/arm hing in de lucht vlak bij Grayswandir. Hij verwijderde zich van Benedict en daalde neer, net als het zwaard. Toen ze beide de vloer bereikten, kwamen ze er niet op neer maar gingen er doorheen, om uit het gezicht te verdwijnen.
Ik struikelde naar voren, herstelde mijn evenwicht, liep het vertrek in. De barrière was verdwenen.
Martin en Dara bereikten Benedict voor ons. Dara had al een reep van haar mantel gescheurd en was doende Benedicts stomp te verbinden toen Gérard, Random en ik daar aankwamen.
Random greep Martin bij de schouder en draaide hem naar zich toe.
'Wat gebeurde er?' vroeg hij.
'Dara... Dara zei dat ze Amber wilde zien,' zei hij. 'Omdat ik hier nu woon, ging ik ermee akkoord haar door te halen en rond te leiden. Toen...'
'Haar door te halen? Je bedoelt met een Troef?'
'Eh, ja.'
'Jouw of haar Troef?'
Martin beet op zijn onderlip.
'Tja, zie je...'
'Geef me die kaarten,' zei Random, en hij graaide het etui van Martins gordel. Hij opende het en begon ze stuk voor stuk te onderzoeken.
'Toen kwam het bij me op om het aan Benedict te vertellen, omdat hij in haar geïnteresseerd was,' ging Martin verder. 'Toen wilde Benedict komen om te zien...'
'Sodeju!' zei Random. 'Er is er één van jou, één van haar, en één van een knul die ik van mijn leven nog niet gezien heb! Hoe kom je aan die kaarten?'
'Laat ze mij eens zien,' zei ik.

Hij overhandigde me de drie kaarten.
'Wel?' zei hij. 'Was het Brand? Hij is de enige die ik ken die nu Troeven kan maken.'
'Ik zou niets met Brand te maken willen hebben,' antwoordde Martin, 'ik zou hem alleen willen doden.'
Maar ik wist al dat ze niet van Brand waren. Ze waren gewoon niet in zijn stijl. En ze waren ook niet in de stijl van iemand wiens werk ik kende. Ik dacht op dat moment echter niet in de eerste plaats aan stijl. Ik lette meer op de trekken van de derde persoon, degene die Random nooit eerder had gezien, zoals hij had gezegd. Ik wel. Ik keek naar het gezicht van de jongeman die zich voor de Hoven van Chaos met een kruisboog tegenover me had gesteld, me herkende en er toen van afzag te schieten. Ik stak de kaart uit.
'Martin, wie is dit?' vroeg ik.
'De man die deze extra-Troeven heeft gemaakt,' zei hij. 'Hij tekende er één van zichzelf terwijl hij ermee bezig was. Ik weet niet hoe hij heet. Hij is een vriend van Dara.'
'Je liegt,' zei Random.
'Laat Dara het ons dan vertellen,' zei ik, en ik wendde me tot haar.
Ze knielde nog steeds naast Benedict, maar ze had zijn arm gezwachteld en hij zat nu overeind.
'Hoe zit het?' zei ik, terwijl ik met de kaart naar haar zwaaide. 'Wie is deze man?'
Ze wierp een blik op de kaart, toen omhoog naar mij.
'Weet je het werkelijk niet?' zei ze.
'Zou ik het vragen als ik het wist?'
'Kijk dan nog maar eens en ga dan eens voor een spiegel staan. Hij is net zo goed jouw zoon als de mijne. Hij heet Merlijn.'
Ik word niet licht van mijn stuk gebracht, maar dit was bepaald niet licht. Ik voelde me draaierig. Maar mijn gedachten gingen snel. Met de vereiste tijddifferentiaal was het mogelijk.
'Dara,' zei ik, 'wat wil jij?'
'Toen ik het Patroon ging heb ik je gezegd,' zei ze, 'dat Amber vernietigd moet worden. Ik wil daar mijn rechtmatig deel in hebben.'
'Mijn oude cel zul je hebben,' zei ik. 'Nee, die daarnaast. Wachters!'
'Corwin, het is in orde,' zei Benedict, overeind komend. 'Het is niet zo erg als het klinkt. Ze kan alles verklaren.'

'Dan moet ze heel snel zijn.'
'Nee. Onder elkaar. Alleen familie.'
Ik wuifde de wachters terug die op mijn roep waren toegesneld.
'Heel goed. Laten we de vergadering verleggen naar een van de vertrekken boven de hal.'
Hij knikte, en Dara pakte zijn linkerarm. Random, Gérard, Martin en ik volgden hen naar buiten. Ik keek nog eenmaal om naar de lege plaats waar mijn droom was uitgekomen.

2

Ik reed over de kam van Kolvir en steeg af toen ik bij mijn graftombe kwam.
Ik ging naar binnen en opende de kist. Hij was leeg. Goed.
Ik begon het me af te vragen. Ik had half en half verwacht dat ik me zelf zou zien liggen, het bewijs dat ik ondanks tekenen en intuïties op de een of andere manier in de verkeerde schaduw was verdwaald.
Ik ging terug naar buiten en wreef Sters neus. De zon scheen en er stond een kille bries. Ik voelde een plotseling verlangen om naar zee te gaan. In plaats daarvan ging ik op de bank zitten en haspelde met mijn pijp.
We hadden gepraat. Met haar benen onder zich op de bruine sofa, had Dara geglimlacht en het relaas herhaald van haar afstamming van Benedict en Lintra, de hellemaagd, van haar opgroeien in en rondom de Hoven van Chaos, ruwweg gezegd een niet-euclidisch rijk waar de tijd zelf voor vreemde verdelingsproblemen zorgde.
'De dingen die je me vertelde toen we elkaar ontmoetten waren leugens,' zei ik. 'Waarom zou ik je nu wel geloven?'
Ze had geglimlacht en haar vingernagels bestudeerd.
'Ik moest toen wel tegen je liegen,' legde ze uit, 'om te krijgen wat ik van je wilde.'
'En dat was...?'
'Kennis, van de familie, het Patroon, de Troeven, van Amber. Om jouw vertrouwen te winnen. Om een kind van je te krijgen.'
'Zou de waarheid niet net zo goed geweest zijn?'
'Nauwelijks. Ik kom van de vijand. Mijn redenen om deze dingen te willen waren niet van het soort dat jij zou goedkeuren.'
'Je bedrevenheid met het zwaard...? Toen vertelde je me dat Benedict je had geoefend.'
Weer glimlachte ze en in haar ogen verschenen donkere vuren.
'Ik leerde van de grote Hertog Borel zelf, een Hoge Heer van Chaos.'

'...en je uiterlijk,' zei ik. 'Het veranderde een paar keer toen ik je het Patroon zag gaan. Hoe? En ook, waarom?'
'Allen die hun oorsprong in Chaos vinden hebben het vermogen van gedaante te veranderen,' antwoordde ze.
Ik dacht aan Dworkins kunststukje in de nacht dat hij mijn lichaam had aangenomen.
Benedict knikte.
'Pa had ons beet met zijn Ganelon-vermomming.'
'Oberon is een zoon van Chaos,' zei Dara, 'een rebelse zoon van een rebelse vader. Maar het vermogen is er nog steeds.'
'Hoe komt het dan dat wij het niet kunnen?' vroeg Random.
Ze haalde haar schouders op.
'Heb je het ooit geprobeerd? Misschien kun je het wel. Aan de andere kant, het kan wel uitgestorven zijn met jullie generatie. Ik weet het niet. Maar wat me zelf betreft, ik heb bepaalde favoriete gedaanten waarop ik in tijden van nood terugval. Ik groeide op in een oord waar dit regel was, waar de andere gedaante in feite soms overheersend was. Het is nog steeds een reflex in me. Daar ben jij getuige van geweest – die dag.'
'Dara,' zei ik, 'waarom wilde je die dingen die je net opsomde – kennis van de familie, het Patroon, de Troeven, Amber? En een zoon?'
'Goed.' Ze zuchtte. 'Goed. Jullie zijn je nu toch bewust van Brands plannen – de verwoesting en wederopbouw van Amber...?'
'Ja.'
'Dat leidde tot onze eendracht en samenwerking.'
'Inclusief de moord op Martin?' vroeg Random.
'Nee,' zei ze. 'We wisten niet wie hij wilde gebruiken als – agens.'
'Zou het je hebben tegengehouden als je het had geweten?'
'Je stelt een hypothetische vraag,' zei ze. 'Geef er zelf maar antwoord op. Ik ben blij dat Martin nog leeft. Dat is alles wat ik erover kan zeggen.'
'Goed,' zei Random. 'Vertel ons hoe het met Brand zat.'
'Hij was in staat met onze leiders in contact te komen door middel van methoden die hij van Dworkin had geleerd. Hij had ambities. Hij had kennis, macht nodig. Hij bood aan te onderhandelen.'
'Wat voor kennis?'
'Om te beginnen wist hij niet hoe hij het Patroon moest vernietigen...'

'Dan was *jij* dus verantwoordelijk voor wat hij deed,' zei Random.
'Als je het zo wilt bekijken.'
'Dat wil ik zeker.'
Ze haalde haar schouders op, keek naar mij.
'Willen jullie dit verhaal horen?'
'Ga verder.' Ik wierp een blik op Random en hij knikte.
'Brand kreeg wat hij wilde,' zei ze, 'maar hij werd niet vertrouwd. Er werd gevreesd dat hij het niet bij het gezag over een Amber-nieuwe-stijl zou laten, wanneer hij eenmaal de macht zou hebben om de wereld naar zijn willekeur te vormen. Hij zou proberen zijn heerschappij evenzeer over Chaos uit te breiden. Een verzwakt Amber was wat begeerd werd, zodat Chaos sterker zou zijn dan het nu is – het bereiken van een nieuw evenwicht, waardoor wij meer van de schaduwlanden die tussen onze rijken liggen in onze macht zouden krijgen. Al heel lang geleden werd ingezien dat de twee koninkrijken nooit kunnen samensmelten, en dat evenmin één van beide vernietigd kan worden, zonder ook alle processen te verstoren die tussen ons stromen. Totale stilstand of volledige chaos zou het resultaat zijn. Maar toch, ook al werd gezien wat Brand van plan was, kwamen onze leiders met hem tot een vergelijk. Het was de beste gelegenheid die zich in eeuwen had voorgedaan. Die moesten we aangrijpen. We waren van mening dat Brand onder de duim gehouden kon worden, en tenslotte vervangen, wanneer de tijd kwam.'
'Dus jullie waren ook een dubbel spel van plan,' zei Random.
'Niet als hij zijn woord hield. Maar we wisten wel dat hij dat niet zou doen. Dus we troffen onze maatregelen voor de stap tegen hem.'
'Hoe?'
'We zouden hem toestaan zijn doel te bereiken en hem dan vernietigen. Hij zou worden opgevolgd door een lid van de koninklijke familie van Amber die ook van het eerste geslacht van de Hoven was, iemand die bij ons was grootgebracht en voor de positie opgeleid. Merlijn is zelfs aan beide kanten met Amber verbonden, door mijn voorouder Benedict en in rechtstreekse afstamming van jou zelf – de twee meest begunstigde pretendenten voor jullie troon.'
'Ben jij van het koninklijk huis van Chaos?'
Ze glimlachte.

Ik stond op. Liep met grote passen weg. Staarde naar de as op het haardrooster.
'Ik vind het tamelijk bedroevend betrokken te zijn geweest bij een vooropgezet teelproject,' zei ik tenslotte. 'Maar hoe het ook zij, en alles wat je hebt gezegd voor waar aannemend – voor het ogenblik – waarom vertel je ons nu al deze dingen?'
'Omdat,' zei ze, 'ik vrees dat de heren van mijn rijk voor hun hersenschim even ver zouden gaan als Brand voor het zijne. Nog verder, misschien. Dat evenwicht waar ik het over had. Weinigen schijnen goed te beseffen hoe fijngevoelig dat is. Ik heb in de schaduwlanden dicht bij Amber gereisd, en ik heb in Amber zelf gewandeld. Ik heb ook de schaduwen gekend die aan de kant van Chaos liggen. Ik heb vele mensen ontmoet en vele dingen gezien. Toen ik Martin ontmoette en met hem sprak, kreeg ik het gevoel dat de veranderingen die naar mij was verteld ten gunste zouden zijn, niet eenvoudig zouden resulteren in een Amber-nieuwe-stijl dat meer naar de smaak van mijn oudsten was. In plaats daarvan zouden ze van Amber niet meer dan een uitbreiding van de Hoven maken, de meeste schaduwen zouden wegzieden en met Chaos versmelten. Amber zou een eiland worden. Sommige van mijn eersten die nog steeds niet kunnen verkroppen dat Dworkin Amber heeft geschapen trachten werkelijk terug te keren naar de dagen voordat dit gebeurde. Totale Chaos, waaruit alle dingen ontstonden. Ik geef de voorkeur aan de huidige toestand en ik wil hem in stand houden. Mijn wens is dat geen van beide partijen als overwinnaar uit een conflict te voorschijn komt.'
Ik draaide me op tijd om om Benedict zijn hoofd te zien schudden.
'Dan sta jij achter geen van beide partijen,' stelde hij vast.
'Ik denk liever dat ik achter beide sta.'
'Martin,' zei ik, 'zit jij met haar in dit komplot?'
Hij knikte.
Random lachte.
'Jullie tweeën? Tegen Amber zowel als de Hoven van Chaos? Wat hopen jullie te bereiken? Hoe zijn jullie van plan deze opvatting van evenwicht te bevorderen?'
'We zijn niet alleen,' zei ze, 'en het plan is niet van ons.'
Haar vingers tastten in haar zak. Er glinsterde iets toen ze haar hand terugtrok. Ze draaide het in het licht. Het was de zegelring van onze vader die ze vasthield.

'Hoe kom je daaraan?' vroeg Random.
'Ligt dat niet voor de hand?'
Benedict liep naar haar toe en stak zijn hand uit. Ze gaf hem de ring. Hij bekeek hem nauwkeurig.
'Het *is* zijn ring,' zei hij. 'Hij heeft de kleine groeven op de rug, die ik eerder heb gezien. Waarom heb jij hem?'
'In de eerste plaats om jullie ervan te overtuigen dat ik juist handel wanneer ik zijn bevelen overbreng,' zei ze.
'Maar hoe ken jij hem dan?' vroeg ik.
'Ik ontmoette hem gedurende zijn – moeilijkheden – een tijdje geleden,' vertelde ze ons. 'In feite kun je zeggen dat ik hem hielp zich ervan te verlossen. Dat gebeurde nadat ik Martin had ontmoet, en ik was geneigd sympathieker tegenover Amber te staan. Maar bovendien is jullie vader ook een charmante man met veel overredingskracht. Ik besloot dat ik niet zomaar werkloos kon toezien hoe hij door mijn verwanten gevangen werd gehouden.'
'Weet je hoe hij gevangen is genomen?'
Ze schudde haar hoofd.
'Ik weet alleen dat Brand zijn aanwezigheid in een schaduw bewerkstelligde, die zo ver van Amber was dat hij daar gepakt kon worden. Ik geloof dat het iets was met een nepspeurtocht naar een niet-bestaand magisch werktuig dat het Patroon kon herstellen. Hij beseft nu dat alleen het Juweel dat kan doen.'
'Jouw hulp bij zijn ontsnapping... Welk gevolg had dat voor jouw verhouding met je eigen volk?'
'Een verrekt slecht gevolg,' zei ze. 'Ik ben tijdelijk zonder woonplaats.'
'En nu wil je er hier één?'
Ze glimlachte weer.
'Dat hangt ervan af hoe de dingen zich ontwikkelen. Als mijn volk zijn zin krijgt, ga ik net zo lief terug – of blijf ergens in schaduwen, als daar al iets van overblijft.'
Ik haalde een Troef uit het pak, keek ernaar.
'En Merlijn? Waar is hij nu?'
'Zij hebben hem,' zei ze. 'Ik ben bang dat hij nu aan hun kant staat. Hij is op de hoogte van zijn afkomst, maar zij hebben zijn opvoeding heel lang in handen gehad. Ik weet niet of we hem daar weg zouden kunnen krijgen.'
Ik hield de Troef voor mijn ogen, staarde ernaar.
'Zinloos,' zei ze. 'Tussen hier en daar zal hij niet functioneren.'

Ik herinnerde me hoe moeilijk Troefcommunicatie was geweest toen ik aan de randen van dat oord had gestaan. Ik probeerde het toch.

De kaart werd koud in mijn hand en ik concentreerde me.

Er was de heel zwakke flikkering van een reagerende aanwezigheid. Ik verhevigde mijn inspanningen.

'Merlijn, dit is Corwin,' zei ik. 'Hoor je me?'

Ik dacht een antwoord te horen. Het leek op: 'Ik kan niet...'

En toen niets meer. De kaart verloor zijn kilheid.

'Bereikte je hem?' vroeg ze.

'Ik weet het niet zeker,' zei ik. 'Maar ik geloof het wel.'

'Dat is beter dan ik dacht,' zei ze. 'Of de omstandigheden zijn gunstig of jullie lijken erg op elkaar.'

'Toen je met Pa's zegelring om je heen begon te zwaaien had je het over bevelen,' zei Random. 'Wat voor bevelen? En waarom zendt hij ze via jou?'

'Dat is een kwestie van timing.'

'Timing? Belachelijk! Hij is net deze ochtend vertrokken!'

'Hij moest wat afmaken voordat hij klaar was voor iets anders. Hij had er geen idee van hoe lang het zou duren. Maar ik had het contact met hem voordat ik hier kwam - ook al was ik nauwelijks voorbereid op de ontvangst die me ten deel viel - en hij is nu gereed om met de volgende fase te beginnen.'

'Waar heb je met hem gesproken?' vroeg ik. 'Waar is hij?'

'Ik heb er geen idee van waar hij is. Hij nam contact met mij op.'

'En...?'

'Hij wil dat Benedict ogenblikkelijk aanvalt.'

Eindelijk sprong Gérard op uit de reusachtige armstoel waarin hij had zitten luisteren. Hij kwam overeind, haakte zijn duimen achter zijn gordel en keek op haar neer.

'Een bevel zoals dat zou rechtstreeks van Pa moeten komen.'

'Daar komt het ook vandaan,' zei ze.

Hij schudde zijn hoofd.

'Het slaat nergens op. Waarom zou hij liever contact met jou opnemen dan met een van ons - we hebben tenslotte weinig reden om jou te vertrouwen.'

'Ik geloof niet dat hij jullie op het moment kan bereiken. Aan de andere kant, hij was wel in staat mij te bereiken.'

'Waarom?'

'Hij gebruikte geen Troef. Hij gebruikte een weerkaatsings-

effect van de zwarte weg, net zo iets als het middel waarmee Brand ooit aan Corwin ontsnapte.'
'Je weet een heleboel van wat zich hier heeft afgespeeld.'
'Dat weet ik ook. Ik heb nog altijd bronnen in de Hoven, en Brand transporteerde zich zelf daarheen na jullie worsteling. Ik hoor wel eens wat.'
'Weet je waar onze vader nu is?' vroeg Random.
'Nee, dat weet ik niet. Maar ik geloof dat hij naar het ware Amber is gereisd om met Dworkin te beraadslagen en om de schade aan het oer-Patroon opnieuw te onderzoeken.'
'Met welk doel?'
'Geen idee. Waarschijnlijk om de gedragslijn vast te stellen die hij zal volgen. Het feit dat hij contact met mij opnam en bevel gaf tot de aanval betekent zeer waarschijnlijk dat hij tot een besluit is gekomen.'
'Hoe lang geleden was deze communicatie?'
'Maar een paar uur – mijn tijd. Maar ik was ver weg van hier in Schaduw. Ik weet niet wat de tijddifferentiaal is. Daar ben ik nog niet in thuis.'
'Dus het zou wel eens heel recent kunnen zijn. Misschien pas een paar ogenblikken geleden,' piekerde Gérard. 'Waarom sprak hij liever met jou dan met een van ons? Ik geloof niet dat hij ons niet kon bereiken als hij dat wilde.'
'Misschien om duidelijk te maken dat hij welwillend op mij neerziet,' zei ze.
'Het kan allemaal best waar zijn,' stelde Benedict vast. 'Maar ik verroer geen vin zonder een bevestiging van dat bevel.'
'Is Fiona nog steeds bij het oer-Patroon?' vroeg Random.
'Volgens de laatste berichten,' vertelde ik hem, 'had ze daar haar kamp opgeslagen. Ik begrijp wat je bedoelt...'
Ik zocht Fi's kaart uit het pak.
'Er waren meerderen van ons voor nodig om vandaar door te komen,' merkte hij op.
'Dat is waar. Geef me dan maar een hand.'
Hij kwam overeind, ging naast mij staan. Benedict en Gérard kwamen ook naderbij.
'Dit is niet echt noodzakelijk,' protesteerde Dara.
Ik negeerde haar en concentreerde me op de fijnbesneden gelaatstrekken van mijn roodharige zuster. Enkele ogenblikken later hadden we contact.
'Fiona,' vroeg ik, terwijl ik uit de achtergrond opmaakte dat ze nog steeds verblijf hield bij het hart der dingen, 'is Pa daar?'

'Ja,' zei ze, met een gespannen lachje. 'Hij is binnen met Dworkin.'
'Luister, dit is heel dringend. Ik weet niet of je Dara kent, maar zij is hier...'
'Ik weet wie zij is, maar ik heb haar nooit ontmoet.'
'Hoe dan ook, zij beweert dat ze een aanvalsbevel voor Benedict heeft, van Pa. Ze heeft zijn zegelring om het te staven, maar hij heeft hier niet eerder over gesproken. Weet jij er iets vanaf?'
'Nee,' zei ze. 'We hebben elkaar alleen gedag gezegd toen hij en Dworkin hier een tijdje geleden buiten waren om naar het Patroon te kijken, dat is alles. Maar ik had toen wel enkele verdenkingen, en dit bevestigt ze.'
'Verdenkingen? Wat bedoel je?'
'Ik denk dat Pa gaat proberen het Patroon te herstellen. Hij heeft het Juweel bij zich, en ik heb een paar opmerkingen afgeluisterd die hij tegen Dworkin maakte. Als hij die poging waagt, zullen ze zich er in de Hoven van Chaos bewust van zijn zodra hij begint. Ze zullen proberen hem tegen te houden. Ik vermoed dat hij als eerste wil toeslaan om ze bezig te houden. Alleen...'
'Wat?'
'Het wordt zijn dood, Corwin. Zoveel weet ik er wel van. Of hij slaagt of faalt, hij zal in het proces vernietigd worden.'
'Ik kan het nauwelijks geloven.'
'Dat een koning zijn leven voor het rijk zou opofferen?'
'Dat Pa dat zou doen.'
'Dan is hij ofwel veranderd ofwel je hebt hem nooit werkelijk gekend. Maar ik geloof beslist dat hij het gaat proberen.'
'Waarom stuurt hij dan zijn laatste bevel bij monde van iemand van wie hij weet dat we haar niet werkelijk vertrouwen?'
'Om duidelijk te maken dat hij wil dat jullie haar vertrouwen, zou ik zeggen, wanneer hij het eenmaal heeft bevestigd.'
'Het lijkt me een omslachtige handelwijze, maar ik ben met je eens dat we niet moeten handelen zonder die bevestiging. Kun jij die voor ons krijgen?'
'Ik zal het proberen. Zodra ik met hem heb gesproken, kom ik bij jullie terug.'
Ze verbrak het contact.
Ik wendde me tot Dara, die alleen onze kant van het gesprek had gehoord.

'Weet jij wat Pa nu gaat doen?' vroeg ik haar.
'Het heeft iets met de zwarte weg te maken,' zei ze. 'Daar heeft hij op gezinspeeld. Maar wat of hoe, heeft hij niet gezegd.'
Ik wendde me af. Ik ordende mijn kaarten en deed ze in hun etui. Ik was niet gelukkig met deze wending der gebeurtenissen. Deze hele dag was verkeerd begonnen, en sindsdien was het alleen maar bergafwaarts gegaan. En het was bovendien pas kort na lunchtijd. Ik schudde mijn hoofd. Toen ik met Dworkin had gesproken, had hij de resultaten van eventuele pogingen om het Patroon te herstellen beschreven, en die hadden me nogal ijselijk in de oren geklonken. Stel dat Pa het probeerde, faalde, en de dood vond bij de poging? Waar waren wij dan? Precies waar we nu waren, alleen zonder leider, op de vooravond van de slag – en met het opvolgingsprobleem weer opgerakeld. Die hele afschuwelijke toestand zou in onze achterhoofden blijven spelen terwijl we ten strijde trokken, en we zouden allemaal onze privé-voorbereidingen treffen om elkaar opnieuw te bestrijden zodra we met de huidige vijand hadden afgerekend.
Er moest een andere manier zijn om de zaken aan te pakken. Beter een levende Pa op de troon dan een wederopleving van de opvolgingsintriges.
'Waar wachten we nog op?' vroeg Dara. 'Bevestiging?'
'Ja,' antwoordde ik.
Random begon te ijsberen. Benedict ging zitten en keurde het verband om zijn arm. Gérard leunde tegen de schoorsteenmantel. Ik bleef staan en dacht na. Op dat moment kwam een idee bij me op. Ik verdrong het onmiddellijk, maar het kwam terug. Ik vond het helemaal geen leuk idee, maar dat was niet vanwege de praktische onuitvoerbaarheid. Maar ik zou wel snel moeten optreden voordat ik de kans kreeg om me zelf tot een ander standpunt over te halen. Nee. Hier bleef ik bij. Verdomme!
Daar was de sensatie van contact. Ik wachtte. Enkele ogenblikken later aanschouwde ik Fiona weer. Ze stond in een bekende plaats die ik binnen enkele seconden herkende: Dworkins zitkamer, aan de andere kant van de zware deur achterin de grot. Pa en Dworkin waren allebei bij haar.
Pa had zijn Ganelon-vermomming afgelegd en was weer zijn oude zelf. Ik zag dat hij het Juweel droeg.
'Corwin,' zei Fiona, 'het is waar. Pa heeft Dara wel degelijk

met het aanvalsbevel naar jullie toegestuurd en hij verwachtte deze eis van bevestiging. Ik...'
'Fiona, haal me door.'
'Wat?'
'Je hebt me gehoord. Nu!'
Ik stak mijn rechterhand uit. Ze reikte naar me en we raakten elkaar aan.
'Corwin!' schreeuwde Random. 'Wat gebeurt er?'
Benedict sprong op. Gérard kwam al op me af.
'Jullie zullen er binnenkort meer over horen,' zei ik, en ik stapte naar voren.
Voordat ik losliet kneep ik in haar hand en glimlachte.
'Bedankt, Fi. Hallo, Pa. Ha, Dworkin. Hoe gaat het?'
Ik wierp een blik op de zware deur, zag dat hij openstond. Toen ging ik langs Fiona heen en liep naar hen toe. Pa had zijn hoofd gebogen, zijn ogen tot spleetjes geknepen. Ik kende die blik.
'Wat betekent dit, Corwin? Je bent hier zonder verlof,' zei hij. 'Ik heb dat vervloekte bevel bevestigd, nu verwacht ik dat het uitgevoerd wordt...'
'Dat zal ook gebeuren,' zei ik knikkend. 'Ik ben hier niet gekomen om daarover te twisten.'
'Waarom dan wel?'
Ik kwam dichterbij, zowel mijn woorden als de afstand berekenend. Ik was blij dat hij was blijven zitten.
'Een tijd lang reden we als kameraden,' zei ik. 'Ik mag verrekken als ik toen niet op je gesteld raakte. En je weet dat dat nog nooit eerder was gebeurd. Ik heb nooit voldoende lef gehad om je dat te zeggen, maar je weet dat het waar is. Ik mag graag denken dat het zo had kunnen zijn, als we ten opzichte van elkaar niet waren wat we zijn.' Gedurende een ondeelbaar moment scheen zijn blik te verzachten terwijl ik mijn positie koos. Toen vervolgde ik: 'In ieder geval geloof ik liever op die manier in je dan op deze, omdat er iets is dat ik anders nooit voor je gedaan zou hebben.'
'Wat dan?' vroeg hij.
'Dit.'
Ik greep het Juweel met een omhoogzwaaiende beweging en snaaide de ketting van zijn hoofd. Toen draaide ik om mijn as en stormde naar de overkant van het vertrek en door de deuropening. Met een klap trok ik hem achter me op slot. Ik zag geen kans hem van buiten te barricaderen, dus ik rende verder, me de route door de grot weer voor de geest halend

van die nacht dat ik Dworkin was gevolgd. Achter me hoorde ik het verwachte gebulder.
Ik volgde de kronkelingen. Ik struikelde maar één keer. Wixers geur hing nog zwaar in zijn leger. Ik zwoegde voort en na een laatste draaiing zag ik daglicht voor me.
Ik stormde erop af, terwijl ik onder het gaan de ketting van het Juweel over mijn hoofd liet glijden. Ik voelde hem op mijn borst vallen, ik richtte mijn gedachten erop. Er klonken echo's in de grot achter me.
Buiten!
Ik sprintte op het Patroon af, voelend door het Juweel, het tot een extra zintuig makend. Buiten Pa of Dworkin was ik de enige die er volledig op afgestemd was. Dworkin had me verteld dat het Patroon kon worden hersteld door iemand die in zo'n staat van afstemming het Grote Patroon zou gaan, door bij elke kruising de vlek weg te branden en te vervangen door entstof van het beeld van het Patroon dat hij in zich droeg, aldus de zwarte weg uitwissend. Beter ik dan Pa, dan. Ik had nog steeds het gevoel dat de zwarte weg iets van zijn definitieve vorm ontleende aan de kracht die mijn vervloeking van Amber hem gegeven had. Ook dat wilde ik ongedaan maken. Pa was toch veel beter in staat om na de oorlog de brokken te lijmen dan ik ooit zou kunnen. Op dat moment realiseerde ik me dat ik de troon niet langer wilde. Zelfs als hij beschikbaar was, was het vooruitzicht om me alle saaie eeuwen die misschien voor me lagen aan de bewindvoering van het koninkrijk te wijden overweldigend. Misschien koos ik de weg van de minste weerstand als ik bij deze poging stierf. Eric was dood, en ik haatte hem niet meer. Het andere dat me had voortgedreven – de troon – bleek nu alleen maar begerenswaardig geweest te zijn omdat ik had gedacht dat hij hem zo graag wilde. Ik zag van beide af. Wat bleef er dan over? Ik had Vialle uitgelachen, daarna had ik het me zelf afgevraagd. Maar ze had gelijk gehad. De oude soldaat in mij was het sterkst. Het was een kwestie van plicht. Maar niet alleen plicht. Er was meer...
Ik bereikte de rand van het Patroon, rende snel naar het begin. Ik wierp een blik over mijn schouder naar de grotopening. Pa, Dworkin, Fiona – geen van hen was tot nu toe verschenen.
Goed. Ze konden nooit op tijd komen om me tegen te houden. Wanneer ik eenmaal het Patroon betrad, zou het te laat

voor ze zijn om nog iets anders te doen dan afwachten en toekijken. Gedurende een vluchtig moment dacht ik aan Iago's ontbinding, verdrong de gedachte, spande me in mezelf tot de voor de onderneming noodzakelijke kalmte te brengen, herinnerde me mijn gevecht met Brand op deze plaats en zijn vreemde verdwijning, verdrong ook dat, vertraagde mijn ademhaling, bereidde me voor.
Een zekere lethargie kwam over me. Het was tijd om te beginnen, maar ik hield me even in, terwijl ik probeerde mijn aandacht volledig op de grootste taak die voor mij lag, te vestigen. Heel even draaide het Patroon voor mijn ogen. Nu! Verdomme! Nu! Geen voorbereidingen meer! Begin, hield ik me zelf voor. Loop!
Maar ik stond daar nog steeds, en beschouwde het Patroon als in een droom. Een tijd lang vergat ik me zelf terwijl ik ernaar keek. Het Patroon, met zijn lange zwarte vlek die verwijderd moest worden...
Het scheen niet langer van belang dat het mijn dood zou kunnen worden. Mijn gedachten sloegen op hol, concentreerden zich op de schoonheid van het Patroon...
Ik hoorde een geluid. Dat zouden Pa, Dworkin, Fiona wel zijn, die er aankwamen. Ik had nog iets te doen voordat ze mij bereikten. Ik moest het gaan, nu...
Ik rukte mijn blik van het Patroon los en wierp een blik over mijn schouder naar de grotopening. Ze waren te voorschijn gekomen, de helling gedeeltelijk afgedaald en hadden halt gehouden. Waarom? Waarom waren ze gestopt?
Wat deed het ertoe? Ik had de tijd die ik nodig had om te beginnen. Ik begon mijn voet op te tillen om naar voren te stappen. Ik kon me nauwelijks verroeren. Met een grote wilsinspanning bracht ik mijn voet stukje bij beetje vooruit. Het nemen van deze eerste stap bleek erger dan het gaan van het Patroon zelf, vlak bij het einde. Maar het was niet zozeer een uitwendige weerstand waar ik tegen vocht als wel de traagheid van mijn lichaam. Het was bijna alsof...
Toen schoot me opeens het beeld te binnen van Benedict naast het Patroon in Tir-na Nog'th, terwijl Brand naderde, spottend, het Juweel brandend op zijn borst.
Voordat ik naar beneden keek, wist ik wat ik zou zien.
De rode steen klopte in overeenstemming met mijn hartslag.
Laat ze verrekken!
Pa of Dworkin – of allebei – oefende op dit ogenblik via het Juweel invloed uit om mij te verlammen.

Ik twijfelde er niet aan dat elk van hen dit alleen kon klaarspelen. Maar op deze afstand was het zonde om me zonder een gevecht over te geven.
Koppig bleef ik mijn voet voortduwen, langzaam gleed hij naar de rand van het Patroon. Als ik er maar eenmaal op stond, zag ik niet hoe zij...
Ik doezelde... Ik voelde dat ik begon te vallen. Ik had even geslapen. Het gebeurde nog eens.
Toen ik mijn ogen opende, kon ik een gedeelte van het Patroon zien. Toen ik mijn hoofd omdraaide, zag ik voeten. Toen ik omhoog keek zag ik Pa, met het Juweel in zijn handen.
'Ga weg,' zei hij tegen Dworkin en Fiona, zonder zijn hoofd in hun richting te draaien.
Zij trokken zich terug, terwijl hij het Juweel om zijn eigen hals deed. Toen boog hij voorover en stak zijn hand uit. Ik pakte hem en hij trok me overeind.
'Dat was verdomd stom,' zei hij.
'Het was me bijna gelukt.'
Hij knikte.
'Natuurlijk zou je wel de dood hebben gevonden zonder dat je iets bereikt had,' zei hij. 'Maar het was goed geprobeerd, daar niet van. Kom, laten we een eindje lopen.'
Hij nam me bij de arm, en we begonnen om de omtrek van het Patroon te wandelen.
Onder het gaan bekeek ik die vreemde hemelzee, overal om ons heen, zonder horizon. Ik vroeg me af wat er zou zijn gebeurd als ik in staat was geweest het Patroon te beginnen, wat er op dat moment gebeurd zou zijn.
'Je bent veranderd,' zei hij tenslotte, 'of anders heb ik je nooit echt gekend.'
Ik haalde mijn schouders op.
'Van allebei een beetje, misschien. Ik wilde juist hetzelfde van jou gaan zeggen. Wil je me iets vertellen?'
'Wat dan?'
'Hoe moeilijk was het voor jou om Galenon te zijn?'
Hij grinnikte.
'Helemaal niet moeilijk,' zei hij. 'Misschien heb je gewoon een glimpje van de werkelijke ik gezien.'
'Ik mocht hem. Of liever, ik mocht jou toen je hem was. Ik vraag me af wat er van de echte Galenon is geworden?'
'Die is al lang dood, Corwin. Ik ontmoette hem nadat jij hem uit Avalon had verbannen, lang geleden. Het was geen

kwade kerel. Ik zou hem voor geen stuiver vertrouwd hebben, maar ik vertrouw toch nooit iemand als het niet hoeft.'
'Dat zit in de familie.'
'Ik vond het jammer dat ik hem moest doden. Niet dat hij me veel keus gaf. Dit was allemaal erg lang geleden, maar ik herinnerde me hem duidelijk, dus hij moet indruk op me gemaakt hebben.'
'En Lorraine?'
'Het land? Dat was goed werk, dacht ik. Ik schiep de juiste schaduw. Hij nam door mijn aanwezigheid in kracht toe, zoals iedere schaduw zal doen als één van ons er lang genoeg blijft – zoals jij in Avalon, en later op die andere plaats. En ik zag dat ik daar langdurig kon vertoeven door de tijdstroom aan mijn wil te onderwerpen.'
'Ik wist niet dat dat kon.'
'Je groeit langzaam in kracht, te beginnen met je inwijding in het Patroon. Er zijn veel dingen die je nog moet leren. Ja, ik versterkte Lorraine, en maakte het vooral kwetsbaar voor de toenemende kracht van de zwarte weg. Ik zag in dat het op jouw pad zou liggen, ongeacht waar je heenging. Na jouw ontsnapping leidden alle wegen naar Lorraine.'
'Waarom?'
'Het was een val die ik voor je had opgezet, en misschien een test. Ik wilde bij je zijn wanneer je de krachten van Chaos ontmoette. Ik wilde ook een tijd lang met je reizen.'
'Een test? Waarom testte je me? En waarom wilde je met me reizen?'
'Kun je dat niet raden? Ik heb jullie in de loop der jaren allemaal geobserveerd. Ik wees nooit een opvolger aan. Jullie lijken allemaal genoeg op mij om te weten dat ik, op het moment dat ik me ten gunste van één van jullie uitsprak, zijn of haar akte van overlijden zou tekenen. Nee, ik liet de dingen met opzet tot het bittere einde zoals ze waren. Maar nu, nu heb ik besloten. Jij moet het worden.'
'Indertijd in Lorraine communiceerde je met me, als jezelf, heel kort. Toen vertelde je me dat ik de troon moest nemen. Als je op dat moment je besluit al genomen had, waarom heb je de maskerade dan voortgezet?'
'Maar toen had ik nog niet besloten. Dat was alleen maar een middel om er zeker van te zijn dat jij door zou zetten. Ik was bang dat jij te veel van dat meisje zou gaan houden, en van dat land. Toen je als een held uit de Zwarte Cirkel te voorschijn kwam, had je wel kunnen besluiten om je daar

voorgoed te vestigen. Ik wilde denkbeelden bij je doen postvatten, die zouden zorgen dat jij je reis voortzette.'
Ik zweeg een hele tijd. We hadden een aanzienlijke afstand om het Patroon afgelegd.
Toen zei ik: 'Er is iets dat ik moet weten. Voordat ik hier kwam, sprak ik met Dara, die bezig is te proberen haar naam bij ons van blaam te zuiveren...'
'Haar naam *is* van blaam gezuiverd,' zei hij. 'Ik heb hem gezuiverd.'
Ik schudde mijn hoofd.
'Ik heb ervan afgezien haar te beschuldigen van iets waar ik een hele tijd over heb nagedacht. Er is een hele goede reden waarom ik van mening ben dat zij niet vertrouwd kan worden, ondanks haar protesten en jouw ondersteuning. Twee redenen, in feite.'
'Dat weet ik, Corwin. Maar zij heeft Benedicts bedienden niet gedood om haar positie in zijn huis veilig te stellen. Dat heb ik zelf gedaan, om er zeker van te zijn dat zij naar jou kwam zoals zij ook gedaan heeft, precies op het juiste moment.'
'Jij? Jij was bij haar hele komplot betrokken? Waarom?'
'Ze zal een goede koningin voor je zijn, zoon. Wat kracht betreft vertrouw ik het bloed van Chaos. Het was tijd voor een nieuwe injectie. Als jij de troon in bezit neemt zul je al een erfgenaam hebben. Tegen de tijd dat hij er gereed voor is, zal Merlijn al lang van zijn opvoeding vervreemd zijn.'
We waren helemaal rondom geweest en stonden bij de plaats van de zwarte vlek. Ik stopte. Ik hurkte en bestudeerde hem.
'Jij denkt dat dit je dood wordt?' vroeg ik tenslotte.
'Ik weet dat het zo is.'
'Jij schrikt er niet voor terug onschuldige mensen te vermoorden om mij te manipuleren. Toch zou je je leven opofferen voor het koninkrijk.'
Ik keek naar hem op.
'Mijn eigen handen zijn niet schoon,' zei ik, 'en ik matig me zeker niet aan jou te beoordelen. Maar straks, toen ik me gereedmaakte het Patroon te beproeven, bedacht ik me hoe mijn gevoelens waren veranderd – ten opzichte van Eric, ten opzichte van de troon. Wat jij doet doe je, geloof ik, als je plicht. Ook ik voel nu een verplichting ten opzichte van Amber, ten opzichte van de troon. Meer dan dat, in feite. Veel meer, besefte ik op dat moment. Maar ik besefte ook

nog iets anders, iets dat mijn plicht niet van mij eist. Ik weet niet wanneer of hoe het ophield en of ik veranderd ben, maar ik wil de troon niet, Pa. Het spijt me dat het je plannen in de war stuurt, maar ik wil geen koning van Amber zijn. Het spijt me.'
Toen wendde ik mijn blik af, weer naar de vlek op de grond. Ik hoorde hem zuchten.
Toen zei hij: 'Ik zal je nu naar huis zenden. Zadel je paard en neem proviand mee. Rijd naar een plek buiten Amber – iedere plek is goed als hij maar goed geïsoleerd ligt.'
'Mijn graftombe?'
Hij snoof en grinnikte vaag.
'Dat is wel goed. Ga daarheen en wacht tot het mij schikt. Ik moet nadenken.'
Ik stond op. Hij stak zijn arm uit en legde zijn rechterhand op mijn schouder. Het Juweel klopte. Hij keek in mijn ogen. 'Geen mens kan al zijn wensen in vervulling zien gaan zoals hij wil,' zei hij.
En toen was er een verwijderend effect, als van de kracht van een Troef, maar dan omgekeerd. Ik hoorde stemmen, toen zag ik het vertrek dat ik eerder had verlaten. Benedict, Gérard, Random en Dara waren er nog steeds. Ik voelde dat Pa mijn schouder losliet. Toen was hij verdwenen en ik was weer te midden van hen.
'Vertel op,' zei Random. 'We zagen dat Pa je terugzond. Tussen haakjes, hoe deed hij dat?'
'Dat weet ik niet,' zei ik. 'Maar hij bevestigt wat Dara ons heeft verteld. Hij heeft haar de zegelring en de boodschap gegeven.'
'Waarom?' vroeg Gérard.
'Hij wilde dat wij leerden haar te vertrouwen,' zei ik.
Benedict kwam overeind. 'Dan zal ik gaan en doen zoals mij geboden is.'
'Hij wil dat je aanvalt en je daarna terugtrekt,' zei Dara. 'Daarna zal het alleen nodig zijn hen te bedwingen.'
'Voor hoe lang?'
'Hij zei alleen dat dat duidelijk zal worden.'
Benedict schonk ons een van zijn zeldzame glimlachjes en knikte. Met zijn ene hand haalde hij zijn kaartetui te voorschijn, haalde het deksel eraf, schoof met zijn duim de speciale Troef eruit die ik hem voor de Hoven had gegeven.
'Veel succes,' zei Random.
'Ja,' stemde Gérard in.

Ik voegde er mijn gelukwensen aan toe en zag hem vervagen. Toen zijn regenboogkleurig nabeeld was verdwenen, wendde ik mijn blik af en merkte dat Dara zwijgend zat te huilen. Ik zei er niets van.

'Ik heb nu ook bevelen – in zekere zin,' zei ik. 'Ik moest maar op weg gaan.'

'En ik ga terug naar de zee,' zei Gérard.

'Nee,' hoorde ik Dara zeggen, terwijl ik naar de deur liep.

Ik hield mijn pas in.

'Jij moet hier blijven, Gérard, en op de veiligheid van Amber zelf toezien. Over zee zal geen aanval komen.'

'Maar ik dacht dat Random met de plaatselijke verdediging belast was.'

Ze schudde haar hoofd.

'Random moet zich bij Julian in Arden voegen.'

'Weet je dat zeker?' vroeg Random.

'Ik weet het zeker.'

'Best,' zei hij. 'Het is fijn om te weten dat hij tenminste aan me gedacht heeft. Het spijt me, Gérard. Dat is het einde van je rust.'

Gérard keek stomverbaasd. 'Ik hoop dat hij weet wat hij doet,' zei hij.

'Daar hebben we het al over gehad,' zei ik tegen hem.

'Tot ziens.'

Ik hoorde een voetstap toen ik de kamer uitging. Dara was naast mij.

'Wat nu?' vroeg ik haar.

'Ik wilde even met je meelopen.'

'Ik ga alleen de heuvel op om wat mondvoorraad te halen. Daarna moet ik naar de stallen.'

'Ik ga met je mee.'

'Ik rijd alleen.'

'Ik zou je toch niet kunnen vergezellen. Ik moet nog met je zusters praten.'

'Dus zij mogen ook meedoen.'

'Ja.'

Zwijgend liepen we een tijdje voort, toen zei ze: 'De hele zaak was niet zo koelbloedig als het leek, Corwin.'

We betraden de voorraadkamer.

'Welke zaak?'

'Je weet best wat ik bedoel.'

'O, dat. Best hoor.'

'Ik mag je graag. Op een dag kan het meer dan dat worden,

als jij iets voelt.
Mijn trots legde me een venijnig antwoord in de mond, maar ik slikte het in. Je leert wel wat in de loop der eeuwen; zeker, ze had me gebruikt, maar het had er toch ook de schijn van dat ze toentertijd niet geheel vrij in haar handelen was geweest. Het ergste dat gezegd kon worden, neem ik aan, was dat Pa verlangde dat ik naar haar verlangde. Maar ik liet mijn verbolgenheid hierover niet storend werken op wat mijn eigen gevoelens werkelijk waren, of konden worden.
Dus zei ik: 'Ik mag jou ook graag,' en ik keek naar haar. Ze zag eruit alsof ze er op dat moment behoefte aan had gekust te worden, dus dat deed ik. 'Nu moest ik me maar klaar gaan maken.' Ze glimlachte en kneep in mijn arm. Toen was ze verdwenen. Ik besloot om niet op dat moment mijn gevoelens te gaan onderzoeken. Ik pakte wat dingen bij elkaar.
Ik zadelde Ster op en reed weer omhoog over de kam van Kolvir totdat ik bij mijn graftombe kwam. Erbuiten zittend rookte ik mijn pijp en keek naar de wolken. Ik had het gevoel dat ik een hele volle dag had gehad, en het was pas vroeg in de middag. Boze gevoelens speelden krijgertje in de grotten van mijn geest, en als het aan mij had gelegen had ik geen ervan meegenomen naar mijn lunch.

3

Het contact kwam plotseling, terwijl ik zat te doezelen. Ogenblikkelijk sprong ik overeind. Het was Pa.

'Corwin, mijn besluit is genomen en het is tijd,' zei hij. 'Ontbloot je linkerarm.'

Dat deed ik, terwijl zijn gedaante steeds stoffelijker werd, er gaandeweg steeds koninklijker uitziend, een vreemde droefheid op zijn gezicht, van een soort dat ik daar nog nooit eerder had gezien.

Met zijn linkerhand pakte hij mijn arm beet en met zijn rechter trok hij zijn zwaard.

Ik keek toe terwijl hij in mijn arm sneed, daarna zijn zwaard weer in de schede deed. Het bloed kwam te voorschijn, en met zijn linkerhand maakte hij een kom en ving het op. Hij liet mijn arm los, bedekte zijn linkerhand met zijn rechter en trad terug. Zijn handen naar zijn gezicht brengend, blies hij zijn adem erin en trok ze toen snel uit elkaar.

Een gekuifde rode vogel ter grootte van een raaf, al zijn veren in de kleur van mijn bloed, stond op zijn hand, sprong naar zijn pols, keek naar mij. Zelfs zijn ogen waren rood, en hij had iets bekends toen hij zijn kop boog en mij opnam.

'Dat is Corwin, degene die je moet volgen,' zei hij tegen de vogel. 'Neem hem goed in je op.'

Toen zette hij hem op zijn linkerschouder, vanwaar de vogel me bleef aanstaren, zonder aanstalten te maken om te vertrekken.

'Nu moet je gaan, Corwin,' zei hij, 'snel. Klim op je paard en rijd naar het zuiden, ga over in Schaduw zo snel als je kunt. Als de bliksem. Maak dat je zover mogelijk van hier vandaan komt.'

'Waar ga ik heen, vader?' vroeg ik hem.

'Naar de Hoven van Chaos. Ken je de weg?'

'In theorie. Ik heb die afstand nooit gereden.'

Hij knikte langzaam.

'Ga dan op weg,' zei hij. 'Ik wil dat je een zo groot mogelijke tijddifferentiaal tussen deze plaats en jezelf creëert.'

'Goed,' zei ik, 'maar ik begrijp het niet.'
'Je zult het begrijpen, wanneer de tijd komt.'
'Maar er is een gemakkelijker weg,' protesteerde ik. 'Ik kan daar sneller en met minder moeite komen door gewoonweg met Benedict en zijn Troef in contact te treden, zodat hij me kan binnenhalen.'
'Dat is onmogelijk,' zei Pa. 'Je bent gedwongen om de lange route te nemen omdat je iets bij je zult hebben dat onderweg aan je zal worden overgedragen.'
'Overgedragen? Hoe?'
Hij hief zijn hand op en streelde de veren van de rode vogel. 'Door je vriend hier. Hij zou de hele weg naar de Hoven niet kunnen vliegen – dat wil zeggen, niet op tijd.'
'Wat zal hij me dan brengen?'
'Het Juweel. Ik betwijfel of ik het zelf zal kunnen overbrengen wanneer ik gereed ben met wat ik ermee moet doen. Zijn krachten kunnen ons daar van pas komen.'
'Ik begrijp het,' zei ik. 'Maar dan nog hoef ik de hele afstand niet te rijden. Ik kan door-Troeven nadat ik het Juweel gekregen heb.'
'Ik ben bang van niet. Zodra ik gedaan heb wat hier gedaan moet worden, zullen de Troeven een tijdlang niet werken.'
'Waarom niet?'
'Omdat de grondslag van het bestaan een verandering zal ondergaan. En schiet nou op, verdomme! Klim op je paard en rijd!'
Ik stond op en staarde hem nog even aan.
'Vader, is er geen andere manier?'
Hij schudde alleen maar zijn hoofd en stak zijn hand op. Hij begon te vervagen.
'Vaarwel.'
Ik draaide me om en steeg op. Er was meer te zeggen, maar het was te laat. Ik wendde Ster naar het spoor dat me naar het zuiden zou brengen.

Hoewel Pa in staat was bovenop Kolvir met de stof van Schaduw te spelen, had ik dat nooit gekund. Ik had een grotere afstand van Amber nodig om de verschuivingen tot stand te brengen.
Maar toch, omdat ik wist dat het kon, had ik het gevoel dat ik het moest proberen. Dus terwijl ik mijn weg zocht naar het zuiden over kale steen en door rotsachtige passen waar de wind huilde, trachtte ik het weefsel of wezen om mij heen

te vervormen terwijl ik me naar het spoor begaf dat naar Garnath leidde.
Een trosje blauwe bloemen toen ik om een steenachtige heuvelhelling heenreed...
Dit wond me op, want zij waren een bescheiden deel van mijn schepping. Ik bleef mijn wil opleggen aan de wereld voorbij elke bocht van mijn weg.
Een schaduw van een driehoekige steen, dwars over mijn pad...
Een draaiing van de wind...
Sommige kleinere veranderingen werkten inderdaad. Het spoor ging met een bocht terug... Een kloof... Een oud vogelnest, hoog op een rotsrichel... Nog meer blauwe bloemen...
Waarom ook niet? Een boom... Nog één...
In mij voelde ik het vermogen bewegen. Ik verrichtte nog meer veranderingen.
Een gedachte kwam bij me op, betreffende mijn nieuwgevonden kracht. Het leek me mogelijk dat het zuiver psychologische redenen waren geweest, die mij hadden verhinderd in het verleden zulke manipulaties tot stand te brengen. Tot zeer onlangs had ik Amber zelf als de ene, onwrikbare realiteit beschouwd, waaraan alle schaduwen hun vorm ontleenden. Nu besefte ik dat zij slechts de eerste onder schaduwen was, en dat de plaats waar mijn vader stond de hogere realiteit vertegenwoordigde. En al maakte de geringe afstand het moeilijk, het was daarom niet onmogelijk om op deze plaats veranderingen teweeg te brengen. Niettemin zou ik onder andere omstandigheden mijn kracht hebben gespaard tot ik een punt had bereikt waar het gemakkelijker was met de dingen te schuiven.
Maar nu, nu werd ik door de nood tot spoed gedwongen. Ik zou me tot het uiterste moeten inspannen, me moeten haasten, om aan mijn vaders opdracht te voldoen.
Toen ik het spoor bereikte dat langs de zuidzijde van Kolvir afdaalde, was het karakter van het land al veranderd. Ik keek neer op een rij glooiende heuvels, in plaats van de steile afdaling die gewoonlijk de weg aangaf. Ik betrad de schaduwlanden al.
De zwarte weg lag nog altijd als een zwart litteken aan mijn linkerhand toen ik afdaalde, maar dit Garnath dat hij doorsneed was in iets betere toestand dan het Garnath dat ik zo goed kende. De omtrekken waren zachter, als gevolg van

groene weiden die wat dichter bij de dode strook lagen. Het was alsof mijn vloek op het land enigszins verzacht was. Gevoelsmatige illusie, natuurlijk, want dit was bepaald mijn Amber niet meer. Maar, *ik heb spijt van mijn aandeel hierin*, richtte ik me in gedachten tot alles half op de wijze van een gebed. *Ik rijd nu uit om te proberen het ongedaan te maken. Vergeef me, o geest van deze plaats.* Mijn ogen gingen in de richting van het Woud van de Eenhoorn, maar het lag te ver naar het westen, werd door te veel bomen aan het gezicht onttrokken, om me een glimp van die heilige open plek te gunnen.

De helling werd vlakker naarmate ik afdaalde, werd een rij zachtglooiende heuvels. Ik liet Ster sneller draven toen we ze overstaken, op het zuidwesten aanhoudend, en tenslotte op het zuiden. Op grote afstand aan mijn linkerhand blonk en schitterde de zee. Weldra zou de zwarte weg tussen ons komen, want in die richting daalde ik af naar Garnath. Wat ik ook met Schaduw deed, ik zou niet in staat zijn die onheilspellende aanwezigheid uit te wissen. In feite zou ik het snelst opschieten wanneer ik een weg volgde die er evenwijdig aan liep.

Eindelijk bereikten we de bodem van de vallei. Het Woud van Arden verhief zich in de verte aan mijn rechterhand, strekte zich uit naar het westen, reusachtig en eerbiedwaardig. Ik reed voort, zoveel veranderingen teweegbrengend als ik kon om me nog verder van mijn huis te brengen.

Hoewel ik de zwarte weg naast me hield, bleef ik op geruime afstand ervan. Ik moest wel, omdat die weg het enige was dat ik niet kon veranderen. Ik hield struiken, bomen en lage heuvels tussen ons.

Toen liet ik mijn invloed gelden en de structuur van het land veranderde.

Aders van agaat... Hopen leisteen... Een verduistering van de groene weiden...

Wolken, jagend door de hemel... De zon, schemerend en dansend...

We versnelden onze pas. Nog meer verzonk het land. De schaduwen lengden, smolten samen. Het woud week terug. Rechts van me rees een rotsmuur op, nog een links... Een koude wind joeg me na door een hobbelige kloof. Aardlagen – rood, goud, geel en bruin – flitsten voorbij.

De bodem van de kloof werd zandig. Stofduivels dwarrelden om ons heen. Ik boog me nog verder voorover toen de

weg weer begon te stijgen. De muren helden naar binnen, kwamen dichter bij elkaar.
De weg versmalde, versmalde. Ik kon beide muren bijna aanraken...
Hun toppen raakten elkaar. Ik reed door een tunnel, in schaduwen gehuld, de pas vertragend toen het donkerder werd... Lichtgevende tekeningen kwamen met een flits tot leven. De wind maakte een kreunend geluid.
Eruit dan!
Het licht van de muren was verblindend, en overal om ons heen rezen reuzenkristallen op. We stormden ervoorbij, volgden een spoor dat uit dit oord omhoog en door een bemoste dalenrij leidde waar kleine, volmaakte ronde poelen stil lagen als groen glas.
Hoge varens verschenen voor ons en we baanden ons een weg ertussendoor. In de verte hoorde ik het geluid van een trompet.
Wenden, rustige pas nu... rood nu de varens, breder en langer... daarachter, een grote vlakte, twinkelend in het avondlicht...
Voorwaarts, over bleek gras... De geur van frisse aarde... Bergen of donkere wolken ver voor me... Een zwak licht van sterren links van me... Een snelle sproeiregen... Een blauwe maan schiet in de hemel omhoog... Geflikker in de donkere massa's... Herinneringen en een rommelend geluid... De geur van storm en voortjagende lucht...
Een sterke wind... Wolken voor de sterren... Een felle bliksemstraal klieft een omgevallen boom rechts van me, vlammen laaien op... Een prikkelende gewaarwording... De geur van ozon... Water valt met bakken over me heen... Een rij lichtjes links van me...
We kletteren over een straat met keien geplaveid... Een vreemd voertuig komt op ons af... Cilindervormig, ploffend... We ontwijken elkaar... Een schreeuw achtervolgt me... Door een verlicht venster het gezicht van een kind...
Gekletter... Geklater... Winkelpuien en huizen... De regen houdt op, zakt in de bodem, is verdwenen... Een nevel trekt voorbij, blijft hangen, verdikt zich, gloeit als een parel door een sterker wordend licht links van me...
Het terrein wordt zachter, krijgt een rode kleur... Het licht in de mist wordt helderder... Een nieuwe wind, van achteren, een toenemende warmte... De hemel valt uiteen...
Hemel van lichtgeel... Oranje zon snelt naar middaghoog-

te... Een trilling! Iets dat niet door mijn toedoen gebeurt, totaal onverwacht... Onder ons beweegt de grond, maar er is meer dan dat. De nieuwe hemel, de nieuwe zon, de roestkleurige woestijn die ik zoëven heb betreden – zij alle zetten uit en trekken samen, vervagen en komen terug. Er komt een krakend geluid, en bij iedere vervaging zijn Ster en ik alleen, te midden van een witte nietsheid – gedaanten zonder omgeving. We lopen in het niets. Het licht komt van overal en verlicht alleen ons zelf. Een voortdurend gekraak, als van de lentedooi op een Russische rivier waar ik eens langs heb gereden, klinkt in mijn oren. Ster, die vele schaduwen heeft betreden, laat een angstig geluid horen.
Ik kijk naar alle kanten om me heen. Wazige omtrekken verschijnen, nemen in scherpte toe, worden duidelijk. Mijn omgeving is weer hersteld, al is het met een enigszins uitgewassen uiterlijk. Er is wat pigment aan de wereld onttrokken.
We zwenken naar links, draven op een lage heuvel af, klimmen er tegenop, houden op de top eindelijk halt.
De zwarte weg. Ook hij maakt een gewijzigde indruk – maar zelfs nog meer dan de rest. Hij rimpelt onder mijn blik, lijkt bijna te golven, terwijl ik toekijk. Het gekraak gaat door, wordt luider...
Een wind komt uit het noorden, zacht eerst, maar toenemend in kracht. Wanneer ik in die richting kijk, zie ik dat een massa donkere wolken zich samenpakt.
Ik weet dat ik moet opschieten zoals ik nog nooit heb opgeschoten. Grondbeginselen van vernietiging en schepping doen zich voor op de plaats die ik bezocht – wanneer? Doet er niet toe. De golven bewegen zich van Amber naar buiten en ook dit kan weer verdwijnen – en ik er bij. Als Pa het niet helemaal weer bij elkaar kan brengen.
Ik schud de teugels. We draven naar het zuiden.
Een vlakte... Bomen... Een paar afgebroken gebouwen... Sneller...
De rook van een bos in brand... Een muur van vlammen... Verdwenen...
Gele hemel, blauwe wolken... Een armada van ballonnen kruist mijn pad...
Sneller...
De zon valt als een stuk heet ijzer in een emmer water, sterren worden strepen... Een bleek licht op een recht spoor... Geluiden droppelden van donkere vegen, gejammer... Hoe helderder het licht, des te zwakker het uitzicht... Grijs,

rechts van me, links van me... Helderder nu... Niets dan het spoor om mijn ogen op te richten... Het gejammer verhoogt zich tot een gegil... Vormen smelten samen... We stormen door een tunnel van Schaduw... Hij begint te draaien...

Rond, rond... Alleen de weg is echt... De werelden gaan voorbij... Ik heb mijn beheersing over de weefsels opgegeven en word nu gedragen door de voortstuwingskracht zelf, die er slechts op gericht is me van Amber te verwijderen en me naar Chaos voort te drijven...

Er is wind op mij en in mijn oren het geschreeuw... Nooit eerder heb ik mijn macht over Schaduw tot het uiterste doorgezet... De tunnel wordt zo glad en naadloos als glas... Ik heb het gevoel dat ik in een draaikolk rijd, een maalstroom, het hart van een tornado... Ster en ik zijn doornat van zweet... Een wild gevoel van vlucht komt over me, alsof ik word achtervolgd... De weg is een abstractie geworden... Mijn ogen branden als ik het zweet probeer weg te knipperen... Ik kan deze rit niet veel langer volhouden... Het begint te bonzen in mijn schedelbasis...

Zacht trek ik aan de teugels en Ster vertraagt zijn pas...

In de muren van mijn tunnel worden nerven zichtbaar... Plekken grijs, zwart, wit, in plaats van een eenvormigheid van verduistering... Bruin... Een zweem blauw... Groen... Het gejammer daalt tot een gebrom, een gerommel, sterft weg... Zachter de wind... Vormen komen en gaan...

Langzamer, langzamer...

Er is geen pad. Ik rijd op bemoste aarde. De hemel is blauw, de wolken zijn wit. Ik voel me erg licht in mijn hoofd. Ik trek aan de teugels. Ik...

Heel klein.

Ik schrok toen ik omlaagkeek. Ik stond aan de rand van een speelgoeddorp. Huizen die ik in de palm van mijn hand kon houden, minuscule wegen, nietige voertuigjes die er overheen kropen...

Ik keek om. We hadden een aantal van deze onooglijke woonsteden platgetrapt. Ik keek om me heen. Links waren er minder. Ik leidde Ster behoedzaam in die richting, liep voort tot we die plek hadden verlaten. Ik voelde me er akelig onder, wat het ook was, wie er ook woonde. Maar ik kon totaal niets doen.

Ik begaf me weer op weg, door Schaduw heen, totdat ik iets bereikte dat leek op een verlaten steengroeve onder een

groenige hemel. Hier voelde ik me zwaarder. Ik steeg af, dronk water, liep wat rond.
Ik ademde diep de vochtige lucht in die me omspoelde.
Ik was nu ver van Amber, ongeveer net zo ver als je ooit zou willen gaan, en een heel eind op weg naar Chaos. Ik was zelden zo ver gekomen. Ik had deze plaats weliswaar voor een rustpauze uitgekozen omdat hij nog het meest iets normaals benaderde waar ik vat op kon hebben, maar de veranderingen zouden weldra meer en meer radicaal worden.
Ik strekte mijn verkrampte spieren toen ik de gil hoorde, hoog in de lucht boven me.
Ik keek omhoog en zag de donkere vorm neerdalen; in een reflex lag Grayswandir in mijn hand. Maar het licht viel in een bepaalde hoek toen hij naar beneden kwam, en de gevleugelde vorm had vuur bij zich.
De vogel van mijn innerlijk cirkelde, cirkelde, streek neer op mijn uitgestrekte arm. Die angstaanjagende ogen namen me met een merkwaardige intelligentie op, maar ik gaf ze niet de aandacht die ik er bij een andere gelegenheid voor zou hebben gehad. In plaats daarvan stak ik Grayswandir in de schede en reikte naar het ding dat de vogel droeg.
Het Juweel des Oordeels.
Hierdoor wist ik dat Pa's poging, waar zij ook op was uitgelopen, ten einde was. Het Patroon was ofwel hersteld ofwel naar de knoppen. Hij leefde of hij was dood. Doorhalen wat niet verlangd wordt. De gevolgen van zijn daad zouden zich op dit moment van Amber door Schaduw verspreiden, als de rimpels in de spreekwoordelijke vijver. Ik zou er gauw genoeg meer van te weten komen. Intussen had ik mijn bevelen.
Ik deed de ketting over mijn hoofd en liet het Juweel op mijn borst vallen. Ik besteeg Ster weer. Mijn bloedvogel liet een korte kreet horen en verhief zich in de lucht.
We gingen weer op weg... Door een landschap waar de hemel witter werd terwijl de grond verduisterde. Toen lichtte het land op en de hemel werd zwart. Toen het omgekeerde. En nog eens... Bij iedere stap veranderde het effect, en toen we onze pas versnelden nam het toe tot een stroboscopische reeks filmbeelden om ons heen, die geleidelijk de vorm aannamen van een springerige animatie, en daarna de hyperactieve hoedanigheid van een stomme film verkregen. Tenslotte werd alles een wazige vlek.
Lichtpunten flitsten langs ons heen, als meteoren of kometen. Ik onderging een bonzende sensatie, als van een komi-

sche hartslag. Alles begon om me heen te draaien, alsof ik gevangen was in een wervelwind.
Er ging iets verkeerd. Het leek alsof ik mijn beheersing verloor. Was het mogelijk dat de gevolgen van Pa's handelingen het gebied van Schaduw waardoor ik nu reisde al bereikt hadden? Het leek nauwelijks waarschijnlijk. Maar toch...
Ster struikelde. Ik klemde me stevig vast toen we vielen, omdat ik in Schaduw niet van hem gescheiden wilde raken. Ik sloeg met mijn schouder tegen een hard oppervlak en lag daar even, verdoofd.
Toen ik weer bij mijn positieven kwam, ging ik overeind zitten en keek om me heen.
Er heerste een eenvormig schemerlicht, maar er waren geen sterren. In plaats daarvan zweefden en hingen grote rotsblokken van verschillende vorm en afmeting in de lucht. Ik stond op en bekeek mijn omgeving.
Op grond van wat ik ervan kon zien was het mogelijk dat het onregelmatige stenen oppervlak waarop ik stond zelf niet meer was dan een kei met de afmetingen van een berg die tussen de andere zweefde. Ster kwam overeind en stond sidderend aan mijn zijde. Een absolute stilte omgaf ons. De stille lucht was koel. Er was geen ander levend ding te zien. Ik vond het een akelig oord. Ik zou hier niet uit eigen verkiezing hebben halt gehouden. Ik knielde om Sters benen te onderzoeken. Ik wilde zo snel mogelijk vertrekken, bij voorkeur te paard.
Toen ik hiermee bezig was, hoorde ik een zacht gegrinnik dat van een menselijke keel afkomstig kon zijn.
Ik stopte, liet mijn hand op Grayswandirs gevest rusten en zocht de bron van het geluid.
Niets. Nergens.
Toch had ik het gehoord. Ik draaide me langzaam om, keek in iedere richting. Nee...
Daar was het weer. Maar deze keer realiseerde ik me dat de bron ervan boven mijn hoofd was.
Ik tuurde ingespannen naar de drijvende rotsblokken. In schaduwen gehuld als zij waren was het moeilijk te onderscheiden... Daar!
Tien meter boven de grond en ongeveer dertig links van me stond een menselijke gedaante op een klein eiland in de hemel, en nam mij op. Ik keek er aandachtig naar. Wat het ook was, het scheen te ver weg om me te kunnen bedreigen. Ik was er zeker van dat ik me uit de voeten kon maken voordat het me

kon bereiken. Ik kwam in beweging om Ster te bestijgen.
'Dat heeft geen zin, Corwin,' riep de stem die ik op dat moment wel het minst graag wilde horen. 'Je zit hier vast. Er is geen mogelijkheid dat je zonder mijn toestemming kunt vertrekken.'
Ik glimlachte terwijl ik opsteeg, trok toen Grayswandir.
'We zullen zien,' zei ik. 'Houd me maar tegen.'
'Zoals je wilt,' antwoordde hij en vlammen sprongen uit de kale rots, laaiden op in een dichte cirkel, likkend, flakkerend.
Ster werd wild. Ik ramde Grayswandir weer in de schede, sloeg snel een hoekje van mijn mantel over Sters ogen, sprak kalmerende woorden. Terwijl ik dat deed, werd de cirkel groter, de vlammen trokken zich terug van de randen van de grote rots waarop we stonden.
'Overtuigd?' kwam de stem. 'Deze plaats is te klein. Rijd waarheen je wilt. Je rijdier zal weer in paniek raken voordat je je naar Schaduw kunt verschuiven.'
'Tot ziens, Brand,' zei ik, en ik begon te rijden.
Ik reed in een grote cirkel, tegen de wijzers van de klok in, over het rotsachtige oppervlak, terwijl ik Sters rechteroog afschermde voor de vlammen rondom de omtrek der dingen. Ik hoorde Brand weer grinniken, hij besefte niet wat ik deed.
Een paar grote rotsen... Goed. Ik reed door, hield dezelfde richting aan. Nu een gekartelde haag van stenen aan mijn linkerkant, een kam, een holte... De vlammen wierpen een wirwar van schaduwen over mijn pad... Daar. Naar beneden... Omhoog. Een zweem groen in die lichtplek... Ik kon voelen dat de verschuiving begon.
Het feit dat het gemakkelijker voor ons is om een rechte koers te volgen wil niet zeggen dat het de enige manier is. Maar we gaan allemaal zo vaak vooruit dat we de neiging hebben te vergeten dat je ook vooruit kunt komen door in cirkels rond te gaan...
Ik kon de verschuiving al sterker voelen toen ik de twee grote rotsen opnieuw naderde. Toen kreeg Brand het ook in de gaten.
'Blijf staan, Corwin!'
Ik trok een lange neus naar hem en werkte me tussen de rotsen door, en daalde af in een smalle kloof bespikkeld met punten van geel licht. Volgens de nauwkeurige opgave.
Ik trok mijn mantel van Sters hoofd weg en schudde de teu-

gels. Opeens boog de kloof zich naar rechts. We volgden hem een beter verlichte laan in die wijder en helderder werd onder het gaan.
Onder een uitstekende rotspunt, en aan de andere kant een melkkleurige hemel, parelgetint...
We reden dieper, sneller, verder... Een gekartelde klip bekroonde de top van de glooiing links van me, groengekleurd in een verstrengelde schijn van struikgewas onder een hemel, zwemend naar roze.
Ik reed tot het groenige blauwig was onder een gele hemel, tot de kloof omhoog ging en uitliep op een lavendelkleurige vlakte waar oranje rotsen rolden, terwijl onder onze voeten de grond schudde op de maat van onze hoefslagen. Ik stak de vlakte over onder zwierende kometen, bereikte de kust van een bloedrode zee in een oord van zware reukwerken. Ik reed een grote groene zon en een kleine bronskleurige uit de hemel, terwijl ik stapvoets langs de kust van die zee reed, waar vloten vol geraamten op elkaar kletterden en serpenten uit de diepte hun oranje en blauwzeilige vaartuigen omsingelden. Op mijn borst klopte het Juweel en ik ontleende er kracht aan. Een woeste wind stak op en joeg ons hoog door een hemel vol koperwolken boven een weeklagende afgrond die zich eeuwig scheen uit te breiden, zwart van bodem, met vonken doorschoten, met wasem van koppige geuren...
Achter mij, het geluid van donder, onophoudelijk... Fijne lijntjes, als de craquelures van een oud schilderij, tegenover ons, naderend, van alle kanten... Kou, een wind giert om ons heen en doodt de welriekendheid...
Lijntjes... De barsten verwijden zich, zwartheid stroomt toe en vult ze op... Donkere strepen ijlen voorbij, omhoog, naar beneden, raken elkaar... De mazen van een web, de inspanningen van een reusachtige, onzichtbare spin, een web als een val voor de wereld...
Omlaag, omlaag en omlaag... Weer op de grond, gerimpeld en leerachtig als de hals van een mummie... Geluidloos, onze dreunende doorgang... Zachter de donder, afnemend de wind... Pa's laatste ademtocht? Snel nu, en weg van hier...
Een versmalling der lijnen, tot de fijnheid van een etsnaald, dan verzwindend in de hitte der drie zonnen... En nog sneller...
Een naderende ruiter... Hand op zijn gevest tegelijk met

mij... Ik. Ik zelf die terugkom? Gelijktijdig, ons saluut... Door elkaar heen, op de een of andere manier, de lucht als een watervlakte dat ene droge moment... Wat een Carroll-spiegel, wat een Rebma, Tir-na Nog'th-effect... Maar in de verte, links van me, kronkelt een zwart ding... Stapvoets over de weg... De weg leidt me voort...
Witte hemel, witte grond en geen horizont... Zonloos en wolkloos het uitzicht... Alleen die schroefdraad van zwart, in de verte, en glimmende piramiden overal, massief, verontrustend.
We raken vermoeid. Ik vind dit een akelig oord...
Maar welk proces ons ook achtervolgt, we hebben het achter ons gelaten. Trek aan de teugels.
Ik was moe, maar ik voelde een vreemde vitaliteit in me.
Het leek uit mijn borst op te rijzen... Het Juweel. Natuurlijk.
Ik deed een poging om er opnieuw kracht aan te onttrekken.
Ik voelde de uitstroming door mijn ledematen, die nauwelijks stopte bij de uiteinden van mijn lichaam. Het was bijna alsof... Ja. Ik breidde mijn armen uit en legde mijn wil op aan mijn blanke en geometrische omgeving. Ze begon te veranderen.
Er was een beweging. De piramiden schoven langs me heen, verduisterend in het voorbijgaan. Ze krompen, ze verzonken, ze vergingen tot puin. De wereld draaide zich om en het was alsof ik op de onderkant van een wolk stond, landschappen bekijkend die onder/boven me voorbijflitsten.
Licht stroomde langs me omhoog, van een gouden zon onder mijn voeten. Ook dit ging voorbij, en de wolkbedekte grond werd donker, en water stroomde omhoog om het vlietende land te besproeien. Bliksemschichten sprongen op om in te slaan boven mijn hoofd, om de wereld te vernietigen. Op sommige plaatsen werd ze verbrijzeld en haar brokstukken vielen om me heen. Ze begonnen te dwarrelen toen een golf van duisternis langstrok.
Toen het licht weer verscheen, blauwachtig ditmaal, had het geen vaste bron en bescheen geen land.
Gouden bruggen overspannen de leegte als grote linten, onder mijn blik flitst een ervan onder ons door. Zoals hij zich slingert, slingeren wij ons, al die tijd als een standbeeld zo stil...
Gedurende een eeuwigheid misschien gaat dit door. Een verschijnsel dat lijkt op autoweg-hypnose bevangt me door het voortdurende staren, dreigt me in slaap te wiegen.

Ik doe wat ik kan om onze overtocht te versnellen. Nog een eeuwigheid verstrijkt.
Eindelijk, ver vooruit, een schemerige, wazige vlek, ons eindpunt, ondanks onze snelheid heel traag in omvang toenemend. Wanneer we er aankomen, is de vlek reusachtig groot – een eiland in de leegte, bedekt met een woud van gouden bomen...
Ik stop de beweging die ons tot hier heeft gebracht, we gaan op eigen kracht verder en betreden dat bos. Gras als aluminiumfolie knerpt onder onze voeten terwijl we ons tussen die bomen begeven. Vreemd fruit, dof en glanzend, hangt om me heen. Dierlijke geluiden zijn niet onmiddellijk hoorbaar. We banen ons een weg naar het diepste van het woud en komen op een kleine open plek, waardoor een beek van kwikzilver stroomt.
Daar stijg ik af.
'Broeder Corwin,' komt die stem weer. 'Ik heb op je gewacht.'

4

Ik keek naar het bos, zag hem eruit te voorschijn komen. Ik trok mijn wapen niet, omdat hij het zijne niet had getrokken. Maar wel concentreerde ik me op het Juweel. Na het gebruik dat ik er zojuist van gemaakt had, besefte ik dat ik er heel wat meer mee kon doen dan het weer beheersen. Hoe groot Brands macht ook was, ik voelde dat ik een wapen had waarmee ik hem het hoofd kon bieden. Terwijl ik dit deed, klopte het Juweel nog dieper. 'Wapenstilstand,' zei Brand. 'Oké? Kunnen we praten?'
'Ik geloof niet dat we elkaar nog iets te vertellen hebben,' zei ik.
'Als je me geen kans geeft zul je het nooit zeker weten.'
Hij bleef ongeveer zeven meter van me vandaan staan, zwaaide zijn groene mantel over zijn linkerschouder en glimlachte.
'Best. Zeg maar wat je te zeggen hebt,' zei ik.
'Ik probeerde je tegen te houden,' zei hij, 'daarginds, om het Juweel. Het is duidelijk dat je nu weet wat het is, dat je beseft hoe belangrijk het is.'
Ik zei niets.
'Pa heeft het al gebruikt,' vervolgde hij, 'en het spijt me dat ik moet meedelen dat het hem niet gelukt is ermee te doen wat hij zich ten doel stelde.'
'Wat? Hoe kun jij dat weten?'
'Ik kan door Schaduw zien, Corwin. Ik zou toch gedacht hebben dat onze zuster je wat grondiger over deze zaken had ingelicht. Met geringe geestelijke inspanning kan ik nu ontwaren wat ik verkies. Ik had vanzelfsprekend belang bij de uitkomst van deze aangelegenheid. Dus keek ik toe. Hij is dood, Corwin. De inspanning was te veel voor hem. Hij kon de krachten die hij manipuleerde niet in de hand houden en werd er iets over de helft van het Patroon door vernietigd.'
'Je liegt!' zei ik, het Juweel omklemmend.
Hij schudde zijn hoofd.
'Ik geef toe dat ik me niet ontzie te liegen om mijn doelein-

den te bereiken, maar ditmaal vertel ik je de waarheid. Pa is dood. Ik zag hem vallen. Daarna bracht de vogel jou het Juweel, zoals hij het had gewild. We bevinden ons in een universum zonder een Patroon.'

Ik wilde hem niet geloven. Maar het was mogelijk dat Pa had gefaald. Wat betreft de moeilijkheid van de taak, had ik de verzekering van de enige expert ter zake. Dworkin.

'Als ik voor het ogenblik aanneem wat je hebt gezegd, wat gebeurt er dan verder?' vroeg ik.

'Alles valt uiteen,' antwoordde hij. 'Op dit moment welt Chaos op om ginds in Amber het vacuüm te vullen. Een grote maalstroom is ontstaan, en hij groeit. Hij breidt zich steeds verder uit, terwijl hij de schaduwwerelden vernietigt, en hij zal niet stoppen totdat hij op de Hoven van Chaos stuit, zodat de gehele schepping onder één invloedssfeer komt en Chaos eens te meer over alles heerst.'

Ik voelde me versuft. Had ik me zo ingespannen, van Greenwood, alle ellende, tot hier, om het op deze manier te zien eindigen?

Zou ik er getuige van zijn dat alles van zin, vorm, inhoud, leven werd beroofd, terwijl toch alles naar een zekere vervolmaking was gestuwd?

'Nee!' zei ik. 'Het kan niet waar zijn.'

'Tenzij...' zei Brand zacht.

'Tenzij wat?'

'Tenzij een nieuw Patroon wordt geschreven, een nieuwe orde wordt geschapen om de vorm in stand te houden.'

'Je bedoelt terugrijden naar die puinhoop en proberen het werk af te maken? Je zei net dat het niet meer bestaat.'

'Nee, natuurlijk niet. De locatie is onbelangrijk. Waar een Patroon is, is een centrum. Ik kan het hier doen.'

'Denk je dat jij kan slagen waar Pa faalde?'

'Ik moet het proberen. Ik ben de enige die er genoeg van weet en die voldoende tijd heeft voordat de golven van Chaos ons bereiken. Luister, ik geef alles toe wat Fiona je ongetwijfeld over mij heeft verteld. Ik heb plannen beraamd en ik heb ze uitgevoerd. Ik heb me met de vijanden van Amber ingelaten. Ik heb ons bloed vergoten. Ik heb geprobeerd jouw geheugen weg te branden. Maar op dit moment wordt de wereld zoals wij die kennen vernietigd, en ik leef ook hier. Van al mijn plannen – allemaal! – zal niets terechtkomen als een zekere mate van orde niet bewaard blijft. Misschien ben ik misleid door de Heren van Chaos. Het valt me hard dat toe te geven, maar ik zie nu de mogelijkheid. Maar het is niet te laat om ze terug te slaan. Hier, op deze plaats, kunnen we het nieuwe bastion van orde bouwen.'

'Hoe?'

'Ik heb het Juweel nodig – en jouw assistentie. Hier zal het nieuwe Amber liggen.'

'Stel dat ik het je geef. Zou het nieuwe Patroon net zo zijn als het oude?'

Hij schudde zijn hoofd.

'Dat zou niet kunnen, net zo min als het Patroon dat Pa trachtte te scheppen gelijk zou zijn geweest aan dat van Dworkin. Geen twee auteurs kunnen hetzelfde verhaal op dezelfde manier vertolken. Individuele stijlverschillen kunnen niet vermeden worden. Hoe ik ook mijn best zou doen om het te dupliceren, mijn versie zou enigszins afwijken.'

'Hoe kun je dit doen,' vroeg ik, 'als je niet volledig op het Juweel bent afgestemd? Je zou een Patroon nodig hebben om het proces van afstemming te voltooien – en je zegt zelf dat het Patroon vernietigd is. Hoe wil je dat oplossen?'

Daarop zei hij: 'Ik zei dat ik je hulp nodig zou hebben. Er is een andere manier om iemand op het Juweel af te stemmen. Daarvoor is de assistentie nodig van iemand die al is afgestemd. Jij zou je zelf nog eens door het Juweel moeten projecteren en mij meenemen – in en door het oer-Patroon dat daarachter ligt.'

'En dan!'

'Wel, wanneer de beproeving voorbij is zal ik afgestemd zijn, jij geeft mij het Juweel, ik schrijf een nieuw Patroon in en de zaak draait weer. De dingen blijven in stand. Het leven gaat door.'

'En Chaos?'

'Het nieuwe Patroon zal onbeschadigd zijn. Ze zullen niet langer de weg hebben, die hun toegang tot Amber verleent.'

'Nu Pa dood is, hoe zou het nieuwe Amber geregeerd worden?'

Hij gimlachte leep.

'Ik mag wel iets hebben voor de moeite, vind je niet? Ik zal mijn leven hiermee riskeren, en zo goed staan de kansen helemaal niet.'

Ik grijnsde terug.

'Met het oog op de opbrengst, wat weerhoudt me ervan de gok zelf te wagen?' zei ik.

'Hetzelfde dat Pa van welslagen afhield – alle krachten van

Chaos. Wanneer een dergelijke daad wordt begonnen worden zij door een soort kosmische reflex opgeroepen. Ik heb meer ervaring met ze gehad dan jij. Je zou geen kans maken. Ik misschien wel.'

'Laten we er nu eens van uitgaan dat jij tegen me liegt, Brand. Of laten we vriendelijk zijn en zeggen dat je door alle verwarring niet duidelijk kon zien. Stel dat Pa wél is geslaagd. Stel dat er op dit moment een nieuw Patroon bestaat. Wat zou er gebeuren als jij hier en nu een ander ging maken?'

'Ik... Het is nog nooit eerder gedaan. Hoe moet ik dat weten?'

'Maar ik zou het graag willen weten,' zei ik. 'Zou je dan nog steeds jouw eigen versie van de realiteit verkrijgen? Zou het de afsplitsing van een nieuw universum – Amber en Schaduw – voorstellen, alleen voor jou? Zou het ons universum neutraliseren? Of zou het gewoon op zich zelf staan. Of zou er van enige overlapping sprake zijn? Wat denk jij, gegeven de situatie?'

Hij haalde zijn schouders op.

'Dat heb ik al beantwoord. Het is nog nooit eerder gedaan. Hoe moet ik dat weten?'

'Maar ik denk dat je het wel degelijk weet, of dat je er heel goed naar kunt raden. Ik denk dat dat is wat je in je hoofd hebt, dat dat is wat je wilt proberen – omdat het de enige mogelijkheid is die je nog hebt. Ik zie deze actie van jouw kant als een aanwijzing dat Pa is geslaagd en dat jij je laatste kaart uitspeelt. Maar daar heb je mij en het Juweel voor nodig. Je krijgt geen van beide.'

Hij zuchtte.

'Ik had meer van je verwacht. Maar goed. Je hebt ongelijk, maar laat maar zo. Misschien kun je nu even luisteren. Liever dan alles verloren te zien gaan, zal ik het rijk met je delen.'

'Brand,' zei ik, 'donder op. Het Juweel krijg je niet, en mijn hulp evenmin. Ik heb je tot het einde toe aangehoord en ik geloof dat je liegt.'

'Je bent bang,' zei hij, 'bang voor mij. Ik neem je niet kwalijk dat je me niet wilt vertrouwen. Maar je maakt een vergissing. Je hebt me nu nodig.'

'Toch heb ik mijn keus gemaakt.'

Hij deed een stap in mijn richting. Nog één...

'Wat je maar wilt, Corwin. Ik kan je alles geven, je hoeft het maar te zeggen.'

'Ik was bij Benedict in Tir-na Nog'th,' zei ik. 'Ik keek door zijn ogen, luisterde met zijn oren, toen je hem hetzelfde aanbod deed. Vergeet het maar, Brand. Ik ga door met mijn opdracht. Als je denkt dat je me kunt tegenhouden, kun je het net zo goed meteen proberen.'
Ik begon naar hem toe te lopen. Ik wist dat ik hem zou doden als ik hem bereikte. Ik voelde ook dat ik hem niet zou bereiken. Hij stopte. Hij deed een stap achteruit.
'Je maakt een grote vergissing,' zei hij.
'Ik denk het niet. Ik denk dat ik precies het juiste doe.'
'Ik zal niet met je vechten,' zei hij haastig. 'Niet hier, niet boven de afgrond. Maar je hebt je kans gehad. De volgende keer dat we elkaar ontmoeten zal ik het Juweel van je moeten afnemen.'
'Wat zul je eraan hebben, jij die er niet op afgestemd bent?'
'Misschien is er nog steeds een manier waarop ik het kan klaarspelen – moeilijker, maar mogelijk. Jij hebt je kans gehad. Vaarwel.'
Hij trok zich terug in het bos. Ik ging hem achterna, maar hij was verdwenen.

Ik verliet die plaats en reed door, langs een weg over niets. Het stuitte me tegen de borst de mogelijkheid te overwegen dat Brand de waarheid had gesproken, of op zijn minst een deel ervan. Maar de dingen die hij had gezegd bleven in mijn hoofd rondspoken. Stel dat Pa gefaald had. Dan was ik aan een onbegonnen werk begonnen. Dan was alles al voorbij en was het alleen een kwestie van tijd. Ik durfde niet goed om te kijken, voor het geval iets me inhaalde. Ik ging over tot een min of meer beheerste helletocht. Ik wilde bij de anderen zijn voor de golven van Chaos zover reikten, alleen om ze te laten weten dat ik mijn woord had gehouden, om ze te laten zien dat ik per slot van rekening mijn best had gedaan. Op dat moment vroeg ik me af hoe de slag zelf verliep. Of was hij nog niet begonnen, in die tijdgesteldheid?
Ik snelde over de brug, die nu wijder werd onder een opklarende hemel. Terwijl hij het uiterlijk van een gouden vlakte aannam, dacht ik na over Brands bedreiging. Had hij gezegd wat hij had gezegd alleen om twijfel te zaaien, om mijn onbehagen te doen toenemen en mijn kracht te verlammen? Mogelijk.
Niettemin, als hij het Juweel nodig had, zou hij een hinderlaag voor me moeten leggen. En ik had respect voor die

vreemde macht die hij over Schaduw had verkregen. Het leek bijna onmogelijk me voor te bereiden op een aanval van iemand die al mijn bewegingen kon gadeslaan en zich zelf ogenblikkelijk naar de gunstigste plek kon transporteren. Hoe snel kon de aanval komen? Niet al te snel, schatte ik. Eerst zou hij me op stang willen jagen – en ik was al vermoeid en meer dan een beetje murw. Ik zou moeten rusten, slapen, vroeger of later. Ik kon die grote afstand onmogelijk in één ruk afleggen, hoezeer ik mijn snelheid op deze helletocht ook zou versnellen.

Roze en oranje en groene nevels ijlden langs, kolkten om me heen, vulden de wereld op. Onder ons weergalmde de grond als metaal. Soms waren boven ons hoofd muzikale tonen te horen, als van tinkelend kristal. Mijn gedachten dansten. Herinneringen aan vele werelden kwamen en gingen in willekeurige opeenvolging. Ganelon, mijn vriend-vijand, en mijn vader, vijand-vriend, versmolten en gingen uiteen, gingen uiteen en versmolten. Ergens vroeg één van hen me wie recht had op de troon. Ik had gedacht dat het Ganelon was, die onze afzonderlijke rechtvaardigingen wilde vernemen. Nu wist ik dat het vader was geweest, die wilde weten hoe ik erover dacht. Hij had zijn oordeel geveld, zijn beslissing was genomen. En ik draaide me eruit. Of het een geremde ontwikkeling was, dit verlangen om van zo'n last vrij te zijn, of een kwestie van plotselinge verlichting, gebaseerd op alles wat ik de laatste jaren had meegemaakt, een verlichting die langzaam in me groeide en me een rijper inzicht in de drukkende rol van monarch verleende, afgezien van de kortstondige momenten van roem, weet ik niet. Ik herinnerde me mijn leven op de schaduw-Aarde, bevelen opvolgend en gevend. Gezichten zweefden voor mijn ogen – mensen die ik had gekend in de loop der eeuwen – vrienden, vijanden, echtgenoten, minnaressen, verwanten. Lorraine scheen me te wenken, Moire lachte, Deirdre weende. Opnieuw vocht ik met Eric. Ik herinnerde me mijn eerste Patroongang, als jongen, en de latere, toen me – stap voor stap – mijn geheugen werd teruggegeven. Moorden, diefstallen, schelmenstreken, verleidingen kwamen weer boven omdat ze er, zoals Mallory zei, nu eenmaal waren. Ik was zelfs niet in staat ze juist te plaatsen in termen van tijd. Er was geen grote angst omdat er geen grote schuld was. Tijd, tijd, en nog meer tijd had de randen van de scherpste dingen verzacht, had niet nagelaten mij te veranderen. Ik zag mijn vroegere zelven als andere mensen, kennissen boven wie ik was uitgegroeid. Ik vroeg me af hoe ik ooit sommigen van hen had kunnen zijn. Terwijl ik voortsnelde schenen taferelen uit mijn verleden zich te verdichten in de nevels om me heen.

Geen dichterlijke vrijheid hier. Veldslagen waaraan ik had deelgenomen namen tastbare vorm aan, afgezien van een volledige afwezigheid van geluid - het geschitter van wapens, de kleuren van uniformen, banieren en bloed. En mensen - de meesten reeds lang dood - bewogen zich van mijn geheugen naar stille bezieling rondom mij. Geen van deze mensen waren leden van mijn familie, maar allen hadden ooit iets voor mij betekend. Maar toch was er geen speciaal patroon in te ontdekken. Er waren nobele daden, maar ook schandelijke; vijanden maar ook vrienden - en geen der betrokkenen nam nota van mijn doortocht; allen waren verwikkeld in een of andere lang-voorbije opeenvolging van handelingen.

Toen verwonderde ik me over de aard van de plaats waardoor ik reed. Was het een verwaterde versie van Tir-na Nog'th, met een geest-gevoelige substantie in de nabijheid die kracht aan mij ontleende en om mij heen dit 'Dit is Uw Leven'-panorama projecteerde? Of begon ik gewoon te hallucineren? Ik was vermoeid, angstig, verontrust, bedroefd, en ik trok over een weg die een monotone, gelijkmatige stimulering van de zintuigen veroorzaakte, van het soort dat leidt tot hersenschimmen...

In feite realiseerde ik me dat ik een tijdje geleden mijn beheersing over Schaduw had verloren en nu gewoon in een rechte lijn voortging door dit landschap, door het schouwspel in een soort zichtbaar gemaakt narcisme gevangen... Ik realiseerde me dat ik moest stoppen en rusten - waarschijnlijk zelfs een beetje slapen - ook al was ik bang om dat in dit oord te doen. Ik zou moeten uitbreken en me een weg banen naar een rustige, meer afgelegen plek...

Ik verwrong mijn omgeving. Ik draaide de dingen om. Ik brak uit.

Weldra reed ik in een ruig, bergachtig gebied, en kort daarop kwam ik bij de grot die ik wenste.

We gingen naar binnen en ik zorgde voor Ster. Ik at en dronk net genoeg om mijn ergste honger te stillen. Ik maakte geen vuur. Ik hulde me in mijn mantel en een deken die ik had meegebracht. In mijn rechterhand hield ik Grayswandir. Ik lag naar de duisternis buiten de grotopening te staren.

Ik voelde me een beetje beroerd. Ik wist dat Brand een leugenaar was, maar toch zaten zijn woorden me dwars.
Maar ik heb altijd goed in slaap kunnen vallen. Ik sloot mijn ogen en was vertrokken.

5

Ik werd gewekt door een besef van aanwezigheid. Of misschien was het een gerucht en een besef van aanwezigheid. Hoe dan ook, ik was wakker en ik was er zeker van dat ik niet alleen was. Ik verstevigde mijn greep om Grayswandir en opende mijn ogen. Verder verroerde ik me niet.

Een zacht licht, als maanlicht, kwam door de grotmond naar binnen. Vlak binnen de opening stond een gestalte, misschien menselijk. Het licht viel zo dat ik niet kon zeggen of hij naar mij of naar buiten keek. Maar toen deed hij een stap in mijn richting.

Ik stond al overeind, de punt van mijn zwaard op zijn borst. Hij stopte.

'Vrede,' zei een mannenstem in het Thari. 'Ik zoek alleen beschutting voor de storm. Mag ik uw grot met u delen?'

'Welke storm?' vroeg ik.

Bij wijze van antwoord kwam er een rollende donder, gevolgd door een windvlaag die de geur van regen meevoerde.

'Oké, dat is in ieder geval waar,' zei ik. 'Maak het je zelf gemakkelijk.'

Hij ging zitten, helemaal binnen nu, zijn rug tegen de rechtermuur van de grot. Ik vouwde mijn deken tot een kussen en ging tegenover hem zitten. Een meter of vier scheidden ons. Ik zocht mijn pijp op en vulde hem, probeerde toen een lucifer die ik nog bij me had van de schaduw-Aarde. Hij ging aan, en dat bespaarde me een heleboel moeite. De tabak had een goede geur, vermengd met de vochtige bries. Ik luisterde naar de geluiden van de regen en bekeek de donkere omtrek van mijn naamloze metgezel.

Ik dacht na over mogelijk gevaar, maar het was niet Brands stem geweest die mij had aangesproken.

'Dat is geen natuurlijke storm,' zei de ander.

'O nee? Hoezo niet?'

'Om te beginnen komt hij uit het noorden. Ze komen hier nooit uit het noorden, in deze tijd van het jaar.'

'Zo komen records tot stand.'

'Ten tweede heb ik nog nooit een storm gezien die zich zo gedroeg. Ik heb hem de hele dag zien naderen – een onveranderlijke lijn die zich langzaam voortbewoog, net een glasplaat van voren gezien. En zoveel bliksemschichten, het leek wel een monsterachtig insekt met honderden schitterende poten. Heel onnatuurlijk. En daarachter zijn de dingen er erg verwrongen gaan uitzien.'
'Dat gebeurt in de regen.'
'Niet op die manier. Alles schijnt van vorm te veranderen, te vervloeien. Alsof de storm de wereld doet smelten – of haar vormen fijnstampt.'
Ik huiverde. Ik had gedacht dat ik de donkere golven ver genoeg vooruit was om een beetje rust te nemen. Maar hij kon het best bij het verkeerde eind hebben en misschien was het niet meer dan een ongewone storm. Maar ik wilde het risico niet nemen. Ik stond op en draaide me naar de achterkant van de grot. Ik floot.
Geen antwoord. Ik ging naar achteren en tastte rond.
'Is er iets?'
'Mijn paard is verdwenen.'
'Kan hij niet zijn afgedwaald?'
'Dat moet wel. Ik had Ster toch voor verstandiger gehouden.'
Ik ging naar de grotopening maar kon niets zien. In het ogenblik dat ik daar was raakte ik half doorweekt. Ik ging terug naar mijn plaats bij de linkermuur.
'Me dunkt dat het een tamelijk normale storm is,' zei ik. 'Het gaat soms fiks tekeer in de bergen.'
'Misschien ken jij dit land beter dan ik?'
'Nee, ik ben alleen maar op doorreis – en daar kon ik beter maar mee doorgaan ook.'
Ik betastte het Juweel. Met mijn geest drong ik er in door, toen er doorheen, eruit en omhoog. Ik voelde de storm om me heen en beval hem te verdwijnen, met rode kloppingen van energie die overeenkwamen met mijn hartslagen. Toen leunde ik achterover, vond nog een lucifer en stak mijn pijp weer aan. Het zou nog even duren voordat de krachten die ik had gemanipuleerd hun werk gingen doen, tegen een storm van deze omvang.
'Het zal niet zo lang duren,' zei ik.
'Hoe kun jij dat weten?'
'Exclusieve informatie.'
'Volgens sommige versies is dit de manier waarop de wereld

vergaat – beginnend met een vreemde storm uit het noorden.'
'Dat klopt,' zei ik, 'en het is deze storm. Maar je hoeft je nergens druk over te maken. Hoe het ook afloopt, binnen afzienbare tijd zal het allemaal voorbij zijn.'
'Die steen die je draagt... Hij geeft licht.'
'Ja.'
'Dat was zeker een grapje, dat de wereld vergaat, of – of niet?'
'Nee.'
'Je doet me denken aan die zin uit het Heilige Boek – *De Aartsengel Corwin zal voor de storm uitgaan, met de bliksem op zijn borst...* Jij heet toch niet toevallig Corwin?'
'Hoe gaat het verder?'
'*...Op de vraag waarheen hij reist, zal hij zeggen: "Naar de uiteinden der Aarde," waar hij heengaat zonder te weten welke vijand hem zal helpen tegen een andere vijand, noch wie de Hoorn zal aanraken.*'
'Dat is alles?'
'Alles wat er is over de Aartsengel Corwin.'
'Ik heb deze moeilijkheid met de Schrift in het verleden ook al meegemaakt. Ze vertelt je genoeg om je geïnteresseerd te maken, maar nooit genoeg om van enig onmiddellijk nut te worden. Het lijkt wel of de schrijver lol heeft in die pesterij. De ene vijand tegen de andere? De Hoorn? Gooi maar in mijn pet.'
'Waarheen reis je dan?'
'Niet zo ver, tenzij ik mijn paard kan vinden.'
Ik ging terug naar de grotopening. Het klaarde op nu, met een gloed als een maan achter wat wolken in het westen, en nog één in het oosten. Ik keek in beide richtingen langs het spoor en naar de vallei in de diepte. Geen paarden in zicht. Ik keerde me om naar de grot. Maar precies op dat moment hoorde ik Sters gehinnik ver beneden me.
Ik riep naar de vreemdeling achterin de grot: 'Ik moet gaan. Je kunt de deken houden.'
Ik weet niet of hij antwoord gaf, want ik verdween in de motregen, over de helling mijn weg zoekend. Nogmaals richtte ik me op het Juweel en de motregen stopte, om vervangen te worden door mist.
De rotsen waren glibberig, maar ik kwam zonder te struikelen halverwege. Toen pauzeerde ik, zowel om op adem te komen als om me te oriënteren. Van dat punt kon ik de pre-

cieze richting waaruit Sters gehinnik was gekomen niet met zekerheid bepalen. Het maanlicht was wat sterker, het uitzicht wat beter, maar ik zag niets toen ik voor me uittuurde. Ik luisterde verscheidene minuten.

Toen hoorde ik het gehinnik weer – van beneden, links van me, dichtbij een donkere zwerfkei, steenhoop of rotslaag. Er scheen iets te doen te zijn in de schaduwen bij de voet ervan. Zo snel als ik durfde zette ik koers in die richting.

Toen ik vlakke grond bereikte en me naar de plaats van handeling haastte, passeerde ik flarden grondmist, licht in beweging gebracht door een briesje uit het westen, zilverachtig kronkelend om mijn enkels. Ik hoorde een schurend, knerpend geluid, als van iets zwaars dat over een rotsachtig oppervlak wordt geduwd of gerold. Toen kreeg ik een lichtflikkering in het oog, onder in de donkere massa die ik naderde. Toen ik dichterbij kwam, zag ik kleine, menselijke gestalten afgetekend tegen een rechthoek van licht, die zwoegden om een grote platte steen te verplaatsen. Zwakke echo's van een kletterend geluid en opnieuw een gehinnik kwamen uit hun richting. Toen kwam er beweging in de steen, en hij draaide als de deur die hij waarschijnlijk was. De lichtstrook werd kleiner, versmalde tot een dunne kier, verdween met een bonzend geluid, nadat eerst alle zwoegende figuurtjes naar binnen waren gegaan.

Toen ik die rotsmassa eindelijk bereikte was alles weer stil. Ik legde mijn oor tegen de steen, maar hoorde niets. Maar wie het ook waren, ze hadden mijn paard genomen. Ik had nooit van paardendieven gehouden, en ik had er in het verleden heel wat gedood. En op dit moment had ik Ster nodig zoals ik zelden een paard had nodig gehad. Dus ik tastte rond, zoekend naar de randen van die stenen poort.

Het was niet zo moeilijk de omtrekken ervan met mijn vingertoppen te volgen. Waarschijnlijk bepaalde ik de plaats sneller dan ik bij daglicht zou hebben gedaan, wanneer alles vermengd en versmolten zou zijn zodat het oog veel eerder in verwarring werd gebracht. Toen ik eenmaal de ligging van de poort wist, zocht ik verder naar een handvat waarmee ik hem zou kunnen opentrekken. Die knapen hadden nogal klein geleken, dus ik zocht laag.

Tenslotte ontdekte ik wat misschien de goede plaats was en greep hem beet. Ik trok, maar hij was weerspannig. Ofwel ze waren onevenredig sterk ofwel er was een truc voor nodig die mij ontging.

Doet er niet toe. Er is een tijd voor subtiliteit en een tijd voor brute kracht. Ik was kwaad en had haast bovendien, dus het besluit was al genomen.
Weer begon ik aan de platte steen te trekken, de spieren in mijn armen, mijn schouders, mijn rug spannend, wensend dat Gérard in de buurt was. De deur kraakte. Ik bleef rukken. Hij bewoog een beetje - een centimeter, misschien - en bleef steken. Ik gaf het niet op, spande me nog meer in. Hij kraakte weer. Ik leunde achterover, bracht mijn gewicht over op mijn andere been en zette mijn linkervoet schrap tegen de rotswand naast de poort. Ik duwde ermee terwijl ik trok. Nog meer gekraak en wat geknars terwijl er weer beweging in kwam - nog een paar centimeter. Toen bleef hij steken en ik kon hem niet van zijn plaats krijgen.
Ik liet los en stond even mijn armen te buigen. Toen zette ik mijn schouder eronder en duwde de deur weer helemaal dicht. Ik haalde diep adem en pakte hem opnieuw beet.
Ik plaatste mijn linkervoet in dezelfde positie als daarnet. Geen geleidelijke druk deze keer. Ik ramde en rukte tegelijkertijd.
Er klonk een knappend geluid en een gekletter van binnen, en de deur kwam ongeveer vijftien centimeter naar voren, knarsend terwijl hij bewoog. Maar nu ondervond hij minder weerstand, leek het, dus ik stond weer op, draaide me om - de rug tegen de muur - en vond voldoende houvast om hem naar buiten te duwen.
Ditmaal bewoog hij veel gemakkelijker, maar ik kon het niet laten mijn voet ertegen te zetten en hem zo hard als ik kon open te trappen. Hij schoot honderdtachtig hele graden door, dreunde met daverend lawaai tegen de rots aan de andere kant, brak op verscheidene plaatsen, zwaaide heen en weer, viel en kletterde op de grond met een klap die hem deed trillen, zodat er nog meer stukken afbraken.
Voor hij de grond raakte was Grayswandir weer in mijn hand; en ik was in elkaar gedoken en loerde steels om de hoek.
Licht... Daarginds was verlichting... Afkomstig van kleine lampen die aan haken langs de muur hingen... Daarnaast een trap... Naar beneden... Naar een plek met meer licht en geluiden... Net muziek...
Er was niemand te zien. Ik zou hebben gedacht dat de godgeklaagde herrie die ik had veroorzaakt iemands aandacht zou hebben getrokken, maar de muziek ging door. Ofwel

het geluid had – om onverklaarbare redenen – niet zover gedragen, ofwel het kon ze geen bal schelen. Hoe dan ook...
Ik richtte me op en stapte over de drempel. Mijn voet raakte een metalen voorwerp. Ik raapte het op en onderzocht het. Een geforceerde grendel. Ze hadden de deur achter zich versperd. Ik gooide hem over mijn schouder en begon de trap af te dalen.
De muziek – vedels en pijpen – werd luider naarmate ik verderging. Uit de breking van het licht kon ik opmaken dat er een soort zaal aan mijn rechterhand was, te beginnen bij de voet van de trap. Het waren kleine treden en het waren er een heleboel. Ik deed geen moeite me steels voort te bewegen, maar haastte me naar het portaal.
Toen ik me naar rechts draaide en de zaal inkeek, aanschouwde ik een tafereel uit de droom van een dronken Ier. In een rokerige, door toortsen verlichte zaal stonden horden mensen, niet groter dan een meter, met rode gezichten en in het groen gekleed, te dansen op de muziek of te zwelgen uit kannen bier of iets dergelijks terwijl ze met hun voeten stampten, op tafels en op elkaar sloegen, grijnzend, lachend en schreeuwend. Dikke vaten stonden naast elkaar tegen een wand, en een hele rij brassers stond voor het vat dat op de tap was. Een enorm vuur laaide in een kuil aan het andere uiteinde van het vertrek, waarvan de rook werd weggezogen door een scheur in de rotswand, boven een paar grotopeningen die god-weet-waarheen leidden. Naast die kuil was Ster aan een ring in de wand vastgemaakt, en een uitgedroogd mannetje met een leren voorschoot was bezig een paar verdacht uitziende instrumenten te slijpen en te wetten. Verschillende gezichten keerden zich in mijn richting, er werd geschreeuwd en plotseling stopte de muziek. De stilte was bijna volledig.
Ik hief mijn zwaard bovenhands, in *épée en garde* positie, wees naar Ster aan de overkant van het vertrek. Alle gezichten waren op mij gericht.
'Ik ben voor mijn paard gekomen,' zei ik. 'Als jullie hem niet komen brengen, kom ik hem halen. Op de tweede manier zal er veel meer bloed vloeien.'
Rechts van me schraapte een der mannen, groter en grijzer dan de meeste anderen, zijn keel.
'Sorry hoor,' begon hij, 'maar hoe bent u binnengekomen?'
'Jullie zullen een nieuwe deur moeten laten maken,' zei ik. 'Ga maar kijken als je daar behoefte aan hebt, als dat enig

verschil maakt – en dat zou best eens kunnen. Ik wacht wel.'
Ik stapte opzij en zorgde dat ik alleen de muur achter mij had.
Hij knikte.
'Dat zal ik doen.'
En hij schoot langs me heen.
Ik kon mijn uit woede geboren kracht in en uit het Juweel voelen stromen. Een deel van me wilde dat ik me door de zaal sneed en sloeg en stak, een ander deel wilde een meer humane schikking met lieden die zoveel kleiner waren dan ik; en een derde en misschien verstandiger deel opperde dat deze ventjes wel eens helemaal niet zulke slappelingen zouden zijn. Dus ik wachtte af welke indruk mijn huzarenstukje bij de deur op hun woordvoerder maakte.
Enkele ogenblikken later keerde hij terug; hij liep met een wijde boog om me heen.
'Breng deze man zijn paard,' zei hij.
Een plotseling geroezemoes steeg op in de zaal. Ik liet mijn zwaard zakken.
'Mijn verontschuldiging,' zei de man die het bevel had gegeven. 'Wij wensen geen moeilijkheden met lieden als u. We zullen ons elders van voedsel voorzien. U bent niet boos, hoop ik?'
De man met het leren voorschoot had Ster losgemaakt en kwam nu naar mij toe. De brassers trokken zich terug om ruim baan te maken terwijl hij mijn rijdier door de zaal leidde.
Ik zuchtte.
'Ik zal het hierbij laten, alles is vergeven en vergeten,' zei ik.
De kleine man greep een schenkkan van een tafeltje in de buurt en stak hem mij toe. Toen hij mijn uitdrukking zag, nam hij zelf een slok.
'Wilt u niet met ons drinken?'
'Waarom niet?' zei ik, en ik nam de kan aan en leegde hem in één teug terwijl hij met de tweede hetzelfde deed.
Hij liet een boertje en grijnsde.
'Da's geen dronk voor een man van uw postuur,' zei hij.
'Laat me er nog een voor u halen, voor onderweg.'
Het was best bier, en ik was dorstig na mijn inspanningen.
'Goed,' zei ik.
Hij riep om meer terwijl Ster aan mij werd overhandigd.
'U kunt de teugels om deze haak slaan,' zei hij, wijzend op een laag uitsteeksel bij de deur, 'daar staat hij veilig en niet in de weg.'

Ik knikte en deed dat terwijl de slager zich terugtrok. Niemand zat nu nog naar me te staren. Er werd een kruik met het brouwsel gebracht en de kleine man vulde onze kannen opnieuw.
Eén der vedelaars zette een nieuw deuntje in. Dadelijk viel een ander in.
'Ga toch even zitten,' zei mijn gastheer, terwijl hij met zijn voet een bankje in mijn richting schoof. 'Blijf met uw rug tegen de muur zitten als u wilt. Er zal u niets gebeuren.'
Dat deed ik en hij liep om de tafel heen en ging tegenover me zitten, de kruik tussen ons in. Het was goed even te zitten, om niet aan mijn reis te denken, al was het maar voor een ogenblik, om het donkere bier te drinken en naar een opgewekt deuntje te luisteren.
'Ik zal me niet nog eens verontschuldigen,' zei mijn metgezel, 'en ook niets verklaren. We weten allebei dat het geen misverstand was. Maar u hebt het recht aan uw zijde, dat is duidelijk te zien.' Hij grijnsde en knipoogde. 'Dus ik ben er ook voor het hierbij te laten. We zullen heus niet van de honger omkomen. Alleen zullen we vannacht geen feest vieren. Da's een leuk juweel dat u draagt. Vertel me eens wat het is.'
'Gewoon een steen,' zei ik.
Het dansen begon weer. De stemmen werden luider. Ik dronk mijn kan leeg en hij vulde hem opnieuw. Het vuur golfde. De nachtelijke kou verdween uit mijn botten.
'Jullie zitten hier aardig,' zei ik.
'Reken maar. We wonen hier al langer dan iemand zich kan herinneren. Wil ik u eventjes helemaal rondleiden?'
'Nee, dank je.'
'Dacht ik wel, maar het was mijn plicht als gastheer om het aan te bieden. U mag ook best meedoen aan het dansen, als u wilt.'
Ik schudde mijn hoofd en schoot in de lach. De gedachte dat ik hier stond rond te heisteren riep beelden uit Swift bij me op.
'In elk geval bedankt.'
Hij haalde een aarden pijp te voorschijn en vulde hem.
Ik maakte mijn eigen pijp schoon en deed hetzelfde. Alle gevaar scheen geweken te zijn. Hij was een verrekt aardig kereltje, en de anderen leken nu ongevaarlijk met hun muziek en hun gespring.
Maar toch... Ik kende de verhalen van een andere plaats,

ver, zo ver van hier... Ontwaken in de ochtend, naakt, ergens in een veld, en alle sporen van deze plek verdwenen... Ik wist het, maar toch...
Een paar borrels konden toch geen kwaad? Ze verwarmden me nu, en de scherpe geur van de pijpen en het gejammer van de vedels waren aangenaam na de hersenverdovende kronkelingen van de helletocht. Ik leunde achterover en blies rook uit. Ik keek naar de dansers.
De kleine man praatte en praatte. Verder negeerde iedereen me. Prima. Ik hoorde een fantastisch verhaal over ridders en oorlogen en schatten. Hoewel ik met minder dan een half oor luisterde, werd ik erdoor in slaap gewiegd en ik begon zelfs een beetje te gniffelen.
Van binnen echter waarschuwde mijn kwaaddenkende, verstandige ik me: Goed, Corwin, het is wel genoeg zo. Tijd om te vertrekken...
Maar het leek wel toverij, want mijn glas was alweer gevuld en ik pakte het en nam een slok. Nog eentje, eentje kan geen kwaad.
Nee, zei mijn andere ik, hij betovert je. Voel je het niet?
Het wilde er bij mij niet in dat een dwerg mij onder de tafel kon drinken. Maar ik was moe en ik had niet veel gegeten. Misschien zou het verstandig zijn...
Ik voelde dat ik zat te knikkebollen. Ik legde mijn pijp op de tafel. Elke keer dat ik knipperde leek het langer te duren voordat ik mijn ogen weer opende. Ik had het lekker warm nu, met een heel klein beetje heerlijke loomheid in mijn vermoeide spieren. Ik betrapte me erop dat ik zat te knikkebollen, tweemaal. Ik probeerde aan mijn opdracht te denken, aan mijn persoonlijke veiligheid, aan Ster... Ik mummelde iets, nog steeds vaag wakker achter gesloten oogleden. Het zou zo heerlijk zijn, eventjes zo te blijven zitten, een half minuutje maar...
De stem van de kleine man, muzikaal, werd monotoon, daalde tot een gebrom. Het was niet van belang wat hij z...
Ster hinnikte.
Ik zat kaarsrecht, met wijdopen ogen, en het tafereel voor me maakte me klaarwakker.
De muzikanten speelden nog steeds door, maar nu danste niemand meer. Alle brassers kwamen stilletjes op me af. Ieder had iets in zijn hand – een fles, een knuppel, een zwaard. De man met het leren voorschoot zwaaide met zijn hakbijl. Mijn metgezel had net een dikke stok gepakt die tegen de

wand had gestaan. Verscheidene mannen zwaaiden kleine stukken meubilair boven hun hoofd. Meer van hen waren te voorschijn gekomen uit de grotten bij de vuurkuil, en zij droegen stenen en knotsen. Ieder spoor van vrolijkheid was verdwenen, en hun gezichten waren nu ofwel uitdrukkingsloos, ofwel verwrongen tot grimassen van haat en zeer smerige grijnslachjes.
Mijn woede kwam terug, maar ik was niet zo witheet als tevoren. Toen ik naar de horde voor me keek, voelde ik geen verlangen ze onder handen te nemen. Bedachtzaamheid was mijn gevoelens gaan verzachten. Ik had een opdracht. Ik mocht mijn nek hier niet riskeren als ik een andere manier kon bedenken om het af te handelen. Maar ik wist zeker dat ik me hier niet uit kon praten.
Ik haalde diep adem. Ik zag dat ze zich gereed maakten om op me af te stormen, en opeens dacht ik aan Brand en Benedict in Tir-na Nog'th, Brand die niet eens volledig op het Juweel was afgestemd. Nogmaals onttrok ik kracht aan die vurige steen, waakzaam en gereed om erop los te slaan als het erop aankwam.
Maar eerst zou ik hun zenuwstelsels eens onder druk zetten. Ik wist niet zeker hoe Brand het had klaargespeeld, dus ik richtte me gewoon op het Juweel zoals ik deed wanneer ik het weer beïnvloedde. Vreemd genoeg speelde de muziek nog steeds, alsof dit gedoe van de kleine lieden slechts een griezelige voortzetting van hun dans was.
'Sta stil.' Ik zei het hard en ik wilde het, terwijl ik opstond: 'Bevries. Verander in standbeelden. Jullie allemaal.'
Ik voelde een zwaar gebons in/op mijn borst. Ik voelde de rode krachten uitstromen, precies als bij die andere gelegenheden waarbij ik van het Juweel gebruik had gemaakt.
Mijn nietige belagers werden gestuit. De dichtstbijzijnde stonden stokstijf, maar er waren nog wat bewegingen in de achterhoede. Toen lieten de pijpen een waanzinnig gekrijs horen en de vedels zwegen plotseling. Maar of ze door mijn invloed waren gestuit of dat ze uit eigen beweging hadden gestopt toen ze mij zagen opstaan, wist ik nog steeds niet.
Toen voelde ik de grote krachtgolven die uit me stroomden en het hele gezelschap in een knellende matrijs sloten. Ik voelde dat allen gevangen waren in deze uitdrukking van mijn wil, en ik stak mijn hand uit en maakte Ster los.
Hen vasthoudend met een concentratie die minstens even zuiver was als alles wat ik gebruikte op mijn tochten door

Schaduw, leidde ik Ster naar de deuropening. Daar draaide ik me om voor een laatste blik op het bevroren gezelschap en duwde Ster voor me uit de trap op. Terwijl ik volgde luisterde ik, maar er waren geen geluiden van hernieuwde activiteit van beneden.
Toen we aan de oppervlakte kwamen deed de dageraad het oosten al verbleken. Vreemd genoeg hoorde ik, toen ik opsteeg, de verwijderde klanken van vedels. Enkele ogenblikken later vielen de pijpen in op het deuntje. Het leek wel alsof het er helemaal niet toe deed of zij slaagden of faalden in hun opzetten tegen mij; het feest ging gewoon door.
Terwijl ik koers zette naar het zuiden, riep een kleine gestalte me na van de poort, die ik net had verlaten. Het was hun leider, met wie ik had gedronken. Ik trok aan de teugels, om zijn woorden beter te verstaan.
'En waar reist u heen?' brulde hij me na.
Waarom niet?
'Naar de uiteinden der Aarde!' schreeuwde ik terug.
Hij sloeg een kuitenflikker boven op zijn verbrijzelde deur.
'Vaarwel, Corwin!!' gilde hij.
Ik wuifde naar hem. Inderdaad, waarom niet? Soms is het verrekt moeilijk om de danser van de dans te onderscheiden.

6

Ik had nog geen duizend meter gereden naar wat ooit het zuiden was geweest, toen alles ophield – grond, hemel, bergen. Ik keek naar een vlakte van wit licht. Op dat moment dacht ik aan de vreemdeling in de grot en zijn woorden. Hij had gemeend dat de wereld door die storm werd uitgewist, dat het overeenkwam met iets uit een plaatselijke apocalyptische legende. Misschien was dat ook zo. Misschien was het de golf van Chaos geweest, waar Brand het over had gehad, die zich in deze richting bewoog en verwoestend, verbrekend voorbijtrok. Maar dit uiteinde van de vallei was onaangetast. Waarom zou dat in stand blijven?
Toen herinnerde ik me dat ik me tegen de Storm teweer had gesteld. Ik had het Juweel gebruikt, dat de kracht van het Patroon in zich droeg, om de storm boven dit gebied een halt toe te roepen. En als het meer dan een gewone storm was geweest? Het Patroon had eerder over Chaos gezegevierd. Was het mogelijk dat deze vallei waar ik de regenval had gestopt nu slechts een klein eiland was in een zee van Chaos? Zo ja, hoe moest ik dan verder gaan?
Ik keek naar het oosten, vanwaar het daglicht toenam.
Er stond geen zon nieuw-opgegaan in de hemel, maar eerder een grote, verblindend bruinglanzende kroon, en een schitterend zwaard hing erdoorheen. Ergens hoorde ik een vogel zingen, tonen bijna als gelach. Ik boog voorover en bedekte mijn gezicht met mijn handen. Waanzin...
Nee! Ik was eerder in angstwekkende schaduwen geweest. Hoe verder men reisde, des te vreemder werden ze soms. Totdat...
Wat had ik ook weer gedacht die nacht in Tir-na Nog'th?
Twee regels uit een verhaal van Isak Dinesen schoten me te binnen, regels waar ik me zo het hoofd over gebroken had dat ik ze van buiten had geleerd, ondanks het feit dat ik toentertijd Carl Corey was geweest: 'Weinig mensen kunnen van zich zelf zeggen dat ze vrij zijn van de overtuiging dat de wereld die ze om zich heen zien eigenlijk het werk van hun

eigen verbeelding is. Zijn we er dan blij mee, trots op?'
Een samenvatting van het favoriete filosofische tijdverdrijf van de familie. Maken wij de schaduwwerelden? Of zijn ze er, onafhankelijk van ons, wachtend op onze voetstappen? Of is er een op onbepaalde wijze buitengesloten midden? Is het een kwestie van meer of minder, in plaats van of – of? Een droog grijnslachje kwam plotseling bij me op toen ik me realiseerde dat ik het antwoord misschien nooit zeker zou weten. Toch is er een plaats, zo had ik die nacht overwogen, een plaats waar een eind komt aan Zelf, een plaats waar solipsisme niet langer het aannemelijke antwoord is op de oorden die we bezoeken, de dingen die we vinden. Het bestaan van deze plaats, deze dingen, wil zeggen dat er hier althans een verschil is, en als het hier is heeft het misschien ook een terugslag op onze schaduwen en vervult het deze met het niet-zelf, aldus onze ego's terugbrengend tot een meer bescheiden niveau. Want dit, voelde ik, was zo'n plaats, een plaats waar het 'Zijn we er dan blij mee, trots op?' niet van toepassing hoefde te zijn, zoals het geval was met de verscheurde vallei van Garnath en mijn vloek dichter bij huis. Wat ik in laatste instantie ook geloofde, ik voelde dat ik op het punt stond het land van het volstrekte niet-ik te betreden. Het was best mogelijk dat mijn macht over Schaduw voorbij dit punt teniet werd gedaan.
Ik rechtte mijn rug en loenste tegen het felle licht. Ik zei iets tegen Ster en schudde de teugels. We gingen voorwaarts.
Even leek het alsof we een nevel inreden. Alleen was het veel en veel helderder en er was absoluut geen geluid.
Toen vielen we.
Vielen, of zweefden. Na de eerste schok was het moeilijk te zeggen. In het begin was er een gevoel van afdaling – misschien versterkt door het feit dat Ster in paniek raakte toen het begon. Maar er was niets om tegenaan te schoppen, en na een tijdje hield Ster helemaal op te bewegen, alleen bleef hij sidderen.
Met mijn rechterhand hield ik de teugels vast en met mijn linker omklemde ik het Juweel. Ik weet niet wat ik wenste of hoe ik er precies mee werkte, alleen dat ik doordocht verlangde door deze plaats van schitterende nietsheid, dat ik de weg wilde terugvinden en doorgaan tot het einde van de reis.
Ik raakte alle besef van tijd kwijt. Het gevoel van afdaling was verdwenen. Bewoog ik nog, of zweefde ik alleen? Het

was met geen mogelijkheid te zeggen. Was de schittering eigenlijk nog wel schittering? En die dodelijke stilte... Ik huiverde. Hier was het verlies der zintuiglijke vermogens zelfs nog groter dan in de dagen van mijn blindheid, in mijn oude cel. Hier was niets - niet het geluid van een wegschietende rat noch het geschraap van mijn lepel tegen de deur, geen vochtigheid, geen kilte, geen vormen. Ik bleef me op het Juweel richten...

Geflikker.

Even leek het of er een vluchtige onderbreking van het gezichtsveld rechts van me was geweest, zo kort dat ik het bijna niet bewust had gezien. Ik stak mijn hand uit en voelde niets.

Het was zo kort geweest dat ik er niet zeker van was of het echt gebeurd was. Het kon best een hallucinatie zijn geweest.

Maar ik meende het nog eens te zien, ditmaal links van me. Hoe lang de tussentijd was, kon ik niet zeggen.

Toen hoorde ik iets als een gesteun, uit onbepaalde richting. Ook dit duurde heel kort.

Daarna - en voor de eerste keer, daar was ik zeker van - kwam er een grijs-wit landschap als het oppervlak van de maan. Het kwam en ging, misschien in een seconde, in een klein gebied van mijn gezichtsveld, aan mijn linkerkant. Ster brieste.

Rechts verscheen een woud - grijs en wit - neervallend, alsof we elkaar in een onmogelijke hoek passeerden. Een fragment van een televisiefilm van minder dan twee seconden.

Toen stukken van een brandend gebouw onder me... Kleurloos...

Vlagen van gejammer, van boven me...

Een spookachtige berg, een door toortsen verlichte processie die een roetsjbaan op de dichtstbijzijnde helling beklom...

Een vrouw, hangend aan een boomtak, een strakgespannen touw om haar nek, het hoofd opzij gedraaid, de handen op de rug gebonden...

Bergen, omgekeerd, wit; zwarte wolken daaronder...

Tik. Een kleine sensatie van trilling, alsof we heel even iets massiefs hadden aangeraakt - Sters hoef op steen, misschien. Weg was het weer...

Geflikker.

Rollende hoofden, druipend zwart bloed... Een gegiechel van nergens... Een man aan een muur genageld, ondersteb-

ven... Opnieuw het witte licht, rollend en deinend, als een golf...
Tik. Geflikker.
Gedurende één polsslag betraden we een spoor onder een gestippelde hemel. Zodra het verdwenen was, trachtte ik het opnieuw te bereiken, door het Juweel.
Tik. Geflikker. Tik. Gerommel.
Een rotsachtig spoor, een hoge bergpas naderend... Nog altijd monochroom, de wereld... Achter mijn rug, een geratel als van de donder...
Ik draaide het Juweel om en om als een brandpunt toen de wereld begon te vervagen. Ze kwam weer terug... Twee, drie, vier... Ik telde hoefslagen, hartslagen tegen de grommende achtergrond... Zeven, acht, negen... De wereld werd helderder. Ik haalde diep adem en zuchtte zwaar. De lucht was koud.
Tussen de donder en de echo's daarvan, hoorde ik het geluid van regen. Maar op mij viel niets.
Ik wierp een blik over mijn schouder.
Een grote muur van regen stond misschien honderd meter achter ons. Ik kon er alleen heel vaag de omtrekken van bergen door onderscheiden. Ik klakte tegen Ster en we gingen wat sneller, waarbij we naar een vrijwel vlak traject klommen dat tussen een paar pieken als torentjes doorleidde. De wereld voor ons was nog steeds een studie in zwart en wit en grijs, de hemel voor me was verdeeld in afwisselende banden van duisternis en licht. We betraden de pas.
Ik begon te rillen. Ik wilde aan de teugels trekken, rusten, eten, roken, afstijgen en rondlopen. Maar ik was nog te dicht bij dat stormscherm om me zelf zo te verwennen.
Sters hoefslagen weergalmden in de pas, waar rotswanden aan beide kanten steil oprezen onder die zebra-hemel. Ik hoopte dat deze bergen deze storm zouden breken, ook al voelde ik dat ze dat niet konden. Dit was geen gewone storm, en ik had het akelige gevoel dat hij zich helemaal tot Amber uitstrekte en dat ik er zonder het Juweel in gevangen en voor altijd verloren zou zijn geweest.
Terwijl ik die vreemde hemel gadesloeg, begon een blizzard van bleke bloemen rondom me te vallen en vrolijkte mijn pad op. Een aangename geur vulde de lucht. De donder achter mijn rug nam af. De rotsen naast mij werden met zilveren strepen doorschoten. De wereld werd in bezit genomen door een schemering die zich met het lichtschijnsel leek te

meten, en toen ik uit de pas kwam, keek ik neer op een vallei met verschietend perspectief, waar afstanden onmogelijk te schatten waren, bezaaid met natuurlijk-uitziende torenspitsen en minaretten die het maanachtige licht van de hemelstrepen terugkaatsten. Het deed denken aan een nacht in Tir-na Nog'th, vermengd met zilverkleurige bomen, met vlekken van spiegelachtige poelen, doorkruist door zwevende nevels, bijna terrasvormig op sommige plaatsen, natuurlijk en rollend op andere, doorsneden door wat een voortzetting leek van de route die ik volgde, stijgend en dalend, overhangen door een elegische hoedanigheid, besprenkeld met onverklaarbare stippen van schitter en glans, verstoken van elk teken van bewoning.
Ik aarzelde niet, maar begon aan mijn afdaling. De grond was hier kalkachtig en bleek als gebeente - en was dat niet heel vaag de lijn van een zwarte weg ver links van me? Ik was er vrijwel zeker van.
Ik haastte me nu niet, omdat ik kon zien dat Ster vermoeid raakte. Als de storm ons niet al te snel inhaalde, konden we bij een van de poelen in de vallei beneden ons misschien rust houden. Ik was zelf ook moe en hongerig.
Ik hield een oogje op de weg die naar beneden leidde, maar zag geen mensen, geen dieren. De wind maakte een zacht, zuchtend geluid. Witte bloemen aan klimplanten bewogen zich zacht heen en weer naast het spoor toen ik de lagere hellingen bereikte waar normaal gebladerte begon. Omkijkend zag ik dat het stormveld de bergkam nog steeds niet had gepasseerd, hoewel de wolken zich erachter bleven samenpakken.
Verder ging ik naar dat vreemde oord. Er vielen al lang geen bloemen meer op de grond om me heen, maar een delicate geur hing in de lucht. Er was niets te horen buiten onze eigen geluiden en dat van de onophoudelijke bries die van rechts kwam. Vreemd gevormde rotsformaties stonden overal om me heen, bijna gebeeldhouwd lijkend in de zuiverheid van hun lijnen. De nevels dreven nog steeds heen en weer. De fletse grassen glinsterden vochtig.
Terwijl ik het spoor naar het beboste midden van de vallei volgde, bleven de perspectieven rondom me zich wijzigen, afstanden vertekenend, uitzichten verkrommend. Zo sloeg ik linksaf om naar een nabijgelegen meer te gaan en het scheen terug te wijken naarmate ik voortging. Maar toen ik het eindelijk bereikte, afsteeg en een vinger in het water

doopte om te proeven, was het water ijskoud, maar zoet. Vermoeid vlijde ik me neer nadat ik mijn dorst gelest had en sloeg Ster gade, die stond te grazen terwijl ik een koude maaltijd uit mijn tas begon te verorberen. De storm deed nog steeds zijn best de bergen over te steken. Ik keek er lang naar, me erover verwonderend. Als Pa had gefaald, was dat Armageddon en was deze hele reis zinloos. Die gedachte stond me niet aan, want ik wist dat ik hoe dan ook door moest gaan. Maar ik kon er niets aan doen. Ik zou mijn bestemming kunnen bereiken, ik zou kunnen zien dat de slag gewonnen was, en het dan allemaal weggevaagd zien. Zinloos... Nee. Niet zinloos. Ik zou het hebben geprobeerd, en ik zou het tot het bittere einde blijven proberen. Dat was genoeg, zelfs als alles was verloren. In elk geval kon Brand doodvallen! Om te ontketenen...

Een voetstap.

In een oogwenk was ik ineengedoken en keerde me met mijn hand op mijn zwaard in die richting.

Het was een vrouw die ik tegenover me zag, klein, in wit gekleed. Ze had lang, donker haar en wilde, donkere ogen, en ze glimlachte. Ze droeg een tenen mand, die ze tussen ons op de grond zette.

'Je zult wel honger hebben, ridder in volle wapenrusting,' zei ze in Thari met een vreemd accent. 'Ik zag je naderen. Ik heb dit voor je meegebracht.'

Ik glimlachte en ging er wat normaler bijstaan.

'Dank je,' zei ik. 'Ik heet Corwin. En jij?'

'Lady,' zei ze.

Ik trok een wenkbrauw op. 'Dank je ... Lady. Woon je in dit oord?'

Ze knikte en knielde om het mandje open te maken.

'Ja, mijn paviljoen ligt een eind terug, aan het meer.' Ze wees met haar hoofd naar het oosten – in de richting van de zwarte weg.

'O, daar,' zei ik.

Het voedsel en de wijn in het mandje zagen er echt, vers, eetlust opwekkend uit, beter dan mijn reiskost. Ik koesterde verdenking, dat spreekt. 'Houd je me gezelschap?' vroeg ik.

'Als je wilt.'

'Dat wil ik best.'

'Goed.'

Ze spreidde een kleed uit, ging tegenover me zitten, haalde het voedsel uit de mand en stalde het tussen ons uit. Toen diende ze op en proefde alles snel voor. Ik voelde me er een tikkeltje onedel onder, maar niet meer dan een tikkeltje. Het was een eigenaardige plaats om te wonen voor een vrouw die kennelijk alleen was, en stomweg maar wat zat te wachten om de eerste de beste vreemdeling die toevallig langskwam te hulp te schieten. Dara had me bij onze eerste ontmoeting ook te eten gegeven, en als ik inderdaad het einde van mijn reis naderde, was ik dicht bij de bolwerken van de vijand. De zwarte weg was te dicht in de buurt, en ik betrapte Lady er een paar keer op dat ze begerig naar het Juweel keek.

Maar het was erg gezellig, en onder het diner werd de verstandhouding steeds beter. Ze was een ideaal gehoor, ze lachte om al mijn grappen en maakte dat ik over mezelf praatte. Meestentijds hield ze mijn ogen met haar blik gevangen, en op de een of andere manier raakten onze vingers elkaar steeds wanneer er iets werd doorgegeven. Als ik in een val werd gelokt, deed ze het op een erg aangename manier.

Terwijl we hadden gedineerd en gepraat, had ik ook een oogje op de nadering van dat onverbiddelijk uitziende stormveld gehouden. Het had eindelijk de bergkam overwonnen en was overgestoken. Het was zijn langzame afdaling van de hoge helling begonnen. Terwijl ze het kleed opruimde, volgde Lady mijn blik en knikte.

'Ja, daar komt het,' zei ze. Ze deed het laatste eetgerei in het mandje en kwam naast me zitten, met de fles en onze bekers.

'Zullen we erop drinken?'

'Ik wil wel met je drinken, maar niet daarop.'

Ze schonk in.

'Het doet er niet toe,' zei ze. 'Niet meer,' en ze legde haar hand op mijn arm en gaf me mijn beker.

Ik hield hem in mijn hand en keek op haar neer. Ze glimlachte. Ze klonk tegen de rand van mijn beker. We dronken.

'Ga mee naar mijn paviljoen,' zei ze, en ze nam mijn hand, 'waar we de uren die ons resten op aangename wijze zullen verdrijven.'

'Ik moet bedanken,' zei ik. 'Bij een andere gelegenheid zou een dergelijk tijdverdrijf een heerlijk dessert na een voortreffelijke maaltijd geweest zijn. Helaas moet ik weer op weg gaan. De plicht jaagt mij voort, de tijd vliegt, ik heb een opdracht.'

'Goed hoor,' zei ze. 'Zo belangrijk is het niet. En ik weet alles van je opdracht af. Die is ook niet zo belangrijk meer.'
'O? Ik moet bekennen dat ik niet anders verwachtte dan dat je me zou uitnodigen voor een intiem feestje dat erop uit zou draaien dat ik over een hele tijd pips en verlaten ergens op de koude kant van een heuvel zou lopen te leuteren, als ik zou toehappen.'
Ze schoot in de lach.
'En ik moet bekennen dat het mijn bedoeling was je zo te bejegenen, Corwin. Maar nu niet meer.'
'Waarom niet?'
Ze gebaarde naar de voortschrijdende breuklijn.
'Er is geen noodzaak je nu nog op te houden. Hieruit maak ik op dat de Hoven hebben gewonnen. Niemand kan iets doen om de opmars van de Chaos te stuiten.'
Ik huiverde kort en zij vulde onze bekers opnieuw.
'Maar ik zou graag willen dat je me nu niet verlaat,' ging ze verder. 'Het is een kwestie van uren voordat het ons bereikt. Wat is een betere manier om deze laatste momenten door te brengen dan in elkaars gezelschap? Het is zelfs niet nodig om helemaal naar mijn paviljoen te gaan.'
Ik boog mijn hoofd, en zij drukte zich dicht tegen me aan. Sodeju. Een vrouw en een fles – zo had ik altijd gezegd dat ik aan mijn eind wilde komen. Ik nam een slok van de wijn. Waarschijnlijk had ze gelijk. Toch dacht ik aan het vrouwding dat me op de zwarte weg in de val had gelokt toen ik Avalon verliet. Eerst was ik naar haar toegegaan om haar te helpen, zwichtte snel voor haar onnatuurlijke bekoring – maar toen haar masker afviel zag ik dat er totaal niets achter zat. Verdomd beangstigend was dat geweest. Maar zonder al te filosofisch te worden, iedereen heeft een hele kast vol maskers voor verschillende gelegenheden. Ik heb populaire psychologen er jarenlang tegen horen uitvaren. Dat neemt niet weg dat ik mensen heb ontmoet die aanvankelijk sympathiek op me overkwamen, mensen die ik ging haten toen ik inzag hoe ze daaronder in werkelijkheid waren. En soms waren ze als dat vrouw-ding – dan zat er eigenlijk niet veel onder. Ik heb gemerkt dat het masker dikwijls veel aanvaardbaarder is dan zijn alternatief. Dus... Dit meisje dat ik tegen me aan trok kon van binnen wel eens een monster zijn. Dat was zelfs waarschijnlijk. Zijn we het niet bijna allemaal? Ik kon me een ergere manier voorstellen om te sterven als ik het op dit punt wilde opgeven. Ik mocht haar.

Ik dronk mijn wijn op. Ze maakte aanstalten om me nog eens in te schenken en ik hield haar hand tegen.
Ze keek naar me op. Ik glimlachte.
'Je had me bijna overgehaald,' zei ik.
Toen sloot ik haar ogen met kussen, vier, om de betovering niet te verbreken, en besteeg Ster. Het gras stond nog rechtop en ik was van haar afgebleven. Maar op deze manier was het geen leuke reis.
'Vaarwel, Lady.'

Ik zette koers naar het zuiden terwijl de storm de vallei in ziedde. Voor me waren nog meer bergen en daarheen leidde het spoor. De hemel was nog steeds gestreept, zwart en wit, en deze lijnen schenen een beetje heen en weer te bewegen; het overheersende effect was nog steeds dat van schemering, hoewel er binnen de zwarte gebieden geen sterren schenen. Nog steeds de bries, nog steeds de geur om me heen - en de stilte, en de gedraaide monolieten en het zilverkleurig loof, nog steeds dauwnevel en glinstering. Mistflarden dreven voor me. Ik probeerde met de stof van Schaduw te werken, maar het was moeilijk en ik was uitgeput. Er gebeurde niets. Ik putte kracht uit het Juweel, probeerde iets ervan ook op Ster over te brengen. We bewogen ons stapvoets voort totdat het land voor ons tenslotte omhoogliep en we naar een andere pas stegen, die gekartelder was dan die waardoor we waren binnengekomen. Ik hield halt en keek om. Misschien een derde van de vallei lag nu achter het schemerig veld van het voortschrijdende storm-ding. Ik vroeg me af hoe het met Lady en haar meer, haar paviljoen zou zijn. Ik schudde mijn hoofd en reed door.
De weg werd steiler naarmate we de pas naderden, en ons tempo werd vertraagd. Boven ons hoofd kregen de witte rivieren in de hemel een rossige tint die dieper werd terwijl we voortreden. Tegen de tijd dat ik de toegang bereikte leek de hele wereld met bloed gekleurd. Toen ik die brede, rotsachtige pas betrad sloeg een zware wind me in het gezicht. Ons ertegen schrap zettend, werd de grond onder onze voeten vlakker, hoewel we bleven klimmen en ik nog steeds niet voorbij de pas kon zien.
Terwijl ik voortreed, hoorde ik iets ratelen op de rotsen links van me. Ik keek in die richting, maar zag niets. Een vallende steen, dacht ik, en zette het uit mijn hoofd. Een halve minuut later gaf Ster een krampachtige ruk, stootte een

vreselijk gehinnik uit, draaide zich scherp naar rechts, en begon toen naar links om te vallen.

Ik sprong uit het zadel, en terwijl we allebei vielen zag ik dat een pijl laag achter Sters schouder uitstak. Rollend viel ik op de grond, en toen ik tot stilstand kwam keek ik omhoog in de richting waar hij vandaan moest zijn gekomen.

Een gestalte met een kruisboog stond op de richel rechts van me, ongeveer tien meter hoger dan ik. Hij zwengelde het wapen alweer aan om het voor een volgend schot in gereedheid te brengen.

Ik wist dat ik hem niet op tijd kon bereiken om hem tegen te houden. Dus ik zocht om me heen naar een steen ter grootte van een hockeybal, vond er een aan de voet van de steile glooiing achter me, raapte hem op en probeerde me zelf voor te houden dat mijn razernij de nauwkeurigheid van mijn worp niet nadelig mocht beïnvloeden. Dat gebeurde ook niet, maar misschien verleende mijn woede wel wat extra kracht.

De worp trof hem op de linkerarm, en hij slaakte een gil terwijl hij de kruisboog liet vallen. Het wapen kletterde de rotsen af en kwam neer aan de andere kant van het spoor, bijna recht tegenover me.

'Vuile smeerlap!' schreeuwde ik. 'Je hebt mijn paard gedood! Dat kost je je kop!'

Terwijl ik het spoor overstak, zocht ik naar de snelste weg naar boven. Daar, links van me. Ik vloog erop af en begon te klimmen. Een ogenblik later viel het licht in een gunstige hoek en ik kreeg een beter zicht op de man. Hij stond bijna dubbelgevouwen zijn arm te masseren. Het was Brand, zijn haar nog roder in het bloedkleurige licht.

'Het is gebeurd met je, Brand,' zei ik. 'Ik wilde alleen dat iemand het al een hele tijd geleden had gedaan.'

Hij richtte zich op en sloeg me even gade terwijl ik naar hem toeklom. Hij maakte geen aanstalten zijn zwaard te pakken. Op het moment dat ik de top bereikte, misschien zeven meter van hem vandaan, kruiste hij zijn armen op zijn borst en liet zijn hoofd zakken.

Ik trok Grayswandir uit de schede en liep naar voren. Ik geef toe dat ik erop voorbereid was hem in die of iedere andere positie te doden. Het rode licht was dieper geworden totdat we in bloed schenen te baden. De wind huilde om ons heen, en uit de vallei in de diepte kwam het gerommel van de donder.

Hij vervaagde gewoon voor mijn ogen. Zijn omtrekken werden minder duidelijk, en toen ik de plaats bereikte waar hij had gestaan was hij helemaal verdwenen.
Ik stond even te vloeken, me het verhaal herinnerend dat hij op onverklaarbare wijze in een levende Troef was veranderd, die in staat was zich in zeer korte tijd te transporteren waarheen hij maar wilde.
Ik hoorde geluid in de diepte...
Ik stormde naar de rand en keek naar beneden. Ster lag nog steeds te spartelen en bloed spoot uit zijn wond, en het verscheurde mijn hart toen ik het zag. Maar dat was niet het enige schrikwekkende gezicht.
Brand stond in de diepte. Hij had de kruisboog opgeraapt en begon hem opnieuw gereed te maken.
Ik keek weer om me heen naar een steen, maar er lag niets in de buurt. Toen kreeg ik er één in het oog, wat verder terug, in de richting waaruit ik gekomen was. Snel ging ik erop af, stak mijn zwaard weer in de schede en raapte hem op. Hij was ongeveer zo groot als een watermeloen. Ik ging ermee terug naar de rand en zocht Brand.
Hij was nergens te zien.
Plotseling voelde ik me erg naakt. Hij kon zich naar iedere voordelige positie getransporteerd hebben en mij op dat ogenblik beloeren. Ik liet me op de grond vallen, over mijn kei heen. Een ogenblik later hoorde ik de bout rechts van me de grond raken. Het geluid werd gevolgd door Brands gegrinnik.
Ik stond weer op, wetend dat het hem op zijn minst een kort ogenblik zou kosten om zijn wapen weer op te zetten. Toen ik in de richting van het gelach keek, zag ik hem, bovenop de richel aan de overzijde van de pas – ongeveer vijf meter hoger dan ik, en ongeveer twintig meter van me verwijderd.
'Het spijt me van het paard,' zei hij. 'Ik richtte op jou. Maar die verdomde rotwind...'
Ik had een nis ontdekt en ging erop af, de kei meenemend bij wijze van schild. Vanuit die wigvormige spleet zag ik hem de bout inpassen.
'Een moeilijk schot,' riep hij uit, terwijl hij het wapen ophief, 'en een uitdaging voor mijn schietvaardigheid. Maar zeker de moeite waard. Ik heb nog munitie genoeg.'
Hij grinnikte, mikte en schoot.
Ik dook in elkaar, met de kei voor mijn middel, maar de bout raakte ongeveer zestig centimeter rechts van me de rotsen.

'Ik had min of meer verwacht dat dat zou gebeuren,' zei hij, terwijl hij zijn wapen weer gereedmaakte. 'Maar ik moest weten hoe groot de afwijking is.'
Ik zocht op de grond naar kleinere stenen om als munitie te gebruiken zoals ik daarnet ook had gedaan. Er lagen er geen in de buurt. Ik vroeg me af of het Juweel iets kon doen.
Dat werd verondersteld me te redden in de aanwezigheid van onmiddellijk gevaar. Maar ik had het vreemde gevoel dat daar directe nabijheid voor nodig was en dat Brand zich daarvan bewust was en zijn voordeel deed met het verschijnsel. Maar zou er toch niet iets anders zijn dat ik met het Juweel kon doen om hem te dwarsbomen? Hij leek te ver weg voor de verlammingstruc, maar ik had hem al eens eerder verslagen door het weer te beheersen. Ik vroeg me af hoe ver weg de storm was. Ik richtte me erop. Ik zag in dat het minuten zou kosten, minuten die ik niet tot mijn beschikking had, om de noodzakelijke voorwaarden te creëren om de bliksem naar hem toe te trekken. Maar met de wind was het anders gesteld. Ik richtte me erop, voelde hem...
Brand stond op het punt weer te schieten. De wind begon door de pas te gieren.
Ik weet niet waar zijn volgende schot terechtkwam. Maar op geen stukken na in mijn buurt, in ieder geval. Hij liet zich vallen om zijn wapen weer klaar te maken. Ik begon de factoren voor een blikseminslag op te zetten...
Toen hij gereed was en opnieuw zijn wapen hief, hief ik nogmaals de wind. Ik zag hem richten, ik zag hem ademhalen en ik zag zijn adem stokken. Toen liet hij de boog zakken en staarde naar me.
'Het schiet me net te binnen,' riep hij uit, 'jij hebt macht over die wind. Jij steggelt, Corwin.' Hij loerde om zich heen. 'Ik moet toch een positie kunnen vinden waar het niets uitmaakt. Aha!'
Ik spande me voortdurend in om de factoren voor zijn verzenging op te zetten, maar nog was aan alle voorwaarden niet voldaan. Ik keek omhoog naar die rood- en zwartgestreepte hemel, waar iets wolksachtigs boven ons zich vormde. Weldra, maar nu nog niet...
Brand vervaagde en verdween weer. Met wilde ogen zocht ik hem overal.
Toen stond hij tegenover me. Hij was naar mijn kant van de pas overgestoken. Hij stond ongeveer tien meter ten zuiden van me, met de wind in zijn rug. Ik wist dat ik hem niet op

tijd kon doen draaien. Zou ik mijn kei gooien? Hij zou waarschijnlijk wegduiken en ik zou mijn schild weggooien. Aan de andere kant...

Hij bracht het wapen naar zijn schouder.

Tijd rekken! schreeuwde mijn inwendige stem, terwijl ik voortging de hemel te bewerken.

'Voor je schiet, Brand, moet je me één ding vertellen. Oké?'

Hij aarzelde, liet toen het wapen een paar centimeter zakken.

'Wat dan?'

'Sprak je de waarheid over wat er is gebeurd – met Pa, het Patroon, de komst van Chaos?'

Hij wierp zijn hoofd achterover en lachte, een reeks korte blaffen.

'Corwin,' verklaarde hij toen, 'het verheugt me meer dan ik zeggen kan dat ik jou zie sterven zonder iets te weten dat zoveel voor je betekent.'

Hij lachte weer en begon het wapen te heffen. Ik had me juist in beweging gezet om mijn kei te smijten en op hem af te stormen. Maar geen van ons beiden maakte af waar hij mee bezig was.

Er kwam een hevig gekrijs van boven ons hoofd, en een stuk van de hemel scheen zich los te rukken en op Brands hoofd te vallen. Hij schreeuwde en liet de kruisboog vallen. Hij hief zijn handen op om aan het ding te rukken dat hem besprong. De rode vogel, de Juweeldrager, geboren uit mijn bloed op de hand van mijn vader, was teruggekeerd om me te verdedigen.

Ik liet de kei los en liep snel op hem toe, onderwijl mijn zwaard trekkend. Brand raakte de vogel en die fladderde weg, hoogte winnend, rondcirkelend voor een nieuwe duik. Brand hief beide armen om zijn gezicht en hoofd te bedekken, maar niet voordat ik het bloed zag dat uit zijn linkeroogkas stroomde.

Hij begon weer te vervagen toen ik nog op hem afrende. Maar de vogel kwam als een bom naar beneden en zijn klauwen troffen Brand opnieuw op het hoofd. Toen begon de vogel ook te vervagen. Brand haalde uit naar zijn rossige belager en de vogel bracht hem diepe wonden toe terwijl ze samen verdwenen.

Toen ik de plaats van handeling bereikte, was de gevallen kruisboog het enige voorwerp dat achtergebleven was, en ik gaf er met mijn laars een trap tegen.

Nog niet, nog niet voorbij, verdomme! Hoe lang zul jij me kwellen, broeder? Hoe ver moet ik gaan om het tussen ons tot een eind te brengen?
Ik klauterde weer naar het spoor. Ster was nog niet dood en ik moest er een einde aan maken. Soms geloof ik dat ik een andere baan had moeten kiezen.

7

Een schaal schuimpjes.
Na de pas te zijn doorgetrokken, aanschouwde ik de vallei die voor me lag. Tenminste, ik nam aan dat het een vallei was.
Ik kon niets zien onder het dek van wolk/mist/nevel.
In de hemel kleurde één van de rode strepen zich geel; een ander werd groen. Dat bemoedigde me enigszins, aangezien de hemel zich bij benadering net zo had gedragen toen ik de rand der dingen had bezocht, tegenover de Hoven van Chaos.
Ik slingerde mijn bundel op mijn rug en begon het spoor af te sjouwen. De wind nam af onder het gaan. In de verte hoorde ik wat gerommel van de storm die ik ontvluchtte. Ik vroeg me af waarheen Brand was verdwenen. Ik had het gevoel dat ik hem een tijdlang niet weer zou zien.
Halverwege de afdaling, toen de nevel juist om me heen begon te kruipen en te krullen, kreeg ik een oude boom in het oog en sneed me een staf. De boom leek te gillen toen ik zijn tak afsneed.
'Wees vervloekt!' kwam iets als een stem van binnen de boom.
'Heb je gevoel?' zei ik. 'Het spijt me...'
'Het heeft me heel wat tijd gekost om die tak te laten groeien. Nu ga jij hem zeker verbranden?'
'Nee,' zei ik. 'Ik had een staf nodig. Ik heb een lange wandeling voor me.'
'Door deze vallei?'
'Inderdaad.'
'Kom eens dichterbij, zodat ik je aanwezigheid beter kan voelen. Er is iets aan je dat straalt.'
Ik deed een stap naar voren.
'Oberon!' zei hij. 'Ik herken uw Juweel.'
'Niet Oberon,' zei ik. 'Ik ben zijn zoon. Maar ik draag het in opdracht van hem.'
'Neem dan mijn tak, en mijn zegen erbij. Ik heb jouw vader

op heel wat vreemde dagen tot beschutting gediend. Hij heeft me geplant, zie je.'
'Werkelijk? Het planten van een boom is één van de weinige dingen die ik Pa nooit heb zien doen.'
'Ik ben geen gewone boom. Hij heeft me hier neergezet om een grens aan te duiden.'
'Welke grens?'
'Ik ben het einde van Chaos en van Orde, afhankelijk van hoe je het bekijkt. Ik geef een scheiding aan. Als je mij voorbij bent gelden andere regels.'
'Wat voor regels?'
'Wie zal het zeggen? Ik niet. Ik ben slechts een groeiende toren van met gevoel begiftigd ruwhout. Maar ik hoop dat je wat aan mijn staf hebt. Als je hem plant zal hij misschien bloeien in vreemde weersgesteldheden. Maar ach, misschien ook niet. Wie zal het zeggen? Houd hem bij je, zoon van Oberon, in het oord waarheen je reis je nu brengt. Ik voel een storm naderen. Vaarwel.'
'Vaarwel,' zei ik, 'en bedankt.'
Ik draaide me om en vervolgde mijn weg in de verdikkende nevel. Terwijl ik voortliep werd de roze kleur eraan onttrokken. Ik schudde mijn hoofd toen ik aan de boom dacht maar zijn staf bewees de volgende paar honderd meter, waar het gaan bijzonder moeilijk was, zijn nut.
Toen klaarde het een beetje op. Rotsen, een stilstaande poel, een paar kleine, naargeestige bomen behangen met baarden van mos, een geur van verrotting... ik liep er snel voorbij. Een donkere vogel sloeg me uit een van de bomen gade.
Hij vloog op terwijl ik hem bekeek en klapwiekte ongehaast in mijn richting. Door recente gebeurtenissen een beetje vogelschichtig geworden, deinsde ik terug toen hij om mijn hoofd cirkelde. Maar hij streek fladderend neer op het spoor voor me, boog zijn kopje en nam me met zijn linkeroog op.
'Ja,' deelde hij daarop mee. 'Jij bent het.'
'Wie ben ik?' zei ik.
'Jij bent degene die ik zal vergezellen. Je hebt er hopelijk geen bezwaar tegen door een onheilspellende vogel gevolgd te worden, Corwin?'
Hij gniffelde, en maakte een paar danspasjes.
'Ik zou niet weten hoe ik je tegen moest houden. Hoe komt het dat je mijn naam kent?'
'Ik heb op je gewacht vanaf het begin van de Tijd, Corwin.'
'Dat zal wel vermoeiend zijn geweest.'

'Zo lang was dat niet, op deze plaats.'
Ik begon weer te lopen. Ik passeerde de vogel en stapte door.
Een paar ogenblikken later schoot hij langs me heen en landde op een rotsblok rechts van me.
'Ik heet Hugi,' verklaarde hij. 'Je draagt een stuk van de oude Ygg, zie ik.'
'Ygg?'
'Die muffe oude boom die de wacht houdt bij de toegang tot dit oord en niemand op zijn takken wil laten rusten. Ik wed dat hij krijste toen je die staf afhakte.' Hij liet een schaterend gelach horen.
'Hij deed er heel geschikt over.'
'Dat zal wel. Maar hij had ook niet veel keus toen je het eenmaal gedaan had. Je zult er best wel veel aan hebben.'
'Het is een goeie stok,' zei ik, en zwaaide hem een beetje in zijn richting.
Hij fladderde uit de buurt.
'Hé! Dat was niet grappig!'
Ik lachte.
'Ik vond van wel.'
Ik liep door.
Mijn weg voerde me een tijd lang door een moerassig gebied. Zo nu en dan maakte een windvlaag de weg vrij. Dan passeerde ik zo'n open stuk, of de nevels sliertten er weer overheen. Soms dacht ik een flard muziek te horen – uit welke richting kon ik niet zeggen – langzaam, en een beetje plechtig, afkomstig van een instrument met metalen besnaring.
Toen ik voortsjokte, werd ik van ergens links van me aangeroepen:
'Vreemdeling! Stop en aanschouw me!'
Op mijn hoede stopte ik. Maar door die nevel kon ik geen barst zien.
'Hallo,' zei ik. 'Waar zit je?'
Op dat moment braken de nevels even en ik zag een reusachtig hoofd, ogen op gelijke hoogte met de mijne. Ze hoorden bij wat een gigantisch lichaam leek, dat tot de schouders in een drassige poel was gezonken. Het hoofd was kaal, de huid wit als melk, met een steenachtige structuur. De donkere ogen leken waarschijnlijk donkerder dan ze in werkelijkheid waren als gevolg van het contrast.
'O juist,' zei ik. 'Je zit vast. Kun je je armen vrijmaken?'

'Als ik me tot het uiterste inspan,' kwam het antwoord.
'Tja, ik zal even iets stevigs zoeken dat je kunt beetpakken. Je moet je daar goed kunnen vasthouden.'
'Nee, dat is niet nodig.'
'Wil je er dan niet uit? Ik dacht dat je daarom schreeuwde.'
'O nee. Ik wilde gewoon dat je me aanschouwde.'
Ik kwam dichterbij en staarde, want de nevel begon weer te slierten.
'Oké,' zei ik. 'Ik heb je gezien.'
'Voel je hoe beroerd ik er aan toe ben?'
'Niet zo erg, als je jezelf niet wilt helpen of hulp wilt accepteren.'
'Wat voor nut zou het hebben om mezelf te bevrijden?'
'Jij stelt de vraag. Geef er zelf maar antwoord op.'
Ik draaide me om en wilde verder gaan.
'Wacht! Waar reis je heen?'
'Naar het zuiden, ik moet optreden in een zinnespel.'
Op dat ogenblik vloog Hugi uit de nevel en landde bovenop het hoofd. Hij pikte erin en lachte.
'Verspil je tijd niet, Corwin. Het is veel minder dan het lijkt,' zei hij.
De reuzenlippen vormden mijn naam. Toen: 'Is hij het werkelijk?'
'Hij is het inderdaad,' antwoordde Hugi.
'Luister, Corwin,' zei de verzonken gigant. 'Jij gaat toch proberen de Chaos te stuiten?'
'Ja.'
'Doe het niet. Het is het niet waard. Ik wil dat de dingen tot een eind komen. Ik wens uit deze toestand verlost te worden.'
'Ik heb al aangeboden je eruit te helpen. Dat heb je afgewezen.'
'Niet dat soort verlossing. Een eind aan de hele soesa.'
'Dat is niet zo moeilijk,' zei ik. 'Kop naar beneden en diep ademhalen.'
'Het is niet slechts persoonlijke beëindiging die ik wens, maar een eind aan het hele dwaze spel.'
'Ik geloof dat er een paar andere lieden rondlopen die liever hun eigen beslissing in deze kwestie nemen.'
'Laat het voor hen ook eindigen. Er zal een tijd komen dat zij zich in mijn positie bevinden en er net zo over denken.'
'Dan zullen zij er dezelfde keuze op na houden. Goedendag.'
Ik draaide me om en liep verder.

'Dat geldt ook voor jou!' riep hij me na.
Toen ik voortsjokte, haalde Hugi me in en streek neer op de punt van mijn staf.
'Leuk om op een tak van oude Ygg te zitten nu hij me niet weg – Iek!'
Hugi sprong de lucht in en cirkelde rond.
'Mijn poot verbrand! Hoe lapte hij hem dat?' schreeuwde hij.
Ik had schik.
'Ik zou het niet weten.'
Hij fladderde even rond, vloog toen naar mijn rechterschouder.
'Kan ik hier rustig zitten?'
'Ga je gang.'
'Bedankt.' Hij ging zitten. 'Het Hoofd is eigenlijk een geval van mentale verstopping.'
Ik haalde mijn schouders op en hij spreidde zijn vleugels om zijn evenwicht te bewaren.
'Hij wil zijn vinger ergens op leggen,' ging hij verder, 'maar maakt de vergissing de wereld verantwoordelijk te stellen voor zijn eigen falen.'
'Nee. Hij wilde zelfs geen vinger uitsteken om uit de prut te komen,' zei ik.
'Ik bedoelde filosofisch gesproken.'
'O, dat soort prut. Jammer voor hem.'
'Het hele probleem ligt bij het zelf, het ego, en zijn betrekking met de wereld aan de ene kant en het Absolute aan de andere kant.'
'O, is dat het?'
'Ja. Kijk, we zijn uitgebroed en we worden voortgedreven op de oppervlakte der gebeurtenissen. Soms hebben we het gevoel dat we de omstandigheden werkelijk beïnvloeden, en dat geeft aanleiding tot streven. Dat is een grote vergissing, omdat het begeerten doet ontstaan en een vals ego tot stand brengt waar het voldoende zou moeten zijn om zonder meer te *zijn*. Dat leidt tot meer begeerten en meer streven en daar zit je, in de val.'
'In de prut?'
'Om zo te zeggen. Men dient zijn blik standvastig op het Absolute te richten en te leren de luchtspiegelingen, de illusies te negeren, en het bedrieglijke besef van identiteit dat iemand afzonderlijk doet staan als een vals eiland van bewustzijn.'

'Ik heb eens een bedrieglijke identiteit gehad. Ik heb er heel wat baat bij gehad toen ik het absolute werd dat ik nu ben – mezelf.'
'Nee, dat is ook bedrieglijk.'
'Dan zal de ik die morgen misschien bestaat me er dankbaar voor zijn, zoals ik die andere dankbaar ben.'
'Jij snapt niet waar het om gaat. Die jij zal ook bedrieglijk zijn.'
'Waarom?'
'Omdat hij nog steeds vervuld van die begeerten en dat streven zal zijn, dat jou van het Absolute afscheidde.'
'Wat is daar verkeerd aan?'
'Je blijft alleen in een wereld van vreemdelingen, de wereld der verschijnselen.'
'Ik ben graag alleen. Ik ben heel erg met mezelf ingenomen. Ik houd ook van verschijnselen.'
'Toch zal het Absolute er altijd zijn, je roepend, onrust veroorzakend.'
'Goed, dan hoef ik me ook niet te haasten. Maar ik snap wat je bedoelt. Het neemt de vorm van idealen aan. Iedereen heeft er een paar. Als je zegt dat ik die moet nastreven, ben ik het met je eens.'
'Nee, dat zijn verdraaiingen van het Absolute, en wat jij nu zegt betekent nog meer streven.'
'Daar heb je gelijk in.'
'Ik zie wel dat jij heel wat af moet leren.'
'Als je het hebt over mijn ordinaire instinct tot voortbestaan, kun je je de moeite besparen.'
Het spoor had omhoog geleid, en nu kwamen we op een effen vlakte die wel geplaveid leek, al was ze met zand bestrooid. De muziek was in kracht toegenomen en werd nog luider toen ik verder liep. Opeens zag ik, door de nevel, vage gestalten bewegen, langzaam, ritmisch. Het duurde enkele ogenblikken voordat ik me realiseerde dat ze op de muziek dansten.
Ik liep door tot ik de gedaanten kon zien – op mensen lijkende, knappe lieden, uitgedost in hoofse kledij – danspassen makend op de trage maten van onzichtbare muzikanten. Het was een ingewikkelde en prachtige dans die ze uitvoerden, en ik bleef staan om het even te bekijken.
'Wat is de aanleiding,' vroeg ik Hugi, 'voor een dans hier in het hart van nergens?'
'Ze dansen,' zei hij, 'om jouw doortocht te vieren. Het zijn

geen sterfelijken, maar geesten van de Tijd. Ze begonnen deze dwaze vertoning toen jij de vallei inkwam.'
'Geesten?'
'Ja, kijk maar.'
Hij verliet mijn schouder, vloog over hen heen en liet een poepje vallen. Het uitwerpsel ging dwars door verscheidene dansers heen alsof het hologrammen waren, zonder een vlekje te maken op een mouw van brokaat of een kleed van zijde, zonder één der glimlachende gestalten uit de pas te brengen. Hugi kraste een paar maal en kwam naar me teruggevlogen.
'Dat was nou ook weer niet nodig,' zei ik. 'Het is een mooie opvoering.'
'Decadent,' zei hij, 'en ik zou het maar niet als compliment opvatten, want ze lopen vooruit op je falen. Ze willen je alleen nog eenmaal eer bewijzen voordat de voorstelling is afgelopen!'
Niettemin bleef ik een tijd staan kijken, leunend op mijn staf, uitrustend. Langzaam wijzigde zich het figuur dat door de dansers werd gemaakt, totdat één van de vrouwen – een kastanjebruine schoonheid – heel dicht bij me was. Nu ontmoetten de ogen van geen der dansers ook maar één keer mijn blik. Het was alsof ik niet aanwezig was. Maar met een perfect getimed gebaar wierp die vrouw met haar rechterhand iets dat aan mijn voeten terecht kwam.
Ik bukte me en pakte het op. Het was een zilveren roos – mijn eigen embleem – die ik in mijn handen hield. Ik fatsoeneerde hem en bevestigde hem aan de kraag van mijn mantel. Hugi keek de andere kant op en zei niets. Ik had geen hoed om af te nemen, maar ik boog wel voor de dame. Misschien was er een lichte twinkeling in haar rechteroog toen ik me omdraaide om verder te gaan.
De grond verloor zijn effenheid onder het gaan en tenslotte verdween de muziek. Het spoor werd ruwer, en wanneer de nevels optrokken, kreeg ik alleen rotsen of kale vlakten te zien. Ik putte kracht uit het Juweel wanneer ik dreigde in te storten en ik merkte dat iedere injectie nu van kortere duur was.
Na een tijdje kreeg ik honger en ik hield halt om mijn laatste proviand op te eten.
Hugi stond op de grond naast me en keek naar me terwijl ik at.
'Ik wil toegeven dat ik wel een beetje bewondering voor je

volharding heb,' zei hij, 'en zelfs ook nog wel voor wat je impliceerde toen je het over idealen had. Maar daar is het wel mee gezegd. Een tijdje terug hadden we het over de futiliteit van begeerte en streven...'
'Jij had het daarover. Ik zit er niet zo mee.'
'Dat moet je wel doen.'
'Ik heb een lang leven achter de rug, Hugi. Je beledigt me door ervan uit te gaan dat ik me nooit om die voetnoten in de studieboeken van tweedejaars filosofiestudenten heb bekommerd. Het feit dat jij de algemeen aanvaarde realiteit onvruchtbaar vindt vertelt me meer over jou dan over die staat van zaken. Als jij namelijk gelooft wat je zegt, heb ik medelijden met je, in die zin dat jij om een onverklaarbare reden hier moet zijn om te begeren en streven mijn valse ego te beïnvloeden in plaats van bevrijd van zulke flauwekul op weg te zijn naar jouw Absolute. Als je het niet gelooft, vertelt dat me dat je erop uit bent me te hinderen en te ontmoedigen, in welk geval je je tijd verspilt.'
Hugi maakte een gorgelend geluid. 'Dus je bent niet zo blind dat je het Absolute ontkent, het begin en einde van alles?' zei hij toen.
'Het is niet onmisbaar voor een liberale opvoeding.'
'Je erkent de mogelijkheid?'
'Misschien weet ik het beter dan jij, vogel. Zoals ik het zie bestaat het ego als een tussenstadium tussen rationaliteit en reflexief bestaan. Maar wie het uitvlakt is een lafaard. Als je van dat Absolute komt - van een zelfuitwissend Al - waarom wil je dan zo graag terug naar huis? Heb je zo'n afkeer van je zelf dat je spiegels vreest? Waarom zou je de reis niet de moeite waard maken? Ontwikkel je. Leer. Leef. Als je op een tocht bent gezonden, waarom wil je er dan tussenuit knijpen en terugrennen naar je punt van vertrek? Of heeft jouw Absolute zich vergist toen het iets van jouw kaliber stuurde? Geef die mogelijkheid toe en dan zijn we uitgepraat.'
Hugi keek me strak aan, sprong toen in de lucht en vloog weg. Die ging misschien zijn handboek raadplegen...
Ik hoorde een donderslag toen ik opstond. Ik begon te lopen. Ik moest die storm voorblijven.
Het spoor versmalde en verbreedde zich een aantal keren voordat het helemaal verdween en ik over een kiezelvlakte verder zwierf. Ik voelde me meer en meer terneergeslagen terwijl ik voorttrok, en ik probeerde mijn mentale kompas

op de juiste koers te houden. Ik was bijna blij met de geluiden van de storm, want die gaven me tenminste een ruw idee in welke richting het noorden lag. Natuurlijk was alles een beetje verwarrend in de mist, zodat ik niet absoluut zeker kon zijn. En ze werden luider ook... Verdomme.

...En ik had verdriet om het verlies van Ster, en Hugi's gedram over futiliteit zat me dwars. Dit was heel beslist geen goede dag. Ik begon eraan te twijfelen of ik mijn reis tot een goed einde zou brengen. Als een naamloze bewoner van dit duistere oord me al niet binnen korte tijd onverhoeds overviel, was er een grote kans dat ik hier zou ronddolen totdat mijn kracht me begaf of de storm me te pakken kreeg. Ik wist niet of ik in staat zou zijn die alles-wegvagende storm nog eens te overwinnen. Ik begon het te betwijfelen.

Ik probeerde het Juweel te gebruiken om de nevel te verspreiden, maar zijn werking scheen afgestompt te zijn. Door mijn traagheid misschien. Ik kon een klein gebied doen opklaren, maar daar reisde ik snel doorheen. Mijn besef van Schaduw werd versuft in dit oord dat in zekere zin de essentie van Schaduw leek te zijn.

Triest. Het zou mooi geweest zijn om als in een opera te velde te trekken – in een grote Wagneriaanse finale onder een vreemde hemel, tegen waardige tegenstanders – niet rondscharrelend in een nevelige woestenij.

Ik passeerde een bekend aandoende steenmassa. Had ik in een cirkel gelopen? Men heeft de neiging dat te doen wanneer men volkomen verdwaald is. Ik luisterde naar de donder, om mijn richting weer te bepalen. Tegen mijn verwachting in was alles stil. Ik begaf me naar de steenhoop en ging op de grond zitten, met mijn rug ertegen leunend. Zinloos om alleen maar rond te zwerven. Ik zou een tijdje wachten op een teken van de donder. Terwijl ik daar zat haalde ik mijn Troeven te voorschijn. Pa had gezegd dat ze een tijd lang geen dienst zouden doen, maar ik had niets beters te doen.

Eén voor één liep ik alle Troeven door, proberend ieder te bereiken, behalve Brand en Caine. Niets. Pa had gelijk gehad. De kaarten misten de bekende kilte. Ik schudde het hele spel en legde de kaart, daar op het zand. Ik kreeg een onmogelijke uitkomst en stopte ze allemaal weer weg. Ik leunde achterover en wenste dat ik nog wat water overhad. Een hele tijd luisterde ik of ik de storm kon horen. Er was wat gerommel, maar de richting was niet te bepalen. De

Troeven deden me aan mijn familie denken. Zij waren daarginds – waar dat ook wezen mocht – en wachtten op me. Wachtten op wat? Ik vervoerde het Juweel. Met welk doel? Aanvankelijk had ik aangenomen dat de krachten ervan noodzakelijk waren in de strijd. Als dat zo was, en als ik inderdaad de enige was die ze kon gebruiken, dan stonden we er niet best voor. En toen dacht ik aan Amber, en ik werd door wroeging en een soort vrees getroffen. Aan Amber mocht geen einde komen, nooit. Er moest een manier zijn om de Chaos terug te dringen...

Ik smeet een steentje weg waarmee ik had zitten spelen. Toen ik het losliet, bewoog het heel langzaam.

Het Juweel. Weer dat vertragende effect...

Ik putte meer energie en de steen schoot weg. Daarnet had ik blijkbaar kracht aan het Juweel onttrokken. Terwijl dat proces energie verleend had aan mijn lichaam, voelde ik me geestelijk nog steeds beneveld. Ik had slaap nodig – met veel snelle oogbewegingen. Dit oord zag er misschien veel minder ongewoon uit als ik uitgerust was.

Hoe dicht was ik bij mijn bestemming? Was het direct over de volgende bergkam, of nog ontzaglijk veel verder? En welke kans had ik om voor die storm uit te blijven, onverschillig hoe groot de afstand was? En de anderen? Stel dat de slag al beslist was en we verloren hadden? Ik had visioenen dat ik te laat aankwam, dat ik alleen nog dienst kon doen als grafdelver... Gebeente en alleenspraak, Chaos...

En waar was die vervloekte zwarte weg nu ik hem eindelijk kon gebruiken? Als ik hem zou kunnen vinden, kon ik hem volgen. Ik had het gevoel dat hij ergens rechts van me lag...

Nog eens concentreerde ik me, de nevels scheidend, ze terugrollend... Niets...

Een gedaante? Bewoog daar iets?

Het was een dier, een grote hond misschien, die terugweek om in de nevel te blijven. Besloop hij me?

Het Juweel begon te kloppen toen ik de nevel nog verder terugdrong. Aan mijn blikken blootgesteld, leek het dier zijn rug te krommen. Toen kwam hij recht op me af.

8

Ik stond stil terwijl hij dichterbij kwam. Toen kon ik zien dat het een grote jakhals was, zijn ogen strak op de mijne gericht.

'Je bent iets te vroeg,' zei ik. 'Ik stond alleen maar uit te rusten.'

Hij grinnikte.

'Ik ben hier alleen maar om een Prins van Amber te bekijken,' zei het beest. 'Verder zou alles meegenomen zijn.'

Hij grinnikte weer. Ik ook.

'Je mag ernaar kijken. Maar raak me eens aan en je zult merken dat ik voldoende uitgerust ben.'

'Nee, nee,' zei de jakhals. 'Ik ben een fan van het Huis van Amber. En van Chaos. Koninklijk bloed spreekt me aan, Prins van Chaos. En strijd ook.'

'Je kent me een titel toe die me niet vertrouwd is. Mijn betrekking met de Hoven van Chaos is hoofdzakelijk een kwestie van genealogie.'

'Ik denk aan de beelden van Amber die de schaduwen van Chaos doortrekken. Ik denk aan de golven van Chaos die de beelden van Amber uitwissen. In de boezem van de orde die Amber vertegenwoordigt beweegt zich bovendien een uiterst chaotische familie, precies zoals het Huis van Chaos sereen en onbewogen is. Niettemin hebben jullie je banden zowel als jullie conflicten.'

'Op het moment,' zei ik, 'ben ik niet geïnteresseerd in een jacht op paradoxen en terminologiespelletjes. Ik probeer de Hoven van Chaos te bereiken. Weet jij de weg?'

'Ja,' zei de jakhals. 'Het is niet ver, zoals de gier vliegt. Kom, ik zal je de juiste richting wijzen.'

Hij draaide zich om en begon weg te lopen. Ik volgde.

'Ga ik te snel? Je lijkt me vermoeid.'

'Nee, loop maar door. Het is zeker voorbij deze vallei?'

'Ja, er is een tunnel.'

Ik volgde hem, over zand en grind en droge, harde grond. Nergens groeide iets. Terwijl we voortliepen, verdunden de

nevels zich en namen een groenige tint aan – weer een streek van die stippelhemel, veronderstelde ik.
Na een tijdje riep ik uit: 'Hoe ver is het nog?'
'Niet zo ver meer,' zei hij. 'Word je moe? Wil je rusten?'
Hij keek om onder het spreken. Het groenige licht verleende aan zijn stotende trekken een nog ijzingwekkender uitdrukking. Maar ik had een gids nodig; en we gingen heuvelopwaarts, wat de juiste weg leek.
'Is er ergens water in de buurt?' vroeg ik.
'Nee, we zouden een heel eind terug moeten.'
'Laat dan maar. Ik heb geen tijd.'
Hij haalde zijn schouders op en grinnikte en liep door. Onder het gaan trok de mist nog wat verder op, en ik kon zien dat we een lage heuvelrij betraden. Ik steunde op mijn staf en hield vol. Gedurende misschien een half uur klommen we gestaag, terwijl de grond langzaam steenachtiger werd, de hoek van stijging steiler. Ik merkte dat ik zwaar begon te ademen.
'Wacht,' riep ik hem toe. 'Nu wil ik rusten. Ik dacht dat je zei dat het niet ver was.'
'Neem me,' zei hij, stilhoudend, 'mijn jakhalsegocentrisme niet kwalijk. Ik oordeelde in termen van mijn eigen natuurlijke snelheid. Ik dwaalde in deze, maar nu zijn we er echt bijna. Het ligt tussen de rotsen vlak voor ons. Waarom zouden we daar niet rusten?'
'Goed,' antwoordde ik, en liep door.
Weldra kwamen we bij een stenen wand die, besefte ik, de voet van een berg was. We zochten ons een weg tussen het rotspuin dat op de grond lag en bereikten tenslotte een opening die weer de duisternis inleidde.
'Daar is het,' zei de jakhals. 'De weg is recht, en er zijn geen lastige zijpaden. Aanvaard je doortocht, en ik wens je alle geluk.'
'Bedankt,' zei ik, terwijl ik alle gedachten aan rust voor het moment liet varen en naar binnen stapte. 'Ik stel dit zeer op prijs.'
'Het genoegen is geheel aan mijn kant,' zei hij vanachter me.
Ik deed nog een paar passen en onder mijn voeten knarpte iets, en toen ik het opzij schopte ratelde het. Het was een geluid dat je niet makkelijk vergeet. De vloer was bezaaid met geraamten. Er kwam een zacht, snel geluid vanachter me, en ik wist dat ik geen tijd had om Grayswandir te trekken. Dus ik draaide me om, hief mijn staf op en stootte ermee.

Deze manoeuvre stuitte het beest in zijn sprong, trof hem op de schouder. Maar mij sloeg ze ook van de voeten en ik rolde achterover tussen de geraamten. Door de schok werd de staf uit mijn handen gerukt, en in het ondeelbaar korte moment van beslissing dat me werd vergund door de val van mijn tegenstander besloot ik Grayswandir te trekken in plaats van naar mijn staf te gaan rondgrabbelen.
Ik speelde het klaar mijn zwaard uit de schede te halen, maar dat was alles. Ik lag nog op mijn rug met de punt van mijn wapen links van me, toen de jakhals zich herstelde en opnieuw sprong. Ik zwaaide met al mijn kracht de gevestknop in zijn snuit.
Ik voelde de terugslag in mijn arm en schouder. De kop van de jakhals knakte naar achteren en zijn lichaam viel kronkelend naar links. Onmiddellijk richtte ik de punt op hem, het gevest met beide handen omklemmend, en ik zag kans me op mijn rechterknie te verheffen voor hij zich weer op me stortte.
Zodra ik zag dat ik hem voor mijn zwaard had, wierp ik mijn volle gewicht erachter en dreef de kling diep in zijn lichaam. Snel maakte ik hem los en rolde weg van die happende kaken. De jakhals jankte, trachtte op te staan, viel weer neer. Ik lag te hijgen op de plaats waar ik gevallen was. Ik voelde de staf onder me en greep hem. Ik hield hem ter bescherming voor me en sleepte me terug tegen de grotwand. Het beest kwam echter niet meer overeind, maar lag daar te spartelen. In het vage licht kon ik zien dat hij braakte. De stank was overweldigend.
Toen draaide hij zijn ogen in mijn richting en lag stil.
'Het zou zo mooi geweest zijn,' zei hij zacht, 'om een Prins van Amber te eten. Ik heb me altijd afgevraagd – hoe koninklijk bloed smaakte.'
Toen sloten de ogen zich en de ademhaling stokte.
Ik stond op, met mijn rug nog steeds tegen de wand, de staf nog steeds voor me, en bekeek hem. Het duurde lang voor ik me zelf ertoe kon brengen mijn zwaard weer in de schede te doen.
Een snel onderzoek maakte duidelijk dat ik niet in een tunnel was, maar slechts in een grot. Toen ik weer buiten kwam, was de mist geel geworden en sliertte heen en weer als gevolg van een briesje van de lagergelegen delen van de vallei.
Ik leunde tegen de rots en probeerde uit te maken welke weg ik moest nemen. Er was hier geen echt spoor.

Tenslotte sloeg ik rechtsaf. Die weg zag er wat steiler uit, en ik wilde zo snel als ik kon boven de nevel en in de bergen komen. De staf bleef me goede diensten verlenen. Ik luisterde voortdurend of ik het geluid van stromend water kon horen, maar tevergeefs.
Ik zwoegde over het pad, steeds meer omhoog, en de nevels werden dunner en veranderden van kleur. Tenslotte kon ik zien dat ik naar een breed plateau toeklom. Daarboven begon ik hier en daar een glimp van de hemel op te vangen, veelkleurig en woelig.
Achter mijn rug klonken verschillende scherpe donderslagen, maar ik kon nog steeds niet zien in welke richting de storm lag. Daarop versnelde ik mijn pas, maar werd na een paar minuten duizelig. Ik stopte en ging hijgend op de grond zitten. Ik werd overvallen door een gevoel van mislukking. Zelfs als ik het haalde tot het plateau, was ik er zeker van dat de storm er dwars overheen zou bulderen. Ik wreef mijn ogen met de rug van mijn handen. Wat voor zin had het om door te gaan als het me toch met geen mogelijkheid zou lukken?
Een schaduw bewoog door de pistachegroene mist, daalde in mijn richting. Ik hief mijn staf op, zag toen dat het Hugi maar was. Hij remde af en landde bij mijn voeten.
'Corwin,' zei hij, 'je bent een heel eind gekomen.'
'Maar misschien nog niet ver genoeg,' zei ik. 'De storm lijkt dichterbij te komen.'
'Dat geloof ik ook. Ik heb nagedacht en wil je laten delen...'
'Als je je nuttig wilt maken,' zei ik, 'kan ik je wel vertellen wat je moet doen.'
'En dat is?'
'Vlieg terug en kijk hoe ver weg de storm nog is, en hoe snel hij zich lijkt te bewegen. Kom me dat dan vertellen.'
Hugi hipte van de ene poot op de andere. Toen zei hij: 'Best,' vloog op en fladderde naar wat volgens mij het noordwesten was.
Ik leunde op de staf en hees me overeind. Ik kon maar het beste blijven klimmen, zo snel als ik kon. Weer putte ik uit het Juweel en als een rode bliksemflits kwam de kracht in me.
Toen ik de helling besteeg, kwam een vochtig briesje opzetten uit de richting waarin Hugi was verdwenen. Er kwam nog een donderslag. Geen gerommel en gedreun meer.
Ik maakte zo goed mogelijk gebruik van de instroming van

energie; enkele honderden meters. Als ik dan toch zou verliezen, kon ik net zo goed eerst de top bereiken. Dan kon ik tenminste zien waar ik was om erachter te komen of het nog zin had iets te ondernemen.
Mijn uitzicht op de hemel werd steeds helderder naarmate ik klom. Hij was aanzienlijk veranderd sinds ik hem voor het laatst had bekeken. De ene helft was van ononderbroken zwartheid en de andere helft die massa's golvende kleuren. En de hele hemelse kom scheen rond te draaien om een punt recht boven mijn hoofd. Ik werd opgewonden. Dit was de hemel die ik zocht, de hemel die zich boven me had uitgestrekt die keer dat ik naar Chaos was gereisd. Ik zwoegde naar boven. Ik wilde iets zeggen om me zelf moed in te spreken, maar mijn keel was te droog.
Toen ik de rand van de vlakte bereikte, hoorde ik het geluid van vleugels en plotseling zat Hugi op mijn schouder.
'De storm zit je vlak op je reet,' zei hij. 'Kan elk ogenblik hier zijn.'
Ik bleef klimmen, bereikte vlakke grond en hees me erop. Daar bleef ik even staan, zwaar ademend. De wind moest het gebied vrij van nevel hebben gehouden, want het was een hoge, gladde vlakte, en ik kon over een grote afstand de hemel zien. Ik liep voort, om een punt te vinden vanwaar ik over de andere rand kon kijken. Terwijl ik me op weg begaf werden de geluiden van de storm duidelijker.
'Ik geloof nooit dat je de overkant haalt,' zei Hugi, 'zonder nat te worden.'
'Je weet best dat het geen gewone storm is,' schraapte ik. 'Was het maar zo, ik zou dankbaar zijn voor de kans om wat te drinken te krijgen.'
'Dat weet ik ook wel. Ik sprak in figuurlijke zin.'
Ik grauwde iets grofs en liep door.
Geleidelijk verruimde het uitzicht voor me. De hemel deed nog steeds zijn krankzinnige sluierdans, maar er was meer dan voldoende licht. Toen ik een positie bereikte vanwaar ik kon zien wat voor me lag, hield ik halt en leunde op mijn staf.
'Wat is er aan de hand?' vroeg Hugi.
Maar ik kon niet spreken. Ik gebaarde alleen maar naar de grote woestenij die ergens onder de verre rand van het plateau begon en zich minstens zestig kilometer uitstrekte voor ze tegen een andere bergketen opbotste. En heel ver links van me liep als steeds de zwarte weg.

'De woestenij?' zei hij. 'Ik had je kunnen vertellen dat die er was. Waarom heb je het me niet gevraagd?'
Ik maakte een geluid dat het midden hield tussen een grom en een snik en liet me langzaam op de grond zakken.
Hoe lang ik in die houding bleef, weet ik niet met zekerheid. Ik voelde me niet zo'n klein beetje dolgedraaid. In het midden van alle ellende meende ik een mogelijk antwoord te zien, al kwam iets in me daartegen in opstand. Ik werd tenslotte opgewekt door het geraas van de storm en Hugi's gesnater.
'Daar kom ik nooit overheen,' fluisterde ik. 'Dat lukt me nooit.'
'Je zegt dat je hebt gefaald,' zei Hugi. 'Maar dat is niet zo. Er is falen noch slagen in streven. Het is alles slechts een illusie van het ego.'
Ik verhief me langzaam op mijn knieën.
'Ik heb niet gezegd dat ik gefaald heb.'
'Je zei dat je je plaats van bestemming niet kunt bereiken.'
Ik keek om, naar waar nu de bliksem flitste, terwijl de storm naar me toeklom.
'Dat klopt, op die manier kom ik er nooit. Maar als Pa gefaald heeft, moet ik iets proberen waarvan Brand me wilde overtuigen dat hij alleen het kon doen. Ik moet een nieuw Patroon scheppen, en dat moet ik op deze plaats doen.'
'Jij? Een nieuw Patroon scheppen? Als Oberon faalde, hoe kan iemand die nauwelijks op zijn benen kan staan het dan doen? Nee, Corwin. Berusting is de grootste deugd die je kunt koesteren.'
Ik hief mijn hoofd op en liet de staf op de grond vallen. Hugi fladderde neer en ging ernaast staan; ik nam hem op.
'Je wilt niets van wat ik gezegd heb geloven, waar of niet?' zei ik tegen hem. 'Maar dat doet er niets toe. Het conflict tussen onze zienswijzen is onoverkomelijk. Ik zie begeerte als verborgen identiteit en streven als de groei daarvan. Jij niet.' Ik bracht mijn handen naar voren en liet ze op mijn knieën rusten. 'Als voor jou het grootste goed vereniging met het Absolute is, waarom vlieg je er dan nu meteen niet heen, nu het nadert in de vorm van de aldoordringende Chaos? Als ik hier faal, zal de Chaos Absoluut worden. Wat mij betreft, zolang er adem in me is, moet ik proberen er een Patroon tegen op te werpen. Ik doe dit omdat ik ben wat ik ben, en ik ben de man die in Amber koning had kunnen zijn.'

Hugi liet zijn kopje zakken.
'Het lukt je van je leven niet, al vrat je kraaievlees,' zei hij, en hij grinnikte.
Met een snelle beweging greep ik hem beet en draaide zijn nek om, en ik wilde dat ik de tijd gehad had om een vuurtje te maken. Ook al liet hij het op een offer lijken, het is moeilijk te zeggen aan wie de morele overwinning toekwam, omdat ik het toch al van plan was.

9

...Bessenbrandewijn, en de geur van de kastanjebloesems. Langs de hele Champs-Elysées schuimden de kastanjes wit... Ik herinnerde me het spel van de fonteinen op de Place de la Concorde... En op de rue de la Seine en langs de kaden, de geur van de oude boeken, de geur van de rivier... De geur van kastanjebloesems...

Waarom zou me opeens 1905 en Parijs op de schaduw-Aarde te binnen schieten? Was het niet alleen omdat ik in dat jaar erg gelukkig was en misschien als reactie een tegengif voor het heden had gezocht? Ja...

Witte absint, Amer Picon, grenadine... Wilde aardbeien, met Crème d'Isigny... Schaken in Café de la Régence met acteurs van de Comédie Française, aan de overkant van de straat... De rennen in Chantilly... Nachten in de Boîte à Fursy in de rue Pigalle...

Ik plaatste mijn linkervoet stevig voor mijn rechter, mijn rechter voor mijn linker. In mijn linkerhand hield ik de ketting waaraan het Juweel hing – en ik tilde hem hoog, zodat ik in de diepten van de steen kon staren, daarin het ontstaan van het nieuwe Patroon zag en voelde, dat ik met iedere stap beschreef. Ik had mijn staf in de grond gedraaid en bij het begin van het Patroon laten staan. Linksom...

Om mij heen zong de wind en de donder was nabij. Ik stuitte niet op fysieke weerstand zoals op het oude Patroon. Er was totaal geen weerstand. In plaats daarvan – en in vele opzichten was dat erger – was een eigenaardige bedachtzaamheid over al mijn bewegingen gekomen, ze vertragend, ze tot een ritueel makend. Ik scheen meer energie te besteden aan de voorbereiding voor elke stap – hem doorvorsend, bewust wordend, en mijn gedachten voor de uitvoering verzamelend – dan aan de lichamelijke verrichting van de handeling. Maar die traagheid scheen vereist te zijn, werd van me verlangd door een onbekende werking die precisie en een adagio tempo voor al mijn bewegingen vaststelde. Rechtsom... Weggevaagde herinneringen begonnen terug te keren. Zo

rakelde en riep dit Patroon dat ik nu poogde te scheppen de geur van de kastanjebomen op, van de wagonladingen groente die zich door de dageraad naar de Hallen begaven...
Ik was toentertijd op niemand in het bijzonder verliefd, wel waren er veel meisjes – Yvettes en Mimi's en Simones, hun gezichten vallen samen – en het was lente in Parijs, met zigeunerorkesten en cocktails bij Louis... Ik herinnerde het me, en mijn hart sprong op met een soort Proustiaanse vreugde terwijl om mij heen de Tijd luidde als een klok... En misschien was dat de reden voor de herinnering, want deze blijdschap leek overgebracht naar mijn bewegingen, bezielde mijn gewaarwording, schonk macht aan mijn wil...
Ik zag de volgende stap en nam hem... Ik was nu eenmaal rond geweest, en had de omtrek van mijn Patroon gecreëerd. Achter mijn rug kon ik de storm voelen. Hij moest tot de rand van het plateau zijn geklommen. De hemel verduisterde, de storm wiste de zwaaiende, zwevende, gekleurde lichten uit. Bliksemschichten flitsten schuin door de lucht, en ik kon de energie en de aandacht niet missen om te proberen dit alles onder beheersing te brengen.
Toen ik helemaal rondgegaan was, kon ik zien dat het gedeelte van het nieuwe Patroon dat ik gelopen had nu in de rots gegrift was en dof, blauwachtig straalde. Toch waren er geen sprankjes, geen tintelingen in mijn voeten, geen stromen die mijn haar te berge deden rijzen – slechts de gestage wet van bedachtzaamheid, op mij rustend als een groot gewicht... Linksom...
...Klaprozen, klaprozen en korenbloemen en hoge populieren langs landwegen, de smaak van Normandische cider... En weer in de stad, de geur van de kastanjebloesems... De Seine vol van sterren... De geur van de oude bakstenen huizen op de Place des Vosges na een ochtendregen... De bar onder de Olympia Music Hall... Een gevecht in die bar... Bebloede knokkels, verbonden door een meisje dat me naar huis bracht... Hoe heette ze ook weer? Kastanjebloesems... Een witte roos...
Ik snoof. De reuk was geheel verdwenen afgezien van de resten van de roos op mijn kraag. Verbazingwekkend dat iets ervan tot hier nog in leven was gebleven. Het bemoedigde me. Ik rukte op, met een flauwe bocht naar rechts. Uit mijn ooghoek zag ik de naderende muur van de storm, glad als glas, alles uitwissend op zijn weg. Het gerommel van de donder was nu oorverdovend.

Rechtsom, linksom...
De opmars van de legers van de nacht... Zou mijn Patroon ertegen bestand zijn? Ik wenste dat ik kon opschieten, maar ik bewoog hoogstens met toenemende traagheid terwijl ik verder ging. Ik had een zonderlinge gewaarwording van bilocatie, bijna alsof ik in het Juweel was en daar zelf het Patroon trok, terwijl ik ook hierbuiten bewoog en het bekeek en zijn verloop nadeed. Linksom... Draaien... Rechtsom.
De storm kwam er nu werkelijk aan. Weldra zou hij het karkas van ouwe Hugi bereiken. Ik rook de vochtigheid en de ozon en verwonderde me over de vreemde donkere vogel die had gezegd dat hij vanaf het begin van de tijd op me had gewacht. Gewacht om met me te redetwisten of door me te worden opgegeten in dit oord zonder geschiedenis? Hoe dan ook, gezien de bij moralisten gebruikelijke overdrijving was het gepast dat hij, na er niet in geslaagd te zijn mijn hart met berouw over mijn geestelijke toestand te overladen, genuttigd werd onder begeleiding van theatraal gedonder... Er was nu gedonder in de verte, gedonder dichtbij en gedonder in de glazen. Toen ik me nogmaals in die richting keerde, waren de bliksemflitsen bijna verblindend. Ik omklemde mijn ketting en nam nog een stap...
De storm rukte op tot aan de rand van mijn Patroon, en toen splitste hij zich. Hij begon om me heen te kruipen. Geen druppel viel op mij of op het Patroon. Maar langzaam, geleidelijk, werden we er volkomen door verzwolgen.
Ik voelde me als in een luchtbel op de bodem van een stormachtige zee. Muren van water omringden me en donkere vormen flitsten voorbij. Het gehele universum leek op te dringen om mij te verpletteren. Ik concentreerde me op de rode wereld van het Juweel. Linksom...
De kastanjebloesems... Een beker hete chocola op een terrasje... Een fanfareconcert in Les Tuilleries, klanken klimmend in de zonverlichte hemel... Berlijn in de jaren twintig, de Stille Oceaan in de jaren dertig – ook daar waren genoeglijke momenten geweest, maar van een andere orde. Misschien is het niet het echte verleden, maar voorstellingen van het verleden die toesnellen om ons later te troosten of te kwellen, mens of natie. Doet er niet toe. Over de Pont Neuf en door de rue Rivoli, bussen en aapjes... Schilders bij hun ezels in de Jardin du Luxembourg.
...Als alles op zijn pootjes terechtkwam, zou ik op een dag

misschien weer zo'n schaduw opzoeken... Het stond op gelijke hoogte met mijn Avalon. Ik was ze vergeten... De details... De aanrakingen die leven verwekken... De geur van de kastanjes... Lopen... Ik voltooide weer een omloop. De wind gierde en de storm bulderde voort, maar ik bleef ongedeerd. Zolang ik hem niet toestond mij af te leiden, zolang ik in beweging en volledig op het Juweel geconcentreerd bleef... Ik moest me staande houden, moest deze trage, omzichtige stappen nemen, zonder te stoppen, trager en trager, maar voortdurend in beweging... Gezichten... Rijen gezichten schenen me aan te kijken van over de rand van het Patroon... Groot, als het Hoofd, maar verwrongen – grijnzend, honend, spottend, wachtend tot ik stopte of misstapte... Wachtend tot alles om mij heen ineenstortte... Er was bliksem achter hun ogen en in hun monden, hun gelach was de donder... Schaduwen kropen te midden van hen... Nu spraken ze tot mij, met woorden als een stormwind van een donkere oceaan... Ik zou falen, zeiden ze, falen en worden weggevaagd, dit brokstuk van een Patroon zou achter me verbrijzeld worden en verteerd... Ze vervloekten me, ze spogen en braakten naar me, maar het bereikte me niet... Misschien waren ze er niet werkelijk... Misschien was mijn geest gebroken door de spanning... Wat voor zin hadden mijn pogingen dan? Een nieuw Patroon gevormd door een gek? Ik weifelde, en zij namen het refrein op: 'Gek! Gek! Gek!' in de stemmen van de elementen.
Ik haalde diep adem en rook wat over was van de roos en dacht eens te meer aan kastanjes, en aan dagen gevuld met de vreugden van het leven en organische orde. De stemmen schenen zachter te worden toen mijn gedachten terugijlden door de gebeurtenissen van dat gelukkige jaar... En weer nam ik een stap... en nog één... Ze hadden misbruik gemaakt van mijn zwakheden, ze konden mijn twijfel voelen, mijn angst, mijn uitputting... Wat ze ook waren, ze grepen aan wat ze zagen en probeerden het tegen me te gebruiken... Linksom... Rechtsom... Laat ze nu mijn vertrouwen voelen en ineenschrompelen, zei ik bij me zelf. Ik ben tot hier gekomen. Ik zal doorzetten. Linksom...
Ze kolkten en zwollen om me heen, nog steeds ontmoedigingen uitgalmend. Maar iets van hun kracht schenen ze kwijtgeraakt te zijn. Ik zwoegde weer verder door een segment, zag het voor me in mijn rode geestesoog groeien.
Ik dacht terug aan mijn ontsnapping uit Greenwood, aan de

listige manier waarop ik Flora informatie ontfutseld had, aan mijn ontmoeting met Random, ons gevecht met zijn achtervolgers, onze terugreis naar Amber... Ik dacht aan onze vlucht naar Rebma en aan het omgekeerde Patroon dat ik daar gegaan was voor het herstel van een groot gedeelte van mijn geheugen... Aan Randoms gedwongen huwelijk en mijn tijdelijk verblijf in Amber, waar ik met Eric vocht en naar Bleys vluchtte... Aan de gevechten die volgden, mijn blindmaking, mijn herstel, mijn ontsnapping, mijn reis naar Lorraine en vandaar naar Avalon...

In nog hogere versnelling streken mijn gedachten over de opeenvolgende gebeurtenissen... Ganelon en Lorraine... De creaturen van de Zwarte Cirkel... Benedicts arm... Dara... De terugkeer van Brand en hoe hij neergestoken was... Hoe ik neergestoken was... Bill Roth... Ziekenhuisgegevens... Mijn ongeluk...

...Vanaf het begin in Greenwood, tijdens alle gebeurtenissen, tot dit moment van mijn worsteling om elke manoeuvre naar beste vermogen veilig uit te voeren, onderging ik het groeiende besef van anticipatie, dat ik steeds had gekend – of mijn daden nu gericht waren op de troon, op wraak, of op mijn opvatting van plicht – ik voelde het, was me bewust van het voortdurende bestaan ervan door al die jaren heen tot op dit moment, nu het eindelijk met iets anders gepaard ging... Ik voelde dat het wachten nu bijna voorbij was, en wat het ook was dat ik voorvoeld had en waar ik me naar toe geworsteld had, het zou weldra gebeuren.

Linksom... Heel, heel langzaam... Verder was niets belangrijk. Ik wierp mijn hele wil in de bewegingen. Mijn concentratie werd totaal. Wat er ook buiten het Patroon lag, ik was me er niet van bewust. Schichten, gezichten, stormen... Het deed er niet toe. Alleen het Juweel was er, het groeiende Patroon en ik zelf ... en ik was me nauwelijks van me zelf bewust. Misschien zou ik Hugi's ideaal van versmelting met het Absolute nooit dichter benaderen. Draaien... Rechtervoet... Weer draaien...

De Tijd verloor zijn zin. De Ruimte was beperkt tot het ontwerp dat ik schiep. Ik putte nu kracht uit het Juweel zonder me daarvoor in te spannen, als deel van het proces waarin ik verwikkeld was. In zekere zin, neem ik aan, was ik vernietigd. Ik werd een bewegend punt, geprogrammeerd door het Juweel, een operatie uitvoerend die me zo volledig in beslag nam dat ik geen aandacht voor zelfbewustzijn beschikbaar

had. Toch realiseerde ik me in een bepaalde bewustzijnslaag dat ook ik een deel van het proces was. Want ik wist dat als iemand anders het deed, het een ander Patroon ten gevolge zou hebben.
Ik was me er vaag van bewust dat ik over de helft was. De weg was lastiger geworden, mijn bewegingen nog trager. Ondanks de afwijkende snelheid werd ik herinnerd aan mijn ervaringen toen ik voor het eerst op het Juweel afgestemd werd, in die vreemde, veel-dimensionale matrix die de bron van het Patroon zelf scheen te zijn.
Rechtsom... Linksom...
Er was geen moeizame beweging meer. Ik voelde me heel licht, ondanks de bedachtzaamheid. Een grenzeloze energie leek voortdurend door me heen te stromen. Alle geluiden rondom me waren in wit gedruis versmolten en verdwenen. Plotseling scheen ik me niet meer traag te bewegen. Het was niet alsof ik een sluier of barrière had gepasseerd, maar veeleer alsof ik een innerlijke aanpassing had ondergaan.
Ik had de indruk dat ik me nu met meer normale tred voortbewoog, een kronkelgang door steeds scherpere bochten, steeds dichter naderend wat weldra het eindpunt van het ontwerp zou zijn. Ik was nog steeds vrijwel zonder emoties, hoewel ik verstandelijk wist dat op een bepaald bewustzijnsniveau een gevoel van opgetogenheid groeide, dat weldra uit zou barsten. Nog een stap... Nog één... Misschien nog een zestal passen...
Plotseling werd de wereld duister. Ik scheen in een grote leegte te staan, met slechts het zwakke licht van het Juweel voor me en de gloed van het Patroon als een spiraalnevel waardoor ik voortschreed. Ik weifelde, maar slechts heel even. Dit moest de laatste beproeving zijn, de definitieve aanval. Ik moest tegen deze afleiding opgewassen zijn.
Het Juweel toonde me wat ik moest doen en het Patroon toonde me waar ik het moest doen. Het enige dat ontbrak was een beeld van me zelf. Linksom...
Ik zette door, verrichtte elke beweging met al mijn aandacht. Eindelijk begon een tegenwerkende kracht zich tegen me te verheffen, zoals op het oude Patroon. Maar daar was ik door jaren van ervaring op voorbereid. Nog twee stappen worstelde ik tegen de toenemende barrière.
Toen zag ik, in het Juweel, het einde van het Patroon. Onder andere omstandigheden zou ik met open mond naar de plotselinge verwezenlijking van schoonheid gestaard heb-

ben, maar nu werd zelfs mijn ademhaling door mijn inspanningen gereguleerd. Ik wierp al mijn kracht in de volgende stap, en om mij heen scheen de leegte te trillen. Ik maakte de pas af, en de volgende was zelfs nog moeilijker. Ik had het gevoel dat ik in het centrum van het universum was, sterren betredend, worstelend om een essentiële beweging te verlenen met wat in wezen een daad van wil was.
Traag ging mijn voet naar voren, al kon ik hem niet zien. Het Patroon begon op te lichten. Weldra was de gloed bijna verblindend.
Nog een klein stukje... Ik spande me meer in dan ooit op het oude Patroon, want nu scheen de weerstand absoluut. Ik moest me er met een standvastigheid en volharding van wil die al het andere buitensloot tegen verzetten, ook al scheen ik me nu totaal niet meer te bewegen, ook al leek het of al mijn energie werd aangewend voor de verlichting van het ontwerp. Ik zou tenminste het onderspit delven met een schitterend decor...
Minuten, dagen, jaren... Ik weet niet hoe lang dit doorging. Het leek wel altijd, alsof ik gedurende de hele eeuwigheid in deze handeling verwikkeld was geweest...
Toen bewoog ik, en hoe lang dat duurde weet ik niet. Maar ik voltooide de stap en begon met de volgende. Toen nog één...
Het universum leek om me heen te draaien. Ik was erdoor. De druk was verdwenen. De zwartheid was verdwenen...
Even stond ik in het midden van mijn Patroon. Zonder het zelfs maar te bekijken viel ik voorover op mijn knieën en sloeg dubbel, mijn bloed bonzend in mijn oren. Met duizelend hoofd snakte ik naar adem. Ik begon te trillen over mijn hele lichaam. Ik had het geklaard, besefte ik vaag. Kome wat komt, er was een Patroon. En het zou standhouden...
Ik hoorde een geluid waar geen geluid had mogen zijn, maar mijn afgematte spieren weigerden te reageren, zelfs niet in een reflex, tot het te laat was. Niet voor het Juweel uit mijn slappe vingers werd gerukt hief ik mijn hoofd op en rolde om op mijn zij. Niemand had me door het Patroon gevolgd – ik wist zeker dat ik het gemerkt zou hebben. Daarom...
Het licht was bijna normaal, en knipperend keek ik omhoog in Brands glimlachende gezicht. Hij droeg nu een zwarte ooglap, en het Juweel hield hij in zijn hand. Hij moest zich hierheen hebben geteleporteerd.

Hij sloeg me op het moment dat ik mijn hoofd ophief, en ik viel op mijn linkerzij. Daarna trapte hij me in de maag, hard.
'Je hebt het klaargespeeld,' zei hij. 'Ik had niet gedacht dat je het kon. Nu moet ik nog een Patroon vernietigen voordat ik orde op zaken kan stellen. Maar eerst heb ik dit nodig om de slag bij de Hoven ten goede te keren.' Hij wuifde met het Juweel. 'Voorlopig vaarwel.' En hij verdween.
Daar lag ik, naar adem snakkend en mijn maag omklemmend. Golven van zwartheid rezen en daalden in me, als branding, al verloor ik niet helemaal het bewustzijn. Een gevoel van ontzaglijke wanhoop overspoelde me, en ik sloot mijn ogen en kreunde. Maar ook het Juweel om kracht uit te putten was er nu niet meer. De kastanjebomen...

10

Terwijl ik daar pijn lag te lijden, had ik visioenen van Brand die op het slagveld verscheen waar de krachten van Amber en Chaos streden, het Juweel kloppend om zijn nek. Kennelijk was zijn beheersing ervan in zijn ogen voldoende om hem in staat te stellen onze kansen te doen keren. Ik zag hem te midden van onze troepen, geselend met bliksemschichten. Ik zag hem harde winden en hagelstormen oproepen om ons te treffen. Ik weende bijna. Dit alles, terwijl hij het nog steeds kon goedmaken door zich aan onze zijde te scharen. Maar alleen winnen was nu niet genoeg voor hem. Hij moest winnen voor zich zelf, en op zijn eigen voorwaarden. En ik? Ik had gefaald. Ik had een Patroon tegen de Chaos opgeworpen, iets waarvan ik nooit had gedacht dat ik het kon. Maar dat zou hoegenaamd niets waard zijn als de slag verloren werd en Brand terugkwam en mijn werk tenietdeed. Dat ik zo dicht bij mijn doel gekomen was, dat ik door alles heengekomen was, en nu hier faalde... Het maakte dat ik 'Onrecht!' wilde schreeuwen, ook al wist ik dat het universum niet overeenstemde met mijn opvattingen van billijkheid. Ik knarsetandde en spoog wat modder uit die ik had binnen gekregen. Onze vader had mij opgedragen het Juweel naar het slagveld te brengen. Het was me bijna gelukt.

Toen kwam een vreemd gevoel over me. Iets riep om mijn aandacht. Wat?

De stilte.

De woedende winden en de donder waren opgehouden. De lucht was stil. In feite voelde de lucht koel en fris aan. En ik wist dat er licht was aan de andere kant van mijn oogleden. Ik opende mijn ogen. Ik zag een hemel van een helder, onveranderlijk wit. Ik knipperde, ik draaide mijn hoofd om. Daar was iets, rechts van me...

Een boom. Een boom stond op de plaats waar ik de staf had geplant die ik van de oude Ygg had gesneden. Hij was al veel groter dan de staf zelf was geweest. Ik kon hem bijna zien groeien. En hij was groen van bladeren en wit van een weel-

de van knoppen; een paar bloesems hadden zich geopend. Uit die richting bracht het briesje me een zwakke en delicate geur die me enige vertroosting bracht.
Ik betastte mijn zijden. Ik had niet het idee dat ik gebroken ribben had, maar mijn darmen zaten nog steeds in de knoop van de trap die ik had geïncasseerd. Ik wreef mijn ogen met mijn knokkels en haalde mijn handen door mijn haar. Ik zuchtte zwaar en verhief me op één knie.
Mijn hoofd draaiend keek ik om me heen. Het plateau was hetzelfde, maar toch ook niet hetzelfde. Het was nog altijd kaal maar niet ruig meer. Waarschijnlijk een effect van de nieuwe lichtval. Nee, er was meer dan dat...
Ik draaide me verder om, mijn onderzoek van de horizon voltooiend. Het was niet dezelfde plek waar ik mijn gang was begonnen. Er waren verschillen, zowel subtiele als in het oog lopende: gewijzigde rotsformaties, een kom waar een hoogte was geweest, een nieuwe structuur in de stenen onder mijn voeten en om me heen, in de verte iets dat leek op rulle aarde. Ik stond daar en het leek of ik nu, ergens vandaan, de geur van de zee opving. Deze plaats ademde een volkomen andere geest dan de plaats waar ik heen geklommen was – zo lang geleden, leek het. De verandering was te groot dan dat die storm haar had kunnen veroorzaken. Het deed me ergens aan denken.
Weer zuchtte ik, daar in het centrum van het Patroon, en ging voort mijn omgeving op te nemen. Ondanks mezelf verdween mijn wanhoop en een gevoel van – 'verkwikking' lijkt me nog het beste woord – steeg in me op. De lucht was zo zuiver en zoet, en er hing een nieuwe, ongerepte sfeer. Ik...
Natuurlijk. Het was net als de plaats van het oer-Patroon. Ik draaide me om naar de boom en bekeek hem weer; hij was al hoger. Net als daar, maar toch ook niet... Er was iets nieuws in de lucht, de grond, de hemel. Dit was een nieuwe plaats. Een nieuw oer-Patroon. Dan was alles om me heen een gevolg van het Patroon waarin ik stond.
Opeens realiseerde ik me dat ik meer dan verkwikking ervoer. Het was nu een gevoel van opgetogenheid, een soort vreugde die door me heenging. Dit was een zuivere, frisse plaats en op de een of andere manier was ik er verantwoordelijk voor.
De tijd verstreek. Ik stond daar de bomen te bekijken, om me heen te kijken, te genieten van de euforie die over me

was gekomen. Hoe dan ook, hier was een soort overwinning – totdat Brand terugkwam om haar teniet te doen.
Plotseling was ik weer nuchter. Ik moest Brand tegenhouden, ik moest deze plek beschermen. Ik stond in het centrum van een Patroon. Als dit zich gedroeg zoals het andere, kon ik gebruik maken van zijn kracht om me te projecteren waarheen ik maar wilde. Ik kon het gebruiken om me op dit moment bij de anderen te voegen.
Ik sloeg het stof van me af. Ik hing mijn zwaard los in de schede. Misschien was alles toch niet zo hopeloos als het er eerder had uitgezien. Mij was opgedragen het Juweel naar het slagveld te brengen. Goed, dat had Brand nu voor me gedaan; maar het was er en daar ging het om. Ik hoefde er alleen maar heen te gaan en het van hem af te pakken om te zorgen dat alles op zijn pootjes terecht kwam.
Ik nam mijn omgeving grondig op. Ik zou hier op een ander tijdstip moeten terugkomen om deze nieuwe situatie te onderzoeken, als ik overleefde wat te gebeuren stond. Hier was mysterie. Het hing in de lucht en het zweefde op de wind. Het kon een eeuwigheid duren om te ontrafelen wat er gebeurd was toen ik het nieuwe Patroon had getrokken.
Ik groette de boom. Hij leek te sidderen toen ik dat deed. Ik schikte mijn roos en fatsoeneerde haar. Het was tijd om weer op pad te gaan. Ik had nog iets te doen.
Ik liet mijn hoofd zakken en sloot mijn ogen. Ik probeerde me de ligging van het land voor de laatste afgrond bij de Hoven van Chaos te binnen te brengen. Ik zag het, onder die woeste hemel, en ik bevolkte het met mijn verwanten, met troepen. Al doende kon ik de geluiden van een verwijderde slag horen. Het tafereel zette zich vast, werd duidelijker. Ik hield het visioen nog een ogenblik langer vast, droeg toen het Patroon op me erheen te brengen.
...Een moment later, leek het, stond ik op een heuveltop bij een vlakte, en een koude wind deed mijn mantel opwapperen. De hemel was dat krankzinnige, draaiende, gestippelde ding dat ik me herinnerde van de vorige keer – halfzwarte, halfpsychedelische regenbogen. Onaangename dampen hingen in de lucht. De zwarte weg was nu rechts van me; hij kruiste die vlakte en liep over de afgrond naar die citadel van de nacht, waaromheen lichtjes flikkerden als van vuurvliegjes. Wazige bruggen dreven in de lucht, zich verliezend in die diepe duisternis, en zowel op die bruggen als op de zwarte weg bewogen vreemde vormen zich voort. Beneden

me op het veld scheen zich de voornaamste concentratie van troepen te bevinden. Achter mij hoorde ik iets anders dan de gevleugelde strijdwagen des Tijds.
Me wendend naar wat op grond van een reeks voorafgaande berekeningen over zijn koers het noorden moest zijn, aanschouwde ik de opmars van die duivelse storm door verre bergen, flitsend en rommelend als een hemelhoge gletsjer.
Dus ik had hem niet tegengehouden met de creatie van een nieuw Patroon. Het zag ernaar uit dat hij gewoon langs mijn beschermde gebied was getrokken en door zou gaan tot hij zijn bestemming bereikte, waar dat ook mocht zijn. Hopelijk zou de storm dan worden gevolgd door de constructieve impulsen die zich nu vanuit het nieuwe Patroon verspreidden, met als doel de orde in de oorden van Schaduw te herstellen. Ik vroeg me af hoe lang het zou duren voordat de storm hier was.
Ik hoorde het geluid van hoeven en draaide me om, mijn zwaard trekkend...
Een gehoornde ruiter op een groot zwart paard stormde op me af, iets als vuur schitterend in zijn ogen.
Ik wijzigde mijn positie en wachtte. Hij was blijkbaar afgedaald van een van de wazige wegen die in deze richting was gedreven. We waren allebei tamelijk ver verwijderd van de voornaamste plaats van handeling. Ik sloeg hem gade terwijl hij de heuvel besteeg. Dat was een best paard. Mooie borstkas. Waar voor de duivel was Brand? Ik was helemaal niet op een gevecht uit.
Ik bekeek de ruiter terwijl hij naderde, en ik zag het kromzwaard in zijn rechterhand. Ik nam een andere positie in toen hij op me afkwam om me neer te houwen. Toen hij maaide, stond ik klaar met een parade die zijn arm binnen handbereik bracht. Ik greep hem beet en sleurde hem van zijn rijdier.
'Die roos...' zei hij terwijl hij op de grond viel. Ik weet niet wat hij nog meer zou hebben gezegd, omdat ik zijn keel doorsneed, en zijn woorden en alles aan hem gingen verloren door de vurige houw.
Daarna wervelde ik rond, trok Grayswandir terug, sprintte een paar passen en kreeg de toom van het zwarte strijdros te pakken. Ik sprak het paard toe om hem tot kalmte te brengen en leidde hem weg van de vlammen. Na een paar minuten konden we het beter met elkaar vinden, en ik steeg op. Aanvankelijk was hij schichtig, maar ik liet hem rustig over

de heuveltop stappen, terwijl ik de situatie in ogenschouw bleef nemen. De strijdkrachten van Amber schenen in het offensief te zijn. Smeulende lijken lagen over het veld verspreid. De hoofdmacht van onze vijanden was teruggetrokken op een hoogte nabij de rand van de afgrond. Linies van hen, nog niet verbroken, maar hevig in het nauw, vielen langzaam terug naar de rand. Daar stond tegenover dat steeds meer troepen die afgrond overstaken en zich bij de andere voegden die de hoogten bezet hielden. Na een snelle schatting van hun groeiende aantal en hun positie, was ik van oordeel dat zij op hun beurt een offensief voorbereidden. Brand was nergens te zien.
Zelfs als ik uitgerust en in wapenrusting was geweest, zou ik me wel tweemaal hebben bedacht voor ik naar beneden was gereden en me in de strijd had gestort. Op dit moment ging het erom te bepalen waar Brand was. Ik betwijfelde of hij rechtstreeks bij de gevechten betrokken zou zijn. Ik speurde langs de flanken van de eigenlijke gevechtslinies, zoekend naar een eenzame gestalte. Nee... Misschien aan de verre kant van het veld. Ik zou naar het noorden moeten cirkelen. In het westen was te veel dat ik niet kon zien.
Ik wendde mijn rijdier en koerste de heuvel af. Het zou zo heerlijk zijn om in te storten, stelde ik vast. Gewoon in een hoopje in elkaar zakken en slapen. Ik zuchtte. Waar hing Brand uit, verdomme?
Ik bereikte de voet van de heuvel en draaide me om. Er was een duiker waardoor ik een stuk kon afsnijden. Ik moest een beter uitzicht hebben...
'Heer Corwin van Amber!'
Hij wachtte op me terwijl ik door een bocht in de kom reed, een grote, lijkkleurige vent met rood haar en een paard van dezelfde kleur. Hij droeg een koperkleurige, groendoorschoten wapenrusting en hij zat me op te nemen, stil als een standbeeld.
'Ik zag u op de heuveltop,' zei hij. 'Bent u niet gepantserd?'
Ik sloeg op mijn borst.
Hij knikte kort. Toen bracht hij zijn handen omhoog, eerst naar zijn linkerschouder, daarna naar zijn rechterschouder, toen naar zijn zijden, en maakte de bevestigingen op zijn borstplaat los. Daarna nam hij hem af, boog zich naar de grond links van zich en liet hem vallen. Hetzelfde deed hij met zijn scheenplaten.
'Ik heb u reeds lang willen ontmoeten,' zei hij. 'Ik ben Borel.

Ik wil niet dat er gezegd wordt dat ik een onbillijke voorsprong op u had toen ik u doodde.'
Borel... De naam kwam me bekend voor. Toen wist ik het weer. Hij genoot Dara's respect en genegenheid. Hij was haar schermleraar geweest, een meester op het zwaard. Maar wel een stommeling, zag ik. Hij had mijn respect verspeeld door zijn wapenrusting af te leggen. Een tweegevecht is geen spelletje, en ik had er geen behoefte aan me zelf ter beschikking te stellen van de eerste de beste ingebeelde hufter die er anders over dacht. Vooral niet als het een bedreven hufter was en ik me toch al murw voelde. Op zijn minst kon hij me waarschijnlijk volkomen uitputten.
'Nu zullen we een kwestie tot een oplossing brengen die me lang heeft dwarsgezeten,' zei hij.
Ik antwoordde met een buitenissige grofheid, liet mijn zwarte omdraaien en stormde terug in de richting die ik gekomen was. Hij zette me onmiddellijk na.
Terwijl ik door de duiker terugreed, realiseerde ik me dat mijn voorsprong niet voldoende was. Hij zou me in een mum van tijd ingehaald hebben, met mijn rug geheel blootgesteld, om neer te slaan of tot een gevecht te dwingen. Maar, hoe beperkt ook, mijn kansen waren toch nog niet helemaal verkeken.
'Lafaard!' schreeuwde hij. 'Je ontloopt de strijd! Is dit de grote krijger van wie ik zoveel heb gehoord?'
Met mijn hand maakte ik mijn mantel los. Aan beide kanten was de rand van de duiker op één lijn met mijn schouders, toen met mijn middel.
Ik rolde naar links uit het zadel, sloeg eenmaal over de kop en kreeg vaste voet. De zwarte rende verder. Ik ging naar rechts, terwijl ik de greppel in het oog hield.
Mijn mantel in beide handen pakkend, zwaaide ik hem in een omgekeerde Veronica-manoeuvre, een seconde of twee voor Borels hoofd en schouders op gelijke hoogte met me kwamen. De mantel viel over hem heen, met getrokken zwaard en al, bedekte zijn hoofd en vertraagde zijn armen. Toen trapte ik, hard. Ik mikte op zijn hoofd, maar ik trof hem op de linkerschouder. Hij werd uit het zadel geworpen, en ook zijn paard rende verder.
Ik trok Grayswandir en sprong hem na. Ik kreeg hem te pakken op het moment dat hij mijn mantel opzij had geveegd en spartelde om overeind te komen. Ik spietste hem waar hij zat en zag de ontstelde uitdrukking op zijn gezicht toen de wond begon te vlammen.

'O, hoe laag!' riep hij. 'Ik had meer van u verwacht!'
'Dit zijn de Olympische Spelen niet,' zei ik, en veegde wat vonkjes van mijn mantel.
Daarna ging ik achter mijn paard aan en steeg op. Dat kostte me een paar minuten. Toen ik verder reed naar het noorden, bereikte ik hogergelegen grond. Vanaf dat punt kreeg ik Benedict in het oog, die de slag leidde, en in een greppel ver in de achterhoede ving ik een glimp op van Julian aan het hoofd van zijn troepen uit Arden. Kennelijk hield Benedict ze in reserve.
Ik vervolgde mijn weg, in de richting van de naderende storm, onder de halfdonkere, halfbeschilderde, wentelende hemel. Weldra bereikte ik mijn doel, de hoogste heuvel die te zien was, en begon deze te bestijgen. Ik stopte verscheidene keren tijdens de beklimming om een blik over mijn schouder te werpen.
Ik zag Deirdre in zwarte wapenrusting, die een strijdbijl zwaaide; Llewella en Flora bevonden zich te midden der boogschutters. Fiona was nergens te zien. Gérard was er evenmin. Toen zag ik Random te paard, zwaaiend met een zwaar zwaard, die een aanval leidde op de vijandelijke hooggelegen grond. Naast hem een ridder in groen gehuld die ik niet herkende. De man zwaaide een knots met dodelijke doeltreffendheid. Hij droeg een boog op zijn rug en had een koker met glimmende pijlen op zijn heup.
De geluiden van de storm namen toe toen ik de top van mijn heuvel bereikte. De bliksem flikkerde met de regelmaat van een neonbuis en de regen ruiste neer, een gordijn van fiberglas dat de bergen nu was overgestoken.
Onder me waren zowel beesten als mensen – en meer dan één beestmens – in knopen en vlechten van strijd verwikkeld. Een stofwolk hing over het veld. De krachtverdeling schattend had ik echter niet de indruk dat de groeiende strijdmacht van de vijand veel verder kon worden teruggedrongen. In feite zag het ernaar uit dat de tijd voor de tegenaanval was aangebroken. Ik kon zien dat ze klaarstonden op hun rotshoogten en slechts op het bevel wachtten.
Ik zat er ongeveer anderhalve minuut naast. Ze rukten op, de helling afstromend, hun linies versterkend, onze troepen terugdringend, voorwaarts stuwend. En er kwamen er nog meer bij de overzijde van de donkere afgrond. Onze eigen troepen begonnen een tamelijk ordelijke terugtocht. Nog heviger drong de vijand op, en net toen het ernaar uitzag dat

onze troepen hals over kop op de vlucht zouden slaan, moest een order zijn gegeven.
Ik hoorde de klank van Julians hoorn, en kort daarna zag ik hem schrijlings op Morgenstern de mannen van Arden te velde leiden. Dit zorgde voor een vrijwel exact evenwicht met de tegenpartij en de geluidssterkte steeg en steeg terwijl boven ons de hemel draaide.
Ik sloeg de strijd misschien een kwartier gade, terwijl onze eigen troepen zich langzaam over het veld terugtrokken. Toen zag ik plotseling een eenarmige gestalte op een vurig gestreept paard op de top van een verwijderde heuvel verschijnen. Hij droeg een opgeheven zwaard in zijn hand en was van mij afgewend, naar het westen. Gedurende verscheidene lange momenten stond hij onbeweeglijk. Toen liet hij het zwaard zakken.
Ik hoorde trompetten in het westen, en aanvankelijk zag ik niets. Toen kwam een cavalerielinie in zicht. Ik schrok. Heel even dacht ik dat Brand daar was. Toen besefte ik dat het Bleys was, die zijn troepen aanvoerde om de onbeschermde flank van de vijand aan te vallen.
En plotseling waren onze troepen op het veld niet langer op de terugtocht. Ze hielden stand. Toen drongen zij voorwaarts.
Bleys en zijn ruiters rukten op en ik realiseerde me dat Benedict de slag weer won. Nog even en de vijand werd aan mootjes gehakt.
Toen gierde een koude wind uit het noorden over me heen, en ik keek weer in die richting.
De storm was veel dichterbij gekomen. Het kon niet anders of hij was nog maar kort geleden sneller gaan bewegen. En het was nu donkerder dan het was geweest, met fellere schichten en luidere donderslagen. En die koude, vochtige wind nam in intensiteit toe.
Ik vroeg me af... zou hij gewoon over het veld jagen als een vernietigende golf, en was het dan gedaan? En de effecten van het nieuwe Patroon dan? Zouden die erop volgen om alles weer te herstellen? Daar twijfelde ik toch aan. Als deze storm ons naar de bliksem hielp, zou dat volgens mij definitief zijn. Het zou de kracht van het Juweel vereisen om te zorgen dat we het uitzongen totdat de orde hersteld was. En wat zou er over zijn als we het overleefden? Ik kon er zelfs niet naar raden.
Dus wat was Brand van plan? Waar wachtte hij op? Wat zou hij gaan doen?

Nog eens keek ik uit over het slagveld...
Iets.
Op een beschaduwde plek op de hoogten waar de vijand zich had gehergroepeerd, versterkt was, en waarlangs ze naar beneden gestormd waren... iets.
Een kleine rode flits... Ik wist zeker dat ik het gezien had.
Ik bleef kijken, wachten. Ik moest het weer zien, ik moest precies vaststellen waar het was...
Een minuut verstreek. Twee misschien...
Daar! En nog eens.
Ik wendde het zwarte strijdros. Het leek mogelijk om de dichtstbijzijnde flank van de vijand te omzeilen en die naar alle waarschijnlijkheid lege hoogte te beklimmen. Ik stormde de heuvel af en zette koers in die richting.
Het moest Brand zijn met het Juweel. Hij had een goede, veilige plek uitgekozen, vanwaar hij zowel over het gehele slagveld als over de naderende storm uitzicht had. Vandaar kon hij de bliksem van de storm op onze troepen richten als het front oprukte. Hij zou op het juiste moment het sein tot terugtocht geven, ons treffen met de vreemde furie van de storm, hem dan op een zijspoor brengen om de partij die hij steunde te ontzien. Onder de gegeven omstandigheden leek dit het simpelste en meest doeltreffende gebruik dat hij van het Juweel kon maken.
Ik moest snel in zijn buurt zien te komen. Mijn beheersing van de steen was groter dan de zijne, maar mijn macht nam af naarmate de afstand groter was, en hij had het Juweel op zijn lichaam. Mijn beste kans zou zijn rechtstreeks op hem af te stormen, tot elke prijs binnen invloedsafstand te komen, hem de macht over de steen te ontnemen en deze tegen hem te gebruiken. Maar misschien had hij daar een lijfwacht bij zich.
Dat baarde me zorgen, want het kon een rampzalige vertraging betekenen als ik me daarmee moest bezighouden. En als hij geen lijfwacht had, wat zou hem er dan van weerhouden zich zelf weg te teleporteren als het er te ruw aan toeging. Wat kon ik dan doen? Ik zou weer helemaal overnieuw moeten beginnen, hem opnieuw najagen. Ik vroeg me af of ik het Juweel kon gebruiken om hem te beletten zich zelf te verplaatsen. Ik wist het niet. Ik besloot het te proberen.
Het was misschien niet het beste plan, maar het was het enige dat ik had. Er was geen tijd meer om iets te verzinnen.
Terwijl ik voortreed, zag ik dat ook anderen op die hoogte

afgingen. Random, Deirdre en Fiona, te paard en vergezeld van acht ruiters, hadden zich een weg door de vijandelijke linies gebaand; een andere troep ruiters - ik kon niet zeggen of het vrienden of vijanden waren - misschien wel allebei - reed hard achter hen aan. De in groen gehulde ridder scheen zich het snelst te bewegen en liep op hen in. Ik herkende hem - of haar, wat ook mogelijk was - niet. Maar aan het doel van de voorhoede twijfelde ik niet - niet nu Fiona daarbij was. Zij moest Brands aanwezigheid hebben ontdekt en voerde nu de anderen aan. Ik kreeg weer een heel klein beetje hoop. Misschien was zij in staat Brands krachten te neutraliseren of te verkleinen. Ik leunde voorover, nog steeds naar links koersend, mijn paard voortjagend. De hemel draaide voortdurend in het rond. De wind floot om me heen. Een vreselijke donderslag weerklonk. Ik keek niet om. Ik draafde achter hen aan. Ik wilde niet dat zij er voor mij zouden aankomen, maar ik vreesde dat dat wel het geval zou zijn. De afstand was gewoon te groot.

Als ze zich alleen maar eens omdraaiden en mij zagen naderen, zouden ze waarschijnlijk wachten. Ik wenste dat ik hun wat eerder een teken van mijn aanwezigheid had kunnen geven. Ik verwenste het feit dat de Troeven niet meer werkten. Ik begon te schreeuwen. Ik bulderde hen na, maar de wind blies mijn woorden weg en de donder rolde erover heen.

'Wacht op mij! Verdomme! Ik ben het, Corwin!'

Nog geen blik in mijn richting.

Ik passeerde de dichtstbijzijnde schermutselingen en reed langs de vijandelijke flank, buiten bereik van projectielen en pijlen. Ik had de indruk dat ze zich nu sneller terugtrokken en dat onze troepen zich over een groter gebied verspreidden. Het kon niet anders of Brand maakte zich gereed om toe te slaan. Een deel van de rondwentelende hemel werd bedekt door een donkere wolk die een paar minuten tevoren nog niet boven het veld was geweest.

Ik keerde rechtsom, achter de terugtrekkende troepen om, voortjagend naar die heuvels die de anderen al bestegen.

De hemel werd steeds donkerder toen ik de voet van de heuvels naderde, en ik vreesde voor mijn verwanten. Ze kwamen te dicht bij hem. Hij zou iets moeten doen. Tenzij Fiona sterk genoeg was om hem tegen te houden.

Het paard steigerde en ik werd op de grond geworpen bij de verblindende flits die plotseling voor me was ingeslagen. De donder kraakte voordat ik de grond raakte.

Ik lag daar enkele minuten, versuft. Het paard was weggerend, was misschien vijftig meter van me verwijderd, voordat hij stopte en onzeker in het rond begon te lopen. Ik rolde me op mijn buik en keek tegen de lange helling op. De andere ruiters lagen ook op de grond. Hun groep was kennelijk door de ontlading getroffen. Verschillenden bewogen zich, meer van hen niet. Niemand was tot nu toe opgestaan. Boven hen zag ik de rode gloed van het Juweel, onder een uitstekend gedeelte teruggetrokken, helderder en gelijkmatiger nu, en de schimmige omtrek van de gestalte die het droeg.
Ik begon naar voren te kruipen, omhoog en naar links. Ik wilde buiten het gezichtsveld van die gestalte geraken voordat ik het waagde op te staan. Het zou te lang duren om hem kruipend te bereiken, en ik moest me nu van de anderen verwijderen, omdat zijn aandacht bij hen zou zijn.
Behoedzaam zocht ik mijn weg, langzaam, gebruik makend van iedere dekking die ik in het oog kreeg, en ik vroeg me af of de bliksem weldra weer op dezelfde plaats zou inslaan – en zo niet, wanneer hij dan zou beginnen rampen samen te trekken boven onze troepen. Dat kon nu elk ogenblik gebeuren, was ik van oordeel. Een blik over mijn schouder maakte me duidelijk dat onze troepen zich over het andere uiteinde van het veld verspreid hadden, en dat de vijand zich had teruggetrokken en deze kant uitkwam. In feite zag het ernaar uit dat ik me daar binnen afzienbare tijd ook druk over zou moeten maken.
Ik bereikte een smalle greppel en wurmde me misschien tien meter in zuidelijke richting. Toen er weer uit aan de andere kant, om mijn voordeel te doen met een verhoging, daarna een paar rotsblokken.
Toen ik mijn hoofd ophief om de situatie eens goed op te nemen, kon ik de gloed van het Juweel niet meer zien. De spleet waaruit het schijnsel was gekomen werd door zijn eigen oostelijke schouder van steen geblokkeerd.
Toch bleef ik kruipen, tot dicht bij de rand van de grote afgrond zelf, voordat ik weer rechtsom ging. Ik kwam bij een punt waar het me veilig leek om overeind te komen, en dat deed ik. Steeds verwachtte ik een nieuwe bliksemflits, een nieuwe donderslag – dichtbij of op het veld – maar er gebeurde niets. Waarom niet...? begon ik me af te vragen. Ik concentreerde me, trachtte de aanwezigheid van het Juweel te bespeuren, maar ik kon niets voelen. Ik haastte me naar de plek waar ik het schijnsel had gezien.

Ik wierp een blik over de afgrond om er zeker van te zijn dat uit die richting geen nieuwe bedreigingen naderden. Ik trok mijn zwaard. Toen ik mijn doel bereikte, bleef ik dicht bij de steile glooiing en bewoog me omzichtig noordwaarts. Ik dook in elkaar toen ik bij de rand kwam en gluurde om de hoek.

Er was geen rode gloed. Evenmin een schimmige gestalte. De nis in de rotsen was leeg. Er was niets verdachts in de buurt. Kon hij zich weer hebben geteleporteerd? En zo ja, waarom?

Ik kwam overeind en passeerde de rotshoogte. Ik hield die richting aan. Nogmaals probeerde ik het Juweel te voelen, en deze keer maakte ik er een zwak contact mee – ergens rechts en boven me, leek het. Stil, op mijn hoede, ging ik die kant op. Waarom had hij zijn schuilhoek verlaten? Het was de perfecte positie voor wat hij van plan was geweest. Tenzij...

Ik hoorde een gil en een vloek. Twee verschillende stemmen. Ik begon te rennen.

11

Ik passeerde de nis en liep verder. Er was een natuurlijk pad achter, dat zich omhoog kronkelde. Dat beklom ik.
Voorlopig kon ik nog niemand zien, maar mijn gewaarwording van de aanwezigheid van het Juweel werd sterker onder het gaan. Ik dacht dat ik een voetstap hoorde ergens rechts van me en keerde me met een ruk in die richting, maar er was niemand te zien. Zo dichtbij voelde het Juweel ook niet aan, dus ik vervolgde mijn weg.
Toen ik de top van de hoogte naderde, met de zwarte diepte van Chaos daarachter, hoorde ik stemmen. Ik kon niet onderscheiden wat er gezegd werd, maar de woorden waren geagiteerd.
Ik vertraagde mijn pas terwijl ik de kam naderde, zakte door mijn knieën en gluurde om de zijkant van een rotsblok.
Random stond op geringe afstand voor me en Fiona was bij hem, en bovendien de Heren Chantris en Feldane. Allen, behalve Fiona, hielden wapens in hun hand alsof ze op het punt stonden ze te gebruiken, maar ze stonden volmaakt stil. Ze staarden naar de rand der dingen – een iets hogergelegen rotsrichel op misschien vijftien meter afstand – de plaats waar de afgrond begon.
Brand stond op die plek, en hij hield Deirdre voor zich. Ze droeg geen helm meer, wild wapperde haar haar, en hij hield een dolk op haar keel. Het leek of hij haar al een kleine snede had toegebracht. Ik deinsde terug.
Ik hoorde Random zacht zeggen: 'Kun je niets meer doen, Fi?'
'Ik kan hem hier houden,' zei ze, 'en op deze afstand kan ik zijn pogingen om het weer te beheersen vertragen. Maar dat is alles. Hij is er een beetje op afgestemd en ik niet. Bovendien is hij er dichterbij en dat is in zijn voordeel. Alles wat ik verder zou kunnen proberen, kan hij afweren.'
Random beet op zijn onderlip.
'Wapens neer,' riep Brand. 'Onmiddellijk, of Deirdre is er geweest.'

'Dood haar,' zei Random, 'en je bent het enige kwijt dat je in leven houdt. Doe het en ik zal je laten zien wat ik met mijn wapen doe.'
Binnensmonds mompelde Brand iets. Toen zei hij: 'Oké. Om te beginnen zal ik haar verminken.'
Random spoog.
'Hou toch op!' zei hij. 'Ze kan nieuwe ledematen doen ontstaan zoals wij allemaal. Verzin een dreigement dat iets betekent, of hou je bek en vecht het uit!'
Brand zweeg. Ik achtte het raadzaam mijn aanwezigheid niet te onthullen. Er moest iets zijn dat ik kon doen. Ik waagde nog een blik, prentte het terrein in mijn geheugen voor ik terugdook. Er waren een paar rotsen een heel eind naar links, maar die kwamen niet ver genoeg. Ik zag geen kans hem onverhoeds op zijn nek te springen.
'Ik vind dat we op hem af moeten stormen en het riskeren,' hoorde ik Random zeggen. 'Ik zie geen andere mogelijkheid. Jullie wel?'
Voordat iemand hem antwoord gaf, gebeurde er iets vreemds. De dag werd helderder.
Ik keek links en rechts naar de bron van de verlichting, zocht hem toen boven mijn hoofd.
De wolken waren er nog steeds, en daarboven speelde de krankzinnige hemel zijn bedrieglijke spel. Maar de helderheid was in de wolken. Ze waren verbleekt en straalden nu, alsof ze een zon verborgen. Onder mijn ogen werden ze aanzienlijk helderder.
'Wat is hij nu weer van plan?' vroeg Chantris.
'Geen idee,' zei Fiona. 'Ik geloof niet dat het zijn werk is.'
'Van wie dan?'
Er kwam geen antwoord dat ik kon afluisteren.
Ik zag de wolken helderder worden. De grootste en helderste ervan begon te draaien, alsof hij in beweging werd gebracht. Vormen wervelden erin rond, kwamen toen tot rust. Een omtrek begon zich af te tekenen.
Onder me, op het veld, namen de geluiden van de slag af. De storm zelf was verstomd naarmate de verschijning groeide. Heel duidelijk vormde zich iets op de heldere plek boven onze hoofden – de lijnen van een reusachtig gelaat.
'Ik weet het niet, zeg ik je toch,' hoorde ik Fiona zeggen in antwoord op een gemompelde opmerking.
Voordat het vaste vorm had aangenomen, realiseerde ik me dat het mijn vaders gezicht was daar in de hemel. Dat was

een hele beste stunt. En ik had er geen idee van wat het voorstelde.
Het gezicht bewoog, alsof hij ons allemaal opnam. Er waren lijnen van spanning te zien, en er was iets bezorgds in zijn uitdrukking. De helderheid nam nog iets toe. Zijn lippen bewogen.
Toen zijn stem naar mij neerdaalde klonk hij op normale gespreksrsterkte, in plaats van het kolossale gedreun dat ik had verwacht:
'Ik stuur jullie deze boodschap,' zei hij, 'voordat ik het herstel van het Patroon op me neem. Wanneer jullie haar ontvangen, zal ik reeds geslaagd zijn of gefaald hebben. Mijn boodschap zal voorafgaan aan de golf van Chaos die mijn poging moet vergezellen. Ik heb reden om te geloven dat de inspanning fataal voor mij zal blijken.'
Zijn ogen schenen over het veld te glijden.
'Verheug je of rouw, als je wilt,' ging hij voort, 'want dit is het begin of het einde. Ik zal het Juweel des Oordeels naar Corwin zenden zodra ik ermee klaar ben. Ik heb hem opgedragen het naar het slagveld te brengen. Al jullie inspanningen daar zullen zinloos zijn als de golf van Chaos niet kan worden afgewend. Maar met het Juweel ter plaatse moet Corwin in staat zijn jullie te beschermen totdat hij voorbij is.'
Ik hoorde Brands lach. Hij klonk nu bepaald waanzinnig.
'Met mijn verscheiden,' vervolgde de stem, 'zal het probleem van de opvolging op jullie neerkomen. Ik had wensen in dit opzicht, maar ik zie nu in dat die futiel waren. Daarom heb ik geen keus dan dit over te laten aan de Hoorn van de eenhoorn. Kinderen, ik kan niet zeggen dat ik erg tevreden over jullie ben, maar ik neem aan dat dat wederzijds is. Het zij zo. Ik geef jullie mijn zegen, en dat is meer dan een formaliteit. Ik zal nu het Patroon gaan. Vaarwel.'
Toen begon zijn gezicht te vervagen en de helderheid sijpelde weg uit de wolkenformatie. Even later was het voorbij. Stilte lag over het veld.
'...en, zoals jullie kunnen zien,' hoorde ik Brand zeggen, 'heeft Corwin het Juweel niet. Leg jullie wapens neer en donder op. Of hou ze, als jullie maar oprotten. Het kan me niet schelen. Laat me alleen. Ik heb werk te doen.'
'Brand,' zei Fiona, 'kun jij doen wat hij van Corwin wilde? Kun jij het Juweel gebruiken om ervoor te zorgen dat die golf aan ons voorbijgaat?'

'Als ik zou willen,' zei hij. 'Ja, ik zou hem kunnen afwenden.'
'Je zult een held zijn als je dat doet,' zei ze zacht. 'Je zult onze dankbaarheid verwerven. Alle kwaad uit het verleden zal vergeven zijn. Vergeven en vergeten. We...'
Hij begon wild te lachen.
'*Jij vergeeft mij*?' zei hij. 'Jij, die me in die toren achterliet, die het mes in mijn zij stak? Bedankt, zusje. Het is erg lief van je om me aan te bieden me te vergeven, maar neem me niet kwalijk dat ik het van de hand wijs.'
'Goed,' zei Random, 'wat wil je dan? Een verontschuldiging? Schatten en rijkdom? Een belangrijke aanstelling? Dat allemaal? Je kunt ze krijgen. Maar je speelt een dom spel. Laten we ermee ophouden en naar huis gaan, laten we net doen alsof het een kwade droom was.'
'Ja, laten we ermee ophouden,' antwoordde Brand. 'Als jij er dan eens mee begon je wapens neer te leggen. Dan bevrijdt Fiona me uit haar betovering, jullie keren me allemaal je rug toe en marcheren naar het noorden. Als jullie dat niet doen dood ik Deirdre.'
'Dan moest je je gang maar gaan en haar doden en je gereed houden het met mij uit te vechten,' zei hij, 'omdat ze binnen enkele ogenblikken toch dood zal zijn, als we jou je zin geven. Wij allemaal.'
Ik hoorde Brand grinniken.
'Denk je nu werkelijk dat ik jullie zal laten sterven? Ik heb jullie nodig – zoveel van jullie als ik redden kan. Hopelijk Deirdre ook. Jullie zijn de enigen die mijn triomf kunnen waarderen. Ik zal jullie beschermen tegen de grote slachting die op het punt staat te beginnen.'
'Ik geloof je niet,' zei Random.
'Denk er dan maar eens over na. Je kent me goed genoeg om te weten dat ik jullie er met je neus bovenop wil drukken. Ik wil jullie als getuigen bij wat ik doe. In die zin is jullie aanwezigheid in mijn nieuwe wereld vereist. En maak nu dat je wegkomt.'
'Je zult alles krijgen wat je wilt plus onze dankbaarheid,' begon Fiona, 'als je alleen maar...'
'Ga!'
Ik wist dat ik niet langer talmen kon. Ik moest iets doen. Ik wist ook dat ik hem niet op tijd kon bereiken. Ik had geen keus, ik moest proberen het Juweel als wapen tegen hem te gebruiken. Ik concentreerde me en voelde de aanwezigheid.

Ik sloot mijn ogen en riep mijn krachten op.
Heet. Heet, dacht ik. Hij brandt je, Brand. Hij maakt dat iedere molecule in je lichaam sneller en sneller trilt. Je wordt een menselijke toorts...
Ik hoorde hem schreeuwen.
'Corwin!' brulde hij. 'Stop daarmee! Waar je ook bent! Ik dood haar! Kijk!'
Terwijl ik het Juweel bleef dwingen hem te branden, stond ik op. Ik wierp een felle blik op hem over de afstand die ons scheidde. Zijn kleding begon al te smeulen.
'Hou daarmee op!' schreeuwde hij, en hij hief het mes op en gaf een jaap in Deirdres gezicht. Ik gilde en alles draaide voor mijn ogen. Ik raakte mijn macht over het Juweel kwijt. Maar Deirdre, met bloed op haar linkerwang, sloeg haar tanden in zijn hand toen hij aanstalten maakte om haar weer te snijden. Toen was haar arm vrij, en ze ramde haar elleboog in zijn ribben en probeerde zich los te rukken.
Zodra ze zich verroerde, zodra ze haar hoofd liet zakken, was er een zilveren flits. Brand hapte naar adem en liet de dolk vallen. Een pijl had zijn keel doorboord. Een andere pijl volgde een ogenblik later en stak uit zijn borst, iets rechts van het Juweel. Hij deed een stap achteruit en maakte een gorgelend geluid. Alleen was er niets om zijn voeten op te zetten, over de rand van de afgrond.
Zijn ogen spalkten zich open toen hij begon te tuimelen. Zijn rechterhand schoot naar voren en klauwde in Deirdres haar. Toen kwam ik er al aanrennen, schreeuwend, maar ik wist dat ik ze niet op tijd kon bereiken.
Deirdre krijste, een uitdrukking van afschuw op haar bloedbesmeurde gezicht, en ze stak haar arm naar me uit...
Toen waren Brand, Deirdre en het Juweel over de rand en ze vielen, verdwenen uit het gezicht, waren weg...
Ik geloof dat ik probeerde me zelf achter hen aan te werpen, maar Random greep me beet. Tenslotte moest hij me slaan, en alles werd duister.

Toen ik weer bijkwam, lag ik op de rotsbodem een eind terug van de rand van de plek waar ik gevallen was. Iemand had mijn mantel tot een kussen voor me gevouwen. Het eerste dat ik zag was de draaiende hemel, en dat deed me denken aan mijn droom van het wiel op de dag dat ik Dara had ontmoet.
Ik kon de anderen om me heen voelen, hun stemmen horen,

maar aanvankelijk draaide ik mijn hoofd niet om. Ik lag daar maar en bekeek de mandala in de hemel en dacht aan mijn verlies. Deirdre... zij had meer voor mij betekend dan alle anderen van de familie bij elkaar. Ik kan het niet helpen. Zo was het nu eenmaal. Hoe vaak had ik niet gewenst dat zij niet mijn zuster was. Toch had ik me verzoend met de realiteit van onze situatie. Mijn gevoelens zouden nooit veranderen, maar... nu was ze verdwenen, en die gedachte betekende meer voor me dan de dreigende vernietiging van de wereld.

Maar toch moest ik weten wat er nu gebeurde. Nu het Juweel verdwenen was, was alles voorbij. Maar toch... Ik concentreerde me, probeerde zijn aanwezigheid te voelen, waar het ook mocht zijn, maar er was niets. Toen maakte ik aanstalten overeind te komen, om te zien hoe ver de golf was opgerukt, maar een plotselinge arm duwde me weer neer.

'Rust, Corwin.' Het was Randoms stem. 'Je bent uitgeput. Je ziet eruit alsof je net door de hel bent gekropen. Er is nu niets dat je kunt doen. Maak je niet druk.'

'Welk verschil maakt mijn gezondheidstoestand?' antwoordde ik. 'Nog heel even en dan maakt het niets meer uit.'

Ik begon weer op te staan, en ditmaal ondersteunde de arm me.

'Goed dan,' zei hij. 'Maar het is het aankijken nauwelijks waard.'

Daar had hij gelijk in. Het gevecht bleek voorbij te zijn afgezien van een paar geïsoleerde vijandelijke groepjes die nog verzet boden; deze werden snel ingepakt en de strijders werden gedood of gevangengenomen. Iedereen bewoog zich in deze richting, op de terugtocht voor de oprukkende golf die het andere uiteinde van het veld had bereikt. Weldra zou onze hoogte krioelen van alle overlevenden van beide partijen. Ik keek achter ons. Van de donkere citadel naderden geen nieuwe troepen. Konden we ons daarheen terugtrekken wanneer de golf ons tenslotte hier bereikte? Wat anders! De afgrond leek het laatste antwoord.

'Weldra,' prevelde ik, terwijl ik aan Deirdre dacht. 'Weldra...'

Waarom niet?

Ik nam het stormveld op, flitsend, maskerend, vervormend. Ja, weldra. Nu het Juweel samen met Brand verdwenen was...

'Brand...' zei ik. 'Wie kreeg hem eindelijk te pakken?'
'Ik eis die eer op,' zei een bekende stem die ik niet kon thuisbrengen.
Ik draaide mijn hoofd om en staarde. De man in het groen zat op een rotsblok. Zijn boog en pijlkoker lagen naast hem op de grond. Hij wierp me een boosaardig lachje toe. Het was Caine.
'Ik mag doodvallen,' zei ik, mijn kaak wrijvend. 'Ik heb iets leuks meegemaakt op weg naar jouw begrafenis.'
'Ja, ik heb ervan gehoord.' Hij lachte. 'Heb jij jezelf wel eens gedood, Corwin?'
'De laatste tijd niet. Hoe heb je het klaargespeeld?'
'Ik ben naar de goede schaduw gelopen,' zei hij, 'onderschepte daar de schaduw van mezelf. Hij zorgde voor het lijk.' Hij huiverde. 'Een griezelig geval was dat. Niet iets dat ik graag zou herhalen.'
'Maar waarom?' zei ik. 'Waarom deed je net alsof je dood was en waarom probeerde je mij erin te luizen?'
'Ik wilde tot de wortel van het kwaad in Amber gaan,' zei hij, 'en daar wilde ik het uitroeien. Ik meende dat ik daarvoor het beste ondergronds kon gaan. Hoe kon ik dat beter doen dan door iedereen ervan te overtuigen dat ik dood was? Dat is me tenslotte ook gelukt, zoals je gezien hebt.' Hij wachtte even. 'Maar het spijt me van Deirdre. Ik had geen keus. Het was onze laatste kans. Ik rekende er niet op dat hij haar met zich mee zou slepen.'
Ik wendde mijn blik af.
'Ik had geen keus,' herhaalde hij. 'Ik hoop dat je dat kunt inzien.'
Ik knikte.
'Maar waarom probeerde je het er te laten uitzien alsof ik je had gedood?' vroeg ik.
Precies op dat moment kwamen Fiona en Bleys eraan. Ik groette ze allebei en wendde me weer tot Caine voor mijn antwoord. Er waren ook dingen die ik Bleys wilde vragen, maar die konden wachten.
'Wel?' zei ik.
'Ik wilde jou uit de buurt hebben,' zei hij. 'Ik dacht nog steeds dat jij er misschien achter zat. Jij of Brand. Tot zo ver had ik het teruggebracht. Ik dacht dat het zelfs mogelijk was dat jullie tweeën samen in het komplot zaten – vooral toen hij zo zijn best deed om jou terug te brengen.'
'Dat heb je mis,' zei Bleys. 'Brand probeerde hem weg te

houden. Hij had vernomen dat zijn geheugen terug kwam en...'

'Dat snap ik nu ook wel,' antwoordde Caine, 'maar indertijd zag het er zo uit. Dus ik wilde Corwin in een kerker weggestopt hebben, terwijl ik naar Brand zocht. Daarna dook ik onder en luisterde via de Troeven naar alles wat iedereen zei, in de hoop een aanwijzing op te vangen omtrent Brands verblijfplaats.'

'Dat is wat Pa bedoelde,' zei ik.

'Wat?' vroeg Caine.

'Hij zinspeelde erop dat iemand de Troeven afluisterde.'

'Ik zie niet in hoe hij dat kon weten. Ik had geleerd me volkomen passief in te stellen. Ik had me aangewend alle Troeven uit te spreiden, ze allemaal tegelijk heel licht aan te raken en dan een reactie af te wachten. Als die kwam, verschoof ik mijn aandacht naar de sprekers. Ik merkte dat ik soms in jullie geest kon doordringen door jullie één voor één te nemen, wanneer jullie zelf de Troeven niet gebruikten – als jullie voldoende afgeleid waren en ik me zelf totaal geen reactie toestond.'

'Toch wist hij het,' zei ik.

'Het is heel goed mogelijk. Het is zelfs waarschijnlijk,' zei Fiona, en Bleys knikte.

Random kwam dichterbij.

'Wat bedoelde je toen je vroeg naar Corwins zij,' wilde hij weten. 'Hoe kon jij daar iets van afweten als jij niet...'

Caine knikte alleen maar. Ik zag Benedict en Julian in de verte samen hun troepen toespreken. Toen ik Caines stille beweging zag vergat ik hem.

'Jij?' zei ik hees. 'Jij hebt me neergestoken?'

'Neem een slok, Corwin,' zei Random, me zijn veldfles toestekend. Het was aangelengde wijn. Ik verzwolg hem. Ik had reusachtige dorst, maar na een paar flinke teugen hield ik op.

'Vertel op,' zei ik.

'Goed, dat ben ik je wel schuldig,' zei hij. 'Toen ik uit Julians geest begreep dat jij Brand naar Amber had teruggehaald, stelde ik vast dat een vroegere gissing juist was geweest – dat jij en Brand samen in het komplot zaten. Dat betekende dat jullie allebei onschadelijk gemaakt moesten worden. Ik gebruikte het Patroon om me die nacht naar jouw vertrekken te projecteren. Daar probeerde ik je te doden, maar je bewoog te snel en zag kans weg te Troeven voor ik een tweede kans had.'

'Had je dan stront in je ogen?' zei ik. 'Als je onze gedachten kon aftasten, had je dan niet kunnen zien dat ik niet degene was die je zocht?'
Hij schudde zijn hoofd.
'Ik kon alleen oppervlakkige gedachten en reacties op jullie directe omgeving opvangen. Zelfs dat niet altijd. En ik had jouw vloek gehoord, Corwin. En hij kwam uit. Dat kon ik om ons heen zien. Ik had het gevoel dat het voor ons allemaal een stuk veiliger zou zijn als jij en Brand allebei uit de weg geruimd waren. Ik wist wat hij kon, op grond van zijn acties van voor jouw terugkeer. Maar hem kon ik toen niet te grazen nemen, vanwege Gérard. Daarna begon zijn kracht toe te nemen. Later deed ik nog een poging, maar die mislukte.'
'Wanneer was dat?' vroeg Random.
'Dat was de poging waar Corwin de schuld van kreeg. Ik vermomde me. In het geval dat hij er net als Corwin in zou slagen te ontsnappen wilde ik niet dat hij zou weten dat ik nog leefde. Ik gebruikte het Patroon om me naar mijn vertrekken te projecteren en probeerde hem aan zijn eind te helpen. We raakten allebei gewond – er vloeide een heleboel bloed – maar ook hij slaagde erin weg te Troeven. Toen nam ik kort geleden contact met Julian op en voegde me voor deze slag bij hem, omdat Brand hier moest opduiken. Ik had een paar pijlen met zilveren punten gemaakt omdat ik er meer dan half van overtuigd was dat hij niet meer was zoals de rest van ons. Ik wilde hem snel en van een afstand doden. Ik oefende op de boog en ging naar hem op zoek. Tenslotte vond ik hem. Nu vertelt iedereen me dat ik me wat jou betreft vergist heb, dus jouw pijl zal wel niet gebruikt worden.'
'Je wordt hartelijk bedankt.'
'Misschien moet ik je zelfs mijn excuses wel aanbieden.'
'Dat zou aardig zijn.'
'Aan de andere kant, ik dacht dat ik gelijk had. Ik deed het om de anderen te redden...'
Ik kreeg niet de kans om Caines excuus te aanvaarden, omdat op dat moment een trompetstoot de hele wereld in opschudding leek te brengen – uit onbestemde richting, luid, lang aangehouden. We keken rond, zoekend naar de bron van het geluid.
Caine stond op en wees.
'Daar!' zei hij.

Mijn ogen volgden zijn gebaar. In het noordwesten was het gordijn van het stormveld gebroken, op het punt waar de zwarte weg eruit te voorschijn kwam. Daar was een spookachtige ruiter op een zwart paard verschenen en blies op zijn hoorn. Het duurde even voordat nog meer tonen ons bereikten. Enkele momenten later voegden twee andere trompetters - even bleek, en gezeten op zwarte rossen - zich bij hem. Ze hieven hun hoornen en het geluid zwol aan.
'Wat kan dat zijn?' vroeg Random.
'Ik denk dat ik het weet,' zei Bleys, en Fiona knikte.
'Wat dan?' vroeg ik.
Maar ze gaven geen antwoord. De ruiters zetten zich weer in beweging over de zwarte weg, en achter hen verschenen er nog meer.

12

Ik keek toe. Er was een grote stilte op de hoogte om me heen. Alle troepen hadden halt gehouden en sloegen de optocht gade. Zelfs de gevangenen van de Hoven, door staal omringd, richtten hun aandacht daarop.
Aangevoerd door de bleke trompetters kwam een massa ruiters gezeten op witte rossen, met banieren waarvan ik sommige niet herkende, achter een mens-ding dat de Eenhoornstandaard van Amber droeg. Deze ruiters werden weer gevolgd door muzikanten, waarvan sommigen op instrumenten speelden van een soort dat ik nog nooit eerder had gezien.
Achter de muzikanten marcheerden gehoornde mensvormige dingen in lichte wapenrusting, in lange colonnes, en ongeveer elke twintigste droeg een grote toorts voor zich, die hoog boven zijn hoofd uitstak. Toen bereikte ons een diepe klank - traag, ritmisch, dreunend onder de tonen der trompetten en de geluiden der muzikanten - en ik realiseerde me dat de infanteristen een gezang hadden aangeheven. Ik geloof dat heel wat tijd verstreek terwijl deze troep oprukte over die zwarte weg en op geruime afstand onder ons langstrok, maar toch verroerde niemand van ons zich en niemand sprak een woord. Ze passeerden, met de toortsen en de banieren en de muziek en de gezangen, en tenslotte bereikten ze de rand van de afgrond en gingen verder over de bijna onzichtbare voortzetting van die donkere weg, terwijl hun toortsen nu flakkerden tegen de zwartheid en hun pad verlichtten. De muziek werd luider, ondanks de afstand, en steeds meer stemmen voegden zich bij dat koor, naarmate de garde uit dat bliksemende stormgordijn bleef opduiken. Van tijd tot tijd rolde de donder, maar dat kon de muziek niet verstommen; en de wind die de toortsen belaagde had er tot nu toe niet één gedoofd, voorzover ik kon zien. De beweging had een hypnotiserend effect. Het leek alsof ik de optocht gedurende talloze dagen, jaren misschien had bekeken, luisterend naar de melodie die ik nu herkende.

Plotseling zweefde een draak door het stormveld, en nog één, en nog één. Ik zag ze vliegen op de wind, groen en goud en zwart als oud ijzer, ik zag ze hun hoofden draaien om wimpels van vuur in hun spoor te braken. Daarachter flitste de bliksem en ze waren ontzagwekkend en magnifiek en van onberekenbare grootte. Eronder liep een kleine kudde wit vee, briesend en met schuddende koppen, de grond beukend met hun hoeven. Naast en tussen deze dieren reden ruiters, knallend met lange zwarte zwepen.

Toen kwam een optocht van werkelijk beestachtige troepen waarmee Amber soms handel drijft – zwaar, met schilden en klauwen – spelend op instrumenten als doedelzakken, met snerpende tonen die met vibratie en pathos tot ons kwamen. Ook deze marcheerden voort, en toen kwamen er nog meer toortsdragers en nog meer troepen met hun kleuren – afkomstig uit verre en nabije schaduwen. We zagen ze voorbijgaan en slingerend hun weg vervolgen in de verre hemel, als een verhuizing van vuurvliegjes, met als bestemming die zwarte citadel genaamd de Hoven van Chaos.

Er leek geen einde aan te komen. Ik had ieder besef van tijd verloren. Maar merkwaardig genoeg kwam het stormveld niet dichterbij terwijl dit alles voortging. Ik had zelfs iets van het besef van mijn eigen persoon verloren, dat gevangen was in de optocht die langs ons heentrok. Dit, wist ik, was een gebeurtenis die nooit herhaald kon worden. Heldere vliegende dingen flitsten boven de colonnes en hoger in de lucht zweefden donkere vormen.

Er waren spookachtige trommelaars, wezens van puur licht en een kudde zwevende machines; ik zag paardrijders, geheel in zwart gehuld, gezeten op een verscheidenheid van beesten; een tweepotige gevleugelde draak leek even in de lucht te hangen, als deel van een vuurwerk. En de geluiden – van hoefslagen en voetstappen, van zingen en snerpen, van trommels en trompetten – zwollen tot een machtige golf die over ons heenspoelde. En voort, voort, voort over de brug van duisternis kronkelde de optocht, en de lichten vormden nu een lange lijn in de grote afgrond.

Toen ik mijn blik langs die linies terug liet gaan, zag ik nog iets uit het glinsterend gordijn te voorschijn komen. Het was een geheel met zwart gedrapeerde kar, getrokken door een span zwarte paarden. Op iedere hoek stond een staf die straalde met blauw vuur en er lag iets op dat alleen een doodkist kon zijn, gedrapeerd met onze Eenhoornvlag. De

voerman was een gebochelde, in paarse en oranje kleding gehuld, en zelfs op die afstand wist ik dat het Dworkin was. *Zo zit het dus,* dacht ik. *Ik weet niet waarom, maar het komt me passend voor, passend dat het het Oude Land is waarheen je nu reist. Er waren veel dingen die ik had kunnen zeggen terwijl je nog leefde. Sommige van die dingen heb ik gezegd, maar slechts weinige van de juiste woorden zijn ooit gesproken. Nu is het voorbij, want je bent dood. Even dood als al diegenen die voor jou naar die plaats zijn gegaan waarheen de rest van ons je misschien weldra volgt. Het spijt me. Het was pas nadat je een ander gezicht en een andere gedaante had aangenomen, dat ik je eindelijk kende, respecteerde, je zelfs begon te mogen – al was je in die vorm ook een pinnige oude rotzak. Was de Ganelon-zelf de echte jij, of was het alleen een willekeurige vorm die je voor het gemak aannam, Oude Vormendraaier? Ik zal het nooit weten, maar laat mij maar denken dat ik je tenslotte zag zoals je was, dat ik iemand ontmoette die ik mocht, iemand die ik kon vertrouwen, en dat jij dat was. Ik wilde dat ik je beter had gekend, maar hier ben ik al dankbaar voor...*
'Pa...?' vroeg Julian zacht.
'Hij wilde voorbij de Hoven van Chaos gebracht worden, naar de definitieve duisternis, wanneer zijn tijd gekomen was,' zei Bleys. 'Dat vertelde Dworkin me eens. Voorbij Chaos en Amber, naar een plaats waar niemand heerste.'
'En zo geschiede,' zei Fiona. 'Maar is er orde voorbij die muur waar ze doorkomen? Of gaat de storm eeuwig door? Als hij geslaagd is, is het maar een voorbijgaande zaak en zijn we niet in gevaar. Maar als hij niet geslaagd is...'
'Het doet er niet toe,' zei ik, 'of hij wel of niet geslaagd is, omdat ik geslaagd ben.'
'Wat bedoel je?' vroeg ze.
'Ik geloof dat hij gefaald heeft,' zei ik, 'dat hij vernietigd werd voordat hij het oude Patroon kon herstellen. Toen ik deze storm zag aankomen – in feite heb ik een deel ervan meegemaakt – besefte ik dat ik met geen mogelijkheid op tijd hier kon zijn met het Juweel, dat hij me na zijn pogingen had toegezonden. Brand had het me de hele weg lang proberen af te nemen – om een nieuw Patroon te creëren, zei hij. Later bracht dat me op het idee. Toen ik zag dat al het andere mislukte, gebruikte ik het Juweel om een nieuw Patroon te creëren. Het was het moeilijkste dat ik ooit gedaan heb, maar ik slaagde. Als het goed is, zal alles in stand blijven na-

dat deze golf voorbij is getrokken, of wij het nu overleven of niet. Brand ontstal me het Juweel vlak nadat ik het Patroon voltooid had. Toen ik van zijn aanval hersteld was, kon ik het nieuwe Patroon gebruiken om me hierheen te projecteren. Dus er is nog steeds een Patroon, wat er verder ook gebeurt.'

'Maar Corwin,' zei ze, 'wat als Pa wel geslaagd is?'

'Dat weet ik niet.'

'Uit wat Dworkin me verteld heeft,' zei Bleys, 'maak ik op dat twee verschillende Patronen in hetzelfde universum niet zouden kunnen bestaan. Die in Rebma en Tir-na Nog'th tellen niet mee, omdat dat weerkaatsingen van ons eigen Patroon zijn...'

'Wat zou er dan gebeuren?' zei ik.

'Ik denk dat er een afsplitsing zou plaatsvinden, de stichting van een nieuw bestaan – ergens.'

'Wat zou daarvan dan het effect op ons eigen bestaan zijn?'

'Ofwel totale catastrofe ofwel helemaal geen effect,' zei Fiona. 'Ik kan voor beide mogelijkheden goede gronden aanvoeren.'

'Dan zijn we weer terug waar we begonnen zijn,' zei ik. 'Ofwel alles gaat binnen afzienbare tijd te gronde ofwel het blijft in stand.'

'Daar lijkt het wel op,' zei Bleys.

'Het doet er niet toe, als wij niet meer in leven zijn nadat die golf ons bereikt heeft,' zei ik. 'En dat zal hij.'

Ik richtte mijn aandacht weer op de begrafenisstoet. Nog meer ruiters waren achter de wagen te voorschijn gekomen, gevolgd door marcherende trommelaars. Daarna wimpels en toortsen en een lange rij infanteristen. Nog steeds hoorden wij het gezang, en ver, heel ver weg over de grond leek het alsof de optocht eindelijk die donkere citadel had bereikt.

Ik heb je zo lang gehaat, heb je zo veel kwalijk genomen. Nu is het voorbij, en geen van die gevoelens blijft. Integendeel, jij wilde zelfs dat ik koning werd, een baan waarvoor ik – ik zie het nu in – niet geschikt ben. Ik zie in dat ik tenslotte toch iets voor je betekend moet hebben. Ik zal het de anderen nooit vertellen. Het is voldoende dat ik het zelf weet. Maar ik kan nooit meer op dezelfde manier aan je denken. Je beeld vervaagt al. Ik zie Ganelons gezicht waar het jouwe zou moeten zijn. Hij was mijn kameraad. Hij riskeerde zijn nek voor me. Hij was jij, maar een andere jij – een jij die ik nooit had gekend. Hoeveel vrouwen en vijanden heb jij overleefd? Waren er veel vrienden? Ik denk het niet. Maar jij was bij zoveel betrokken waar wij niets van wisten. Ik had nooit gedacht dat ik je verscheiden zou zien. Ganelon – Vader – oude vriend en vijand, ik wens je vaarwel. Je voegt je bij Deirdre, van wie ik heb gehouden. Je hebt je geheim bewaard. Rust in vrede, als dat je wens is. Ik geef je deze verwelkte roos die ik heb gedragen op mijn tocht door de hel, ik werp hem in de afgrond. Ik laat je de roos en de vermengde kleuren in de hemel. Ik zal je missen...

Eindelijk kwam er een einde aan de lange rij. De laatste marcheerders doken op uit het gordijn en liepen weg. Nog steeds flikkerde de bliksem, nog steeds stroomde de regen en rommelde de donder. Toch kon ik me niet herinneren dat ook maar één lid van de stoet een natte indruk had gemaakt. Ik had op de rand van de afgrond gestaan, toekijkend terwijl ze voorbijtrokken. Er was een hand op mijn arm. Hoe lang hij daar al was kon ik niet zeggen. Nu de optocht ten einde was gekomen, realiseerde ik me dat het stormveld weer oprukte. De rondwenteling van de hemel scheen meer duisternis over ons te brengen. Er waren stemmen links van me. Ik geloof dat ze al een hele tijd gesproken hadden, maar ik had hun woorden niet gehoord. Ik merkte dat ik beefde, dat ik overal pijn had, dat ik nauwelijks op mijn benen kon staan.

'Kom, ga liggen,' zei Fiona. 'De familie is op deze ene dag wel voldoende uitgedund.'

Ik liet toe dat ze me van de rand wegleidde.

'Zou het enig verschil maken?' vroeg ik. 'Hoeveel tijd hebben we nog, denk je?'

'We hoeven er hier niet op te blijven wachten,' zei ze. 'We zullen de donkere brug naar de Hoven oversteken. We hebben hun verdediging al gebroken. Misschien komt de storm niet zover. Misschien wordt hij hier bij de afgrond tegengehouden. In ieder geval moeten we Pa begeleiden.'

Ik knikte.

'Er zal weinig anders opzitten dan plichtsgetrouw te zijn tot het einde.'

Ik zocht een makkelijke zitplaats en zuchtte. Nu voelde ik me zo mogelijk nog zwakker.

'Je laarzen...' zei ze.

'Ja.'

Ze trok ze uit. Mijn voeten klopten.

'Bedankt.'

'Ik zal je wat te eten halen.'
Ik sloot mijn ogen. Ik doezelde. Te veel beelden speelden door mijn hoofd om een samenhangende droom te vormen. Hoe lang dit duurde weet ik niet, maar een oude reflex dwong me tot waakzaamheid op het geluid van een naderend paard. Toen streek een schaduw over mijn oogleden.
Ik keek op en aanschouwde een gemaskerde ruiter, zwijgend, bewegingloos. Ik werd gadegeslagen.
Ik keek terug. Er was geen dreigend gebaar gemaakt, maar in die koude blik was antipathie te lezen.
'Daar ligt de held,' zei een zachte stem.
Ik zei niets.
'Ik zou je nu makkelijk kunnen afmaken.'
Toen herkende ik de stem, al had ik geen idee wat de reden achter de emotie was.
'Ik bereikte Borel voordat hij stierf,' zei ze. 'Hij vertelde me hoe onedel jij hem behandeld had.'
Ik kon het niet helpen, ik kon het niet beheersen. Een droog gegrinnik welde op in mijn keel. Iets stompzinnigers om je over op te winden was er niet. Ik had haar kunnen vertellen dat Borel veel beter uitgerust en veel frisser was geweest dan ik, en dat hij naar mij was gekomen omdat hij op een gevecht uit was. Ik had haar kunnen vertellen dat ik geen regels erken wanneer mijn leven op het spel staat, of dat ik oorlog niet als een spelletje beschouw. Ik had een heleboel kunnen zeggen, maar als zij het al niet wist of verkoos het niet te begrijpen, zou het geen enkel verschil hebben gemaakt. Trouwens, haar gevoelens waren al duidelijk.
Daarom sprak ik eenvoudig een der grote afgezaagde waarheden: 'In het algemeen is er meer dan één kant aan een verhaal.'
'Ik kan het stellen met de kant die ik heb,' zei ze. Ik dacht erover mijn schouders op te halen, maar mijn schouders waren te pijnlijk.
'Jij hebt me twee van de belangrijkste mensen in mijn leven gekost,' zei ze toen.
'O ja?' zei ik. 'Dat spijt me dan voor je.'
'Jij bent niet waarvoor ik je hield. Ik had je gezien als een oprecht nobel mens – sterk, maar begrijpend en soms zachtmoedig. Achtenswaardig...'
De storm, veel dichterbij nu, flikkerde achter haar rug. Ik bedacht iets grofs en zei het. Ze liet het over zich heengaan alsof ze me niet had gehoord.

'Ik ga nu,' zei ze, 'terug naar mijn eigen volk. Tot zover heb jij de slag gewonnen – maar Amber lag in die richting.' Ze gebaarde naar de storm. Ik kon alleen maar staren. Niet naar de woedende elementen. Naar haar. 'Ik betwijfel of er nog iets van mijn nieuwe getrouwheid over is om te verzaken,' vervolgde ze.
'En Benedict?' vroeg ik zacht.
'Vraag me niet...' zei ze en ze wendde zich af. Er was een stilte. Toen zei ze: 'Ik denk niet dat we elkaar nog ooit zullen ontmoeten,' en haar paard droeg haar in de richting van de zwarte weg.
Een cynicus had misschien vastgesteld dat ze stomweg de bakens had verzet naar wat ze nu als de winnende partij zag, aangezien de Hoven van Chaos het waarschijnlijk zouden overleven.
Ik wist het gewoon niet. Ik kon alleen maar denken aan wat ik had gezien toen ze gewezen had. De kap was weggegleden en ik had een glimp opgevangen van wat ze geworden was. Het was geen menselijk gezicht geweest, daar in de schaduwen. Maar ik draaide mijn hoofd om en keek tot ze verdwenen was. Met Deirdre, Brand en Pa verdwenen, en nu ook nog het vertrek van Dara onder deze omstandigheden, was de wereld veel leger – wat er dan ook van over was.
Ik ging op mijn rug liggen en zuchtte. Waarom zou ik niet gewoon hier blijven wanneer de anderen vertrokken, waarom zou ik niet wachten totdat de storm me overspoelde, en slapen... ontbinden? Ik dacht aan Hugi. Had ik tegelijk met zijn vlees zijn vlucht voor het leven geslikt? Ik was zo moe dat het de makkelijkste weg leek.
'Hier, Corwin.'
Ik had weer liggen dutten, al was het maar even. Fiona was weer naast me, met een rantsoen en een veldfles. Er was iemand bij haar.
'Ik wilde je audiëntie niet onderbreken,' zei ze. 'Dus ik wachtte even.'
'Heb je het gehoord?' vroeg ik.
'Nee, maar ik kan ernaar raden,' zei ze, 'omdat ze weg is. Hier.'
Ik nam een paar slokken wijn, richtte mijn aandacht op het vlees, het brood. Ondanks mijn stemming smaakte het me goed.
'We zulen gauw op pad gaan,' zei Fiona, met een blik op het woedende stormveld. 'Kun je rijden?'

'Ik denk het wel,' zei ik.
Ik dronk nog wat wijn.
'Maar er is te veel gebeurd, Fi. Emotioneel ben ik murw. Ik ben uit een sanatorium op een schaduwwereld ontsnapt. Ik heb mensen bedrogen en ik heb mensen gedood. Ik heb snode plannen beraamd en ik heb gevochten. Ik heb mijn geheugen teruggewonnen en ik heb geprobeerd mijn leven weer in orde te brengen. Ik heb mijn familie gevonden, en gemerkt dat ik daarvan hield. Ik heb me met Pa verzoend. Ik heb gestreden voor het koninkrijk. Ik heb alles geprobeerd wat ik weet om het in stand te houden. Nu blijkt dat van dat alles niets terecht is gekomen, en ik heb niet voldoende geestkracht over om nog te treuren. Ik ben murw. Vergeef me.'
Ze kuste me.
'We zijn nog niet verslagen. Je komt wel weer tot jezelf,' zei ze.
Ik schudde mijn hoofd.
'Het is net het laatste hoofdstuk van *Alice*,' zei ik. 'Als ik schreeuw: "Jullie zijn alleen maar een spel kaarten!" vliegen we vast met zijn allen de lucht in, een handvol beschilderd bordpapier. Ik ga niet met jullie mee. Laat mij hier maar achter. Ik ben trouwens toch maar de Joker.'
'Op dit moment ben ik sterker dan jij,' zei ze. 'Je gaat mee.'
'Het is niet eerlijk,' zei ik zacht.
'Eet je eten op,' zei ze. 'Er is nog wat tijd.'
Terwijl ik doorat, ging ze verder: 'Je zoon Merlijn wil je zien. Ik zou hem nu graag hierheen roepen.'
'Gevangene?'
'Niet precies. Hij nam geen deel aan de strijd. Hij is net gearriveerd en vraagt je te zien.'
Ik knikte en ze ging weg. Ik liet mijn rantsoen staan en nam nog een teug wijn. Ik was gewoon nerveus geworden. Wat zeg je tegen een volwassen zoon van wiens bestaan je pas kort geleden op de hoogte bent gesteld? Ik vroeg me af wat zijn gevoelens ten opzichte van mij waren. Ik vroeg me af of hij wist van Dara's besluit. Hoe moest ik tegen hem optreden?
Ik zag hem naderen van een plek waar mijn verwanten op een kluitje stonden, ver links van mij. Ik had me afgevraagd waarom ze me op deze manier aan me zelf hadden overgelaten. Hoe meer bezoekers ik ontving des te opvallender werd het. Ik vroeg me af of ze de aftocht ophielden vanwege mij. De vochtige stormwinden werden sterker. Hij staarde naar

me terwijl hij naderde, geen speciale uitdrukking op dat gezicht, zo gelijk aan het mijne. Ik vroeg me af hoe Dara zich voelde nu haar profetie van de vernietiging vervuld scheen te zijn. Ik vroeg me af wat voor verhouding zij in werkelijkheid met de jongen had. Ik vroeg me af... zoveel.

Hij boog zich voorover om mijn hand te grijpen.

'Vader...' zei hij.

'Merlijn.' Ik keek in zijn ogen. Ik stond op, nog steeds zijn hand vasthoudend.

'Blijf toch zitten.'

'Het is in orde.' Ik omarmde hem, liet hem toen los. 'Ik ben blij,' zei ik. 'Drink met me.' Ik bood hem de wijn aan, gedeeltelijk om te verbergen dat woorden mij ontbraken.

'Graag.'

Hij nam de wijn, dronk wat en gaf hem terug.

'Op je gezondheid,' zei ik en nam zelf ook een slok. 'Ik kan je helaas geen stoel aanbieden.'

Ik liet me op de grond zakken. Hij volgde mijn voorbeeld.

'Geen van de anderen scheen precies te weten wat je gedaan hebt,' zei hij, 'behalve Fiona, die alleen zei dat het erg moeilijk is geweest.'

'Niet van belang,' zei ik. 'Ik ben blij dat ik het tot zover heb gebracht, al was het alleen maar hierom. Vertel me over je zelf, zoon. Wat voor man ben jij? Hoe heeft het leven je behandeld?'

Hij wendde zijn blik af.

'Ik heb niet lang genoeg geleefd om zoveel gedaan te hebben,' zei hij.

Ik was nieuwsgierig of hij het vermogen bezat om van gedaante te veranderen, maar weerhield me ervan daar op dit moment vragen over te stellen. Het was zinloos onze verschillen na te speuren terwijl ik hem net had ontmoet.

'Ik heb er geen idee van hoe het was,' zei ik, 'om op te groeien in de Hoven.'

Voor het eerst glimlachte hij.

'En ik heb er geen idee van hoe het ergens anders zou zijn geweest,' antwoordde hij. 'Ik verschilde genoeg van anderen om veel aan me zelf overgelaten te worden. Ik werd onderricht in de gebruikelijke dingen die een heer behoort te weten – magie, wapens, vergiften, paardrijden, dansen. Mij werd verteld dat ik op een dag in Amber zou heersen. Maar dat lijkt me niet waar meer.'

'Voor zover ik in de toekomst kan kijken, ziet dat er niet erg waarschijnlijk uit,' zei ik.

'Goed,' antwoordde hij. 'Dat is het enige dat ik niet wilde.'
'Wat wil je dan wel?'
'Ik wil het Patroon in Amber gaan net als Moeder en macht verkrijgen over Schaduw, zodat ik daar kan wandelen en vreemde bezienswaardigheden bekijken en andere dingen doen. Denk jij dat ik dat zou kunnen?'
Ik nam nog een slok en gaf hem de wijn.
'Het is heel goed mogelijk,' zei ik, 'dat Amber niet meer bestaat. Het hangt er allemaal van af of je grootvader geslaagd is in iets dat hij probeerde – en hij is er niet meer om ons te vertellen wat er gebeurd is. Maar hoe dan ook, er is een Patroon. Als we deze duivelse storm overleven, beloof ik je dat ik je een Patroon zal vinden, dat ik je zal onderrichten en dat jij het zult gaan.'
'Bedankt,' zei hij. 'Wil je me nu vertellen van je reis hierheen?'
'Later,' zei ik. 'Wat vertelden zij je over mij?'
Hij wendde zijn blik af.
'Het meeste dat met Amber te maken had, moest ik haten, is me altijd geleerd,' zei hij tenslotte. Toen, na een pauze: 'Jou leerde ik te respecteren, als mijn vader. Maar mij werd voorgehouden dat jij van de vijandelijke partij was.' Weer een pauze. 'Ik herinner me die keer op patrouille, toen jij hierheen was gekomen en ik je vond, na je gevecht met Kwan. Ik had gemengde gevoelens. Jij had net iemand afgeslacht die ik had gekend, maar toch – ik moest de houding die je aannam wel bewonderen. Ik zag mijn gezicht in het jouwe. Het was vreemd. Ik wilde je beter leren kennen.'
De hemel had zich volledig gewenteld en nu was de duisternis boven ons, en de kleuren boven de Hoven. De gestadige opmars van het flitsende stormveld werd hierdoor benadrukt. Ik boog me voorover en pakte mijn laarzen, begon ze aan te trekken. Het zou weldra tijd zijn om onze aftocht te beginnen.
'We zullen ons gesprek op jouw thuisgrond moeten voortzetten,' zei ik. 'Het is zowat tijd om voor de storm te vluchten.'
Hij draaide zich om en nam de elementen op, keek toen om over de afgrond.
'Ik kan een dag oproepen als je wilt.'
'Zo'n zwevende brug waarop je reed op de dag dat we elkaar ontmoetten?'
'Ja,' antwoordde hij. 'Ze zijn erg handig. Ik...'

Uit de richting van mijn verzamelde verwanten had een schreeuw geklonken. Er scheen niets dreigends aan de hand te zijn toen ik naar hen keek. Dus ik stond op en deed een paar stappen naar hen toe, met Merlijn achter me aan.
Toen zag ik hem. Een witte vorm, stampend in de lucht, scheen het, en oprijzend uit de afgrond. Zijn voorhoeven raakten eindelijk de rand, en hij kwam naar voren en stond dan stil, ons allen opnemend: onze eenhoorn.

13

Gedurende een moment vielen mijn pijn en mijn vermoeidheid van me af. Ik voelde een heel klein sprankje van iets als hoop toen ik de sierlijke witte vorm bekeek die voor ons stond. Een deel van me wilde naar voren stormen, maar iets veel sterkers hield me bewegingloos, wachtend.
Hoe lang we zo stonden, kon ik niet zeggen. Onder ons, op de hellingen, hadden de troepen zich voor de reis gereedgemaakt. De gevangenen waren gebonden, de paarden bepakt, de uitrusting stevig vastgemaakt. Maar dit reusachtige leger dat doende was geweest zijn krijgsuitrusting voor de mars in orde te brengen, had deze bezigheid plotseling gestaakt. Het was niet natuurlijk dat zij zich er zo snel van bewust geworden waren, maar ieder hoofd dat ik kon zien was in deze richting gekeerd, naar de eenhoorn op de rand, afgeschilderd tegen die wilde hemel.
Ik besefte opeens dat de wind achter mij tot zwijgen was gekomen, hoewel de donder bleef rommelen en kraken en de bliksemflitsen dansende schaduwen voor me wierpen.
Ik dacht aan die andere keer dat ik de eenhoorn had gezien – bij de ontdekking van het lichaam van de Schaduw-Caine, de dag dat ik een gevecht met Gérard had verloren. Ik dacht aan de verhalen die ik had gehoord... Kon hij ons werkelijk helpen?
De eenhoorn deed een stap naar voren en bleef staan.
Hij was zo beeldschoon dat ik bemoedigd werd door alleen maar naar hem te kijken. Maar het was een pijnlijk soort gevoel dat hij opwekte; zijn schoonheid was van het soort dat men in kleine doses moet innemen. En op de een of andere manier kon ik de onnatuurlijke intelligentie in dat sneeuwwitte hoofd voelen. Ik wilde hem ontzettend graag aanraken, maar wist dat ik dat niet kon.
Hij nam de omgeving grondig op. Zijn stralende ogen richtten zich op mij, en ik zou mijn blik hebben afgewend als ik gekund had. Maar dat was niet mogelijk, en ik beantwoordde die blik waarin ik een begrip las dat het mijne te boven

ging. Het was alsof hij alles van mij wist, en in dat ogenblik al mijn recente beproevingen had doorgrond - ziende, begrijpende, misschien meevoelende. Heel even had ik de indruk dat ik iets van medelijden en een sterke liefde in die ogen weerkaatst zag - en misschien een zweem van humor. Toen draaide zijn hoofd zich en de blik was verbroken. Ik zuchtte onwillekeurig. Op dat moment, in de gloed van de bliksem, meende ik dat ik een glimp van iets stralends opving aan de zijkant van zijn hals.

Hij deed nog een stap, en nu keek hij naar de groep van mijn verwanten waarheen ik op weg was geweest. Hij liet het hoofd zakken en maakte een zacht hinnikend geluid. Met zijn rechtervoorhoef stampte hij op de grond.

Ik voelde Merlijn aan mijn zijde. Ik dacht aan dingen die ik zou verliezen als alles hier ten einde kwam.

Hij deed een paar dansende stappen naar voren. Hij draaide met z'n hoofd en liet het zakken. Het leek alsof het denkbeeld zo'n grote groep mensen te naderen hem niet aanstond.

Bij zijn volgende stap zag ik de glinstering opnieuw, en meer nog. Een sprankje rood glansde door zijn vacht lager op z'n hals. Hij droeg het Juweel des Oordeels. Ik had geen idee hoe hij het had teruggevonden. En het deed er ook niet toe. Als hij het nu maar aan mij wou geven, dan kon ik, dat voelde ik, de storm breken - of op zijn minst ons tegen dit gedeelte ervan beschermen totdat hij voorbij was.

Maar die ene blik was voldoende geweest. Hij schonk me geen aandacht meer. Langzaam, behoedzaam, alsof hij op hol zou slaan bij de geringste verstoring, liep hij door naar de plek waar Julian, Random, Bleys, Fiona, Llewella, Benedict en verschillende edelen stonden.

Ik had me moeten realiseren wat er gebeurde, maar ik deed het niet. Ik sloeg de bewegingen van het slanke dier stomweg gade terwijl hij naar voren trad en om de groep heen stapte.

Weer stopte hij en liet z'n hoofd zakken. Toen schudde hij zijn manen en liet zich op zijn voorste knieën vallen. Het Juweel des Oordeels hing aan zijn gedraaide, gouden hoorn. De top van de hoorn raakte bijna de persoon voor wie hij knielde.

Plotseling zag ik voor mijn geestesoog het gezicht van onze vader in de hemel, en zijn woorden schoten me weer te binnen. 'Met mijn verscheiden zal het probleem van de opvol-

ging op jullie neerkomen... Ik heb geen keus dan dit over te laten aan de hoorn van de eenhoorn.'
Een gemompel ging door de groep en ik besefte dat deze zelfde gedachte bij de anderen moest zijn opgekomen. De eenhoorn verroerde zich echter niet tijdens deze verstoring, maar bleef een zacht, wit standbeeld, dat zelfs niet scheen te ademen.
Langzaam stak Random zijn hand uit en verwijderde het Juweel van zijn hoorn. Zijn fluistering bereikte mij.
'Dank u,' zei hij.
Julian haalde zijn zwaard uit de schede en legde het aan Randoms voeten terwijl hij knielde. Toen Bleys en Benedict en Caine, Fiona en Llewella. Ik sloot me bij hen aan. Mijn zoon eveneens.
Lange tijd stond Random zwijgend. Toen zei hij: 'Ik aanvaard jullie trouw. Sta nu allen op.'
Toen we dat deden draaide de eenhoorn zich om en sloeg op hol. Hij stormde de helling af en was binnen enkele ogenblikken uit het gezicht verdwenen.
'Ik had nooit verwacht dat iets dergelijks zou gebeuren,' zei Random, die het Juweel nog steeds op ooghoogte voor zich hield. 'Corwin, kun jij dit ding nemen en een eind aan die storm maken?'
'Hij is nu van jou,' zei ik, 'en ik weet niet hoe veelomvattend de verstoring is. Het lijkt me best mogelijk dat ik in mijn huidige toestand niet in staat zal zijn om het zo lang vol te houden dat wij allemaal behouden blijven. Ik denk dat het jouw eerste daad als koning zal moeten zijn.'
'Dan zul je me duidelijk moeten maken hoe ik ermee moet werken. Ik dacht dat we een Patroon nodig hadden om de afstemming tot stand te brengen.'
'Ik denk van niet. Brand zinspeelde erop dat iemand die al afgestemd is een ander kan afstemmen. Ik heb daar sindsdien wat over nagedacht en ik geloof dat ik weet hoe we het moeten aanpakken. Laten we ons ergens afzonderen.'
'Oké. Kom mee.'
Er was nu al iets nieuws in zijn stem en houding gekomen. De plotselinge rol was onmiddellijk begonnen hem te veranderen, scheen het. Ik vroeg me af wat voor koning en koningin hij en Vialle zouden worden. Het werd me te veel. Ik was volkomen van de kaart. Te veel in te korte tijd. Ik kon alle laatste gebeurtenissen niet allemaal tegelijk bevatten. Ik wilde alleen maar ergens wegkruipen en de klok rond slapen. In

plaats daarvan volgde ik hem naar een plek waar een kookvuurtje nog smeulde.
Hij porde in het vuur en wierp er een handvol takken op. Toen ging hij er dichtbij zitten en knikte naar me. Ik ging naast hem zitten.
'Wat betreft dit koningschap,' zei hij. 'Wat moet ik doen, Corwin? Ik was er totaal niet op voorbereid.'
'Waarschijnlijk zul je het heel goed doen,' antwoordde ik.
'Denk je dat er veel wrok heerste?'
'Als dat zo was, lieten ze het niet merken,' zei ik. 'Jij was een goede keuze, Random. Er is de laatste tijd zoveel gebeurd... In feite beschermde Pa ons, misschien meer dan goed voor ons was. Het is duidelijk dat de troon geen makkie is. Er ligt heel wat hard werk op je te wachten. Ik denk dat de anderen dat ook beseffen.'
'En jij zelf?'
'Ik wilde de troon alleen omdat Eric hem wilde. Ik realiseerde het me toen niet, maar het is wel zo. Het was de winnende zet in een spel dat we door de jaren heen hadden gespeeld. De afloop van een vendetta, feitelijk. En daarvoor zou ik hem hebben gedood. Nu ben ik blij dat hij een andere manier gevonden heeft om te sterven. Tussen hem en mij waren meer overeenkomsten dan verschillen. Dat heb ik me pas veel later gerealiseerd. Maar na zijn dood vond ik de ene reden na de andere om de troon niet te nemen. Tenslotte begon het tot me door te dringen dat de troon niet werkelijk was wat ik wilde. Nee, jij mag hem gerust hebben. Regeer goed, broeder. Ik weet zeker dat je dat zult doen.'
'Als Amber nog bestaat,' zei hij na een tijd, 'zal ik het proberen. Kom, laten we nu eerst dat gedoe met het Juweel afhandelen. Die storm komt akelig dichtbij.'
Ik knikte en nam de steen uit zijn vingers. Ik hield hem bij de ketting met het vuur erachter. Het licht kwam erdoor; zijn inwendige blonk helder.
'Buig je ernaartoe en staar samen met mij in het Juweel,' zei ik, de leiding nemend.
Dat deed hij, en terwijl we beiden de steen bekeken zei ik: 'Denk aan het Patroon,' en ik begon er zelf aan te denken, door te proberen me de lussen en krullen voor de geest te halen, de dof stralende lijnen.
Ik meende een kleine tekortkoming te ontdekken dicht bij het centrum van de steen. Ik dacht erover na terwijl ik me op de draaiingen, de bochten, de sluiers bezon... Ik stelde

me de stroom voor die me iedere keer doorvoer wanneer ik die ingewikkelde weg beproefde.
De onvolmaaktheid in de steen werd duidelijker.
Ik legde hem mijn wil op, eiste volledigheid, helderheid van hem. Een bekend gevoel kwam over me terwijl dit gebeurde. Het was het gevoel dat me had bevangen op de dag dat ik me zelf op het Juweel had afgestemd. Ik hoopte alleen dat ik nu sterk genoeg was om de ervaring opnieuw door te maken.
Ik stak mijn arm uit en greep Random bij de schouder.
'Wat zie je?' vroeg ik.
'Iets als het Patroon,' zei hij, 'alleen lijkt dit driemensionaal. Het ligt op de bodem van een rode zee...'
'Kom dan mee,' zei ik. 'We moeten erheen...'
Weer dat gevoel van beweging, eerst zwevend, dan met toenemende snelheid vallend naar de nooit geheel geziene kronkelpaden van het Patroon in het Juweel. Met mijn wil dreef ik ons voort, terwijl ik de aanwezigheid van mijn broer naast me voelde, en de bloedrode gloed die ons omgaf werd donkerder, werd de zwartheid van een heldere nachthemel. Dit Patroon groeide met iedere bonzende hartslag. Om de een of andere reden leek het proces makkelijker dan tevoren – misschien omdat ik al was afgestemd.
Ik voelde Random naast me en sleepte hem met me mee terwijl die bekende vorm groeide en het beginpunt ervan duidelijker werd. Toen we in die richting werden gedreven, probeerde ik opnieuw de totaliteit van het Patroon te omvatten en raakte eens te meer het spoor bijster in wat zijn buiten-dimensionale kronkelingen leken te zijn. Voor ons slingerden zich grote bochten en spiralen en verknoopte netwerken. Het gevoel van ontzag dat ik ook eerder al had gevoeld maakte zich van mij meester, en van ergens dichtbij was ik me bewust van ditzelfde bij Random.
We gingen verder naar het begingedeelte en werden erin gestuwd. Er was een zacht glanzende helderheid om ons heen, met vonken doorschoten, toen we in de matrix van licht werden ingesponnen. Ditmaal werd ik geheel door het proces in beslag genomen en Parijs leek ver weg...
Een onderbewuste herinnering deed me aan de moeilijker gedeelten denken, en hier wendde ik mijn begeerte – mijn wil, als je wilt – aan om ons over de oogverblindende route voort te jagen, waarbij ik zonder enige wroeging kracht aan Random onttrok om het proces te versnellen.

Het was alsof we ons door het lichtgevende inwendige van een reusachtige zeeschelp vol kunstig aangelegde kronkelpaden voortbewogen. Alleen was onze doortocht geluidloos, en wij zelf waren ontlichaamde punten van bewustheid.
Onze snelheid scheen voortdurend toe te nemen, samen met een geestelijk pijnbesef dat ik me niet herinnerde van de vorige tocht door het ontwerp. Misschien hield het verband met mijn uitputting, of met mijn pogingen het proces zo te verhaasten. We denderden door de barrières; we werden omgeven door onwankelbare, vervloeiende muren van helderheid. Ik voelde me nu zwak, duizelig worden. Maar ik kon me niet permitteren het bewustzijn te verliezen, en evenmin kon ik ons toestaan onze pas te vertragen omdat ik me herinnerde hoe dichtbij de storm was. Nogmaals, tot mijn spijt nu, onttrok ik kracht aan Random – deze keer alleen om ons op gang te houden. We ijlden voort.
Ditmaal ervoer ik niet de tintelende, vurige sensatie alsof ik gevormd werd. Dit moet een gevolg van mijn afstemming zijn geweest. Mijn vorige doortocht door het Patroon had me in dit opzicht misschien enigszins onvatbaar gemaakt.
Na een tijdloos interval voelde ik Random wankelen. Misschien was mijn onttrekking van zijn energie te veel voor hem. Ik begon me af te vragen of hij wel voldoende kracht zou overhouden om de storm te manipuleren als ik nog meer op hem steunde. Ik besloot niet meer uit zijn reserves te putten dan ik al gedaan had. We waren al een heel eind gevorderd. Hij moest in staat zijn om zonder mij verder te gaan, als het erop aankwam. Ik moest nu gewoon proberen het zo goed als ik kon uit te zingen. Beter kon ik hier verloren gaan dan wij allebei.
We joegen voort, terwijl mijn zintuigen protesteerden en mijn duizeligheid terugkwam. Ik richtte mijn wil op onze vooruitgang en dwong al het andere uit mijn gedachten. Ik had de indruk dat we het eindpunt naderden toen een verduistering begon, die naar ik wist geen deel van de ervaring was.
Ik onderdrukte mijn paniek.
Het had geen zin. Ik voelde me zelf wegzinken. Zo dichtbij! Ik was er zeker van dat we bijna bij het einde waren. Het zou zo makkelijk zijn om...
Alles draaide me voor ogen. Mijn laatste gewaarwording was een besef van Randoms bezorgdheid.

Oranje en rood flikkerde het tussen mijn voeten. Was ik in een astrale hel gevangen? Ik bleef staren terwijl mijn gedachten langzaam helderder werden. Het licht werd door duisternis omgeven en...

Daar waren stemmen, bekende...

De nevels trokken op. Ik lag op mijn rug, met mijn voeten naar een kampvuur.

'Het is in orde, Corwin. Het is in orde.'

Dat was Fiona die had gesproken. Ik draaide mijn hoofd om. Ze zat op de grond boven me.

'Random...?' zei ik.

'Met hem is het ook goed - vader.'

Merlijn zat rechts van me.

'Wat is er gebeurd?'

'Random heeft je teruggebracht,' zei Fiona.

'Heeft de aanpassing gewerkt?'

'Hij denkt van wel.'

Ik kwam moeizaam overeind. Ze probeerde me terug te duwen, maar ik ging toch zitten.

'Waar is hij?'

Ze wees met haar ogen.

Ik keek en zag Random. Hij stond ongeveer dertig meter van ons vandaan op een rotsrichel, met zijn rug naar ons toe en zijn gezicht naar de storm. Die was nu erg dichtbij, een harde wind deed zijn kleren wapperen. Bliksemflitsen zigzagden voor hem. De donder rommelde bijna onophoudelijk.

'Hoelang - staat hij daar al?' vroeg ik.

'Pas een paar minuten,' antwoordde Fiona.

'Is het ook pas zo kort - dat we terug zijn?'

'Nee,' zei ze. 'Je bent vrij lang buiten westen geweest. Random heeft eerst met de anderen gepraat, en toen een terugtocht van de troepen bevolen. Benedict heeft ze allemaal naar de zwarte weg geleid. Ze steken over.'

Ik wendde mijn hoofd om.

Er was beweging op de zwarte weg, een donkere colonne die koers zette naar de citadel. Ragfijne draden zweefden tussen ons; er waren wat vuursprankjes aan de overzijde, rondom de nachtzwarte massa. Boven ons hoofd had de hemel zich helemaal omgedraaid, met ons onder de verduisterde helft. Opnieuw had ik dat vreemde gevoel dat ik hier lang, lang geleden was geweest, om te zien dat dit, en niet Amber, het werkelijke centrum der schepping was. Ik tastte naar de schim van een herinnering. Zij verdween.

Ik speurde in de bliksemdoorschoten schemering om me heen.
'Zij allemaal – weg?' zei ik tegen haar. 'Jij, ik, Merlijn, Random – zijn wij de enigen die hier gebleven zijn?'
'Ja,' zei Fiona. 'Wil jij ze nu volgen?'
Ik schudde mijn hoofd.
'Ik blijf hier bij Random.'
'Ik wist dat je dat zou zeggen.'
Ze stond op, Merlijn en ik eveneens.
Ze klapte in haar handen en een wit paard danste naar haar toe.
'Je hebt mijn diensten niet meer nodig,' zei ze. 'Dus ik zal me nu bij de anderen in de Hoven van Chaos voegen. Bij die rotsen staan paarden voor jullie klaar.' Ze maakte een gebaar. 'Ga je mee, Merlijn?'
'Ik moet bij mijn vader en de koning blijven.'
'Het zij zo. Ik hoop jullie daar spoedig te zien.'
'Bedankt, Fi,' zei ik.
Ik hielp haar op te stijgen en keek haar na toen ze wegreed.
Ik ging weer bij het vuur zitten. Ik keek naar Random, die onbeweeglijk stond, starend naar de storm.
'Er is eten en wijn in overvloed,' zei Merlijn. 'Zal ik wat voor je halen?'
'Goed idee.'
De storm was zo dichtbij dat ik er in een paar minuten heen had kunnen lopen. Ik kon nog niet zeggen of Randoms pogingen enig effect hadden. Ik zuchtte diep en liet mijn gedachten gaan. Voorbij. Hoe het ook afliep, al mijn moeite sinds Greenwood was voorbij. Geen behoefte aan wraak meer. Nee, we hadden een intact Patroon, misschien zelfs twee. De oorzaak van al onze moeilijkheden, Brand, was dood. Ieder overblijfsel van mijn vloek zou weggevaagd worden door de immense beroeringen die door Schaduw raasden. En ik had mijn best gedaan het goed te maken. Ik had in mijn vader een vriend gevonden en voor zijn dood was ik met hem als hem zelf op goede voet komen te staan. We hadden een nieuwe koning, met de duidelijke zegen van de eenhoorn, en we hadden hem plechtig onze trouw toegezegd. Dat was oprecht, naar mijn overtuiging. Ik had me met mijn hele familie verzoend.
Ik vond dat ik mijn plicht gedaan had. Niets dreef me nu nog voort. Ik had mijn zaken afgehandeld en wellicht zou ik nooit dichter bij vrede zijn dan nu. Nu dit alles achter me

lag, voelde ik dat het goed was als ik nu zou moeten sterven. Ik zou lang niet zo luidkeels protesteren als ik op een ander moment zou hebben gedaan.
'Je bent een heel eind weg, vader.'
Ik knikte, glimlachte toen. Ik nam wat voedsel aan en begon te eten. Intussen keek ik naar de storm. Het was nog te vroeg om zeker te zijn, maar het leek erop dat hij niet meer dichterbij kwam.
Ik was te moe om te slapen. Of iets dergelijks. Al mijn pijn was verminderd en een wonderbaarlijke verdoving was over me gekomen. Ik had een gevoel alsof ik in warme watten lag. Gebeurtenissen en herinneringen hielden het mentale uurwerk in mij aan de gang. Het was in veel opzichten een heerlijk gevoel.
Ik eindigde mijn maaltijd en bouwde het vuur op. Ik nipte aan mijn wijn en keek naar de storm, als een raam vol ijsbloemen voor een vuurwerk. Het leven was goed. Als het Random lukte deze storm de baas te worden, zou ik morgen naar de Hoven van Chaos rijden. Wat me daar zou wachten, kon ik niet zeggen. Misschien was het een gigantische val. Een hinderlaag. Een list. Ik zette de gedachte uit mijn hoofd. Op dit moment deed het er niet toe.
'Je was begonnen me over je zelf te vertellen, vader.'
'O ja? Ik weet niet meer wat ik gezegd heb.'
'Ik wil je graag beter leren kennen. Vertel me meer.' Ik maakte een plopgeluid met mijn lippen en haalde mijn schouders op.
'En dit dan?' Hij maakte een gebaar. 'Dit hele conflict. Hoe is het begonnen? Wat was jouw aandeel erin? Fiona heeft me verteld dat je jarenlang zonder je geheugen in Schaduw hebt gewoond. Hoe heb je dat teruggekregen en hoe heb je de anderen opgespoord, en hoe ben je in Amber teruggekomen?'
Ik grinnikte. Ik keek nog eens naar Random en de storm. Ik nam een slok wijn en trok mijn mantel op tegen de wind.
'Waarom ook niet?' zei ik toen. 'Als je tegen lange verhalen kunt, tenminste... Ik denk dat ik het beste kan beginnen in Greenwood, een privé-kliniek op de schaduw-Aarde van mijn ballingschap. Ja...'

14

De hemel draaide, en draaide nogmaals terwijl ik vertelde. Pal staand tegen de storm zegevierde Random. Hij brak voor ons, in tweeën vallend alsof hij gekliefd werd door een reusachtig bijlblad. Hij rolde naar beide zijden weg, eindelijk wegwoedend naar het noorden en zuiden, vervagend, afnemend, verdwijnend. Het landschap dat hij had gemaskeerd bleef bestaan, en met de storm verdween de zwarte weg. Maar Merlijn vertelt me dat dit geen probleem is, want hij zal een ragdraad oproepen wanneer voor ons de tijd gekomen is over te steken.

Random is nu weg. De druk op hem was immens. In rust zag hij er niet meer uit als weleer – de wispelturige jongste broer die we zo graag plaagden – want er waren lijnen in zijn gezicht die ik nooit eerder had opgemerkt, tekenen van diepte waaraan ik geen aandacht had geschonken. Misschien was mijn blik gekleurd door de recente gebeurtenissen, maar hij leek nobeler en sterker. Heeft een nieuwe rol een alchemistische uitwerking? Aangewezen door de eenhoorn, gezalfd door de storm, had hij werkelijk een koninklijk uiterlijk aangenomen, zelfs in zijn slaap.

Ik heb geslapen – net zoals Merlijn nu dut – en ik ben blij dat ik, gedurende de paar minuten voor zijn ontwaken, de enige plek van bewustheid ben op deze klip op de rand van Chaos, terugkijkend op een wereld die het er levend afbrengt, een wereld die is schoongespoeld, een wereld die blijft bestaan…

Misschien hebben we Pa's begrafenis gemist, zijn wegzweven naar een naamloos oord voorbij de Hoven. Triest, maar ik had niet de kracht om me in beweging te zetten. En daarbij, ik heb het praalvertoon van zijn verscheiden gezien, en ik draag veel van zijn leven in me. Ik heb hem vaarwel gewenst. Hij zou het begrijpen. En vaarwel, Eric. Na al die tijd zeg ik het, op deze manier. Had je maar zo lang geleefd, dan zou het nu voorbij zijn geweest tussen ons. Misschien zouden we zelfs op een dag vrienden geworden zijn, want al onze redenen voor strijd zijn verdwenen. Van allemaal leken jij en ik meer op elkaar dan enig ander paar in de familie. Behalve, in sommige opzichten, Deirdre en ik... Maar de tranen over die aanklacht zijn lang geleden vergoten. Nogmaals vaarwel, dierbaarste zuster, je zult altijd voortleven in een hoekje van mijn hart.

En jij, Brand... Met bitterheid herinner ik me jou, waanzinnige broeder. Jij richtte ons bijna te gronde. Door jouw toedoen was Amber bijna van haar verheven hoogte op de flank van Kolvir gestort. Jij zou heel Schaduw hebben vernietigd. Jij verbrak bijna het Patroon en wilde het universum naar je eigen beeld herscheppen. Je was waanzinnig en slecht, en je kwam zo dicht bij de verwezenlijking van je begeerten dat ik nu nog sidder. Ik ben blij dat je verdwenen bent, dat de pijl en de afgrond je hebben opgeëist, dat je de oorden der mensen niet meer met je aanwezigheid bezoedelt en niet meer in de zoete lucht van Amber wandelt. Ik wilde dat je nooit was geboren en dat je, omdat dat nu eenmaal wel zo is, eerder was gestorven. Genoeg! Het verlaagt me om zo te denken. Wees dood en vertroebel mijn denken niet meer.

Ik spreid jullie voor me uit als een pak kaarten, mijn broeders en zusters. Het is zowel pijnlijk als zelfzuchtig om zo te generaliseren, maar jullie - ik - wij - lijken veranderd te zijn, en voordat ik weer aan het verkeer ga deelnemen is een laatste blik noodzakelijk.

Caine, ik heb je nooit gemogen en ik vertrouw je ook nu nog niet. Je hebt me beledigd, verraden, zelfs neergestoken. Vergeet dat maar. Ik ben van je methoden niet gediend, maar ik kan je loyaliteit deze keer niet laken. Vrede, dan. Laten we het nieuwe rijk met een schone lei beginnen.

Llewella, jij bezit reserves in je innerlijk die je tijdens de recente gebeurtenissen niet hebt hoeven aanspreken. Daarvoor ben ik dankbaar. Soms is het prettig onbeproefd uit een conflict te voorschijn te komen.

Bleys, jij bent voor mij nog steeds een in licht geklede gestalte - dapper, levenslustig en overijld. Voor het eerste, mijn respect, voor het tweede, mijn glimlach. En het laatste schijnt in de tijd die achter ons ligt op zijn minst getemperd te zijn. Goed. Blijf in de toekomst uit de buurt van samenzweringen. Het past je niet.

Fiona, jij bent het meest veranderd. Ik moet een oud gevoel door een nieuw vervangen, prinses, aangezien we voor de

eerste keer vrienden geworden zijn. Aanvaard mijn genegenheid, toveres. Die ben ik je verschuldigd.
Gérard, trage, trouwe broeder, misschien zijn we niet allemaal veranderd. Jij stond als een rots en hield vast aan wat je geloofde. Moge je minder makkelijk worden beetgenomen. Moge ik nooit meer met je worstelen. Ga naar je zee in je schepen en adem de schone zilte lucht in.
Julian, Julian, Julian... Heb ik je nooit werkelijk gekend? Nee, tijdens mijn lange afwezigheid moet Ardens groene magie die oude ijdelheid hebben verzacht, om een zuiverder trots achter te laten en iets dat ik graag eerlijkheid zou willen noemen – iets dat beslist niets te maken heeft met goedertierenheid, maar een toevoeging aan je wapenrusting van karaktertrekken waaraan ik geen afbreuk zal doen.
En Benedict, de goden weten dat je wijzer wordt naarmate de tijd zich zijn weg naar entropie brandt, maar toch heb je nog steeds geen oog voor afzonderlijke voorbeelden van de soort in je kennis van mensen. Misschien zul je eindelijk glimlachen nu deze slag voorbij is. Rust, krijger.
Flora... Liefdadigheid, zeggen ze, begint thuis. Ik geloof niet dat je nu erger bent dan toen ik je lang geleden kende. Het is maar een sentimentele droom om jou en de anderen te bekijken zoals ik doe, door mijn balansen op te maken en naar kredieten te zoeken. We zijn nu geen vijanden van elkaar, geen van ons, en dat moet voldoende zijn.
En de man die gekleed gaat in zwart en zilver met een zilveren roos? Hij zou zo graag denken dat hij iets van vertrouwen heeft geleerd, dat hij zijn ogen in een heldere bron heeft gewassen, dat hij een paar idealen heeft opgepoetst. Laat maar zitten. Misschien is hij nog steeds een bemoeial met een slimme tong, voornamelijk bedreven in de onaanzienlijke kunst van voortbestaan, blind zoals ooit de kerkers hem kenden voor de fijnere nuances van ironie. Laat maar, laat maar gaan, het zij zo. Misschien zal ik nooit ingenomen met hem zijn.
Carmen, *voulez-vous venir avec moi?* Nee? Dan wens ik ook jou vaarwel, Prinses van Chaos. Het had leuk kunnen zijn.
Nog eens wentelt de hemel zich rond, en wie kan zeggen op welke daden zijn licht als van gekleurd glas zal schijnen? Het patience-spel is gedeeld en gespeeld. Waar eerst negen van ons waren zijn nu zeven en één van hen een koning. Maar Merlijn en Martin zijn bij ons, nieuwe spelers in het spel dat

doorgaat. Mijn kracht keert terug terwijl ik in de as staar en het pad beschouw dat ik heb meegenomen. De weg voor me intrigeert me, van hel tot halleluja. Ik heb mijn ogen terug, mijn geheugen, mijn familie. En altijd zal Corwin Corwin zijn, zelfs op de Dag des Oordeels.
Merlijn verroert zich nu, en dat is goed. Het is tijd om op de been te zijn. Er is werk te doen.

Na de storm verslagen te hebben verrichtte Random zijn laatste daad. In vereniging met mij, die kracht putte uit het Juweel, bereikte hij Gérard door zijn Troef. Eens te meer zijn ze koud, de kaarten, en de schaduwen zijn weer zich zelf. Amber staat. Jaren zijn verstreken sinds we haar verlieten, en nog meer zullen misschien voorbijgaan voordat ik terugkeer. De anderen zijn wellicht al naar huis getroefd, zoals Random heeft gedaan, om zijn plichten op zich te nemen. Maar ik moet nu de Hoven van Chaos bezoeken, omdat ik zei dat ik dat zou doen, omdat ik daar zelfs nodig kan zijn.
We maken nu onze uitrusting in orde, Merlijn en ik, en hij zal weldra een ragfijne weg oproepen.
Wanneer alles in dat oord gedaan is, en wanneer Merlijn zijn Patroon is gegaan en verdwenen is om zijn werelden op te eisen, is er een reis die ik maken moet. Ik moet naar de plek rijden waar ik de tak van oude Ygg heb geplant, de boom bezoeken die hij geworden is. Ik moet zien wat er geworden is van het Patroon dat ik tekende op de geluiden van duiven op de Champs-Elysées. Als het me naar een ander universum leidt, wat ik nu geloof, moet ik daarheen gaan, om te zien wat ik heb gewrocht. De weg zweeft voor ons, omhoog naar de Hoven in de verte.
De tijd is gekomen. We stijgen op en gaan voorwaarts.
Nu rijden we over de zwartheid op een weg die er uitziet als een kaasdoek. Vijandelijke citadel, veroverde natie, val, voorouderlijk thuis... We zullen zien. Er is een zwakke glinstering van kantelen en balkon. Misschien komen we nog op tijd voor een begrafenis. Ik recht mijn rug en maak mijn zwaard los. We zullen er spoedig zijn.
Vaarwel en hallo, als altijd.

Het spel van Merlijn

Oorspronkelijke titel: *Trumps of doom*
Uitgegeven door: Avon Books, New York
Copyright © 1985 by The Amber Corporation
Vertaald door: G. Snoey
Eerste druk: 1990
Tweede druk 1991

This translation copyright © 1990 by Het Spectrum BV
No part of this book may be reproduced in any form, by print, photoprint, microfilm or any other means without written permission from the publisher.
Niets uit deze uitgave mag worden verveelvoudigd en/of openbaar gemaakt door middel van druk, fotokopie, microfilm of op welke andere wijze ook zonder voorafgaande schriftelijke toestemming van de uitgever.

1

Het is stomvervelend om op iemand te wachten die probeert je te vermoorden. Maar het was dertig april en het zou ongetwijfeld weer gebeuren, zoals ieder jaar daarvoor. Het had even geduurd voor ik het begreep, maar nu wist ik tenminste wanneer het kwam. Vroeger had ik het te druk om er iets aan te doen. Maar ik was nu klaar met mijn werk, en ik was alleen hiervoor gebleven. Ik had het gevoel dat ik de kwestie echt moest oplossen voor ik vertrok.

Ik stapte uit bed, liep naar de badkamer, nam een douche en poetste mijn tanden. Ik had mijn baard weer laten staan, dus hoefde ik me niet te scheren. Ik werd niet geplaagd door vreemde angsten zoals op die dertigste april drie jaar geleden, toen ik wakker werd met hoofdpijn en een soort voorgevoel. Ik had de ramen opengegooid en was naar de keuken gelopen, waar ik constateerde dat alle gaspitten openstonden zonder te branden.

Nee. Het was ook anders dan die dertigste april, twee jaar geleden, in het andere appartement, toen ik nog voor het licht werd wakker werd van een vage rooklucht en merkte dat de woning in brand stond. Toch bleef ik buiten de directe lijn van de lichtleidingen voor het geval de lampen gevuld waren met iets brandbaars en ik tikte liever op alle schakelaars dan dat ik erop drukte. Deze handelingen hadden geen ongewenste gevolgen.

Gewoonlijk stelde ik het koffiezetapparaat de avond tevoren in op een bepaalde tijd. Deze morgen wou ik echter geen koffie die was gezet zonder dat ik erbij was. Ik zette een verse pot en keek mijn ingepakte spullen na terwijl ik op de koffie wachtte. Alles waar ik hier waarde aan hechtte bevond zich in twee middelgrote kisten – kleren, boeken, schilderijen, wat gereedschap, een paar souvenirs enzovoort. Ik verzegelde de kisten. Een verschoning, een sweatshirt, een goed boek en een pakje reischeques gingen in de rugzak. Ik zou mijn sleutel bij de beheerder afgeven zodat hij de verhuizers kon binnenlaten. De kisten zouden worden opgeslagen.

Ik zou deze morgen niet gaan joggen.
Terwijl ik van mijn koffie dronk, liep ik van het ene raam naar het andere en bleef naast elk raam even staan voor een zijdelingse blik op de straten beneden en de gebouwen aan de overkant (verleden jaar was er een poging gedaan door iemand met een geweer). Ik dacht terug aan de eerste keer dat het was gebeurd, zeven jaar geleden. Op een mooie voorjaarsmiddag liep ik gewoon op straat toen een naderende vrachtauto plotseling van richting veranderde, het trottoir opschoot en me bijna tegen een stenen muur verpletterde. Het was me gelukt op tijd weg te duiken. De chauffeur is nooit meer bij kennis gekomen. Het leek een van die vreemde gebeurtenissen die ons allemaal wel eens overkomen.
Precies een jaar later liep ik, laat op de avond, van de woning van mijn vriendin naar huis toen drie mannen me aanvielen – een met een mes, de andere twee met een stuk pijpleiding – zonder zelfs de beleefdheid te hebben eerst naar mijn portefeuille te vragen.
Ik heb de restanten achtergelaten voor de deur van een nabije platenzaak en ben naar huis gelopen. De volgende dag viel het me pas op dat het ongeluk met de vrachtwagen precies een jaar eerder was gebeurd. Niettemin zette ik het van me af als een vreemd toeval. De kwestie van de bombrief die het volgende jaar de helft van een ander appartement had verwoest, was er wel de oorzaak van dat ik me begon af te vragen of de regelmaat van deze aanslagen geen verband hield met mijn aanwezigheid in dat jaargetijde. En de gebeurtenissen van de volgende jaren waren voldoende om dit te veranderen in een overtuiging.
Er was iemand die er plezier in had een keer per jaar te proberen mij te doden, zo simpel lag het. Wanneer de poging mislukte, zou het weer een jaar duren voor een nieuwe aanslag werd gepleegd. Het leek bijna een spelletje.
Maar dit jaar wou ik ook een spel spelen. Mijn grootste zorg was dat hij, zij of het nooit aanwezig scheen te zijn wanneer de gebeurtenis plaatsvond en de voorkeur gaf aan heimelijkheid en trucs, of agenten. Ik wil deze persoon S noemen (wat soms 'slang' betekent en soms 'schoft' in mijn eigen kosmologie), omdat X te vaak is gebruikt en omdat ik er niet van hou eromheen te draaien door middel van voornaamwoorden met onzekere antecedenten.
Ik spoelde mijn kopje en de koffiepot om en zette ze in het

rek. Vervolgens pakte ik mijn rugzak op en vertrok. Mulligan was er niet, of hij sliep, dus liet ik mijn sleutel achter in zijn brievenbus voor ik de straat op liep om te gaan ontbijten in een klein restaurant in de buurt.
Er was weinig verkeer en alle voertuigen gedroegen zich normaal. Ik liep langzaam, terwijl ik luisterde en om me heen keek. Het was een heerlijke ochtend en het beloofde een prachtige dag te worden. Ik hoopte de dingen snel te regelen, zodat ik er op mijn gemak van kon genieten.
Ik bereikte het restaurant zonder te zijn lastig gevallen. Ik ging bij het raam zitten. Op het moment dat de kelner kwam om mijn bestelling op te nemen, zag ik op straat een bekende figuur met veerkrachtige tred voorbijkomen. Lucas Raynard - een vroegere klasgenoot en latere collega - was ruim een meter tachtig lang, roodharig en knap ondanks, of misschien dank zij een artistieke haviksneus, met de stem en de stijl van de vertegenwoordiger die hij was.
Ik tikte op het raam en hij zag me, wuifde, draaide zich om en kwam binnen.
'Merle, ik dacht het wel,' zei hij terwijl hij naar het tafeltje kwam, me even bij de schouder pakte, ging zitten en de menukaart uit mijn handen trok. 'Je was niet thuis en ik veronderstelde dat je hier zou zijn.'
Hij sloeg de ogen neer en begon de menukaart te lezen.
'Waarom?' vroeg ik.
'Als u meer tijd nodig hebt om uw keuze te maken kom ik wel terug,' zei de kelner.
'Nee,' antwoordde Luke en hij las een enorme bestelling op. Ik voegde de mijne erbij. Vervolgens zei hij: 'Omdat je een gewoontemens bent.'
'Gewoonte?' zei ik. 'Ik eet hier bijna nooit meer.'
'Dat weet ik,' antwoordde hij, 'maar je deed het altijd als je gespannen was. Zoals vlak voor examens - of wanneer je iets dwarszat.'
'Hm,' zei ik. Daar scheen wel iets in te zitten, hoewel ik het me nooit eerder had gerealiseerd. Ik draaide de asbak met de afdruk van de kop van een eenhoorn snel rond. Het was een kleinere versie van het exemplaar van gebrandschilderd glas dat als onderdeel van een afscheiding naast de ingang stond.
'Ik zou niet weten waarom,' zei ik tenslotte. 'Bovendien, hoe kom je op het idee dat me iets dwarszit?'
'Ik herinnerde me dat paranoïde idee dat je over dertig april hebt, als gevolg van een paar ongelukken.'

'Meer dan een paar. Ik heb ze je nooit allemaal verteld.'
'Dus je gelooft er nog steeds in?'
'Ja.'
Hij haalde de schouders op. De kelner kwam langs en schonk koffie in.
'Goed,' gaf hij toen toe. 'Heb je het vandaag al gehad?'
'Nee.'
'Jammer. Ik hoop dat het niet al je gedachten beheerst.'
Ik nam een slokje koffie.
'Geen probleem,' zei ik.
'Goed.' Hij zuchtte en rekte zich uit. 'Luister, ik ben sinds gisteren weer in de stad...'
'Heb je een goede reis gehad?'
'Een nieuw verkooprecord gehaald.'
'Fantastisch.'
'Trouwens... toen ik me meldde, hoorde ik dat jij was weggegaan.'
'Ja. Ik heb ongeveer een maand geleden ontslag genomen.'
'Miller heeft geprobeerd je te bereiken. Maar omdat je telefoon is afgesneden, kon hij je niet bellen. Hij is zelfs een paar keer bij je aan de deur geweest, maar je was er niet.'
'Pech gehad.'
'Hij wil je terug.'
'Ik ben daar klaar.'
'Wacht nou even tot je het voorstel hoort. Brady wordt weggepromoveerd en jij bent de nieuwe chef Ontwerpen – met twintig procent salarisverhoging. Dat moest ik tegen je zeggen.'
Ik grinnikte.
'Het klinkt eigenlijk helemaal niet slecht. Maar, zoals ik zei, ik ben klaar.'
'O.' Zijn ogen glinsterden terwijl hij me aankeek met een sluw lachje. 'Jij hebt ergens anders wel wat geregeld. Brady vroeg het zich al af. Goed, wanneer dat het geval is, heeft hij me opgedragen je te zeggen dat je hem kunt vertellen wat die andere jongens je hebben geboden. Hij zal proberen daar nog boven te gaan.'
Ik schudde het hoofd.
'Ik geloof dat je me niet begrijpt,' zei ik. 'Ik ben klaar. Punt uit. Ik wil niet meer terug. Ik ga ook niet voor een ander werken. Ik wil met dat soort dingen niets meer te maken hebben. Ik heb genoeg van computers.'
'Maar je bent echt goed. Ga je les geven of zo?'

'Nee hoor.'
'Ach kom! Je moet toch wát doen? Heb je geld geërfd?'
'Nee, ik denk dat ik een tijdje op reis ga. Ik ben te lang op één plaats geweest.'
Hij pakte zijn kopje en dronk de koffie op. Vervolgens leunde hij achterover, vouwde de handen op zijn buik en liet zijn oogleden wat zakken. Hij zweeg een poosje.
Eindelijk zei hij: 'Je zei dat je klaar was. Bedoelde je alleen het werk en je leven hier, of ook iets anders?'
'Ik begrijp niet wat je bedoelt.'
'Vroeger, op school, had je ook de gewoonte geregeld te verdwijnen. Je was dan een tijdje weg en vervolgens dook je net zo plotseling weer op. Je deed er ook altijd vaag over. Het leek wel of je een soort dubbel leven leidde. Heeft dat er iets mee te maken?'
'Ik weet niet wat je bedoelt.'
Hij glimlachte.
'Natuurlijk weet je dat,' zei hij. Toen ik geen antwoord gaf, voegde hij eraan toe: 'Nou, succes ermee – wat het ook is.'
Lucas Raynard was altijd in beweging. Zelden zat hij stil. Hij speelde onrustig met een bos sleutels terwijl we een tweede kop koffie kregen. Hij liet de sleutels en een blauwe stenen hanger rinkelen. Eindelijk kwam ons ontbijt en aten we een poosje in stilte.
Toen vroeg hij: 'Heb je de *Starburst* nog?'
'Nee. Ik heb haar vorige herfst verkocht,' zei ik. 'Ik had het zo druk dat ik gewoon geen tijd had om te varen. Ik vond het zonde om haar daar maar te laten liggen.'
Hij knikte.
'Dat is jammer,' zei hij. 'Vroeger, op school, hebben we er veel plezier van gehad. Later ook. Ik was er graag nog eens mee weggegaan, net als toen.'
'Ja.'
'Zeg, heb je Julia de laatste tijd nog gezien?'
'Nee, niet sinds we uit elkaar zijn gegaan. Ik denk dat ze nog met die Rick omgaat. Heb jij haar nog gezien?'
'Ja. Ik ben gisteravond bij haar langs geweest.'
'Waarom?'
Hij haalde de schouders op. 'Ze was een van de groep – en we zijn elkaar allemaal kwijtgeraakt.'
'Hoe ging het met haar?'
'Ze zag er goed uit. Ze vroeg naar je en gaf me dit mee voor jou.'

Hij haalde een verzegelde envelop uit de binnenzak van zijn jasje en gaf hem aan mij. Mijn naam stond erop in haar handschrift. Ik scheurde hem open en las:

Merle,

Ik had ongelijk. Ik weet wie je bent en er dreigt gevaar. Ik moet je spreken. Ik heb iets dat je nodig zult hebben. Het is heel belangrijk. Bel alsjeblieft of kom zo gauw je kunt langs.

Veel liefs,

Julia

'Bedankt,' zei ik, terwijl ik mijn rugzak openmaakte en de brief opborg.

Hij was raadselachtig, maar ook verontrustend. Uitermate. Ik moest later maar beslissen wat ik ermee deed. Ik voelde nog altijd meer voor haar dan ik wou toegeven, maar ik wist niet of ik haar weer wilde ontmoeten. Maar wat bedoelde ze met weten wie ik ben?

Ik zette haar weer uit mijn gedachten.

Ik keek een tijdje naar het verkeer, dronk koffie en dacht eraan hoe ik Luke voor het eerst had ontmoet tijdens ons eerste jaar aan de universiteit, op de schermclub. Hij was ongelooflijk goed.

'Scherm je nog?' vroeg ik hem.

'Soms. En jij?'

'Af en toe.'

'We zijn er nooit echt achter gekomen wie beter was.'

'Ik heb nu geen tijd,' zei ik.

Hij grinnikte en stak zijn mes een paar keer in mijn richting. 'Dat zal wel niet. Wanneer ga je weg?'

'Morgen waarschijnlijk – ik moet nog even een paar dingen regelen. Als dat klaar is ga ik.'

'Waar ga je heen?'

'Ik zie wel. Dat weet ik nog niet zo precies.'

'Je bent gek.'

'Hm, hm. Vroeger noemden ze dat een *Wanderjahr*. Ik heb het mijne overgeslagen en dat wil ik nu doen.'

'Het klinkt eigenlijk heel aardig. Misschien zou ik het ook eens moeten proberen.'

'Misschien wel. Hoewel, ik dacht dat jij het jouwe in termijnen hebt opgenomen.'

'Wat bedoel je?'

'Ik was niet de enige die vroeger vaak op stap ging.'

'O, dat.' Hij wuifde het weg. 'Dat was voor zaken, niet voor de lol. Beetje handel om de rekeningen te kunnen betalen. Ga je je ouwe lui opzoeken?'
Vreemde vraag. Geen van beiden had ooit eerder over onze ouders gesproken, behalve in de meest algemene zin.
'Ik denk het niet,' zei ik. 'Hoe gaat het met de jouwe?'
Hij ving mijn strakke blik op en beantwoordde die terwijl zijn eeuwige glimlach wat breder werd.
'Moeilijk te zeggen,' antwoordde hij. 'We hebben weinig contact meer.'
Ik glimlachte ook.
'Ik ken dat gevoel.'
We hadden ons ontbijt op en dronken een laatste kop koffie.
'Dus je wilt niet met Miller praten?' vroeg hij.
'Nee.'
Hij haalde de schouders weer op. De rekening werd gebracht en hij nam hem aan.
'Deze is voor mij,' zei hij. 'Ik werk tenslotte.'
'Bedankt. Misschien kan ik het met het diner goedmaken. Waar zit je?'
'Wacht.' Hij stak zijn hand in de zak van zijn overhemd, haalde er een boekje lucifers uit en gooide het me toe. 'Daar. Het New Line Motel.'
'Zullen we daar afspreken om een uur of zes?'
'Goed.'
Hij rekende af en we gingen op straat uit elkaar.
'Tot ziens,' zei hij.
'Ja.'
Dag, Luke Raynard. Vreemde man. We waren bijna acht jaar met elkaar omgegaan. Gingen soms aan de rol. Deden dezelfde sporten. Gingen samen bijna elke dag joggen. We waren allebei lid geweest van de atletiekploeg. Gingen soms met dezelfde meisjes uit. Ik verbaasde me weer over hem – sterk, knap en net zo op zichzelf als ik. Er bestond een band tussen ons, een band die ik niet helemaal kon verklaren.
Ik liep terug naar het parkeerterrein bij mijn appartement, keek onder de motorkap van mijn auto en onder de wagen voor ik mijn rugzak erin gooide en de motor startte. Ik reed langzaam en keek naar dingen die acht jaar geleden nieuw voor me waren geweest en waar ik nu afscheid van nam. De afgelopen week had ik afscheid genomen van alle mensen die iets voor me hadden betekend. Behalve van Julia.
Dat was een van die dingen waarvan ik het gevoel had dat

het een smoes was, maar ik had echt geen tijd. Het was nu of nooit en mijn nieuwsgierigheid was geprikkeld. Ik reed het parkeerterrein van een winkelcentrum op en vond een telefooncel, maar ik kreeg geen gehoor toen ik haar nummer draaide. Ik veronderstelde dat ze weer volledig in de dagdienst werkte, maar ze kon ook een douche nemen of boodschappen doen. Ik besloot naar haar huis te rijden. Zo ver was het niet. En wat het ook was dat ze voor me had, het zou een goed excuus zijn om haar deze laatste keer nog eens te kunnen zien.

Ik moest een paar minuten in de buurt rondrijden voor ik een parkeerplaats had gevonden. Ik sloot de auto af, liep terug naar de hoek en sloeg rechtsaf. Het was al wat warmer geworden. Ik hoorde ergens honden blaffen.

Ik wandelde naar dat enorme gebouw in Victoriaanse stijl dat in appartementen was verdeeld. Aan de voorkant kon ik haar ramen niet zien. Ze woonde op de bovenste etage aan de achterkant. Ik probeerde herinneringen te onderdrukken terwijl ik het voetpad aan de voorkant opliep, maar het lukte niet. De herinneringen aan onze tijd samen en allerlei gevoelens uit die tijd kwamen snel terug. Ik bleef staan. Het was belachelijk om hier te komen. Waarom zou ik me druk maken over iets dat ik niet eens had gemist? Toch...

Verdomme. Ik wóu haar nog een keer zien. Ik was niet van plan nu terug te krabbelen. Ik ging de trap op en liep door het portaal. De deur stond op een kier, dus ging ik naar binnen.

Dezelfde hal. Hetzelfde armetierige kaapse viooltje in een pot, met stof op de bladeren, op de kist voor de spiegel met vergulde lijst – de spiegel die vele malen onze omhelzing enigszins vertekend had weerkaatst. Ik zag rimpels in mijn gezicht toen ik erlangs liep.

Ik ging de trap op met de groene loper. Ergens buiten begon een hond te janken.

De eerste overloop was niet veranderd. Ik liep de korte gang door, langs de vaalbruine etsen en het oude bijzettafeltje, ging de hoek om en de tweede trap op. Halverwege hoorde ik een krassend geluid dat van boven kwam en een geluid alsof er een fles of een vaas over een houten vloer rolde. Toen werd het weer stil. Slechts een paar windvlagen gierden rond de dakrand. Er kwam een vaag gevoel van bezorgdheid over me en ik versnelde mijn pas. Ik bleef boven aan de trap staan en zag niets bijzonders, maar het volgende

moment rook ik een vreemde geur die ik niet kon thuisbrengen: zweet, schimmel, misschien vochtige modder... Het was beslist iets organisch.
Vervolgens ging ik naar de deur van Julia en wachtte daar even. De geur leek daar sterker, maar ik hoorde geen geluiden meer.
Ik tikte zachtjes op het donkere hout. Even – maar een ogenblik – leek het of ik binnen iemand hoorde bewegen. Ik klopte nog een keer.
'Julia?' riep ik. 'Ik ben het, Merle.'
Niets. Ik klopte harder.
Er viel iets met een klap. Ik probeerde de deurknop. Op slot. Ik draaide, rukte en trok aan de deurknop totdat de plaat en het hele slot loskwamen. Ik stapte vervolgens onmiddellijk naar links, stak mijn hand uit en drukte zacht met de vingertoppen op het bovenste paneel.
Ik duwde de deur een paar centimeter open en wachtte even. Er volgden geen nieuwe geluiden en ik kreeg slechts een stukje wand en vloer te zien, met een glimp van een aquarel, de rode bank en het groene tapijt. Ik drukte de deur wat verder open. Niets bijzonders. En de geur werd nog sterker.
Ik deed een stapje naar rechts en bleef duwen.
Niets, niets, niets...
Ik trok mijn hand weg toen ik haar zag. Daar lag ze. Op de vloer. Bebloed...
Er lag bloed op de vloer, het tapijt, bebloede kleding in de hoek links van mij. Meubels die omver waren geworpen, gescheurde kussens.
Ik onderdrukte een impuls om erheen te rennen.
Voorzichtig deed ik een stap naar voren en nog een, al mijn zintuigen op scherp. Ik stapte over de drempel. Verder was er niets of niemand in de kamer. Frakir knelde om mijn pols. Ik had iets tegen haar moeten zeggen, maar mijn gedachten waren ergens anders.
Ik kwam naderbij en knielde naast haar. Ik werd misselijk. Vanaf de deuropening had ik niet kunnen zien dat de helft van haar gezicht en haar rechterarm ontbraken. Ze ademde niet en haar halsslagader klopte niet. Ze had een gescheurde, bebloede, perzikkleurige kamerjas aan; er hing een blauwe hanger om haar hals.
Het bloed dat over het tapijt naar de houten vloer was gestroomd, was uitgelopen en er stonden sporen in. Het waren echter geen voetafdrukken van een mens, ze waren groot en

langwerpig, met drie tenen, dikke zoolkussens en klauwen. Een luchtstroom waarvan ik me maar half bewust was geweest, kwam van de geopende slaapkamerdeur achter mij en werd opeens zwakker terwijl de geur sterker werd. Ik voelde weer een snelle trilling aan mijn pols. Er klonk echter geen geluid. Het was volkomen stil, maar ik wist dat het er was.

Ik kwam snel omhoog uit mijn geknielde houding tot een hurkzit en draaide me om.

Ik zag een brede bek vol grote tanden met bebloede lippen er omheengekruld. Ze flankeerden de muil die toebehoorde aan verscheidene honderden ponden van een op een hond lijkend beest, dat bedekt was met grof geel bont dat er schimmelig uitzag. Zijn oren leken op stukken paddestoel en hij had grote, woeste, geeloranje ogen.

Omdat ik geen moment twijfelde aan zijn bedoelingen smeet ik met de deurknop die ik de laatste minuut halfbewust in de hand had geklemd. Hij schampte zonder merkbaar effect af op de benige rand boven zijn linkeroog. Nog altijd zonder geluid te geven sprong het ding op me af.

Er was zelfs geen tijd om iets tegen Frakir te zeggen...

Mensen die in slachthuizen werken, weten dat je een gevoelige plek op het voorhoofd van een dier kan vinden door een denkbeeldige lijn te trekken van het linkeroor naar het rechteroog en een van het rechteroor naar het linkeroog. Ze mikken de dodelijke slag zo'n vijf centimeter boven de kruising van deze X. Mijn oom heeft me dat geleerd. Hij heeft echter niet in een slachthuis gewerkt. Hij wist gewoon hoe je dieren moest doden.

Daarom draaide ik me schuin naar voren terwijl hij sprong en gaf hem een stomp als met een hamer op de dodelijke plek. Hij bewoog echter sneller dan ik had verwacht en toen mijn vuist hem raakte, stormde hij me al voorbij. Zijn nekspieren hielpen hem de kracht van de slag op te vangen.

Dat ontlokte hem wel het eerste geluid aan hem – een gejank. Hij schudde de kop, draaide zich met grote snelheid om en kwam weer op me af. Nu kwam er een laag, rommelend gegrom omhoog uit zijn borst en maakte hij een hoge sprong. Ik begreep dat ik niet in staat zou zijn die te ontwijken. Mijn oom had me ook geleerd hoe een hond moest worden aangepakt aan de zijkant van de nek en onder de kaken. Je moet een stevige greep hebben als het een grote is en je moet het precies goed doen. Ik had op dat moment geen

keus. Als ik een trap gaf en miste zou ik ongetwijfeld mijn voet kwijt zijn.
Mijn handen schoten naar voren, kropen omhoog en ik zette me schrap toen we elkaar naderden. Ik was er zeker van dat hij zwaarder was dan ik.
Ik had visioenen van het verlies van vingers of een hand, maar ik pakte hem onder de kaak, kreeg houvast en kneep. Ik hield mijn armen gestrekt en helde iets over voor de schok. Ik schudde door de kracht van zijn stoot, maar ik was in staat hem op te vangen en mijn greep te behouden.
Terwijl ik naar het gegrom luisterde en de kwijlende bek op een paar decimeter van mijn gezicht zag, realiseerde ik me dat ik niet veel verder dan dit punt had gedacht. Een hond zou je misschien met zijn kop tegen iets hards kunnen slaan dat binnen bereik was; zijn halsslagaders lagen te diep verborgen om ze dicht te kunnen drukken. Maar dit ding was sterk en mijn greep begon al te verslappen tegenover zijn verwoed gekronkel. Terwijl ik zijn kaken van me afhield en hem omhoog bleef houden, besefte ik ook dat hij groter was dan ik wanneer hij zich uitstrekte. Ik kon proberen hem in zijn zachte onderlichaam te trappen, maar ik zou waarschijnlijk uit balans raken en mijn greep verliezen en dan was mijn lies blootgesteld aan zijn tanden.
Maar hij worstelde zich los uit mijn ene hand en ik had geen andere keus dan mijn andere hand te gebruiken of hem los te laten. Daarom duwde ik zo hard ik kon en stapte weer achteruit. Ik zocht naar een wapen, wat dan ook, maar er was niets onder bereik dat dienst kon doen.
Hij kwam weer aanstormen om me naar de keel te vliegen. Hij kwam te snel en te hoog om hem tegen de kop te kunnen schoppen. Ik kon hem ook niet ontwijken.
Zijn voorpoten kwamen ter hoogte van mijn middenrif en ik hoopte dat mijn oom het ook bij het rechte eind had wat dit betreft, toen ik ze vastgreep en met al mijn kracht naar achter en naar binnen draaide, terwijl ik me op een knie liet vallen om die kaken te ontwijken, mijn kin naar beneden om mijn keel te beschermen, mijn hoofd ingetrokken. Botten barstten en knarsten en hij liet bijna meteen zijn kop zakken om een aanval te doen op mijn polsen. Maar voor het zover was, kwam ik al overeind, stootte naar voren en sprong omhoog. Hij trok terug, draaide zich om en leek het op te geven. Toen zijn klauwen de vloer raakten, gaf hij een geluid dat het midden hield tussen een zacht gejank en gegrom en

zakte hij voorover in elkaar.
Ik stond op het punt nog een klap op de schedel te geven toen hij weer overeind krabbelde, sneller dan ik had verwacht. Hij hief meteen zijn rechtervoorpoot omhoog en hield zich op drie poten grommend in evenwicht, met de ogen op mij gericht, terwijl het speeksel langs zijn onderkaak droop. Ik verplaatste me iets verder naar links omdat ik er zeker van was dat hij op het punt stond weer op me af te komen. Ik boog iets door de knieën en koos positie op een wijze die niemand me had geleerd, omdat ik ook wel eens echt originele ideeën heb.
Hij was wat trager toen hij deze keer op me afkwam. Misschien had ik kunnen proberen zijn schedel te raken, maar ik deed het niet. Ik pakte hem nog een keer bij de nek en deze keer was het bekend terrein. Zonder zijn vaart te breken draaide ik me om, liet hem zakken en voegde wat richting toe aan zijn baan.
Hij draaide zich in de lucht en sloeg met zijn rug tegen het raam. Met een hoop herrie van vergruizing en versplintering ging hij erdoor en nam het grootste deel van het kozijn, het gordijn en de gordijnroe mee.
Ik hoorde hem drie verdiepingen lager neerkomen. Toen ik overeind kwam en naar buiten keek, zag ik hem een paar keer krampachtig bewegen en toen bleef hij stil liggen op de betonnen patio waar Julia en ik vaak midden in de nacht een biertje hadden gedronken.
Ik keerde terug naar Julia en hield haar hand vast. Ik voelde me razend worden. Hier moest iemand achter zitten. Zou het S weer kunnen zijn? Was dit mijn cadeau voor de dertigste april van dit jaar? Ik had het gevoel dat het zo was en ik wou met S doen wat ik zojuist had gedaan met het beest dat Julia gedood had. Er moest een reden zijn. Er moest een aanwijzing zijn.
Ik stond op, ging naar de slaapkamer, pakte een deken en bedekte Julia ermee. Zonder nadenken veegde ik mijn vingerafdrukken van de gevallen deurknop terwijl ik mijn onderzoek van het appartement begon.
Ik vond ze op de schoorsteenmantel, tussen de klok en een stapel pockets over occulte onderwerpen. Op het moment dat ik ze aanraakte en voelde hoe koud ze waren, besefte ik dat dit nog serieuzer was dan ik had gedacht. Hierop had ze ongetwijfeld in haar briefje gedoeld – alleen, ze waren niet echt van mij, hoewel ik ze tot op zekere hoogte herkende en

ze me anderzijds voor een raadsel plaatsten toen ik ze vluchtig doorliep. Het waren kaarten. Troefkaarten, gelijk aan en toch anders dan de troefkaarten die ik ooit eerder had gezien.
Het was geen compleet stel. Eigenlijk zo maar wat kaarten.
Ik liet ze snel in mijn zijzak glijden toen ik de sirene hoorde.
Er was nu geen tijd voor patience.
Ik rende de trappen af en ging via de achterdeur naar buiten zonder iemand tegen te komen. Fido lag nog waar hij was neergekomen en alle honden van de buurt hadden het erover. Ik sprong over hekjes en vertrapte bloembedden terwijl ik me door achtertuinen heenworstelde naar de zijstraat waar ik had geparkeerd.
Minuten later was ik mijlenver en ik probeerde de bloederige afdrukken van de klauwen uit mijn herinnering te bannen.

2

Ik reed weg van de baai tot ik in een rustige, boomrijke omgeving kwam. Ik stopte, stapte uit en ging lopen.
Na een hele tijd zag ik een verlaten parkje. Ik ging op een van de banken zitten, haalde de Troeven te voorschijn en bekeek ze. Een paar ervan kwamen me bekend voor maar de rest was een volkomen raadsel voor me. Ik bleef te lang naar een Troef kijken want ik meende sirenengezang te horen. Ik legde ze neer. Ik herkende de stijl niet. Dit was buitengewoon vreemd. Het deed me denken aan het verhaal over een wereldberoemde toxicoloog die verstrooid een vergif innam waar geen tegengif voor bestond. De vraag die als eerste bij hem opkwam was: had hij een dodelijke dosis ingenomen? Hij zocht het op in een klassiek handboek dat hij zelf jaren geleden had geschreven. Volgens zijn eigen boek was dat inderdaad zo. Hij keek in een ander boek dat was geschreven door een even eminent deskundige. Volgens dat boek had hij slechts ongeveer de helft ingenomen van wat nodig was voor iemand van zijn lichaamsgewicht. Hij ging dus zitten wachten in de hoop dat hij zich had vergist.
Ik kreeg dat gevoel omdat ik een expert ben in kaarten. Ik dacht dat ik het werk kende van iedereen die ze kon maken. Ik pakte een kaart die voor mij een bijzondere, bijna vertrouwde aantrekkingskracht had – met de afbeelding van een kleine, grazige landpunt die uitstak in een stil meer, met aan de rechterkant iets helders, iets glinsterends dat niet te identificeren was. Ik liet mijn adem erover gaan, waardoor de kaart even besloeg, en tikte erop met mijn nagel. Hij rinkelde als een glazen stolp en kwam trillend tot leven. Er zweefden en trilden schaduwen terwijl het beeld langzaam de avond inschoof. Ik liet mijn hand erover glijden en hij kwam weer tot rust – het meer en het gras weer bij daglicht. Heel ver weg. De tijdstroom ging daar sneller dan waar ik nu was. Interessant.
Ik zocht mijn oude pijp, stopte hem, stak hem aan, zoog en dacht na. De kaarten waren functioneel in orde, niet een of

andere knappe imitatie, en hoewel ik hun bedoeling niet begreep, was dat op dit moment niet mijn grootste zorg.
Het was vandaag dertig april en ik was weer eens met de dood geconfronteerd. En ik wist nog steeds niet wie er met mijn leven aan het spelen was. S had weer een dreigement gebruikt bij volmacht. En het was geen gewone hond die ik had gedood. En de kaarten... waar had Julia ze vandaan en waarom wilde ze dat ik ze kreeg? De kaarten en de hond wezen op een macht die groter was dan die van een gewoon individu. Ik had steeds gedacht dat ik het slachtoffer was geweest van de een of andere psychopaat die ik op mijn gemak kon aanpakken. Maar de gebeurtenissen van deze morgen gaven de zaak een geheel ander aanzien. Het betekende dat ik ergens een afschuwelijke vijand had.
Ik huiverde. Ik wou weer met Luke praten, hem hun gesprek van de vorige avond laten reconstrueren, zien of Julia misschien iets had gezegd dat me een aanwijzing kon geven. Ik zou ook wel terug willen gaan om haar appartement nauwkeuriger te onderzoeken. Maar dat was onmogelijk. De politie was voor het huis gestopt toen ik wegreed. Het zou voorlopig onmogelijk zijn daar terug te komen.
Rick. Rick Kinsky was er nog, de vent met wie ze was begonnen nadat wij uit elkaar waren gegaan. Ik kende hem van gezicht – een mager, cerebraal type, met een snor, dikke brilleglazen en zo. Hij beheerde een boekwinkel die ik een paar keer had bezocht. Maar verder kende ik hem niet. Misschien kon hij me iets vertellen over de kaarten en hoe Julia in die situatie terecht had kunnen komen die haar het leven had gekost.
Ik dacht er nog even over na en toen stopte ik de kaarten weg. Ik was niet van plan er iets mee uit te halen. Nog niet. Eerst wilde ik zoveel informatie hebben als ik kon krijgen.
Ik ging terug naar de auto. Onder het lopen bedacht ik dat deze dertigste april nog niet voorbij was. Veronderstel dat S de confrontatie van deze morgen niet rechtstreeks tegen mij had bedoeld? In dat geval was er tijd genoeg voor een tweede poging. Ik had ook het gevoel dat wanneer ik bij S in de buurt begon te komen, hij niet meer aan data zou denken en me naar de keel zou vliegen wanneer de gelegenheid zich voordeed. Ik besloot van nu af aan op mijn hoede te blijven, te leven als in een staat van beleg tot deze zaak geregeld was. En al mijn energie zou nu gericht worden op het regelen ervan. Mijn welzijn scheen de spoedige vernietiging van mijn vijand te eisen.

Zou ik om raad vragen, vroeg ik me af. En zo ja, aan wie? Er was heel wat dat ik niet wist over mijn erfgoed.
Nee. Nog niet, besloot ik. Ik moest alles proberen om de dingen zelf te regelen. Behalve het feit dat ik het wilde, had ik behoefte aan ervaring. In de streek waar ik vandaan kom, is het noodzakelijk moeilijke zaken te kunnen regelen.
Ik reed weg, op zoek naar een telefooncel en probeerde niet aan Julia te denken zoals ik haar het laatst had gezien. Uit het westen kwamen een paar wolken opzetten. Aan mijn pols tikte mijn horloge, naast de onzichtbare Frakir. Het nieuws op de radio was internationaal en somber.
Ik stopte bij een warenhuis en maakte daar gebruik van een telefoon om Luke in zijn motel te bereiken. Hij was er niet. Daarom nam ik een sandwich en een milkshake in het restaurant en probeerde het daarna nog eens. Nog niet te bereiken. Goed. Ik kreeg hem later wel te pakken. Ik reed de stad in. The Browserie was, naar ik me herinnerde, de naam van de boekwinkel waar Rick werkte.
Ik reed erlangs en zag dat de zaak open was. Ik parkeerde een paar huizen verder en liep terug. De hele weg door de stad was ik alert geweest, maar ik kon niets ontdekken waaruit bleek dat ik gevolgd werd. Al lopende voelde ik een koude bries die op regen wees. Ik zag Rick door de winkelruit. Hij zat achter die hoge toonbank een boek te lezen. Er was niemand anders in de zaak.
Boven de deur rinkelde een belletje toen ik naar binnen ging en hij keek op. Zijn ogen werden groot van verbazing toen hij me zag.
'Hallo,' zei ik en wachtte toen even. 'Rick, ik weet niet of je me nog kent.'
'Je bent Merle Corey,' zei hij zacht.
'Juist.' Ik leunde op de toonbank en hij week terug. 'Ik vroeg me af of je me misschien aan wat informatie zou kunnen helpen.'
'Wat voor informatie?'
'Het gaat over Julia,' zei ik.
'Luister,' antwoordde hij. 'Ik ben nooit intiem met haar geweest voor jullie uit elkaar waren.'
'Wat? Nee, nee, je begrijpt het niet. Dat kan me niet schelen. Het is meer recente informatie die ik nodig heb. Ze heeft de afgelopen week geprobeerd contact met me op te nemen en...'
Hij schudde het hoofd.
'Ik heb al een paar maanden niets van haar gehoord.'

'O?'
'Ja. We hebben besloten elkaar niet meer te ontmoeten. Verschillende interesses, zie je?'
'Ging het goed met haar toen jullie... uit elkaar gingen?'
'Ik dacht van wel.'
Ik keek hem recht in de ogen en hij deinsde terug. Dat beviel me niet. 'Ik dacht van wel.' Ik zag dat hij een beetje bang voor me was, dus besloot ik druk uit te oefenen.
'Wat bedoel je met "verschillende interesses"?' vroeg ik.
'Wel, ze werd een beetje vreemd, weet je,' zei hij.
'Dat weet ik niet. Vertel op.'
Hij bevochtigde zijn lippen en wendde de blik af.
'Ik wil geen moeilijkheden,' zei hij.
'En ik zou liever niet kwaad worden, dus wat was er aan de hand?'
'Nou,' zei hij, 'ze was bang.'
'Bang? Waarvoor?'
'Eh... voor jou.'
'Voor mij? Dat is belachelijk. Ik heb nooit iets gedaan dat haar bang kon maken. Wat heeft ze gezegd?'
'Ze heeft het nooit met zoveel woorden gezegd, maar ik merkte het telkens wanneer jouw naam viel. Bovendien ontwikkelde ze al die vreemde interesses.'
'Ik kan je niet volgen,' zei ik. 'Absoluut niet. Is ze vreemd geworden? Heeft ze vreemde interesses gekregen? Wat voor soort? Wat was er aan de hand? Ik begrijp het werkelijk niet.'
Hij liep de winkel in terwijl hij me aankeek alsof ik hem moest volgen. Dat deed ik.
Hij vertraagde zijn pas bij een afdeling met boeken over natuurgeneeswijze, biologische landbouw, oosterse vechtsporten, geneeskrachtige kruiden en thuisbevallingen, maar hij liep er voorbij en ging naar de afdeling met uitsluitend occulte onderwerpen.
Hij bleef staan en zei: 'Hier. Ze heeft een paar van dit soort boeken geleend, bracht ze terug en leende er nog een paar.'
Ik haalde de schouders op.
'Is dat alles? Dat is nauwelijks vreemd.'
'Maar ze ging er echt in op.'
'Dat doen veel mensen.'
'Laat me uitspreken,' vervolgde hij. 'Ze begon met theosofie, woonde zelfs bijeenkomsten bij van een plaatselijke groep. Daar verloor ze vrij snel haar belangstelling voor, maar inmiddels had ze een paar andere mensen ontmoet met

andere relaties. Al vrij gauw hing ze rond bij Soefi's, aanhangers van Goerdjiev en zelfs bij een sjamaan.'
'Interessant,' zei ik. 'Geen yoga?'
'Geen yoga. Toen ik haar dat vroeg, zei ze dat ze macht zocht, geen samadhi. Hoe het ook zij, ze bleef gewoon steeds vreemder kennissen zoeken. De sfeer werd me te esoterisch en daarom heb ik een eind aan onze verhouding gemaakt.'
'Ik vraag me af waarom ze zo vreemd deed...' zei ik peinzend.
'Hier,' zei hij, 'bekijk dit eens.'
Hij wierp me een zwart boek toe en deed een stap terug. Ik ving het op. Het was een exemplaar van de bijbel. Ik sloeg het open op de bladzijde met de gegevens van de uitgever.
'Is er iets bijzonders met deze uitgave?' vroeg ik.
Hij zuchtte.
'Nee. Het spijt me.'
Hij nam hem terug en zette het boek op de plank.
'Een ogenblik,' zei hij.
Hij liep terug naar de toonbank en pakte een kartonnen bordje van een plank eronder. Er stond op EVEN AFWEZIG. WE ZIJN WEER OPEN OM en er stond een plaat onder met draaibare wijzers. Hij verplaatste ze om een tijd aan te geven, een half uur later, en hing het bordje achter de winkeldeur. Vervolgens schoof hij de grendel ervoor en wenkte me hem te volgen naar een kamer achterin.
In het privé-kantoor stonden een bureau, een paar stoelen en kartonnen dozen met boeken. Hij ging achter het bureau zitten en knikte naar de dichtstbijstaande stoel. Ik ging zitten. Hij zette vervolgens een telefonisch antwoordapparaat aan, legde een stapel formulieren en correspondentie naast het vloeiblok, trok een la open en haalde er een fles Chianti uit.
'Zin in een glas?' vroeg hij.
'Graag,' zei ik.
Hij stond op en liep naar het aangrenzende keukentje. Hij pakte een paar glazen van een plank en spoelde ze om. Hij bracht ze mee, zette ze neer, vulde ze en schoof er een in mijn richting. Het waren Sheraton-glazen.
'Sorry dat ik die bijbel naar je toe gooide,' zei hij terwijl hij het glas hief en een teug nam.
'Je keek alsof je verwachtte dat ik in een rookwolk zou opgaan.'
Hij knikte. 'Ik ben er echt van overtuigd dat de reden waarom ze macht wil, iets met jou te maken heeft. Heb jij iets met de een of andere vorm van occultisme te maken?'

'Nee.'
'Ze praatte soms alsof jij zelf misschien een bovennatuurlijk wezen was.'
Ik lachte. Hij even later ook.
'Ik weet het niet,' zei hij vervolgens. 'Er zijn massa's vreemde dingen om ons heen. Ze kunnen niet allemaal kloppen, maar...'
Ik haalde de schouders op.
'Wie weet? Dus jij denkt dat ze zocht naar iets dat haar de macht gaf om zich tegen mij te verdedigen?'
'Die indruk kreeg ik.'
Ik nam een slok wijn.
'Dat slaat nergens op,' zei ik tegen hem.
Maar terwijl ik dat zei, wist ik dat het misschien wel waar was. En als ik haar het pad had opgedreven dat tot haar vernietiging had geleid, was ik mede verantwoordelijk voor haar dood. Ik voelde opeens de last samen met de pijn.
'Maak je verhaal af,' zei ik.
'Dat is bijna alles,' antwoordde hij. 'Ik kreeg genoeg van de mensen die voortdurend kosmische onzin wilden bespreken en ik heb afgehaakt.'
'En dat is alles? Heeft ze haar bestemming gevonden? De juiste goeroe? Wat is er gebeurd?'
Hij nam een flinke slok en staarde me aan.
'Ik heb echt van haar gehouden,' zei hij.
'Daar ben ik van overtuigd.'
'Vervolgens ging ze naar de tarot, kaballa, Golden Dawn, Crowley, Fortune.'
'Bleef ze daar?'
'Ik weet het niet zeker. Maar ik denk het. Ik hoorde dat pas na een tijdje.'
'Dus rituele magie?'
'Waarschijnlijk.'
'Wie doet dat?'
'Een heleboel mensen.'
'Ik bedoel, wie heeft ze gevonden? Weet je dat?'
'Ik geloof dat het Victor Melman was.'
Hij keek me vol verwachting aan. Ik schudde mijn hoofd.
'Het spijt me. Ik ken die naam niet.'
'Een vreemde man,' zei hij met een peinzende blik, terwijl hij een teugje nam en achterover in zijn stoel leunde. Hij vouwde de handen achter zijn nek en bracht zijn ellebogen naar voren. Zijn blik dwaalde af naar de keuken. 'Ik... ik heb een

aantal mensen, van wie sommigen volkomen betrouwbaar zijn, horen zeggen dat hij echt iets heeft dat voor hem pleit, dat hij greep heeft op bepaalde dingen, dat hij een soort Verlichting heeft meegemaakt, ingewijd is, een zekere macht heeft en soms een groot leraar is. Maar hij heeft ook die egoproblemen die bij dat soort dingen schijnen te horen. Ik heb ook horen zeggen dat het niet zijn echte naam is, dat hij een strafblad heeft en meer van Manson dan van Magus heeft. Ik weet het niet. Hij is zogenaamd schilder – eigenlijk een vrij goede. Zijn schilderijen worden wel verkocht.'

'Heb je hem wel eens ontmoet?'

Hij wachtte even, toen: 'Ja.'

'Wat was je eigen indruk?'

'Ik weet het niet... Ik ben bevooroordeeld. Ik zou het echt niet kunnen zeggen.'

Ik liet de wijn in mijn glas draaien.

'Hoe kwam je bij hem?'

'O, ik wou een keer met hem mediteren.'

'Dus je hebt er ook aan gedaan. Ik dacht...'

'Ik doe nergens aan,' snauwde hij. 'Ik heb bij gelegenheid alles geprobeerd, bedoel ik. Iedereen doorloopt fases. Ik wou me ontwikkelen, ontplooien, vooruitkomen. Wie niet? Maar ik heb het nooit gevonden.' Hij ontspande zich en nam nog een slok wijn. 'Soms had ik het gevoel dat ik er dicht bij was, dat er een macht was, een visioen dat ik bijna kon aanraken of zien. Bijna. Dan was het weg. Het is allemaal een hoop gezever. Je brengt jezelf alleen op een dwaalspoor. Soms dacht ik zelfs dat ik het had. Dan gingen er een paar dagen voorbij en besefte ik dat ik mezelf weer wat wijs had gemaakt.'

'Dat was allemaal voor je Julia ontmoette?'

Hij knikte.

'Klopt. Dat was het misschien wat ons een tijdje bij elkaar heeft gehouden. Ik praat nog altijd graag over dat geëmmer, ook al geloof ik er niet meer in. Zij ging het toen te serieus nemen en ik voelde er niets voor die weg nog eens af te leggen.'

'Ik begrijp het.'

Hij dronk zijn glas leeg en vulde het weer.

'Het stelt allemaal niets voor. Je kunt jezelf op duizenden voor de gek houden, dingen een bepaalde betekenis toekennen die ze niet hebben. Ik denk dat ik behoefte had aan magie en er bestaat geen echte magie op de wereld.'

'Gooide je me daarom de bijbel toe?'

Hij snoof verachtelijk.

'Het had net zo goed de koran of de Veda's kunnen zijn. Het zou mooi geweest zijn je in een steekvlam te zien verdwijnen. Maar het lukte niet.'
Ik glimlachte.
'Hoe kan ik Melman vinden?'
'Ik heb het hier ergens,' zei hij terwijl hij een la opentrok. 'Hier.'
Hij haalde er een notitieboekje uit en bladerde het door. Hij schreef een adres over op een indexkaart en gaf het me. Hij nam nog een slok wijn.
'Bedankt.'
'Dat is zijn atelier, maar hij woont er ook,' voegde hij eraan toe.
Ik knikte en zette mijn glas neer.
'Ik ben je dankbaar voor alles wat je me hebt verteld.'
Hij tilde de fles op.
'Wil je nog wat drinken?'
'Nee, dank je.'
Hij haalde z'n schouders op en dronk zijn glas leeg. Ik stond op.
'Weet je, het is werkelijk treurig,' zei hij.
'Wat?'
'Dat er geen magie bestaat, dat het er nooit geweest is en vast nooit zal zijn.'
'Pech gehad,' zei ik.
'Het zou de wereld veel interessanter maken.'
'Tja.'
Ik maakte aanstalten om weg te gaan.
'Doe me een plezier,' zei hij.
'Wat?'
'Als je naar buiten gaat, zet dat bordje dan op drie uur en laat de grendel weer in het slot vallen.'
'Natuurlijk.'
Ik liet hem daar achter en deed wat hij had gevraagd. De lucht was veel donkerder geworden, de wind wat kouder. Ik probeerde Luke weer te bereiken via een telefoon op de hoek, maar hij was er nog niet.

We waren gelukkig. Het was een fantastische dag geweest. Het weer was ideaal en alles wat we hadden gedaan was goed gegaan. We waren die avond naar een gezellig feest geweest en daarna hadden we laat gegeten in een uitstekend zaakje waar we bij toeval terechtkwamen. We bleven wat

hangen bij een drankje en vonden het jammer dat er een eind aan de dag kwam. We besloten toen die gewoon te verlengen en reden naar een meestal verlaten strand waar we wat rondhingen en genoten van de maan en de frisse wind. Na lange tijd heb ik toen iets gedaan dat ik mezelf voorgenomen had niet te doen. Had Faust niet gezegd dat een mooi moment een ziel waard is?
'Kom,' zei ik terwijl ik met mijn bierblikje op een afvalbak mikte en haar hand pakte. 'Laten we een wandeling maken.'
'Waarheen?' vroeg ze terwijl ik haar overeind trok.
'Sprookjesland,' antwoordde ik. 'De legendarische wereld van voorheen. Eden. Kom mee.'
Lachend liet ze zich langs het strand leiden naar een plek waar het strand smaller werd, samengeperst tussen hoge dammen. De maan was vol en geel, de zee zong mijn favoriete liedje.
We slenterden hand in hand langs de kliffen tot een scherpe bocht in de weg ons aan het gezicht onttrok. Ik zocht de grot die spoedig zou opdoemen, hoog en nauw...
'Een grot,' meldde ik enige ogenblikken later. 'Laten we erin gaan.'
'Het zal er wel donker zijn.'
'Mooi,' zei ik en we gingen naar binnen.
Het licht van de maan volgde ons ongeveer zes stappen. Maar ik had inmiddels de verbreding links gezien.
'Deze kant op,' zei ik.
'Het is zo donker!'
'Inderdaad. Hou me gewoon nog even vast. Het komt heus wel in orde.'
Vijftien of twintig stappen verder was er aan de rechterkant een zwakke verlichting. Ik leidde haar om de bocht en het pad werd lichter naarmate we vorderden.
'We kunnen wel verdwalen,' zei ze zacht.
'Ik verdwaal niet,' antwoordde ik.
Het werd steeds lichter. Het pad maakte nog een bocht en we gingen verder langs die laatste doorgang. We kwamen uit aan de voet van een berg met het zicht op een laag bos, waar de ochtendzon boven de bomen stond.
Ze verstijfde, haar blauwe ogen wijd open.
'Het is dag!' zei ze.
'*Tempus fugit,*' antwoordde ik. 'Kom.'
We liepen een tijdje door het bos, Julia met haar donkere haar en ik, en luisterden naar de vogels en de wind. Na een

poosje leidde ik haar langs een ravijn met gekleurde rotsen en grassoorten, langs een beek die uitmondde in een rivier. We volgden de rivier tot we plotseling bij een afgrond kwamen waar het water zich in een kolossale diepte stortte en regenbogen en mistbanken vormde. Toen we daar uitkeken over het immense dal dat beneden ons lag, zagen we door de ochtendnevel een stad met torenspitsen en koepels, bladgoud en kristal.

'Waar... zijn we?' vroeg ze.

'Net om de hoek,' zei ik. 'Kom.'

Ik leidde haar naar links, vervolgens een pad af dat ons terugvoerde langs de voorkant van de steile rots en ten slotte achter de waterval langs. Schaduwen en diamanten kralen... een gebulder om de macht van de stilte te benaderen... We liepen tenslotte een tunnel in die eerst vochtig was, maar bij het stijgen droger werd. We volgden hem tot we bij een galerij kwamen die aan de linkerkant open was en uitkeek op de nacht en sterren, sterren, sterren... Het was een geweldig panorama vol nieuwe sterrenbeelden. Hun licht was voldoende om onze schaduwen op de muur achter ons te werpen. Zij boog zich over de lage balustrade, haar huid was als van een vreemd gepolijst marmer, en ze keek naar beneden.

'Daar beneden zijn ze ook,' zei ze. 'En aan beide kanten! Er zijn beneden alleen maar sterren. En aan de zijkanten...'

'Ja. Mooi, hè?'

We bleven er een hele tijd staan kijken voor ik haar kon overhalen mee te komen en de tunnel verder te volgen. Hij voerde ons weer naar buiten waar we de ruïne van een klassiek amfitheater zagen in het licht van de late namiddag. Er groeide klimop over de gebarsten zitplaatsen en gebroken zuilen. Hier en daar lagen de brokstukken van een beeld alsof het was neergekwakt door een aardbeving. Heel schilderachtig. Ik had gedacht dat ze het mooi zou vinden en dat was ook zo.

We liepen verder, hand in hand, myriaden van wegen af, onder luchten in vele kleuren en ten slotte keken we uit op een stil meer met een ondergaande zon boven de oever aan de overkant. Rechts van ons lag een glinsterende massa rotsblokken. We liepen naar een plekje dat bedekt was met kussens van mos en varens.

Ik legde mijn armen om haar heen en we bleven daar een hele tijd staan. De wind in de bomen klonk als het spel van

een luit, in sterk contrast met het fluiten van de vogels. Later knoopte ik haar blouse los.
'Juist hier?' vroeg ze.
'Ik vind het hier prettig. Jij niet?'
'Het is prachtig. Goed. Wacht even.'
We gingen dus liggen en vrijden tot de schaduwen ons bedekten. Na een tijdje sliep ze, wat ik graag wou.
Ik bracht haar in trance om haar slapende te houden, want ik begon me af te vragen of deze reis wel verstandig was geweest. Vervolgens kleedde ik ons beiden aan en tilde haar op om haar terug te dragen. Ik nam een kortere weg.
Op het strand waar we begonnen waren, legde ik haar neer en strekte me naast haar uit. Weldra sliep ik ook.
We werden pas wakker toen de zon was opgekomen en de geluiden van zwemmende kinderen ons wekten.
Ze ging rechtop zitten en staarde me aan.
'Gisteravond kan geen droom geweest zijn,' zei ze, 'maar ook geen werkelijkheid. Of wel?'
'Ik denk van wel,' zei ik.
Ze fronste haar voorhoofd.
'Laten we wat gaan eten. Kom,' zei ik.
'Wacht even.' Ze legde een hand op mijn arm. 'Er is iets vreemds gebeurd. Wat was het?'
'Waarom zouden we de magie verbreken door erover te praten? Laten we gaan eten.'
Ze stelde me heel wat vragen in de dagen die volgden, maar ik bleef onvermurwbaar in mijn weigering erover te praten. Stom was ik geweest. Ik had haar nooit mee moeten nemen op die wandeling. Het heeft bijgedragen tot die laatste ruzie die ons voor altijd uit elkaar deed gaan.
En nu ik er onder het rijden over nadacht, realiseerde ik me nog iets behalve mijn dwaasheid. Ik besefte dat ik verliefd op haar was geweest, dat ik nog van haar hield. Als ik haar niet had meegenomen op die wandeling of als ik haar beschuldiging dat ik een tovenaar was had geaccepteerd, was ze nooit op zoek gegaan naar macht voor zichzelf – waarschijnlijk om zich te verdedigen.
Dan zou ze nog leven.
Ik beet op mijn lip en huilde. Ik probeerde een remmende auto voor mij te ontwijken, waarbij ik een koplamp beschadigde. Wanneer ik degene had gedood die ik liefhad, dan was ik er zeker van dat het omgekeerde niet zou gebeuren.

3

Verdriet en woede maken mijn wereld kleiner en dat irriteert me. Ze schijnen mijn herinnering aan gelukkiger tijden, vrienden, woonplaatsen, gebeurtenissen en keuzemogelijkheden te verlammen. Als ik onder druk word gezet door een intense emotie die me van mijn stuk brengt, dan wordt mijn vastberadenheid minder. Ik veronderstel dat het voor een deel een gevolg is van het feit dat ik me heb ontdaan van een reeks keuzes, wat in zekere mate mijn vrije wil verzwakt. Dat bevalt me niet, maar na een bepaald punt heb ik er wel enige controle over. Het geeft me het gevoel dat ik me heb overgegeven aan een zekere vorm van determinisme, wat me nog meer irriteert. Vervolgens vindt het als in een vicieuze cirkel zijn weerslag in de emotie die me opjaagt, en versterkt haar. Een eenvoudige manier om een eind aan deze situatie te maken is de oorzaak te elimineren. De moeilijke weg is meer filosofisch, een terugwijken, het herstel van de controle. Zoals gewoonlijk is de moeilijke weg te prefereren. Elimineren kan ook resulteren in een gebroken nek.

Ik parkeerde op de eerste plaats die ik zag, opende het raam en stak een pijp op. Ik zwoer niet te zullen vertrekken voor ik rustig was geworden. Mijn hele leven heb ik de neiging gehad overdreven te reageren op gebeurtenissen. Het schijnt in mijn familie te zitten. Maar ik wou niet zo zijn als de anderen. Ze veroorzaakten op die wijze veel moeilijkheden voor zichzelf. De alles-of-nietsreactie kan goed zijn wanneer je altijd wint, maar brengt ook tragedies wanneer je toevallig op iets buitengewoons stuit. En ik had wel aanwijzingen dat dit het geval was. Daarom was ik een dwaas, zei ik tegen mezelf, tot ik het geloofde.

Daarna luisterde ik naar mijn rustiger tweede ik die ermee instemde dat ik een dwaas was – omdat ik mijn eigen gevoelens niet had begrepen toen ik er nog iets aan had kunnen doen; omdat ik een macht had gedemonstreerd en de consequenties ervan had verloochend; omdat ik in al die jaren de aard van mijn vijand niet eens in de gaten had gehad en dat

ik de confrontatie wel erg gesimplificeerd had. Het zou niet voldoende zijn Victor Melman te grijpen als ik hem zag en te proberen met geweld de waarheid uit hem te krijgen. Ik besloot voorzichtig te werk te gaan, me te allen tijde te beheersen. Het leven is nooit eenvoudig, zei ik bij mezelf. Blijf rustig zitten en zet de zaken nog maar 's op een rijtje.
Ik voelde de spanning langzaam verdwijnen. Mijn wereld werd ook langzaam weer groter en ik zag dat het mogelijk was dat S me echt kende, goed kende, en misschien de gebeurtenissen zo had geregeld dat ik mijn hersens zou uitschakelen en me precies op tijd zou overgeven. Nee, ik zou me niet zo gedragen als de anderen...
Ik zat daar een hele tijd over na te denken voor ik de auto weer startte en langzaam verder reed.

Het was een goor bakstenen gebouw op een hoek. Het had drie verdiepingen; de muren waren beklad met obsceniteiten. Ik bekeek de graffiti, een paar gebroken ramen en de brandtrap toen ik langzaam om het gebouw slenterde. Ondertussen begon het zachtjes te regenen. De onderste twee verdiepingen werden bezet door de Brutus Store Company, volgens een bordje naast de trap in een klein portaal waar ik binnenkwam. Het stonk er naar urine en er lag een lege fles Jack Daniels op de stoffige vensterbank rechts van mij. Aan de afgebladderde muur hingen twee brievenbussen. Op de ene stond 'Brutus Storage' en de andere droeg het opschrift 'V.M.' Ze waren allebei leeg.
Ik liep de trap op en verwachtte dat hij zou kraken. Maar dat was niet zo.
Op het portaal van de eerste etage kwamen vier deuren uit, zonder knop. Ze waren allemaal gesloten. Door de gematteerde ruiten bovenin waren de contouren zichtbaar van wat kartonnen dozen konden zijn.
Ik verraste een zwarte kat die in het volgende trapportaal lag te soezen. Ze zette een hoge rug op en begon te blazen. Toen draaide ze zich om, sprong de trap op en verdween uit het gezicht. Op de volgende overloop waren weer vier deuren, waarvan er drie blijkbaar niet werden gebruikt. De vierde was donker geverfd en glanzend gevernist. Er zat een koperen plaatje op met de naam 'Melman'. Ik klopte aan.
Er kwam geen antwoord. Ik probeerde het nog een paar keer met hetzelfde resultaat. Binnen klonk ook geen geluid. Het leek waarschijnlijk dat dit zijn woongedeelte was en dat op

de derde verdieping zijn atelier was, met mogelijk een dakraam. Ik draaide me dus om en liep de laatste trap op.
Ik bereikte de bovenste tree en zag dat een van de vier deuren daar op een kier stond. Ik bleef even staan om te luisteren. Van achter de deur kwamen zwakke geluiden. Ik stapte naar voren en klopte een paar keer. Ik hoorde ergens binnen iemand snel ademen. Ik duwde de deur open.
Hij stond een meter of zes van me vandaan onder een groot dakraam en hij had zich naar me omgedraaid - een lange, breedgeschouderde man met een zwarte baard en donkere ogen. Hij had een penseel in zijn linkerhand en een palet in zijn rechter. Hij droeg een met verf besmeurd voorschoot over zijn spijkerbroek en hij had een shirt aan met veelkleurige ruiten. Op de ezel achter hem stond een schets van wat een madonna met kind kon zijn. Er stonden veel doeken, allemaal met de voorkant tegen de muur of ingepakt.
'Hallo,' zei ik, 'ben jij Victor Melman?'
Hij knikte zonder te glimlachen of zijn wenkbrauwen te fronsen, legde zijn palet op een tafel naast zich en zette zijn penseel in een pot met verfverdunner. Vervolgens pakte hij een vochtige doek en veegde zijn handen eraan af.
'En jij?' vroeg hij, terwijl hij de doek aan de kant gooide en zich weer tot mij wendde.
'Merle Corey. Jij hebt Julia Barnes gekend.'
'Dat ontken ik niet,' zei hij. 'Je woordkeuze schijnt aan te duiden dat...'
'Ze is inderdaad dood. Ik wil er met je over praten.'
'Goed,' zei hij terwijl hij zijn voorschoot losknoopte. 'Laten we dan naar beneden gaan. Hier kunnen we niet zitten.'
Hij hing het voorschoot aan een spijker naast de deur en liep het atelier uit. Ik volgde hem. Hij draaide zich om en sloot het atelier af voor hij de trap afging. Zijn bewegingen waren soepel, bijna gracieus.
Ik hoorde de regen op het dak.
Hij gebruikte dezelfde sleutel om de donkere deur op de tweede etage te openen. Hij zwaaide de deur open en ging opzij om mij met een uitnodigend gebaar binnen te laten. Ik liep naar binnen via een hal die langs een keuken leidde waarvan het aanrecht vol stond met lege flessen, stapels schalen en pizzadozen. Barstensvolle zakken met afval leunden tegen kasten; de vloer zag er hier en daar plakkerig uit en het rook er naar een kruidenfabriek die naast een slachthuis stond.

De woonkamer, waar ik vervolgens kwam, was groot, met een paar zwarte banken die comfortabel leken en aan weerszijden stonden van een slagveld van oosterse tapijten en verschillende tafels met verscheidene overvolle asbakken erop. In de verste hoek stond een prachtige concertvleugel voor een wand die bedekt was met zware rode gordijnen. Er stonden veel lage boekenkasten, gevuld met boeken over occultisme, stapels tijdschriften ernaast en erop en er stonden een paar gemakkelijke stoelen bij. De punt van een pentagram of zoiets stak een beetje onder het grootste kleed uit. Er hing nog een bedompte geur van wierook en hasj. Rechts van mij leidde een toog naar een andere kamer en aan mijn linkerhand was een gesloten deur. Aan de muren hingen schilderijen van semi-religieuze aard, waarvan ik aannam dat hij ze had gemaakt. Ze hadden enigszins het karakter van werken van Chagall. Best goed.
'Neem plaats.'
Hij wees naar een leunstoel en ik ging zitten.
'Zin in een biertje?'
'Nee, dank je.'
Hij ging zelf op de bank zitten, stond, vouwde de handen en keek me aan.
'Wat is er gebeurd?' vroeg hij.
Ik keek hem ook strak aan.
'Julia Barnes kreeg belangstelling voor occulte krachten,' zei ik. 'Ze kwam naar jou om er meer van te horen. Ze is vanmorgen onder zeer vreemde omstandigheden gestorven.'
De linkermondhoek trilde iets. Verder bewoog hij zich niet.
'Ja, ze had belangstelling voor zulke dingen,' zei hij. 'Ze kwam bij me voor onderricht en dat heb ik haar gegeven.'
'Ik wil weten waarom ze is gestorven.'
Hij bleef me aanstaren.
'Haar tijd was om,' zei hij. 'Dat overkomt iedereen op den duur.'
'Ze werd gedood door een dier dat niet op deze wereld hoort. Weet jij er iets van?'
'De kosmos is een vreemdere ruimte dan de meesten zich kunnen voorstellen.'
'Weet je het of niet?'
'Ik ken jou,' zei hij en hij glimlachte voor de eerste keer. 'Ze heeft natuurlijk over jou gepraat.'
'Wat betekent dat?'
'Dat betekent,' antwoordde hij, 'dat jij meer dan een beetje

op de hoogte bent van dergelijke zaken.'
'En wat dan nog?'
'Magie weet op het goede moment de juiste mensen bij elkaar te brengen als er werk te doen is.'
'En je denkt dat dat alles is?'
'Ik weet het.'
'Hoe?'
'Het was beloofd.'
'Dus je verwachtte me?'
'Ja.'
'Interessant. Zou je me er meer van willen vertellen?'
'Ik laat het je liever zien.'
'Je zegt dat er iets beloofd was. Hoe? Door wie?'
'Dat wordt allemaal spoedig duidelijk.'
'En de dood van Julia?'
'Die ook, zou ik zeggen.'
'Hoe denk je mij dat allemaal uit te leggen?'
Hij glimlachte. 'Ik wil je alleen iets laten zien,' zei hij.
'Goed. Ik ben zover. Laat het me maar zien.'
Hij knikte en stond op.
'Het is hier binnen,' legde hij uit terwijl hij zich omdraaide en naar de gesloten deur liep.
Ik ging staan en volgde hem door de kamer.
Hij tastte in de borstzak van zijn hemd en haalde een ketting te voorschijn. Hij deed hem over zijn hoofd en ik kon zien dat er een sleutel aan hing. Die gebruikte hij om de deur te openen.
'Ga naar binnen,' zei hij, terwijl hij hem openduwde en opzij stapte.
Het was geen grote kamer en het was er donker. Hij draaide een schakelaar om en een eenvoudige buislamp boven me begon een zwak blauw licht uit te stralen. Toen zag ik dat er recht tegenover me een raam was en dat alle ruiten zwart geverfd waren. Er waren geen meubels, alleen een paar kussens die hier en daar over de vloer verspreid lagen. Een deel van de wand tegenover me was bedekt met zwarte gordijnen. De andere muren waren kaal.
'Ik wacht,' zei ik.
Hij grinnikte.
'Nog een ogenblik geduld,' adviseerde hij me. 'Heb je enig idee welke vorm van occultisme mijn grootste belangstelling heeft?'
'Je bent een kabbalist,' zei ik.

'Ja,' gaf hij toe. 'Hoe wist je dat?'
'Mensen in oosterse disciplines hebben hun zaakjes meestal goed voor elkaar,' zei ik, 'maar kabbalisten schijnen altijd sloddervossen te zijn.'
Hij barstte in lachen uit.
'Het is allemaal een kwestie van wat echt belangrijk voor je is,' zei hij vervolgens.
'Precies.'
Hij trapte een kussen naar het midden van de vloer.
'Ga zitten,' zei hij.
'Ik blijf wel staan.'
Hij haalde de schouders op.
'Prima,' zei hij en hij begon zacht te prevelen. Ik wachtte.
Na enige tijd liep hij, nog steeds zachtjes sprekend, naar het zwarte gordijn. Hij trok het met een enkele snelle beweging open en ik keek met grote ogen van verbazing. Er kwam een schilderij te voorschijn van de kabbalistische Levensboom dat een aantal aspecten van de tien Sefirot uitbeeldde. Het was prachtig uitgevoerd en het gevoel van herkenning dat me trof toen ik ernaar keek, maakte me onzeker. Het was geen slechte imitatie uit de een of andere rommelwinkel, maar een origineel schilderij. Het had echter niet de stijl van een van de andere werken die in de andere kamer hingen. Toch kwam het me bekend voor.
Toen ik het aandachtig bekeek, twijfelde ik er geen moment aan dat het door dezelfde persoon was geschilderd die de Troeven had gemaakt die ik in Julia's appartement had gevonden.
Melman ging door met zijn magisch ritueel terwijl ik naar het schilderij keek.
'Is dat jouw werk?' vroeg ik hem.
Hij gaf me geen antwoord. In plaats daarvan liep hij naar voren en wees naar de derde Sefirot, die Binah werd genoemd. Ik bekeek hem aandachtig. Hij leek een magiër voor te stellen, voor een donker altaar en...
Nee! Ik kon het niet geloven. Het mocht niet...
Ik voelde contact met die figuur. Hij was niet zomaar symbolisch. Hij was echt en hij riep me op. Hij doemde langzaam op en werd driedimensionaal. De kamer om me heen begon te vervagen. Ik was bijna...
Daar.
Het was een ruimte in de schemering, een kleine open plek in een ineengestrengeld bos. Een bijna bloedrood licht be-

scheen de platte rechthoekige steen voor me. De magiër, wiens gezicht verborgen bleef in een monnikskap en de schaduw, betastte voorwerpen op de steen. Zijn handen bewogen voor mij te snel om ze te volgen. Ik meende nog vaag het gezang te horen dat ergens vandaan kwam.

Tenslotte hief hij met zijn rechterhand een voorwerp omhoog en hij hield het stevig vast. Het was een dolk van zwart obsidiaan. Hij legde zijn linkerarm op het altaar en streek ermee over het oppervlak zodat hij alle andere dingen op de grond veegde.

Hij keek me voor de eerste keer aan.

'Kom hier,' zei hij toen.

Ik begon te glimlachen om de stupide eenvoud van het verzoek. Maar toen voelde ik mijn voeten bewegen zonder dat ik het wilde en ik wist dat er binnen die donkere schaduw een betovering over me uitgesproken was.

Ik dankte een andere oom, die in de meest afgelegen plaats had gewoond die je je kunt voorstellen, omdat ik in Thari begon te spreken, een bezwering van mezelf.

Een doordringende schreeuw doorkliefde de lucht, als van de een of andere nachtvogel die zich op een prooi stort.

De magiër werd niet afgeleid en mijn voeten kwamen niet vrij, maar ik was in staat mijn armen voor me op te heffen. Ik hield ze op de juiste hoogte en toen ze de voorste rand van het altaar bereikten, werkte ik mee aan de betovering, waardoor ik de kracht versterkte van elke schijnbaar automatische stap die ik deed. Ik kromde mijn ellebogen.

De magiër zwaaide het lemmet al in de richting van mijn vingers, maar dat hinderde niet. Ik zette mijn hele gewicht erachter en gaf een hijs aan de steen.

Het altaar viel achterover. De magiër haastte zich om het te ontwijken, maar het raakte een van zijn benen en misschien beide. Terwijl hij op de grond viel, voelde ik de betovering onmiddellijk uit me trekken. Ik kon me weer behoorlijk bewegen en mijn geest was helder.

Hij trok zijn knieën omhoog tegen de borst en begon te rollen op het moment dat ik over het neergehaalde altaar sprong en hem bereikte. Ik veranderde van houding om hem te volgen terwijl hij een hellinkje afduikelde en tussen twee rechtopstaande stenen door het donker geworden bos in rolde.

Zodra ik op de open plek kwam, zag ik ogen, honderden woeste ogen die op vele hoogten in de duisternis gloeiden.

De toverspreuken klonken luider, leken van dichterbij te komen, van achter mij.
Ik draaide me snel om.
Het altaar lag nog in stukken. Er stond een andere figuur achter, met een kap op, veel groter dan de eerste. Van hem kwam het gezang met een bekende mannelijke stem. Frakir drukte tegen mijn pols. Ik voelde een betovering rond me groeien, maar deze keer was ik niet onvoorbereid. Een oproep bracht een ijskoude wind die de bezwering wegvaagde als rook. Mijn kleren sloegen met kracht tegen me aan, veranderden van vorm en kleur. Purper, grijs... de broek licht en de cape en mijn hemd donker. Mijn laarzen en brede riem zwart, mijn handschoenen geplooid, mijn zilveren Frakir, die in een armband rond mijn linkerpols geweven was, werd nu glanzend zichtbaar. Ik bracht mijn linkerhand omhoog en beschermde ogen met mijn rechterhand terwijl ik een lichtflits opriep.
'Wees stil,' zei ik vervolgens. 'Je irriteert me.'
Het gezang hield op.
De kap werd van zijn hoofd geblazen en ik zag het angstige gezicht van Melman.
'Goed. Je wou me hebben,' zei ik, 'en nu je me hebt, moge de hemel je helpen. Je hebt gezegd dat alles me duidelijk zou worden. Dat is nog steeds niet gebeurd. Leg het uit.'
Ik deed een stap naar voren.
'Spreek!' zei ik. 'Het kan gemakkelijk zijn of moeilijk. Maar je zult spreken. De keuze is aan jou.'
Hij wierp zijn hoofd in de nek en brulde: 'Meester!'
'Roep in ieder geval je meester op,' zei ik. 'Ik wacht wel. Want hij moet ook antwoorden.'
Hij riep weer, maar er kwam geen antwoord. Toen ging hij op de vlucht, maar daar was ik op voorbereid met een ingrijpender oproep. De bomen kwijnden weg en vielen om voor hij ze kon bereiken en toen verplaatsten ze zich, bijeengeveegd door een krachtige wind, terwijl het windstil moest zijn. De wind cirkelde grijs en rood om de open plek heen en bouwde een ondoordringbare muur naar de oneindigheden boven en onder. We stonden op een rond eiland in de nacht, verscheidene honderden meters in doorsnee, waarvan de randen langzaam afbrokkelden.
'Hij komt niet,' zei ik, 'en jij gaat niet weg. Ik kan je niet helpen. Niemand zal je helpen. Dit is een plaats van grote magie en jij schendt hem met je aanwezigheid. Weet je wat ach-

ter de naderende winden ligt? Chaos. Ik zal je er nu aan overleveren tenzij je me alles vertelt over Julia en je meester en waarom je het aandurfde me hier te brengen.'
Hij week terug voor Chaos en wendde zich tot mij.
'Breng me terug naar mijn appartement. Dan zal ik je alles vertellen,' zei hij.
Ik schudde het hoofd.
'Als je me doodt, zul je het nooit weten.'
Ik haalde de schouders op.
'In dat geval zul je het me vertellen om een eind te maken aan de pijn. Vervolgens geef ik je aan Chaos.'
Ik liep naar hem toe.
'Wacht!' Hij stak zijn hand op. 'Laat me leven in ruil voor wat ik je ga vertellen.'
'Geen transacties. Spreek.'
De winden wervelden om ons heen en ons eiland werd kleiner. Half hoorbare, half verstaanbare stemmen keuvelden in de wind en er dreven fragmenten van vormen in mee.
'Goed,' zei hij op luide toon. 'Ja, Julia kwam naar me toe zoals me gezegd was en ik heb haar een paar dingen geleerd – niet de dingen die ik haar een paar jaar geleden nog zou hebben geleerd, maar onderdelen van een paar nieuwe methoden die ik zelf nog maar pas had geleerd. Er was mij ook gezegd het haar op die manier te leren.'
'Door wie? Noem je meester.'
Hij maakte een grimas.
'Hij was niet zo dwaas om me zijn naam te geven,' zei hij, 'zodat ik enige macht over hem zou kunnen krijgen. Net als jij is hij geen mens, maar een wezen van een ander niveau.'
'Heeft hij je het schilderij van de Boom gegeven?'
Melman knikte.
'Ja, en in feite bracht het me naar elke Sefirot. Op die plaatsen werkte de magie. Ik kreeg macht.'
'En de Troeven? Heeft hij dat ook gedaan? Heeft hij ze jou gegeven om aan haar te geven?'
'Ik weet niets van Troeven,' antwoordde hij.
'Deze!' schreeuwde ik terwijl ik ze van onder mijn cape haalde, ze uitspreidde tot een waaier zoals een goochelaar doet en naar hem toekwam. Ik stak ze hem toe en liet hem enige ogenblikken kijken. Ik trok ze terug voor hij op het idee kwam dat ze een middel tot ontsnapping konden inhouden.
'Ik heb ze nooit eerder gezien,' zei hij.
De gestadige erosie van de grond ging door in onze richting.

We trokken ons terug op een punt dichter bij het midden.
'En heb jij het beest gestuurd dat haar heeft gedood?'
Hij schudde heftig het hoofd.
'Nee. Ik wist dat ze ging sterven, want hij had me verteld dat dat je naar me toe zou brengen. Hij heeft me ook verteld dat het een beest uit Netzach zou zijn dat haar zou doden – maar ik heb het nooit gezien en ik heb niets met de oproep te maken.'
'En waarom wou hij dat je mij ontmoette, en dat ik hier gebracht werd?'
Hij lachte spontaan.
'Waarom?' herhaalde hij. 'Om je te doden natuurlijk. Hij zei dat wanneer ik je hier kon offeren ik al je macht kon verwerven. Hij zei dat jij Merlijn bent, zoon van Hel en Chaos en dat ik de grootste magiër van allen zou worden wanneer ik je hier kon doden.'
Onze wereld had nu een doorsnee van hoogstens honderd meter en de snelheid waarmee ze kleiner werd nam toe.
'Was dat zo?' vroeg hij. 'Zou ik dat zijn geworden wanneer het me was gelukt?'
'Macht is als geld,' zei ik. 'Je kunt het gewoonlijk krijgen wanneer je competent bent en dat is het enige dat je in het leven nodig hebt. Maar zou je het daardoor hebben verworven? Ik geloof het niet.'
'Ik heb het over de betekenis van het leven. Dat weet je.'
Ik schudde het hoofd.
'Alleen een idioot gelooft dat het leven maar één betekenis heeft,' zei ik. 'Genoeg hierover! Beschrijf je meester.'
'Ik heb hem nooit gezien.'
'Wat?'
'Ik bedoel, ik heb hem gezien, maar ik weet niet hoe hij eruit ziet. Hij droeg altijd een kap en een zwarte overjas. Ook handschoenen. Ik weet zelfs zijn afkomst niet.'
'Hoe hebben jullie elkaar ontmoet?'
'Hij verscheen op een dag in mijn atelier. Ik draaide me gewoon om en daar stond hij. Hij bood me macht aan, zei dat hij me dingen zou leren in ruil voor mijn diensten.'
'Hoe wist je dat hij macht kon leveren?'
'Hij nam me mee op een reis door plaatsen die niet van deze wereld zijn.'
'Ik begrijp het.'
Ons eiland had nu ongeveer de afmeting van een grote woonkamer. De stemmen van de wind waren spottend, ver-

volgens barmhartig, ook angstig, bedroefd en boos. Het beeld van onze omgeving veranderde voortdurend. De grond trilde zonder onderbreking. Het licht was nog steeds onheilspellend. Een deel van mij wou Melman meteen doden, maar als hij niet echt degene was die verantwoordelijk was voor Julia's dood...

'Heeft je meester je verteld waarom hij mijn dood wenste?' vroeg ik hem.

Hij bevochtigde zijn lippen en wierp een blik achter zich op de naderende Chaos.

'Hij zei dat je zijn vijand was,' verklaarde hij, 'maar hij heeft me nooit verteld waarom. En hij zei dat het vandaag zou gebeuren, dat hij wou dat het vandaag gebeurde.'

'Waarom vandaag?'

Hij glimlachte even.

'Ik veronderstel omdat het Walpurgisnacht is,' antwoordde hij, 'hoewel hij dat eigenlijk nooit heeft gezegd.'

'Is dat alles?' vroeg ik. 'Heeft hij nooit gezegd waar hij vandaan kwam?'

'Hij heeft het eens gehad over iets dat het Bastion van de Vier Werelden heette, alsof het belangrijk voor hem was.'

'En je hebt nooit het gevoel gehad dat hij je gewoon gebruikte?'

Hij glimlachte. 'Natuurlijk gebruikte hij me,' antwoordde hij. 'We gebruiken allemaal iemand. Zo gaat het in de wereld. Maar hij betaalde zijn gebruik met kennis en macht. En ik geloof dat zijn belofte nu kan worden ingelost.'

Hij leek een blik te werpen op iets achter mij. Het was de oudste truc van de wereld, en ik trapte erin en draaide me om. Er was niemand. Ik draaide me onmiddellijk weer naar hem toe.

Hij had de zwarte dolk in de hand. Die moet in zijn mouw hebben gezeten. Hij deed een uitval naar me en stootte toe onder het mompelen van nieuwe spreuken.

Ik deed een stap terug en slingerde mijn cape over hem heen. Hij bevrijdde zich door een stap opzij te doen en om zich heen te slaan, draaide zich om en kwam weer naar voren. Deze keer probeerde hij achter me te komen terwijl zijn lippen nog bewogen. Ik trapte naar de hand met het mes, maar hij raapte het weer op. Ik hield vervolgens de linkerkant van mijn cape omhoog en sloeg hem om mijn arm. Toen hij weer een aanval deed, blokkeerde ik de stoot en greep zijn biceps vast. Omdat ik iets door de knieën zakte terwijl ik hem naar

voren trok, kon ik met mijn rechterhand zijn linkerdij pakken, vervolgens richtte ik me op, tilde hem hoog op en wierp hem van me af.
Terwijl ik mijn lichaam draaide om de worp te voltooien, besefte ik wat ik had gedaan. Te laat. Met mijn aandacht gericht op mijn tegenstander had ik niet gelet op de snelle draaiende voortgang van de vernietigende winden. De rand van Chaos was veel dichterbij dan ik had gedacht en Melman had alleen nog tijd voor een heel korte vloek, voor de dood hem bracht waar hij geen bezweringen meer zou uitspreken.
Ik vloekte ook omdat ik er zeker van was dat ik nog meer informatie uit hem had kunnen krijgen en ik schudde het hoofd, daar in het midden van mijn kleiner wordende wereld.
De dag was nog niet om en het was al de meest gedenkwaardige Walpurgisnacht die ik ooit had beleefd.

4

Het was een lange wandeling terug. Ik verkleedde me onderweg.
Mijn uitgang uit het labyrint nam de vorm aan van een smalle doorgang tussen een stel hoge bakstenen gebouwen. Het regende nog en de dag was overgegaan in de avond. Ik zag mijn geparkeerde auto aan de rand van een lichtkring, die werd verspreid door een van de straatlantaarns die nog niet stuk waren. Verlangend dacht ik even aan mijn droge kleren in de koffer, toen ging ik terug in de richting van het bordje met Brutus Storage erop. In het kantoor op de benedenverdieping brandde een lampje dat een beetje licht deed vallen op de donkere ingang. Ik sjokte de trap op, helemaal nat en redelijk op mijn hoede. De deur van het appartement ging open toen ik de knop omdraaide en duwde. Ik draaide het licht aan en ging naar binnen, waarna ik de deur achter me op de grendel deed.
Een snelle rondgang maakte me duidelijk dat de woning verlaten was en ik verwisselde mijn natte broek en hemd voor een uit Melmans kast. Zijn broek was te wijd en ook wat te lang voor mij. Ik bracht mijn Troeven over in een borstzak om ze droog te houden.
De tweede stap. Ik begon de woning systematisch te doorzoeken. Na een paar minuten vond ik zijn occult dagboek in een afgesloten lade van zijn nachtkastje. Het was net zo slordig als de rest van de woning, met spelfouten, doorgekraste woorden en een paar bier- en koffievlekken. Het bleek veel weinig oorspronkelijke rommel te bevatten, vermengd met de gebruikelijke persoonlijke zaken – dromen en meditaties. Ik bladerde het verder door op zoek naar de plaats waar hij zijn meester had ontmoet. Ik vond het en keek het vluchtig door. Het was langdradig en bleek grotendeels te bestaan uit enthousiaste kreten over de werking van de Boom die hij had gekregen. Ik besloot het te bewaren voor later en stond op het punt het op te bergen toen ik met een laatste vluchtige blik op de bladzijden een kort gedicht zag. In de stijl van

Swinburne, vol toespelingen en vervoering, waren de regels die me het eerst opvielen, '...de oneindige schaduwen van Amber, beroerd door haar verraderlijke smet'. Te veel bombast, maar het ging om de gedachte. Het deed mijn vroegere gevoel van kwetsbaarheid herleven en dat bracht me ertoe de woning sneller te doorzoeken. Ik wou opeens alleen maar weg, ver hier vandaan en nadenken.
De kamer verborg geen verdere verrassingen. Ik verliet hem, raapte een armvol verspreid liggende kranten op, bracht ze naar de badkamer, gooide ze in de badkuip en stak ze in brand terwijl ik het raam openzette. Vervolgens bezocht ik het heiligdom, haalde het schilderij van de Levensboom eruit, pakte het en gooide het in de vlammen. Ik deed het licht van de badkamer uit en sloot de deur. Ik ben een slechte kunstcriticus.
Vervolgens liep ik naar de stapels papieren op de boekenplanken en begon een teleurstellend onderzoek. Ik was halverwege de tweede stapel toen de telefoon ging.
De wereld leek te bevriezen terwijl mijn gedachten sneller werkten. Natuurlijk. Vandaag was het de dag dat ik mijn weg naar hier zou vinden en gedood zou worden. De kans leek redelijk dat als het ging gebeuren het nu ongeveer gebeurd moest zijn. Dit kon dus heel goed S zijn, die belde om te horen of mijn overlijdensbericht gepost was. Ik draaide me om en zag de telefoon in de schaduw aan de muur bij de slaapkamer. Ik wist meteen dat ik hem zou opnemen. Terwijl ik erheen liep, liet ik hem twee tot drie keer rinkelen – twaalf tot achttien seconden – om te beslissen of mijn reactie moest bestaan uit een geestige opmerking, een belediging of een bedreiging, of dat ik zou proberen me voor te doen als iemand anders en zien wat ik te weten kon komen. Hoe bevredigend het andere ook kon zijn, de voorzichtigheid gaf als spelbreker opdracht tot de laatste gedragslijn en gaf ook het advies me te bepalen tot woorden van een lettergreep en te doen alsof ik gewond was en moeilijk ademde. Ik nam de hoorn op in de verwachting eindelijk de stem van S te horen en erachter te komen of ik hem kende.
'Ja?' zei ik.
'En? Is het gebeurd?' kwam het antwoord.
Verdomme. Het was een vrouw. Het verkeerde geslacht, maar de goede vraag.
Ik haalde zwaar adem en zei vervolgens: 'Ja.'
'Wat scheelt eraan?'

'Ik ben gewond,' bromde ik hees.
'Is het ernstig?'
'Ik denk van wel. Heb iets ... hier. Je kunt beter komen kijken.'
'Wat is het? Iets van hem?'
'Ja. Kan niet praten. Word duizelig. Kom.'
Ik legde de hoorn op de haak en glimlachte. Ik vond dat ik het prima had gespeeld. Ik had het gevoel dat ik haar goed beet had gehad.
Ik liep door de woonkamer naar dezelfde stoel die ik eerder had bezet, trok een van de tafeltjes naar me toe waar een grote asbak op stond, ging zitten en pakte mijn pijp. Tijd om uit te rusten, geduld te oefenen en wat na te denken.
Enige ogenblikken later voelde ik een bekende, bijna elektrische prikkel. Ik stond onmiddellijk op, pakte de asbak, waarbij de peukjes als kogels om me heen vlogen en ik mijn stommiteit toch weer vervloekte terwijl ik als een dwaas de kamer rondkeek.
Daar! Voor de rode gordijnen, naast de vleugel. Iets dat een vorm aannam...
Ik wachtte op de volledige contouren en slingerde toen de asbak weg, zo hard als ik kon.
Een ogenblik later was ze er – lang, met roodbruin haar en donkere ogen en ze had iets in de hand dat er uitzag als een .38 automatisch vuurwapen.
De asbak raakte haar in de maagstreek en ze sloeg dubbel terwijl haar adem stokte.
Ik was bij haar voor ze zich kon oprichten.
Ik trok het wapen uit haar hand en gooide het naar het andere eind van de kamer. Vervolgens greep ik haar polsen vast, draaide haar om en plaatste haar hardhandig in de dichtstbijzijnde stoel. In haar linkerhand hield ze nog een Troef. Ik pakte hem af. Het was een afbeelding van dit appartement en gemaakt in dezelfde stijl als de Boom en de kaarten in mijn zak.
'Wie ben je?' snauwde ik.
'Jasra,' siste ze terug, 'dode man!'
Ze deed haar mond wijd open en liet haar hoofd voorover vallen. Ik voelde de vochtige aanraking van haar lippen achter op mijn linker onderarm die haar rechterpols nog tegen de stoelleuning hield. Enige seconden later voelde ik daar een ondraaglijke pijn. Het was geen beet, maar het was eerder een gevoel of er een gloeiende spijker in mijn vlees was gedrongen.

Ik liet haar pols los en rukte mijn arm weg. De beweging was ongewoon langzaam, verzwakt. Er liep een koude prikkelende gewaarwording naar de hand en omhoog door de arm. Mijn hand viel langs mijn zij en leek te verdwijnen. Ze bevrijdde zich gemakkelijk uit mijn greep en lachte, plaatste haar vingertoppen lichtjes op mijn borst en duwde.

Ik viel achterover. Ik was belachelijk zwak en had geen controle over mijn bewegingen. Ik voelde geen pijn toen ik tegen de grond sloeg en het was een hele inspanning mijn hoofd om te draaien en naar haar te kijken toen ze ging staan.

'Geniet ervan,' zei ze. 'Als je weer wakker wordt, zal de rest van je korte bestaan pijnlijk zijn.'

Ze verdween uit mijn gezichtsveld en enige ogenblikken later hoorde ik haar de hoorn opnemen.

Ik was ervan overtuigd dat ze S belde en ik geloofde wat ze net had gezegd. Ik wou er tenminste aan toekomen de mysterieuze kunstenaar te zien...

Kunstenaar! Ik bewoog krampachtig de vingers van mijn rechterhand. Ze functioneerden nog, zij het langzaam. Terwijl ik elk stukje wil en lichaamskracht dat onder mijn controle bleef, inspande probeerde ik vervolgens de hand bij mijn borst te brengen. De beweging die volgde, verliep schokkend in slow-motion. Ik was tenminste op mijn linkerzij gevallen en mijn rug verborg deze zwakke activiteit voor de vrouw die mij buiten gevecht had gesteld.

Mijn hand beefde en leek nog trager te worden toen hij bij de borstzak kwam. Het leek eeuwen later toen ik aan de randen van stukjes karton plukte. Eindelijk kwam er een kaart vrij en was ik in staat hem ver genoeg omhoog te krijgen om hem te bekijken. Ondertussen was ik erg duizelig geworden en mijn blik werd vager. Ik was er niet zeker van dat ik het zou kunnen overbrengen. Ik hoorde op grote afstand de stem van Jasra terwijl ze met iemand converseerde, maar ik was niet in staat de woorden te herkennen.

Ik concentreerde al mijn aandacht op de kaart. Het was een sfinx, ineengedoken op een blauwe, stenige richel. Ik stak mijn hand ernaar uit. Niets. Ik had een gevoel alsof mijn geest was omgeven door watten. Ik had nauwelijks genoeg besef voor een volgende poging.

Ik voelde een zekere kou en meende de sfinx enigszins te zien bewegen op de keiharde richel. Ik kreeg een gevoel alsof ik naar voren viel in een zwarte golf die omhoog stormde.

En dat was dat.

Het duurde een hele tijd voor ik weer bij mijn positieven kwam. Mijn bewustzijn kwam langzaam terug, maar mijn ledematen waren nog loodzwaar en mijn blik werd nog verduisterd. De tand van de dame scheen een zenuwverlammend gif te hebben overgebracht. Ik probeerde mijn vingers en tenen te buigen en ik wist niet zeker of het me lukte. Ik probeerde mijn ademhaling te versnellen en te intensiveren. Dat werkte in ieder geval.
Na enige tijd hoorde ik een ronkend geluid. Het nam even later af en ik besefte dat het het kloppen van het bloed in mijn oren was. Even daarna voelde ik mijn hartslag en begon mijn blik helder te worden. Licht en donker en vormeloosheid losten zich op in zand en keien. Ik voelde over mijn hele lichaam koude plekken. Toen begon ik te rillen en dat ging voorbij en ik merkte dat ik me kon bewegen. Maar ik voelde me erg zwak, dus deed ik het niet. Even niet.
Ik hoorde geluiden – geritsel, bewegingen – die ergens boven en voor me vandaan kwamen. Ik werd ook een eigenaardige geur gewaar.
'Zeg, ben je wakker?' Dat kwam uit dezelfde richting als het geritsel.
Ik besloot dat ik nog niet helemaal zo ver was om te voldoen aan die toestand dus gaf ik geen antwoord. Ik wachtte tot er meer leven door mijn lijf stroomde.
'Ik wil echt dat je het me laat weten wanneer je me kunt horen,' zei de stem weer. 'Ik zou graag een beetje willen opschieten.'
Mijn nieuwsgierigheid won het ten slotte van mijn gezond verstand en ik hief mijn hoofd op.
'Alsjeblieft! Ik wist het!'
Op de blauwgrijze richel boven me zat een ineengedoken sfinx, ook blauw – het lichaam van een leeuw, grote vleugels met opgevouwen veren, een geslachtloos gezicht dat op me neerkeek. Zij likte haar lippen en ontblootte een formidabel stel tanden.
'Waarmee opschieten?' vroeg ik, terwijl ik me langzaam omhoogwerkte tot een zithouding en verschillende keren diep ademhaalde.
'Het opgeven van raadsels,' antwoordde zij, 'dat is wat ik het liefste doe.'
'Ik hou het van je tegoed,' zei ik en ik wachtte tot de kramp in mijn armen en benen wegtrok.
'Het spijt me. Ik moet me aan de regels houden.'

Ik wreef over mijn gestoken onderarm en keek het wezen dreigend aan. De meeste verhalen over sfinxen die ik me herinnerde, hielden in dat ze mensen verslonden die hun raadsels niet konden oplossen. Ik schudde het hoofd.
'Ik speel je spelletje niet mee,' zei ik.
'In dat geval heb je je kans op winnen verspeeld,' antwoordde ze, terwijl de schouderspieren zich begonnen te spannen.
'Wacht even,' zei ik en stak mijn hand op. 'Geef me een paar minuten om bij te komen, dan voel ik me vast wel anders.'
Zij kwam weer tot rust en zei: 'Goed, dat maakt het officiëler. Wacht maar even. Laat me weten wanneer je klaar bent.'
Ik krabbelde overeind en begon mijn armen te bewegen en te strekken. Terwijl ik daarmee bezig was, nam ik het gebied snel op.
We waren in een zanderig ravijn, hier en daar geaccentueerd door oranje, grijze en blauwe rotsblokken. De stenen muur, waarvan de richel door de sfinx werd bezet, rees steil voor me op tot een hoogte van misschien zeven meter; een andere muur van dezelfde hoogte lag op ongeveer gelijke afstand achter me. De aangeslibde grond steeg rechts steil omhoog en liep links vlak af. In de kloven en spleten stonden een paar stekelige groene struiken. De avondschemering leek te vallen. De hemel was zachtgeel en er was geen zon te zien. Het was er koel, maar niet koud.
Ik zag op de grond dichtbij een steen liggen ter grootte van een kleine halter. Twee rustige stappen – terwijl ik mijn armen bleef bewegen en strekken – en hij lag naast mijn rechtervoet.
De sfinx schraapte de keel.
'Ben je zover?' vroeg ze.
'Nee,' zei ik. 'Maar ik weet zeker dat je je er niet door laat weerhouden.'
'Dat klopt.'
Ik voelde een onweerstaanbaar verlangen om te gapen en ik deed het.
'Je schijnt niet helemaal de juiste instelling te hebben,' merkte ze op. 'Maar hier komt het. Ik stijg in vlammen op van de aarde. De wind zweept me op en de wateren geselen me. Weldra zal ik alles overzien.'
Ik wachtte. Misschien verstreek er een minuut.
'En?' vroeg de sfinx tenslotte.
'Wat en?'

'Heb je de oplossing?'
'Waarvan?'
'Het raadsel natuurlijk!'
'Ik stond te wachten. Er was geen vraag, alleen een reeks beweringen. Ik kan geen vraag beantwoorden als ik niet weet wat de vraag is.'
'Het is een traditionele manier van samenstellen. De vraag zit in de context. De vraag is natuurlijk "Wat ben ik?".'
'Het kon net zo goed zijn: Wie ligt begraven in het graf van Grant? Maar goed. Wat het is? De feniks natuurlijk – die zijn nest op aarde heeft, er in vlammen uit oprijst en door de lucht en de wolken naar een grote hoogte vliegt...'
'Fout.'
Ze lachte en kwam in beweging.
'Wacht even,' zei ik. 'Het is niet fout. Het klopt. Het is misschien niet het antwoord dat je wilt hebben, maar het is een antwoord dat aan de eisen voldoet.'
Ze schudde haar hoofd.
'Ik ben de hoogste autoriteit voor die antwoorden. Ik bepaal de grenzen.'
'Dan speel je gemeen.'
'Dat is niet zo!'
'Ik drink de helft van de inhoud van een fles op. Is hij dan half vol of half leeg?'
'Dat is allebei goed.'
'Precies. Dat is hetzelfde. Wanneer meer dan een antwoord mogelijk is, moet je ze allemaal accepteren. Het is net als met golven en deeltjes.'
'Ik hou niet van die benadering,' verklaarde de sfinx. 'Dat zou alle wegen openen naar dubbelzinnigheid. Het zou het leuke van de raadsels bederven.'
'Dat is niet mijn schuld,' zei ik, terwijl ik mijn handen dichtkneep en ontspande.
'Maar je snijdt inderdaad een interessant punt aan.'
Ik knikte heftig.
'Maar er behóórt slechts één juist antwoord te zijn.'
Ik haalde de schouders op.
'We leven in een wereld die niet helemaal ideaal is,' voerde ik aan.
'Hm.'
'We zouden het gewoon een gelijk spel kunnen noemen,' bood ik aan. 'Niemand wint, niemand verliest.'
'Ik vind het esthetisch onbevredigend.'

'Het werkt goed bij veel andere spelletjes.'
'Ik heb bovendien honger gekregen.'
'De waarheid komt boven water.'
'Maar ik ben niet oneerlijk. Ik dien de waarheid op mijn manier. Het door jou voorgestelde gelijk spel opent de mogelijkheid van een oplossing.'
'Goed. Ik ben blij dat je het zo ziet.'
'Om tot een beslissing te komen, moet je mij jouw raadsel opgeven.'
'Dat is onzin,' zei ik. 'Ik heb geen raadsels.'
'Dan kun je er beter snel een bedenken. Omdat het de enige manier is om uit onze impasse te komen – anders beschouw ik jou als de verliezer.'
Ik zwaaide met mijn armen en maakte een paar diepe kniebuigingen. Ik had een gevoel alsof mijn lichaam in brand stond. Ik voelde me ook sterker.
'Goed,' zei ik. 'Goed. Een ogenblik.'
Verdomme...
'Wat is groen en rood en draait steeds rond?'
De sfinx knipperde twee keer met de ogen en fronste vervolgens het voorhoofd. Ik gebruikte de tijd die volgde om nog een paar keer diep adem te halen en een looppas op de plaats te maken. De hitte nam af, mijn geest werd helderder en mijn hartslag rustiger...
'En?' vroeg ik na een paar minuten.
'Ik denk na.'
'Doe maar rustig aan.'
Ik maakte een paar boksbewegingen en deed wat dribbeloefeningen. De lucht was donkerder geworden en rechts van mij waren een paar sterren te zien.
'Eh, ik wil je niet opjagen,' zei ik, 'maar...'
De sfinx snoof. 'Ik denk nog steeds na.'
'Misschien moesten we een tijdslimiet stellen.'
'Het zal niet lang meer duren.'
'Heb je er bezwaar tegen als ik ga rusten?'
'Ga je gang.'
Ik strekte me uit op het zand en sloot de ogen terwijl ik Frakir zachtjes een wachtwoord gaf voor ik in slaap viel.

Ik werd huiverend wakker, het licht scheen in mijn ogen en ik voelde een briesje in mijn gezicht. Het kostte me verscheidene ogenblikken voor ik besefte dat het ochtend was. Links van mij werd de hemel lichter en aan de rechterkant ver-

flauwden de sterren. Ik had dorst en ook honger.
Ik wreef in mijn ogen en ging staan. Ik vond mijn kam en haalde hem door mijn haar. Ik keek naar de sfinx.
'...en draait steeds rond,' mompelde ze.
Ik schraapte de keel. Geen reactie. Het dier keek langs me heen. Ik vroeg me af of ik misschien eenvoudig weg zou kunnen glippen...
Nee. De starende blik verplaatste zich naar mij.
'Goedemorgen,' zei ik opgewekt.
Ik hoorde een kort tandenknarsen.
'Goed,' zei ik, 'je hebt veel meer tijd gebruikt dan ik. Als je het nu nog niet weet, kunnen we er wat mij betreft wel mee ophouden.'
'Je raadsel ligt me niet,' zei ze eindelijk.
'Dat spijt me.'
'Wat is de oplossing?'
'Geef je het op?'
'Ik moet wel. Wat is het antwoord?'
Ik stak een hand op.
'Wacht even,' zei ik. 'Dit behoort in de juiste volgorde te worden gedaan. Ik moet eerst het antwoord dat je voorkeur heeft op jouw raadsel krijgen, voor ik jou het mijne vertel.'
Ze knikte.
'Daar zit iets rechtvaardigs in. Goed – het Bastion van de Vier Werelden.'
'Wat?'
'Dat is het antwoord. Het Bastion van de Vier Werelden.'
Ik dacht aan de woorden van Melman. 'Waarom?' vroeg ik.
'Het ligt op de viersprong van de vier elementen, waar het in vlammen opstijgt van de aarde, opgezweept door de winden en wateren.'
'En het overzien van alle dingen dan?'
'Dat zou kunnen verwijzen naar de visie of de imperialistische plannen van zijn meester. Of beide.'
'Wie is zijn meester?'
'Ik weet het niet. Die informatie is niet essentieel voor het antwoord.'
'Waar heb je trouwens dat raadsel vandaan?'
'Van een reiziger, een paar maanden geleden.'
'Waarom heb je speciaal dat raadsel voor me uitgekozen?'
'Ik kon het niet oplossen, dus moest het goed zijn.'
'Hoe is het met de reiziger afgelopen?'

'Hij is verder gegaan zonder te zijn opgegeten. Hij had mijn raadsel opgelost.'
'Hoe heette hij?'
'Dat wou hij niet zeggen.'
'Beschrijf hem alsjeblieft.'
'Dat kan ik niet. Hij had zich goed ingepakt.'
'En hij zei verder niets over het Bastion van de Vier Werelden?'
'Nee.'
'Nou,' zei ik. 'Ik denk dat ik zijn voorbeeld volg en ook een wandeling ga maken.'
Ik draaide me om en keek naar de helling rechts van me.
'Wacht!'
'Wat?' vroeg ik.
'Je raadsel,' zei ze. 'Ik heb je de oplossing gegeven van het mijne. Jij moet me nu vertellen wat groen en rood is en steeds ronddraait.'
Ik wierp een blik naar beneden en zocht de grond af. O, ja, daar lag hij – mijn steen met de vorm van een halter. Ik deed een paar stappen en bleef ernaast staan.
'Een kikker in een keukenmachine,' zei ik.
'Wat?'
Haar schouderspieren trokken zich samen, haar ogen werden kleiner en de vele tanden werden duidelijk zichtbaar. Ik zei een paar woorden tegen Frakir en voelde haar bewegen terwijl ik neerhurkte en met mijn rechterhand de steen vastpakte.
'Dat is het,' zei ik, terwijl ik ging staan. 'Het is een van die visuele dingen.'
'Dat is een waardeloos raadsel!' zei de sfinx.
Met mijn linkerwijsvinger maakte ik twee snelle bewegingen in de lucht voor me.
'Wat doe je?' vroeg ze.
'Ik trek lijnen van je oren naar je ogen,' zei ik.
Frakir werd ongeveer op dat moment zichtbaar en gleed van mijn linkerpols naar mijn hand terwijl ze zich tussen mijn vingers kronkelde. De ogen van de sfinx schoten in die richting. Ik duwde het stenen vlak met mijn rechterschouder omhoog. Het ene eind van Frakir kwam vrij en hing kronkelend aan mijn uitgestoken hand. Ze begon te glanzen en gloeide als een hete zilverdraad.
'Ik geloof dat de wedstrijd onbeslist is,' zei ik. 'Wat vind jij?'
De sfinx bevochtigde haar lippen.

'Ja,' zei ze tenslotte met een zucht. 'Ik denk dat je gelijk hebt.'
'Nou, prettige dag verder,' zei ik.
'Ja. Jammer. Vooruit. Maar voor je weggaat, mag ik je naam weten – als aandenken?'
'Waarom niet?' zei ik. 'Ik ben Merlijn, van Chaos.'
'Ah,' zei ze, 'dan zou er vast iemand zijn gekomen om je te wreken.'
'Dat is mogelijk.'
'Dan is een gelijk spel inderdaad het beste. Ga maar.'
Ik liep verder achteruit voor ik me omdraaide en de helling rechts van me opging. Ik bleef op mijn hoede tot ik de plaats had verlaten, maar er kwam geen achtervolging.
Ik begon op een drafje te lopen. Ik had honger en dorst, maar de kans was niet groot dat ik op deze verlaten rotsachtige plek onder een citroengele lucht een ontbijt zou vinden. Frakir trok zich terug en verbleekte. Ik begon dieper te ademen toen ik me verwijderde van de opgekomen zon.
Met de wind in mijn haren en stof in mijn ogen liep ik in de richting van een groep zwerfkeien en liep ertussendoor. Vanuit hun schaduwen zag ik de lucht boven me groen van kleur worden. Toen ik eruit was, kwam ik op een lieflijker vlakte met links een paar wolken en glinsteringen in de verte.
Ik hield een vast tempo aan toen ik bij een lichte glooiing kwam, hem beklom en aan de andere kant afdaalde, waar hier en daar verspreid gras wuifde. Een groepje bomen met ronde kruinen in de verte... daar liep ik heen, waarbij ik een diertje met oranje vacht deed schrikken. Het sprong over mijn pad en verdween naar links. Enige ogenblikken later schoot een zwarte vogel voorbij in dezelfde richting, een klagend geluid uitstotend. Ik liep snel verder en de lucht werd steeds donkerder.
De hemel was groen en het gras werd dichter... Zware windstoten met onregelmatige tussenpozen... De bomen komen dichterbij... Er komt een zingend geluid uit hun takken... De wolken worden voortgejaagd...
De spanning trekt uit mijn spieren en er komt een vertrouwde soepelheid in... Ik passeer de eerste boom terwijl ik op de langgeleden gevallen bladeren loop... Ik loop tussen stammen met een harige schors...
Het pad dat ik volg is platgetreden, wordt een spoor met vreemde voetafdrukken erin... Het gaat naar beneden,

maakt bochten, wordt breder en weer smaller... De grond loopt aan weerszijden omhoog... De bomen laten de klanken van een contrabas horen... stukjes hemel tussen de bladeren zijn turkoois gekleurd... Wolkenflarden kruipen voort als zilveren rivieren... Op de glooiingen naast het pad verschijnen groepjes blauwe bloemen... De glooiingen stijgen tot boven mijn hoofd... Het pad wordt rotsachtig... Ik loop door...

Mijn pad wordt steeds breder en gaat gestadig naar beneden... Nog voor ik het hoor of zie ruik ik het water... Voorzichtig nu, tussen de stenen... Wat langzamer hier... Ik maak een bocht en zie de rivier, hoog, met rotsachtige oevers aan beide kanten, een meter of twee voor de verhoging...

Nog langzamer, langs de murmelende, glinsterende stroom... Om zijn slingers te volgen... Krommingen, bochten, bomen hoog boven me, blootgespoelde wortels in de wand rechts van me, grijs en geel taluudpuin op de geschilferde bodem... Mijn richel wordt breder, de wanden lager... Er komt meer zand en minder steen onder mijn voeten... Ze worden lager en lager... Hoofdhoogte, schouderhoogte... Nog een bocht in de weg, de helling af... Nog tot aan mijn middel... Overal om me heen bomen met groene bladeren, de blauwe lucht boven me, een platgetreden pad naar rechts... Ik ga de helling op.

Bomen en struiken, vogelgeluiden en een koele bries... Ik zuig de lucht op. Neem grotere stappen... Ik loop over een houten brug, hoor de echo van de voetstappen, een beek die naar de nu verborgen rivier stroomt, met mos begroeide zwerfkeien naast het koele water... Een lage stenen wand nu rechts van mij... Karresporen voor me...

Wilde bloemen aan beide kanten... Op afstand klinkt de echo van gelach... Het gehinnik van een paard... Het gekraak van een wagen... Linksaf... De weg wordt breder. Schaduw en zonlicht, schaduw en zonlicht... Vlekken, vlekken... De rivier links, nu breder en glinsterend... Een rooksluier boven de volgende heuvel...

Ik vertraag mijn pas als ik de top nader. Ik bereik hem wandelend, sla het stof van mijn kleren, strijk mijn haren glad, mijn ledematen tintelen, de longen pompen, straaltjes zweet koelen me af. Ik spuw zandkorrels. Rechts beneden me ligt een herberg met een paar tafeltjes op het ruime, ruw uitgehakte terras met uitzicht op de rivier en een paar in de tuin ernaast. Dag, tegenwoordige tijd. Ik ben er.

Ik liep verder naar beneden en vond een pomp aan de andere kant van het gebouw, waar ik mijn gezicht, mijn handen en armen waste. Mijn linkeronderarm was nog pijnlijk en enigszins ontstoken waar Jasra me had verwond. Toen liep ik naar het terras en koos een tafeltje nadat ik een dienster had gewenkt die ik binnen zag. Na een poosje bracht ze me pap, worstjes, eieren en brood en boter en aardbeienjam en thee. Ik had alles snel op en bestelde nog zo'n portie. Bij de tweede keer kreeg ik weer een normaal gevoel en ging ik wat langzamer eten, genoot ervan en keek naar de rivier die voorbijstroomde.
Het was een vreemde manier om mijn werk te beëindigen. Ik keek uit naar een ontspannen reis, naar een lange, luie vakantie nu mijn werk af was. Het zaakje met S was alles wat me nog in de weg stond – iets dat ik zeker snel kon regelen. Nu zat ik midden in iets dat ik niet begreep, iets gevaarlijks en vreemds. Terwijl ik slokjes van mijn thee nam en de warme dag om me heen voelde, kon ik genieten van een kortstondig gevoel van vrede. Ik wist echter dat het maar voorbijgaand was. Echte rust kon er niet zijn, geen veiligheid voor mij tot die zaak was geregeld. Nu ik de gebeurtenissen naging, begreep ik dat ik niet langer alleen op mijn reacties kon vertrouwen voor het oplossen van deze kwestie. Het werd tijd om een plan op te stellen.
De identiteit van S en de liquidatie van S stonden hoog op de lijst van dingen die ik moest weten. Nog belangrijker was het vaststellen van het motief van S. Mijn veronderstelling dat ik te maken had met een psychopaat had ik losgelaten. S had alles te goed georganiseerd en bezat een aantal zeer ongewone capaciteiten. Ik begon in mijn verleden naar mogelijke kandidaten te zoeken. Maar hoewel ik er verscheidene kon bedenken die in staat waren te doen wat er tot nu toe was gebeurd, was niet één van hen me zo slecht gezind. Maar toch. Amber wás genoemd in dat vreemde dagboek van Melman. In theorie maakte dat de hele zaak tot een familieaangelegenheid en ik veronderstel dat ik daardoor toch een beetje verplicht was het onder de aandacht van de anderen te brengen. Maar als ik dat deed, was het net of ik om hulp vroeg, het opgaf, alsof ik mijn eigen zaakjes niet kon regelen. En bedreigingen tegen mijn leven waren mijn eigen zaak. Julia was mijn zaak. De wraak hiervoor behoorde de mijne te zijn. Ik moest er nog even over nadenken…
Spookwiel?

Ik overwoog het grondig, zette het van me af, dacht er weer over na. Spookwiel... Nee. Nog niet getest. Nog in ontwikkeling. De enige reden waarom het bij me was opgekomen, was omdat het mijn schat was, mijn voornaamste succes in het leven, mijn verrassing voor de anderen. Ik zocht gewoon een gemakkelijke uitweg. Ik zou veel meer informatie nodig hebben om te zwichten, wat betekende dat ik er achteraan moest, natuurlijk.
Spookwiel...
Ik had nu juist meer informatie nodig. Ik had de kaarten en het dagboek. Ik wou op dit punt niet meer met de Troeven rommelen omdat de eerste wel wat op een val had geleken. Ik wou spoedig het dagboek doornemen, hoewel mijn eerste indruk was dat het te persoonlijk was om er veel aan te hebben. Ik moest echter terug naar de woning van Melman voor een laatste speurtocht voor het geval dat ik iets had gemist. Vervolgens moest ik Luke opzoeken en zien of hij me iets meer kon vertellen – al was het maar een kleine aanwijzing – dat van waarde kon zijn. Ja...
Ik zuchtte en rekte me uit. Ik keek nog wat naar de rivier en dronk mijn thee op. Ik maakte Frakir een handvol geld afhandig en zocht er voldoende omgevormde munten uit om de maaltijd te betalen. Vervolgens ging ik weer naar de weg. Het werd tijd om terug te gaan.

5

Ik liep op een drafje de straat in bij het licht van de late namiddag en stopte in de buurt van mijn auto. Ik had hem bijna niet herkend. Hij was bedekt met stof, as en watervlekken. Hoe lang was ik trouwens weggeweest? Ik had niet geprobeerd het tijdsverschil te berekenen tussen hier en waar ik was geweest, maar mijn auto zag eruit alsof hij meer dan een maand buiten had gestaan. Hij leek echter nog in orde. Hij was niet vernield en...

Mijn blik was over de motorkap afgedwaald naar voren. Het gebouw waar de Brutus Storage Company en de overleden Melman in gehuisvest waren, stond er niet meer. Een uitgebrand, ingestort skelet van het gebouw was ervan overgebleven. Er stonden nog delen van twee muren op de hoek. Ik liep ernaartoe.

Terwijl ik eromheen liep, keek ik naar wat ervan over was. Had ik het aangestoken met dat brandje in de badkuip? Ik betwijfelde het. Ik dacht het niet. Dat brandje van mij was vrij klein geweest en zeer beperkt en terwijl ik zat te wachten had niets erop gewezen dat het zich zou uitbreiden.

Terwijl ik de ruïne bekeek, kwam er een jongen voorbij op een groene fiets. Een paar minuten later kwam hij terug en stopte op twee meter afstand. Hij leek een jaar of tien.

'Ik heb het gezien,' zei hij. 'Ik heb het zien branden.'

'Wanneer was dat?' vroeg ik hem.

'Drie dagen geleden.'

'Weten ze hoe het is begonnen?'

'Iets in de opslagplaats, iets brand...'

'Brandbaars?'

'Ja,' zei hij lachend, waarbij zichtbaar werd dat hij een paar tanden miste. 'Misschien met opzet. Iets met de verzekering.'

'Echt?'

'Eh, mijn vader zei dat de zaken misschien slecht gingen.'

'Die dingen gebeuren wel eens,' zei ik. 'Is er iemand gewond bij de brand?'

'Ze dachten dat de kunstenaar die boven woonde, verbrand is omdat niemand hem kon vinden. Maar ze hebben geen botten of zoiets gezien. Het was een flinke brand. Heeft een hele tijd geflikt.'
'Was het 's nachts of overdag?'
''s Nachts. Ik heb er daar vandaan naar staan kijken.' Hij wees naar een huis aan de overkant van de straat in de richting waar ik vandaan was gekomen. 'Ze zijn heel lang aan het blussen geweest.'
'Heb je iemand uit het gebouw zien komen?'
'Nee,' zei hij. 'Ik kwam hier pas toen het al een tijd aan de gang was.'
Ik knikte en ging terug naar mijn auto.
'Je zou denken dat kogels in al dat vuur zouden ontploffen,' zei hij.
'Ja,' antwoordde ik.
'Maar dat was niet zo.'
Ik draaide me weer om.
'Wat bedoel je?' vroeg ik.
Hij zocht al in zijn zak.
'Mijn vrienden en ik hebben daar gisteren gespeeld,' legde hij uit, 'en we hebben een boel kogels gevonden.'
Hij opende zijn hand om een stel metalen voorwerpen te laten zien.
Toen ik naar hem toeliep, ging hij op zijn hurken zitten en zette een van de cilinders op het trottoir. Hij stak opeens zijn hand uit, pakte een steen die in de buurt lag en zwaaide ermee in de richting van de kogel.
'Niet doen!' schreeuwde ik.
De steen raakte de patroon en er gebeurde niets.
'Je zou je flink pijn kunnen doen...' begon ik, maar hij viel me in de rede.
'Nee hoor. Die stomme dingen ontploffen niet eens. Je kunt dat roze spul niet eens aansteken. Heb je een lucifer?'
'Roze spul?' vroeg ik, terwijl hij met de steen sloeg om een platgeslagen patroonhuls en een spoortje roze poeder eruit te tikken.
'Dat,' zei hij terwijl hij ernaar wees. 'Vreemd, hè? Ik dacht dat kruit grijs was.'
Ik knielde en raakte het poeder aan. Ik wreef het tussen mijn vingers, rook eraan en proefde het zelfs. Ik kon echt niet zeggen wat het was.
'Dat gaat me boven de pet,' zei ik tegen hem. 'Wil het ook

niet branden, zeg je?'
'Nee. We hebben wat op een krant gelegd en die aangestoken. Het wil wel smelten en uitlopen, dat is alles.'
'Heb je er een paar over?'
'Nou... ja.'
'Ik geef je er een dollar voor,' zei ik.
Hij liet me zijn tanden en gaten weer zien terwijl zijn hand in de zijkant van zijn spijkerbroek verdween. Ik maakte Frakir wat overgeschoten Schaduwgeld afhandig en pakte een dollar van de stapel. Hij gaf me twee dubbele .30 patronen met roetvlekken toen hij het geld aanpakte.
'Bedankt,' zei hij.
'Graag gedaan. Was er verder nog iets interessants bij?'
'Nee hoor. De rest is allemaal as.'

Ik stapte in de auto en reed weg. Ik liet hem door de eerste autowasserette gaan die ik tegenkwam, omdat de wissers op de voorruit de troep alleen hadden uitgesmeerd. Terwijl de rubberen armpjes door een zee van schuim naar me zwaaiden, keek ik of ik het boekje lucifers nog had dat Luke me had gegeven. Dat was zo. Mooi. Ik had buiten een telefooncel gezien.
'Hallo, New Line Motel,' antwoordde een jonge mannenstem.
'Bij u stond een paar dagen geleden ene Lucas Raynard ingeschreven,' zei ik. 'Ik wou weten of hij een boodschap voor me heeft achtergelaten. Mijn naam is Merle Corey.'
'Een ogenblik.'
Stilte. Geschuifel.
Toen: 'Ja, dat klopt.'
'Wat staat erin?'
'Het is een verzegelde envelop die ik liever niet...'
'Goed. Ik kom wel langs.'
Ik reed erheen en vond de man die bij de stem hoorde aan de balie in de hal. Ik legitimeerde me en vroeg om de envelop. De bediende – een tengere blonde vent met een stekelige snor – keek even voor zich uit en vroeg toen: 'Ontmoet u de heer Raynard binnenkort?'
'Ja.'
Hij trok een la open en haalde een kleine, bruine envelop te voorschijn die bol stond. De naam van Luke en zijn kamernummer stonden erop.
'Hij heeft geen adres achtergelaten om iets na te sturen,' leg-

de hij uit terwijl hij de envelop opende, 'en het kamermeisje heeft deze ring op het blad in de badkamer gevonden nadat hij de kamer had verlaten. Zou u de ring aan hem willen geven?'
'Zeker,' zei ik en hij gaf hem aan mij.
Ik ging links in de foyer zitten. De ring was van rood goud met een opvallende blauwe steen. Ik kon me niet herinneren dat ik ooit had gezien dat hij hem droeg. Ik schoof hem aan de ringvinger van mijn linkerhand en hij paste precies. Ik besloot de ring te dragen tot ik hem aan Luke kon geven.
Ik maakte de brief open, die was geschreven op postpapier van het motel, en las:

> Merle,
> Jammer van het diner. Ik heb wel gewacht. Hoop dat alles goed is. Ik vertrek in de loop van de ochtend naar Albuquerque. Ik blijf daar drie dagen. Dan nog drie dagen in Santa Fe. In beide plaatsen logeer ik in het Hilton. Ik had nog een paar dingen die ik wou bespreken. Neem alsjeblieft contact op.
>
> Luke

Hm.
Ik belde mijn reisbureau en hoorde dat ik mee kon met een middagvlucht naar Albuquerque als ik me haastte. Omdat ik een ontmoeting prettiger vond dan een telefoongesprek, deed ik dat. Ik stopte bij het bureau, haalde mijn ticket, betaalde contant, reed naar het vliegveld en nam afscheid van mijn auto toen ik hem parkeerde. Ik betwijfelde of ik hem ooit terug zou zien. Ik tilde mijn rugzak op en liep naar het luchthavengebouw.
De rest was gemakkelijk. Terwijl ik de grond geleidelijk onder me zag wegzakken, wist ik dat er inderdaad een fase in mijn bestaan was afgesloten. Zoals met zoveel dingen was het niet helemaal gegaan zoals ik het had gewild. Ik had gedacht de zaak met S vrij snel te regelen of te besluiten het te vergeten en mensen te bezoeken die ik al een tijdje niet meer had gezien en een paar plaatsen aan te doen waar ik al lang benieuwd naar was. Dan zou ik via Schaduw vertrekken voor een laatste controle van Spookwiel en daarna terugkeren naar de vrolijker tegenpool van mijn bestaan. Nu waren mijn prioriteiten door elkaar geschud – allemaal omdat S en de dood van Julia op de een of andere wijze met elkaar te maken hadden en omdat het een macht in Schaduw impli-

ceerde, van ergens anders, die ik niet begreep.
Het was de laatste overweging die me het meest verontrustte. Was ik mijn eigen graf aan het graven waarbij ik door mijn trots ook mijn familie en vrienden in gevaar bracht? Ik wou dit zelf regelen, alles goed en wel, maar hoe meer ik erover nadacht, hoe meer ik onder de indruk kwam van de vijandige machten waar ik mee geconfronteerd werd en het gebrek aan kennis wat S betrof. Het was niet fair de anderen niet op de hoogte te brengen – als ze misschien ook in gevaar verkeerden. Ik wou graag zelf de hele zaak afwikkelen en het ze als geschenk aanbieden. Misschien zou ik dat ook doen, maar...
Verdomme. Ik móest het ze vertellen. Als S me te pakken kreeg en zich tegen hen keerde moesten ze dat weten. Hoe het idee me ook tegenstond, ik moest het hun vertellen.
Ik boog voorover en mijn hand zweefde boven mijn rugzak onder de stoel voor me. Ik bedacht dat het niemand zou deren als ik zou wachten tot ik met Luke had gesproken. Ik was de stad uit en nu vast wel buiten gevaar. De mogelijkheid bestond dat ik een paar aanwijzingen van Luke kreeg. Ik wou nog even wachten.
Ik zuchtte. Ik kreeg een drankje van de stewardess en nam er een teugje van. Om met de auto naar Albuquerque te gaan, zou te lang hebben geduurd. Een kortere manier door Schaduw zou niet lukken omdat ik er nooit was geweest en niet wist hoe ik het moest vinden. Jammer. Ik had graag mijn auto daar gehad. Luke was nu misschien wel in Santa Fe.
Ik nam nog een slokje en probeerde figuren in de wolken te herkennen. De dingen die ik ontdekte, pasten bij mijn gemoedstoestand, dus pakte ik mijn boek en las tot we begonnen te dalen. Toen ik weer keek, bestond mijn uitzicht een tijdje uit bergketens. Een krakende stem verzekerde me dat het aangenaam weer was. Ik vroeg me af hoe het met mijn vader was.

Ik liep de hal van de luchthaven binnen, passeerde een winkeltje vol Indiaanse sieraden, Mexicaans aardewerk en protserige souvenirs, vond een telefoon en belde het plaatselijke Hiltonhotel. Luke was al vertrokken, hoorde ik. Vervolgens belde ik het Hilton in Santa Fe. Hij had daar geboekt, maar hij was niet op zijn kamer toen ze die voor me belden. Ik reserveerde voor mezelf en legde de hoorn neer. Een vrouw aan een informatiebalie vertelde me dat ik over ongeveer een half uur met de pendelbus naar Santa Fe kon en ze legde me uit waar ik een kaartje kon kopen. Santa Fe is een van de weinige hoofdsteden waar ze geen groot vliegveld hebben, had ik ergens gelezen.

Terwijl we naar het noorden reden op de I-25, ergens tussen langer wordende schaduwen in de omgeving van Sandia Peak, drukte Frakir lichtjes op mijn pols en herhaalde dit een ogenblik later. Nog een keer. Toen nog eens. Ik keek snel het busje rond om het gevaar te zoeken waar ik zojuist voor gewaarschuwd was.

Ik zat achter in het voertuig. Vooraan zat een echtpaar van middelbare leeftijd dat met een Texaans accent sprak en een opzichtige hoeveelheid turkooizen en zilveren sieraden droeg. Middenin zaten drie oudere vrouwen die het over New York hadden; aan de andere kant van het gangpad zat een jong stel, geheel in beslag genomen door elkaar; schuin achter hen zaten twee jongemannen met tennisrackets, die over school praatten; achter hen zat een non te lezen. Ik keek weer uit het raam en zag op de autoweg of in de omgeving niets bijzonder dreigends. Ik wou ook de aandacht niet op me vestigen, dus ik bleef rustig op m'n plaats zitten.

Ik zei iets in het Thari terwijl ik over mijn pols wreef en de waarschuwingen hielden op. Ofschoon de rest van de rit rustig verliep, bleef het me toch dwars zitten, hoewel een foutieve waarschuwing af en toe mogelijk was door bepaalde spanningen. En terwijl ik rode leisteen en rode en gele aarde voorbij zag flitsen, beken met bruggen erover, in de verte bergen en dichterbij hellingen, begroeid met pijnbomen, vroeg ik me af: S? Zit S weer ergens, hoe dan ook te kijken, te wachten? En zo ja, waarom? Zouden we niet gewoon kunnen gaan zitten en erover praten, onder het drinken van een paar biertjes? Misschien berustte het min of meer op een misverstand. Ik had het gevoel dat het geen misverstand was. Maar ik zou er al genoegen mee nemen als ik alleen maar wist wat er aan de hand was, ook wanneer er niets werd opgelost. Ik zou zelfs de biertjes betalen.

Het licht van de ondergaande zon bespeelde lichtflitsen van stroken sneeuw in de Sangre de Cristos terwijl we de stad in reden; schaduwen gleden over grijsgroene hellingen; de meeste gebouwen die ik kon zien waren gepleisterd. Toen ik

voor het Hiltonhotel uit de bus stapte, voelde het ongeveer tien graden kouder aan dan toen ik in Albuquerque was ingestapt. Maar ik was op dat moment ongeveer zeshonderd meter gestegen en het was vijf kwartier later in de middag.
Ik liet me inschrijven en zocht mijn kamer op. Ik probeerde Luke te bellen, maar kreeg geen gehoor. Vervolgens nam ik een douche en verkleedde me. Ik belde zijn kamer nog een keer, maar er werd weer niet opgenomen. Ik begon honger te krijgen en ik had gehoopt met hem de maaltijd te gebruiken.
Ik besloot de bar op te zoeken, even een biertje te pakken en het dan nog eens te proberen. Ik hoopte dat hij geen belangrijke afspraak had.
Ene Brazda die ik in de hal aansprak en de weg vroeg, bleek de manager te zijn. Hij vroeg hoe ik de kamer vond, we wisselden wat vriendelijke woorden en hij wees me de gang die naar de foyer leidde. Ik liep die kant uit.
'Merle! Wat doe jij hier in vredesnaam?' klonk een bekende stem.
Ik draaide me om en zag Luke die net de hal was binnengekomen. Bezweet en lachend, in stoffig werktenue en laarzen, een veldpet op en een paar vuile vegen op het gezicht. We schudden elkaar de hand en ik zei: 'Ik wou met je praten.' Vervolgens: 'Wat heb je gedaan, dienst genomen of zo?'
'Nee, ik heb de hele dag in de Pecos geklauterd,' antwoordde hij. 'Dat doe ik altijd wanneer ik hier ben. Dat is fantastisch.'
'Dan moet ik het ook maar eens proberen,' zei ik. 'Ik geloof dat het nu mijn beurt is om een diner te betalen.'
'Je hebt gelijk,' antwoordde hij. 'Laat me een douche nemen en andere kleren aantrekken. Ik ben over een kwartier, twintig minuten, bij je in de bar. Oké?'
'Goed. Tot straks.'
Ik liep de gang door naar de bar. Hij was middelgroot, halfduister, koel en betrekkelijk vol, verdeeld in twee aparte ruimten die met elkaar in verbinding stonden, met lage, comfortabel uitziende stoelen en tafeltjes.
In de hoek links van mij deed een jong stel juist afstand van een tafeltje en volgde, met de drankjes in de hand, een dienster naar de aangrenzende eetzaal. Ik ging aan het tafeltje zitten. Even later kwam een serveerster van de cocktailbar langs en ik bestelde een biertje.

Terwijl ik daar zat en een paar minuten later af en toe een slokje nam, en mijn geest liet dwalen over de gebeurtenissen van de afgelopen dagen, realiseerde ik me dat een van de figuren die voorbijkwamen, niet was doorgelopen. Hij was naast me blijven staan – net ver genoeg achter me om opgemerkt te worden als een vage, betrekkelijk onbelangrijke aanwezige.
Hij zei zachtjes: 'Neemt u me niet kwalijk. Mag ik u iets vragen?'
Ik draaide mijn hoofd en zag een kleine, magere man met een Spaans uiterlijk. Zijn haar en snor begonnen te grijzen. Hij was goed genoeg gekleed en verzorgd om een plaatselijk zakentype te lijken. Toen hij even glimlachte – het was eerder een krampachtige grijns die op nervositeit wees – viel me een afgebroken voortand op.
'Mijn naam is Dan Martinez,' zei hij, zonder een poging te doen me een hand te geven. Hij wierp een blik op de stoel tegenover me. 'Zou ik even kunnen gaan zitten?'
'Waar gaat het om? Als u iets verkoopt, ben ik niet geïnteresseerd. Ik wacht op iemand en...'
Hij schudde het hoofd.
'Nee, dat is het niet. Ik weet dat u op iemand wacht – op Lucas Raynard. Het heeft eigenlijk betrekking op hem.'
Ik maakte een gebaar naar de stoel.
'Oké. Gaat u zitten en stel uw vraag.'
Dat deed hij, terwijl hij zijn handen vouwde en op de tafel legde die tussen ons stond. Hij boog voorover.
'Ik hoorde jullie praten in de hal,' begon hij, 'en ik kreeg de indruk dat u hem vrij goed kent. Hebt u er bezwaar tegen me te vertellen hoe lang u hem ongeveer kent?'
'Als dat alles is wat u wilt weten,' antwoordde ik, 'ongeveer acht jaar. We hebben samen gestudeerd en daarna hebben we een aantal jaren voor dezelfde firma gewerkt.'
'Grand Design,' zei hij, 'de computerfirma in San Francisco. U kende hem niet voor de studie, hè?'
'Het schijnt dat u al heel wat weet,' zei ik. 'Wat wilt u trouwens? Bent u een soort smeris?'
'Nee,' zei hij, 'helemaal niet. Ik verzeker u dat ik uw vriend niet in moeilijkheden wil brengen. Ik probeer eenvoudig mezelf er een paar te besparen. Ik wou u alleen nog vragen...'
Ik schudde het hoofd.
'Geen vrijblijvende informatie meer,' zei ik tegen hem. 'Ik

hou er niet van om zonder goede redenen met vreemden over mijn vrienden te praten.'
Hij hield nu zijn handen wijd uit elkaar.
'Ik speel open kaart,' zei hij, 'want ik begrijp dat u het hem zult vertellen. In feite wil ik dat ook. Hij kent me. Ik wil dat hij weet dat ik hier en daar naar hem informeer, oké? Het is notabene in zijn voordeel. Verdomme, ik vraag het toch aan zijn vriend, of niet? Iemand die misschien bereid zou zijn te liegen om hem te helpen. En ik wil alleen maar een paar simpele feiten...'
'En ik wil alleen maar een simpele reden: waar hebt u die informatie voor nodig?'
Hij zuchtte. 'Oké,' zei hij. 'Hij bood me – bij wijze van proef uiteraard – een heel interessante gelegenheid om te investeren. Het zou om een grote som geld gaan. Er zit een risicofactor in, zoals in de meeste speculaties die betrekking hebben op nieuwe ondernemingen op een gebied met zware concurrentie, maar de mogelijke winstvooruitzichten die het biedt maken het wel verleidelijk.'
Ik knikte.
'En u wilt weten of hij eerlijk is.'
Hij grinnikte. 'Het kan me niet echt schelen of hij betrouwbaar is,' zei hij. 'Mijn enige zorg is of hij een produkt kan leveren dat vrij is van beperkende bepalingen.'
Iets in de manier waarop deze man praatte deed me aan iemand denken. Ik deed mijn best, maar ik kon me niet herinneren wie het was.
'Ach ja,' zei ik, terwijl ik een slok bier nam. 'Ik ben wat traag vandaag. Sorry. Natuurlijk heeft die transactie betrekking op computers.'
'Uiteraard.'
'U wilt weten of zijn huidige werkgever hem kan pakken als hij hier zaken doet met wat hij dan ook bij zich heeft.'
'Om kort te gaan, ja.'
'Ik geef het op,' zei ik. 'Om dat te beantwoorden is er iemand nodig die daar meer verstand van heeft. Geestelijk eigendom vertegenwoordigt een moeilijk juridisch terrein. Ik weet niet wat hij verkoopt en ik weet niet waar het vandaan komt – hij reist veel. Maar ook als ik het wist, dan heb ik nog geen idee wat juridisch uw positie zou zijn.'
'Ik had niet meer verwacht,' zei hij glimlachend.
Ik glimlachte terug.
'Dus hebt u uw boodschap gedaan,' zei ik.

Hij knikte en maakte aanstalten om op te staan.
'O, nog één ding,' begon hij.
'Ja?'
'Heeft hij ooit plaatsen genoemd,' vroeg hij terwijl hij me strak aankeek, 'als Amber of de Hoven van Chaos?'
Hij kon mijn geschrokken reactie niet hebben gemist die hem een volkomen onjuiste indruk moet hebben gegeven. Ik wist zeker dat hij ervan overtuigd was dat ik loog toen ik hem naar waarheid antwoordde.
'Nee, ik heb hem daar nooit over gehoord. Waarom vraagt u dat?'
Hij schudde z'n hoofd terwijl hij zijn stoel achteruit schoof en de tafel verliet. Hij glimlachte weer.
'Het is niet belangrijk. Dank u, meneer Corey. *Nus a dhabzhun dhuilsha.*'
Hij vluchtte bijna de bar uit.
'Wacht!' riep ik, zo luid dat er een moment stilte viel en er hoofden in mijn richting werden gedraaid.
Ik kwam overeind en ging hem achterna toen ik mijn naam hoorde roepen.
'Hé, Merle! Niet weglopen! Ik ben er al!'
Ik draaide me om. Luke was net binnengekomen door de ingang achter me, zijn haar was nog vochtig van de douche. Hij kwam dichterbij, sloeg me op de schouder en liet zich in de stoel zakken die Martinez net had vrijgemaakt. Hij knikte naar mijn glas bier, dat half leeg was, terwijl ik weer ging zitten.
'Zo een moet ik ook hebben,' zei hij. 'Goeie god, wat heb ik een dorst!' Vervolgens: 'Waar wou je heen toen ik binnenkwam?'
Ik had geen zin om mijn recente ontmoeting te beschrijven, niet in de laatste plaats door de vreemde afloop. Hij had Martinez blijkbaar net gemist.
Dus: 'Ik was op weg naar het toilet.'
'Dat is daar,' zei hij en hij knikte in de richting waar hij was binnengekomen. 'Ik kwam erlangs op weg hierheen.'
Zijn blik verplaatste zich naar beneden.
'Zeg, de ring die je aan hebt...'
'O, ja,' zei ik. 'Die heb je laten liggen in het New Line Motel. Ik heb hem voor je meegenomen toen ik je boodschap ophaalde. Hier, laat me...'
Ik trok eraan, maar hij wou er niet af.
'Hij lijkt wel vastgeplakt,' merkte ik op. 'Vreemd. Hij ging vrij gemakkelijk aan.'

'Misschien is je vinger opgezet,' zei hij. 'Het zou iets te maken kunnen hebben met de hoogte. We zitten aardig hoog.'
Hij trok de aandacht van de serveerster en bestelde een glas bier terwijl ik de ring bleef draaien.
'Ik denk dat ik hem je gewoon moet verkopen,' zei hij. 'Je kunt hem voordelig krijgen.'
'We zullen zien,' zei ik. 'Ik ben zo terug.'
Hij stak een slappe hand op en liet hem vallen terwijl ik naar het toilet liep.
Er was daar verder niemand, dus sprak ik de woorden die Frakir bevrijdden van de blokkerende bezweringsformule die ik in de bus had uitgesproken. Er volgde een onmiddellijke beweging. Voor ik een andere opdracht kon geven werd Frakir glinsterend zichtbaar terwijl ze zich begon te ontrollen. Ze kroop over de rug van mijn hand en wond zich om mijn ringvinger. Ik keek geboeid toe hoe de vinger donkerder werd en pijn begon te doen onder een gestadige druk.
Er volgde snel een verslapping en daarna zag mijn vinger eruit alsof hij van een schroefdraad was voorzien. Ik begreep het. Ik schroefde de ring eraf langs het spoor dat in mijn vlees was gedrukt. Frakir bewoog zich weer om de vinger weer vlak te maken en ik streelde haar.
'Oké,' zei ik. 'Bedankt. Ga terug.'
Ze leek een moment te aarzelen, maar mijn wil bleek voldoende zonder een meer formele opdracht. Ze trok zich terug over mijn hand, wond zich weer om mijn pols en verdween langzaam.
Ik was daar klaar en ging terug naar de bar. Ik gaf Luke zijn ring terwijl ik ging zitten en nam een teugje bier.
'Hoe heb je hem eraf gekregen?' vroeg hij.
'Met wat zeep,' antwoordde ik.
Hij deed hem in zijn zakdoek en stak hem in zijn zak.
'Dus van jou hoef ik hiervoor geen geld te verwachten.'
'Ik denk het niet. Doe je hem niet om?'
'Nee, het is een cadeau. Weet je, ik had nooit gedacht dat je hierheen zou komen,' merkte hij op terwijl hij een handvol pinda's uit een kom nam die tijdens mijn afwezigheid was gebracht. 'Ik had verwacht dat je gewoon zou bellen toen je mijn boodschap kreeg en dat we iets zouden kunnen organiseren voor later. Maar ik ben blij dat je gekomen bent. Wie weet wanneer dat later misschien was geweest. Kijk, ik heb wat plannen die zich sneller hebben ontwikkeld dan ik had gedacht – en daar wou ik met je over praten.'

Ik knikte.
'Ik had ook een paar dingen die ik met je wou bespreken.' Hij beantwoordde mijn knik.
Ik had op het toilet besloten toch definitief af te zien van het noemen van Martinez en de dingen die hij over Luke had gezegd en gesuggereerd. Hoewel die situatie me niet belangwekkend toescheen, voel ik me altijd zekerder in een gesprek met iemand – zelfs met vrienden – wanneer ik tenminste een beetje extra informatie heb zonder dat zij het weten. Dus besloot ik het voorlopig zo te houden.
'Laten we ons daarom beschaafd gedragen en alles wat belangrijk is bewaren voor na het eten,' zei hij terwijl hij zijn servet langzaam in stukken scheurde en een prop maakte van de stukjes, 'en dan ergens heen gaan waar we ongestoord kunnen praten.'
'Goed idee,' stemde ik in. 'Wil je hier eten?'
Hij schudde het hoofd.
'Ik heb hier gegeten. Het is goed, maar ik wil wat anders. Ik ga liever naar een andere tent hier in de buurt. Ik ga even kijken of ze een tafel vrij hebben.'
'Oké.'
Hij sloeg de rest van zijn drankje achterover en vertrok.
...En dan het noemen van Amber. Wie was Martinez, verdomme? Het was meer dan noodzakelijk dat ik daar achter kwam, omdat het me duidelijk was dat hij iemand anders was dan hij voorgaf. Zijn laatste woorden waren in het Thari geweest, mijn moedertaal. Ik had geen idee hoe dat kon en waarom. Ik vervloekte mijn eigen sloomheid om de toestand met S zo lang op zijn beloop te laten. Het was zuiver een gevolg van mijn arrogantie. Ik had nooit verwacht dat die kwestie zo'n ingewikkelde warboel zou worden. En het was mijn eigen schuld.
'Oké,' zei Luke toen hij weer terug was, in zijn zak zocht en wat geld op tafel gooide. 'Ik heb gereserveerd. Drink op, dan gaan we een eindje lopen.'
Ik dronk het glas leeg, stond op en volgde hem. Hij ging me voor naar de hal en door een gang naar de achterkant. Het bleek een zachte avond te zijn toen we buiten kwamen. We staken het parkeerterrein over naar Guadeloupe Street. Van daar was het nog maar een eindje naar de plaats waar hij de Alameda kruiste. Daar staken we twee keer over en wandelden verder langs een grote kerk. Bij de volgende hoek sloegen we rechtsaf. Luke wees naar een restaurant met de naam

La Tertulia aan de overkant, een klein eindje verder.
'Daar,' zei hij.
We staken over naar de ingang. Het was een laag gebouw van in de zon gedroogde baksteen, Spaans, en had zowel van buiten als van binnen een zekere elegantie. We namen een kan sangria, pollo adovo en broodpudding en vele kopjes koffie, waarbij we ons aan onze afspraak hielden tijdens de maaltijd geen serieuze zaken te bespreken.
Luke werd onder het eten gegroet door verschillende mannen die even bij de tafel bleven staan om een paar vriendelijke woorden te wisselen.
'Ken je iedereen hier?' vroeg ik hem even later.
Hij grinnikte. 'Ik doe hier veel zaken.'
'O ja? Het lijkt me anders maar een klein stadje.'
'Ja, maar dat is bedrieglijk. Het ís de hoofdstad. Er zijn hier heel wat mensen die kopen wat wij verkopen.'
'Kom je hier vaak?'
Hij knikte. 'Het is een van de meest succesvolle plaatsen in mijn rayon.'
'Hoe regel je al die zaken wanneer je de bossen in trekt?'
Hij keek op van de formatie die hij van de dingen op tafel had gemaakt. Hij lachte.
'Ik moet me wat ontspannen,' zei hij. 'Ik krijg genoeg van steden en kantoren. Ik moet eruit en wat rondtrekken, of met de kano of kajak of zoiets – anders zou ik gek worden.'
Hij nam een slok koffie.
'Weet je,' vervolgde hij, 'het is zo'n mooie avond, we zouden een ritje moeten maken, dan begrijp je wel wat ik bedoel.'
'Klinkt goed,' zei ik, terwijl ik rechtop ging zitten en onze kelner zocht. 'Maar is het niet te donker?'
'Nee, de maan schijnt, de sterren staan aan de hemel, het is helder. Dat zul je zien.'
Ik kreeg de rekening, betaalde en we wandelden naar buiten. Inderdaad, de maan scheen.
'De auto staat op de parkeerplaats van het hotel,' zei hij toen we de straat bereikten. 'Deze kant op.'
Hij wees naar een stationcar toen we op het parkeerterrein waren, opende de deur en gebaarde me in te stappen. We reden weg, sloegen bij de dichtstbijzijnde hoek om en volgden de Alameda tot de Paseo, gingen rechtsaf de heuvel op een straat in die Otero heette en een andere naar de Hyde Park Road. Vanaf dat punt was er heel weinig verkeer. We passeerden een bord dat aangaf dat we in de richting gingen van een skipiste.

Terwijl we veel bochten namen en de weg over het algemeen steeg, voelde ik een zekere spanning wegtrekken. Spoedig hadden we alles wat op bewoners wees achter ons en daalden de nacht en de stilte volledig neer. Hier was geen straatverlichting. Ik rook de pijnbomen door het open raam. De lucht was koel. Ik rustte uit, weg van S en al het andere.
Ik wierp een vluchtige blik op Luke. Hij keek met gefronste wenkbrauwen strak voor zich uit.
Toch voelde hij dat ik keek, omdat hij zich plotseling leek te ontspannen en naar me grijnsde.
'Wie begint?' vroeg hij.
'Ga je gang,' antwoordde ik.
'Oké. Toen we laatst op een ochtend spraken over je vertrek bij Grand D., zei je dat je niet ergens anders ging werken en dat je ook geen plannen had om les te geven.'
'Dat klopt.'
'Je zei dat je zo maar wat ging reizen.'
'Ja.'
'Kort daarna kreeg ik een idee.'
Ik bleef zwijgen terwijl hij me aankeek.
'Ik vroeg me af,' zei hij even later, 'of je je misschien aan het oriënteren was – om steun te vinden voor een eigen bedrijf of omdat je iets ter verkoop hebt aan te bieden. Begrijp je wat ik bedoel?'
'Jij denkt dat ik met iets op de proppen kom – iets nieuws – en niet wil dat Grand Design het krijgt.'
Hij sloeg op de zitting naast zich.
'Ik heb altijd geweten dat je geen stommeling was,' zei hij. 'Dus je trekt nu wat rond om de ontwikkeling behoorlijk de tijd te gunnen. Dan zoek je de koper die het meeste biedt.'
'Er zit iets in,' zei ik, 'wanneer dat het geval was. Maar het is niet zo.'
Hij grinnikte.
'Het is oké,' zei hij. 'Dat ik voor Grand D. werk, betekent niet dat ik hun spion ben. Dat zou je moeten weten.'
'Dat weet ik wel.'
'En ik vroeg het niet om me met je zaken te bemoeien. Ik had eigenlijk heel andere bedoelingen. Ik zou het leuk vinden te zien dat je het maakt, met veel succes.'
'Dank je.'
'Mogelijk zou ik zelfs wat kunnen helpen – waardevolle steun – in deze aangelegenheid.'
'Ik begin de bedoeling te begrijpen, Luke, maar...'

'Laat me uitspreken, ja? Maar je moet eerst een vraag beantwoorden als je wilt: je hebt toch bij niemand nog iets getekend?'
'Nee.'
'Dat dacht ik ook niet. Het zou een beetje voorbarig lijken.'
De bomen langs de kant van de weg waren nu groter en de nachtwind werd wat kouder. De maan leek hier groter, stralender dan beneden in de stad. We namen nog verscheidene bochten en begonnen uiteindelijk aan een lange reeks kronkels die ons hoger en hoger brachten. Ik ving af en toe een glimp op van steile hellingen aan de linkerkant. Er was geen vangrail.
'Kijk,' zei hij, 'ik zit niet te proberen voor niets mee te doen. Ik vraag je niet om een deel in de activiteit vanwege onze vroegere vriendschap of zoiets. Dat is één ding en zaken doen is wat anders – hoewel het nooit kwaad kan een deal te maken met iemand van wie je weet dat je hem kunt vertrouwen. Laat me je een paar harde feiten vertellen. Als je echt een fantastisch ontwerp hebt, kun je het natuurlijk voor een smak geld aan veel mensen in het bedrijfsleven verkopen – als je voorzichtig bent, verdomd voorzichtig. Maar dan is het afgelopen. Je gouden kans is dan verkeken. Wanneer je werkelijk een fortuin wilt opstrijken, begin je je eigen zaak. Kijk naar Apple. Als het echt aanslaat, kun je later altijd de hele zaak verkopen voor veel meer dan je zou krijgen door alleen het idee aan de man te brengen. Je bent misschien een kei in het ontwerpen, maar ik ken de markt. En ik ken mensen – door het hele land – mensen die me voldoende vertrouwen om ons financieel te steunen. Verdomme! Ik ben niet van plan mijn hele leven bij Grand D. te blijven. Laat me meedoen en ik zorg dat we gefinancierd worden. Jij drijft de winkel en ik zal de handel doen. Dat is de enige manier om met iets groots om te gaan.'
'O, mijn hemel,' zuchtte ik. 'Man, het klinkt echt mooi. Maar je volgt een verkeerd spoor. Ik heb niets te koop.'
'Kom nou!' zei hij. 'Je weet dat je er tegenover mij eerlijk voor uit kunt komen. Ook wanneer je absoluut weigert, zal ik er niet over praten. Ik verlink mijn makkers niet. Ik vind gewoon dat je een fout maakt wanneer je het niet zelf uitwerkt.'
'Luke, ik meende wat ik zei.'
Hij zweeg even. Toen voelde ik zijn blik weer op me. Toen ik naar hem keek, zag ik dat hij glimlachte.

'Wat is de volgende vraag?' vroeg ik hem.
'Wat is het Spookwiel?' zei hij.
'Wat?'
'Top secret, sst! Een project van Merle Corey. Spookwiel,' antwoordde hij. 'Computer design met toestanden die nog nooit iemand heeft gezien. Vloeibare halfgeleiders, cryogene tanks, plasma...'
Ik begon te lachen.
'Mijn god!' zei ik. 'Dat is een grapje, dat is alles. Gewoon een krankzinnige hobby. Het was een ontwerpspelletje – een toestel dat op aarde nooit gebouwd zou kunnen worden. Net als een tekening van Escher – op papier lijkt het ontwerp geweldig, maar in werkelijkheid kan het niet worden verwezenlijkt.' Nadat ik een moment had nagedacht, vroeg ik: 'Hoe is het mogelijk dat jij ervan weet? Ik heb er nooit met iemand over gepraat.'
Hij schraapte zijn keel terwijl hij weer een bocht nam. Boomtoppen schoven voor de maan. Er verschenen een paar druppels op de voorruit.
'Nou, zo geheimzinnig deed je er niet over,' antwoordde hij. 'Altijd wanneer ik op je kamer kwam, lagen er ontwerpen, grafieken en aantekeningen op je werktafel en tekenbord. Ik moest het haast wel zien, of ik wilde of niet. De meeste waren zelfs voorzien van de aanduiding "Spookwiel". En er kwam nooit iets van dien aard te voorschijn bij Grand D., dus nam ik eenvoudig aan dat het jouw lievelingsproject was en je ticket naar geborgenheid. Je hebt op mij nooit de indruk gemaakt van een onpraktische dromer. Weet je zeker dat het waar is wat je me vertelt?'
'Als we hier gingen zitten en zoveel van dat ding in elkaar zouden zetten als we konden,' antwoordde ik oprecht, 'zou het er alleen maar staan en er geheimzinnig uitzien en het zou geen donder doen.'
Hij schudde het hoofd.
'Dat klinkt onnatuurlijk,' zei hij. 'Dat is niets voor jou, Merle. Waarom zou je in 's hemelsnaam je tijd verprutsen aan het ontwerpen van een toestel dat niet werkt?'
'Het was een oefening in de theorie van het ontwerpen,' begon ik.
'Neem me niet kwalijk, maar dat is natuurlijk gelul,' zei hij. 'Je bedoelt te zeggen dat er geen plaats in het universum is waar dat verdomde toestel van jou tot leven zou komen?'
'Dat heb ik niet gezegd. Ik heb geprobeerd uit te leggen dat

het bedoeld is om te werken onder bizarre, hypothetische omstandigheden.'
'O. Met andere woorden, als ik zo'n plaats vind op een andere wereld kunnen we veel geld verdienen.'
'Eh, ja.'
'Je bent een rare, Merle. Weet je dat?'
'Eh...'
'Weer een droom naar z'n malle moer. Nou ja... Zeg, zit er niet iets ongewoons in dat wél kan worden aangepast?'
'Nee. Het zou zijn functies hier niet kunnen uitvoeren.'
'Wat is er trouwens zo bijzonder aan die functies?'
'Veel theoretisch geklets over ruimte en tijd en wat ideeën van een paar kerels die Everett en Wheeler heten. Het is alleen ontvankelijk voor een mathematische uitleg.'
'Weet je dat zeker?'
'Wat maakt het trouwens voor verschil? Ik heb geen produkt en we hebben geen onderneming. Sorry. Zeg tegen Martinez en zijn compagnons dat het een doodlopende straat was...'
'Hè? Wie is Martinez?'
'Een van je potentiële investeerders in Corey en Raynard NV,' zei ik. 'Dan Martinez – middelbare leeftijd, klein mannetje, ziet er wel gedistingeerd uit, afgebroken voortand...'
Hij fronste de wenkbrauwen. 'Merle, ik weet werkelijk niet over wie je het hebt.'
'Hij kwam naar me toe toen ik in de bar op je wachtte. Hij scheen heel veel over je te weten. Begon vragen te stellen over wat ik nu zie als de mogelijke situatie die je net hebt beschreven. Hij deed alsof je hem had benaderd voor een investering in de zaak.'
'Eh,' zei hij. 'Ik ken hem niet. Waarom heb je me dat niet eerder verteld?'
'Hij smeerde 'm, en jij wilde geen zaken bespreken voor we het eten op hadden. Het leek me trouwens niet zo belangrijk. Hij heeft me zelfs min of meer gevraagd je te laten weten dat hij informaties over je had ingewonnen.'
'Wat voor bijzonders wou hij dan weten?'
'Of je de hardware zonder haken en ogen kon leveren en de investeerders erbuiten kon houden, begreep ik eruit.'
Hij sloeg met een hand op het stuur. 'Dat slaat nergens op,' zei hij. 'Echt niet.'
'Ik kom plotseling op het idee dat hij misschien is ingehuurd

om wat uit te zoeken voor de mensen die jij hebt gepolst voor een investering in die zaak – of gewoon om je wakker te schudden en te zorgen dat je eerlijk blijft.'

'Merle, denk je dat ik zo stom ben om een hoop tijd te verspillen aan het opsnorren van investeerders voor ik ook maar enige zekerheid heb dat er iets is om het geld in te steken? Ik heb hier met niemand over gepraat, behalve met jou. Wie zou hij geweest kunnen zijn, denk je? Wat wou hij?'

Ik schudde het hoofd, maar ik herinnerde me die woorden in het Thari.

Waarom niet?

'Hij vroeg me ook of ik je ooit had horen praten over een plaats die Amber heette.'

Toen ik dat zei, keek hij in de achteruitkijkspiegel en gaf een ruk aan het stuur om een plotselinge bocht te nemen.

'Amber? Je houdt me voor de gek.'

'Nee.'

'Vreemd. Dat moet toeval zijn.'

'Wat?'

'Ik heb vorige week inderdaad van een soort plaats in sprookjesland gehoord die Amber heette. Maar ik heb er nooit met iemand over gesproken. Het was gewoon dronkemanspraat.'

'Wie? Wie zei het?'

'Een schilder die ik ken. Een echte mafkees, maar een vent met veel talent. Hij heet Melman. Ik vind zijn werk schitterend en ik heb een stel van zijn schilderijen gekocht. De laatste keer dat ik in de stad was ben ik bij hem langs geweest om te zien of hij wat nieuws had. Dat was niet zo, maar ik ben toch vrij lang bij hem gebleven, praten, drinken en wat spul gerookt dat hij had. Na een poosje raakte hij aardig high en begon hij over magie te praten. Ik bedoel, geen trucs met kaarten. Rituele nonsens, je weet wel.'

'Ja.'

'Nou, na een poosje begon hij er wat mee te doen. Als ik zelf niet een beetje stoned was geweest, zou ik zweren dat het werkte – dat hij gordijnen van vlammen liet zweven, een aantal monsters opriep. Ergens moet LSD in hebben gezeten. Maar het leek verdomd echt!'

'Zo.'

'Hoe dan ook,' vervolgde hij, 'hij had het over een soort oerstad. Ik zou niet kunnen zeggen of het meer klonk als

Sodom en Gomorra of als Camelot – met alle adjectieven die hij gebruikte. Hij noemde de plaats Amber en zei dat hij werd geleid door een halfwaanzinnige familie, terwijl de stad werd bevolkt door hun bastaards en families wier voorouders ze verschrikkelijk lang geleden van andere plaatsen hadden binnengebracht. Schaduwen van de familie en de stad spelen vermoedelijk een rol in de meeste belangrijke mythen en zo – wat dat ook betekent. Ik wist nooit zeker of hij beeldspraak gebruikte, wat hij veel deed, of gewoon zei wat hij bedoelde. Maar daar heb ik de naam horen noemen.'
'Interessant,' zei ik. 'Melman is dood. Zijn huis is een paar dagen geleden afgebrand.'
'Zo, dat wist ik niet.' Hij keek weer in het spiegeltje. 'Heb je hem gekend?'
'Ik heb hem ontmoet – nadat je de laatste keer bent weggegaan. Kinsky vertelde me dat Julia wel eens bij hem kwam en ik heb die vent opgezocht om te zien wat hij over haar kon vertellen. Begrijp je – nou ja, Julia is dood.'
'Hoe kan dát nou? Ik heb haar vorige week nog gezien.'
'Op een onvoorstelbare manier. Ze werd gedood door een soort monsterachtig dier.'
'Goeie god.'
Hij remde plotseling en ging van de weg af, de brede berm in. Er was uitzicht op een steile, met bomen begroeide helling. Over de bomen heen zag ik op grote afstand de lichtjes van de stad.
Hij zette de motor af en doofde de koplampen. Hij haalde een pakje Durham uit zijn zak en begon een sigaret te draaien. Ik betrapte hem erop dat hij nu en dan de weg aftuurde.
'Je hebt veel in die spiegel gekeken.'
'Ja,' antwoordde hij. 'Ik ben er bijna zeker van dat een auto ons de hele weg heeft gevolgd vanaf het parkeerterrein bij het hotel. Hij zat bijna voortdurend een paar bochten achter ons. Nu schijnt hij weg te zijn.'
Hij stak zijn sigaret aan en opende de deur.
'Laten we een luchtje scheppen.'
Ik volgde hem en we bleven even staan kijken over de uitgestrekte ruimte. Het licht van de maan was sterk genoeg om dicht bij ons de schaduwen van een paar bomen te doen vallen. Hij gooide de sigaret op de grond en trapte hem uit.
'Verdomme!' zei hij. 'Dit wordt te ingewikkeld! Ik wist dat Julia bij Melman kwam, oké? De avond nadat ik hem had

gesproken, ben ik bij haar geweest, oké? Ik heb ook een pakje afgegeven dat hij me vroeg haar te brengen, oké?'
'Kaarten,' zei ik.
Hij knikte.
Ik haalde ze uit mijn zak en hield ze hem voor. Hij bekeek ze nauwelijks, daar in het halfduister, maar hij knikte weer.
'Die kaarten,' zei hij. Vervolgens: 'Je hield nog steeds van haar, hè?'
'Ja, ik geloof van wel.'
'O,' zei hij met een zucht. 'Goed. Er zijn een paar dingen die ik je zal moeten vertellen, ouwe jongen. Die zijn niet allemaal even leuk. Geef me even tijd om het op een rijtje te zetten. Je hebt me net voor een groot probleem geplaatst – of ik heb het zelf gedaan omdat ik net een besluit heb genomen.'
Hij schopte wat grind weg en de steentjes vielen kletterend de heuvel af.
'Oké,' zei hij. 'Geef me eerst die kaarten.'
'Waarom?'
'Ik ga er confetti van maken.'
'Wat krijgen we nou? Waarom?'
'Ze zijn gevaarlijk.'
'Dat weet ik al. Ik wil ze niet kwijt.'
'Je begrijpt het niet.'
'Leg het dan uit.'
'Zo gemakkelijk is het niet. Ik moet beslissen wat ik je zal vertellen en wat niet.'
'Waarom vertel je me niet gewoon alles?'
'Dat kan ik niet. Geloof me...'
Ik liet me op de grond vallen zodra ik het eerste schot hoorde dat afketste op een zwerfkei. Luke niet. Hij rende in een zigzaglijn naar een groepje bomen aan onze linkerzijde van waaruit nog twee schoten werden gelost. Hij had iets in zijn hand dat hij omhoog stak.
Luke schoot drie keer. Onze aanvaller loste nog één schot. Na het tweede schot van Luke hoorde ik iemand naar lucht happen. Ik stond op en rende naar hem toe met een steen in de hand. Na zijn derde schot hoorde ik een lichaam vallen.
Ik bereikte hem net toen hij het lichaam omdraaide en nog op tijd om een wolkje blauwgrijze damp uit de mond van de man weg te zien drijven.
'Wat is dat in 's hemelsnaam?' vroeg Luke.
'Heb jij het ook gezien? Ik weet het niet.'
Hij keek neer op de slappe gedaante met de donkere plek op

zijn overhemd en een .38 revolver nog in de rechterhand geklemd.
'Ik wist niet dat je een vuurwapen bij je had,' zei ik.
'Wanneer je zoveel op de weg bent als ik, moet je een wapen hebben,' antwoordde hij. 'In iedere stad tik ik een nieuwe op de kop en ik verkoop hem als ik vertrek. Veiligheidsmaatregelen van de luchtvaartmaatschappij. Ik denk dat ik deze niet verkoop. Ik heb die kerel nooit gezien, Merle. Jij?'
Ik knikte.
'Dat is Dan Martinez, de man over wie ik je heb verteld.'
'Goeie hemel,' zei hij. 'Nog meer rotzooi, verdomme. Misschien moest ik maar gewoon een Zenklooster ingaan en mezelf wijsmaken dat...'
Opeens bracht hij de vingertoppen van zijn linkerhand aan zijn voorhoofd.
'O-o,' zei hij vervolgens. 'Merle, de sleutels zitten in het contact. Stap in de auto en rijd meteen terug naar het hotel. Laat mij maar hier. Schiet op!'
'Wat is er? Wat...'
Hij hief zijn wapen omhoog, een automatisch pistool met een extra korte loop, en richtte het op mij.
'Nu! Kop dicht en weg!'
'Maar...'
Hij liet de loop zakken en schoot een kogel in de grond tussen mijn voeten. Vervolgens richtte hij hem recht op mijn buik.
'Merlijn, zoon van Corwin,' zei hij tussen zijn op elkaar geklemde tanden door, 'als je nu niet meteen begint te lopen, ben je een lijk!'
Ik volgde zijn advies op en deed een regen van grind opspatten en liet rubbersporen achter toen ik uit de U-bocht kwam waar ik de wagen snel doorheen draaide. Ik scheurde de heuvel af en slipte door de bocht naar rechts. Ik remde voor de volgende naar links. Toen ging ik langzamer rijden.
Ik stopte aan de linkerkant, aan de voet van een steile rotswand, bij wat struikgewas. Ik zette de motor af, deed de lichten uit en trok de handrem aan. Ik opende zachtjes de deur en deed hem niet helemaal dicht nadat ik eruit was geglipt. Geluiden zijn ver hoorbaar op zulke plaatsen.
Ik begon terug te lopen en hield de donkere kant van de weg aan mijn rechterhand. Het was erg stil. Ik liep door de eerste bocht naar de volgende. Er vloog iets van de ene boom naar een andere. Een uil, denk ik. Omdat ik geen geluid wilde

maken, kwam ik langzamer vooruit dan ik wilde toen ik de tweede bocht naderde.
Die laatste bocht nam ik op handen en voeten terwijl ik mijn voordeel deed met de dekking die werd geleverd door rotsblokken en gebladerte. Toen bleef ik staan en bekeek de omgeving waar we waren geweest. Niets te zien. Langzaam ging ik verder, voorzichtig, klaar om te stoppen, me te laten vallen, te duiken of op te springen en weg te rennen wanneer dat nodig mocht zijn.
Er bewoog niets, behalve takken in de wind. Niemand te zien. Ik ging verder in gebogen houding, nog langzamer, en steeds in de buurt van de dekking blijvend.
Hij was er niet. Ik kwam dichterbij, bleef minstens een minuut staan luisteren, maar het was doodstil.
Ik stak over naar de plek waar Martinez was gevallen. Het lichaam was weg. Ik zocht de omgeving af, maar ik kon niets vinden dat me enige aanwijzing kon geven.
Ik liep terug naar de auto, stapte in en zette koers naar de stad. Ik had er geen flauw idee van wat er aan de hand was.

Ik liet de wagen achter op het parkeerterrein van het hotel, dicht bij de plaats waar hij eerder had gestaan. Vervolgens ging ik naar binnen, liep naar Lukes kamer en klopte op de deur. Ik verwachtte eigenlijk geen reactie, maar het leek me netjes om dat te doen voor je bij iemand inbrak.
Ik zorgde ervoor alleen het slot stuk te maken en de deur en het kozijn onbeschadigd te houden omdat die Brazda best een aardige kerel leek. Het duurde wat langer, maar er was niemand te zien. Ik stak een hand naar binnen en draaide het licht aan, keek snel om me heen en glipte vlug naar binnen. Ik bleef een paar minuten staan luisteren, maar ik hoorde geen geluid van enige betekenis op de gang.
Het was er propvol. Koffer op het bagagerek, leeg. De kleren hingen in de kast – niets in de zakken behalve twee boekjes lucifers, een pen en een potlood. Nog wat kledingstukken en ondergoed in een la, er was niets bij. Toiletspullen in de scheertas of keurig opgesteld in de badkamer. Daar was niets bijzonders. Op het nachtkastje lag *Strategy* van B.H. Liddell Hart, met een bladwijzer op ongeveer driekwart van het boek.
Zijn werktenue was op een stoel gegooid, zijn stoffige laarzen stonden erbij, met de sokken ernaast. In de laarzen zaten alleen een paar riempjes. Ik keek de zakken van het

overhemd na, die eerst leeg leken, maar mijn vingertoppen ontdekten een aantal witte propjes papier in een ervan. Verbaasd vouwde ik er een paar open. Bizarre geheime boodschappen? Nee... Een paar bruine vlekjes op een stukje papier beantwoordden de vraag. Tabak. Het waren stukjes sigarettepapier. Hij haalde zijn peukjes blijkbaar uit elkaar wanneer hij rondtrok in de woestenij. Ik herinnerde me van vroeger een paar trektochten met hem. Hij was niet altijd zo netjes geweest.
Ik zocht de broekzakken na. Er zat een vochtige boerenzakdoek in een achterzak en een kam in de andere. Niets in de rechterzijzak en wat munitie in de linker. In een impuls stak ik een patroon in mijn zak en ging onder de matras en achter de laden kijken. Ik keek zelfs in de stortbak van het toilet. Niets. Niets om zijn vreemde gedrag te verklaren.
Ik liet de autosleutels achter op het nachtkastje en vertrok naar mijn eigen kamer. Het kon me niet schelen of hij zou merken dat ik had ingebroken. Ik vond het eigenlijk wel leuk. Het irriteerde me dat hij in mijn Spookwielpapieren had gesnuffeld. Bovendien was hij me een verdomd goede verklaring schuldig voor zijn gedrag op de berg.
Ik kleedde me uit, nam een douche, ging naar bed en deed het licht uit. Ik had een briefje voor hem moeten achterlaten, ware het niet dat ik er niet van hou bewijsmateriaal te creëren en ik er vrij zeker van was dat hij niet terug zou komen.

6

Hij was een kleine, zwaargebouwde man met een enigszins blozend gezicht. In zijn donkere haar zaten streepjes wit en op de kruin was het misschien wat dun. Ik zat in de studeerkamer van zijn landelijk gelegen huis in het noorden van de staat New York, nam af en toe een slok bier en vertelde hem mijn problemen. Het was een winderige avond met veel sterren die door het raam te zien waren, en hij was een goede luisteraar.

'Je zegt dat Luke de volgende dag niet kwam opdagen,' zei hij. 'Heeft hij bericht doorgegeven?'

'Nee.'

'Wat heb je die dag precies gedaan?'

''s Morgens heb ik zijn kamer gecontroleerd. Die was precies zoals ik hem had achtergelaten. Ik ben even naar de balie gelopen. Niets dus. Toen heb ik ontbeten en weer gekeken. Weer niets. Daarna heb ik een lange wandeling door de stad gemaakt. Ik kwam even na twaalven terug, heb geluncht en de kamer weer onderzocht. Alles nog steeds hetzelfde. Toen heb ik de autosleutels geleend en ben ik weer naar de plaats gereden waar we de vorige nacht waren geweest. Toen ik het bij daglicht zag was er niets ongewoons te zien. Ik ben zelfs de helling afgedaald en heb overal gezocht. Geen lichaam, geen aanwijzingen. Ik ben teruggereden, heb de sleutels weer op hun plaats gelegd, ben tot etenstijd in de buurt van het hotel gebleven, heb gegeten en toen jou gebeld. Toen je zei dat ik moest komen, heb ik een vlucht geboekt en ben vroeg naar bed gegaan. Vanmorgen ben ik hierheen gevlogen uit Albuquerque.'

'En heb je vanmorgen weer gekeken?'

'Ja. Niets veranderd.'

Hij schudde het hoofd en stak zijn pijp weer aan.

Zijn naam was Bill Roth en hij was niet alleen de vriend, maar ook de advocaat van mijn vader geweest toen hij in deze omgeving woonde. Hij was misschien de enige man op Aarde die Pa had vertrouwd en ik vertrouwde hem ook. Ik

had hem tijdens mijn acht jaren een aantal keren een bezoek gebracht – de laatste keer, helaas, bij de begrafenis van zijn vrouw Alice, nu anderhalf jaar geleden. Ik had hem het verhaal van mijn vader verteld zoals ik het uit zijn eigen mond had gehoord, buiten de Hoven van Chaos, omdat ik de indruk had dat hij wou dat Bill wist wat er was gebeurd, en hij vond dat hij hem een verklaring schuldig was na alle hulp die hij hem had gegeven. En Bill scheen het werkelijk te begrijpen en te geloven. Maar hij had Pa destijds veel beter gekend dan ik.
'Ik heb je al eerder verteld hoeveel je op je vader lijkt.'
Ik knikte.
'En niet alleen lichamelijk,' vervolgde hij. 'Hij heeft een tijdje de gewoonte gehad als een neergehaalde jachtvlieger vanachter de vijandelijke linies te voorschijn te komen. Ik zal nooit de avond vergeten dat hij te paard arriveerde, met een zwaard opzij, en me een vermiste composthoop liet opsporen.' Hij grinnikte. 'Nu kom jij opdagen met een verhaal dat me haast doet geloven dat de doos van Pandora weer geopend is. Waarom kom je niet gewoon voor een scheiding, zoals iedere verstandige jongeman? Of voor een geschreven testament, of voor de oprichting van een B.V. of een vennootschapsovereenkomst of iets dergelijks? Nee, dit heeft meer van de problemen van Carl. Wat ik voor Amber heb gedaan, lijkt in vergelijking hiermee een fluitje van een cent.'
'Je bedoelt het Verdrag – die keer dat Random Fiona heeft gestuurd met een exemplaar van het Verdrag van het Schema van de Ondergang met Swayvil, Koning van Chaos, voor haar om te vertalen en voor jou om het te controleren op achterdeurtjes?'
'Dat ja,' zei hij, 'hoewel ik het bestuderen van jullie taal heb gestaakt voor ik klaar was. Vervolgens wou Flora haar bibliotheek terug laten halen – geen gemakkelijk karwei – en toen moest er een vroegere geliefde worden opgespoord – hetzij voor een hereniging of om wraak te nemen, daar ben ik nooit achter gekomen. Maar ze heeft me in goud betaald. Ik heb er het huis in Palm Beach van gekocht. Toen – verdomd. Ik heb er een tijdje aan gedacht om "Advocaat aan het Hof van Amber" op mijn kaartje toe te voegen. Maar dat soort werk was te begrijpen. Op aards niveau doe ik altijd zulk soort dingen. Dat van jou heeft echter die zwarte magie en het karakter van de plotselinge dood in zich die je

vader overal schenen te volgen. Het maakt me doodsbang en ik zou ook niet weten welk advies ik je zou moeten geven.'
'Wel, het gedeelte zwarte magie en plotselinge dood is mijn terrein, denk ik,' merkte ik op. 'In feite beïnvloeden ze misschien mijn denken te veel. Jij ziet de dingen vast heel anders dan ik. Van een blinde vlek ben je je per definitie nooit bewust. Wie weet wat ik mis?'
Hij nam een teug bier en stak zijn pijp weer aan.
'Oké,' zei hij. 'Je vriend Luke – waar komt hij vandaan?'
'Ergens uit het Midden-Westen. Ik geloof dat hij Nebraska, Iowa of Ohio zei – een van die staten.'
'Hm. Wat voor soort werk doet zijn oude heer?'
'Daar heeft hij het nooit over gehad.'
'Heeft hij ook broers of zusters?'
'Ik weet het niet. Dat heeft hij nooit gezegd.'
'Is dat niet een beetje vreemd, dat hij het nooit over zijn familie heeft gehad of in al de acht jaar dat je hem kent nooit over zijn geboorteplaats heeft gesproken?'
'Nee. Ik heb per slot van rekening ook nooit over de mijne gepraat.'
'Het is niet normaal, Merle. Jij bent opgegroeid in een vreemde omgeving, waar je niet over kón praten. Jij had alle reden om van onderwerp te veranderen, die punten te vermijden. Hij blijkbaar ook. En verder, toen jij kwam wist je zelfs niet hoe de meeste mensen zich hier gedroegen. Maar heb je je nooit verbaasd over Luke?'
'Natuurlijk. Maar hij respecteerde mijn terughoudendheid. Ik kon niet minder doen ten aanzien van hem. Je zou kunnen zeggen dat we een soort stilzwijgende overeenkomst hadden, dat zulke dingen verboden terrein waren.'
'Hoe heb je hem ontmoet?'
'We waren samen eerstejaars, hadden vaak dezelfde lessen.'
'En jullie waren beiden vreemd in de stad, geen andere vrienden. Jullie konden het vanaf het begin samen goed vinden...'
'Nee. We praatten nauwelijks met elkaar. Ik vond hem een arrogante klootzak die meende dat hij tien keer zo goed was als ieder ander die hij ooit had ontmoet. Ik mocht hem niet en hij mocht mij ook niet zo.'
'Waarom niet?'
'Hij had dezelfde mening over mij.'

'Dus jullie realiseerden je pas geleidelijk dat jullie beiden ongelijk hadden?'
'Nee, we hadden beiden gelijk. We leerden elkaar kennen door te proberen elkaar in een moeilijk parket te brengen. Als ik iets bijzonders deed, probeerde hij me te overtreffen. En omgekeerd. We zetten ons in voor dezelfde sport, probeerden dezelfde meisjes te versieren en elkaars cijfers te overtreffen.'
'En...?'
'Ik denk dat we volgens dat stramien elkaar ergens begonnen te respecteren. Toen we allebei de Olympische finales haalden, veranderde er plotseling iets. We begonnen elkaar op de schouder te slaan en te lachen. We gingen samen uit eten en bleven de hele nacht kletsen. Hij zei dat de Olympische spelen hem geen donder konden schelen en ik zei dat ik er ook zo over dacht. Hij zei dat hij me alleen wou laten zien dat hij beter was en nu kon ook dat hem niets meer schelen. Hij was van oordeel dat we allebei goed genoeg waren en dat hij de zaak net zo lief voor gezien hield. Ik was het helemaal met hem eens en zei hem dat. Zo werden we vrienden.'
'Daar kan ik wel inkomen,' zei Bill. 'Het is een speciaal soort vriendschap. In een bepaald opzicht zijn jullie vrienden.'
Ik lachte en nam een slok.
'Is dat niet met iedereen zo?'
'Eerst wel. Soms altijd. Daar is niets verkeerds aan. Het is alleen zo dat die van jullie veel beperkter is dan de meeste vriendschappen.'
Ik knikte langzaam. 'Misschien is dat wel zo.'
'Twee jongens die zo dik bevriend raakten als jullie – zonder een verleden om met elkaar te bespreken.'
'Ik geloof dat je gelijk hebt. Wat betekent dat?'
'Dat je geen gewoon menselijk wezen bent.'
'Nee, dat ben ik niet.'
'Ik ben er niet zo zeker van dat Luke het wel is.'
'Wat dan?'
'Dat is jouw afdeling.'
Ik knikte.
'Afgezien van dat punt,' vervolgde Bill, 'is er iets anders dat me dwars zit.'
'Wat dan?'
'Die Martinez. Hij heeft jullie gevolgd tot in de rimboe, stopte gelijk met jullie, heeft jullie beslopen en vervolgens het

vuur geopend. Op wie had hij het gemunt? Op jullie beiden? Alleen Luke? Of alleen op jou?'
'Ik weet het niet. Ik ben er niet zeker van voor wie dat eerste schot bedoeld was. Daarna schoot hij op Luke - omdat Luke hem toen aanviel en hij zich verdedigde.'
'Precies. Als hij S was - of de agent van S - waarom zou hij dan de moeite hebben genomen dat gesprek met jou in de bar aan te knopen?'
'Ik heb nu de indruk dat het allemaal een met zorg voorbereide aanloop was naar die laatste vraag van hem, of Luke iets over Amber wist.'
'En jouw reactie, nog meer dan je antwoord, deed hem geloven dat dat zo was.'
'Nou, blijkbaar weet Luke er iets van - te oordelen naar de wijze waarop hij zich daar tenslotte gedroeg. Denk je dat hij het echt gemunt had op iemand uit Amber?'
'Mogelijk. Luke is toch niet afkomstig uit Amber?'
'Niet dat ik weet. En ik heb heel wat colleges genealogie gehad. Mijn familie is net een naaikransje wanneer het erom gaat op de hoogte te blijven in dit opzicht - ze zijn er veel minder gedisciplineerd in dan in Chaos - ze kunnen zelfs niet precies zeggen wie de oudste is omdat sommigen in verschillende tijdstromen werd geboren - maar ze zijn vrij grondig...'
'Chaos! Dat is zo! Je barst ook van de familieleden van die kant! Zou het kunnen dat...?'
Ik schudde het hoofd. 'Geen sprake van. Ik ben zelfs nog beter op de hoogte van de families daar. Ik geloof dat ik bijna iedereen ken die Schaduw kan manipuleren, onderzoek het maar. Luke is niet een van hen en...'
'Een ogenblik! Zijn er mensen in de Hoven die ook in Schaduw kunnen leven?'
'Ja. Of op één plaats blijven en dingen van Schaduw bij ze brengen. Het is een soort omkering...'
'Ik dacht dat jij het Patroon moest lopen om die macht te krijgen.'
'Ze hebben een soort equivalent dat de Logrus wordt genoemd. Het is zoiets als een chaotisch labyrint. Het blijft in beweging. Heel gevaarlijk. Het brengt je ook geestelijk een tijd uit balans. Dat is niet leuk.'
'Het is jou dus gelukt?'
'Ja.'
'En je hebt het Patroon ook gelopen?'

Ik bevochtigde mijn lippen met de tong terwijl ik eraan dacht.
'Ja. Het scheelde verdomd weinig of het heeft me het leven gekost. Suhuy dacht dat het mis zou gaan, maar Fiona dacht dat ik het kon als zij hielp. Ik was...'
'Wie is Suhuy?'
'Hij is meester van de Logrus en ook een oom van mij. Hij meende dat het Patroon van Amber en de Logrus van Chaos onverenigbaar waren, dat ik de personificaties van beide niet in me kon dragen. Random, Fiona en Gérard hebben me afgehaald om me het Patroon te laten zien. Toen kwam ik in contact met Suhuy en liet het hem zien. Hij zei dat ze tegenstrijdig leken en dat ik óf zou worden vernietigd bij de poging óf het Patroon zou de personificatie van de Logrus uit me drijven – waarschijnlijk het eerste. Maar Fiona zei dat het Patroon in staat zou zijn alles te omvatten, ook de Logrus, en voorzover ze de Logrus begreep, zou die in staat zijn om overal zijn weg te vinden, ook om het Patroon. Dus lieten ze het aan mij over en ik wist dat ik het moest lopen. Dat heb ik gedaan. Het is me gelukt en ik draag nog steeds zowel de Logrus als het Patroon in me. Suhuy gaf toe dat Fi gelijk had gehad en hij vermoedde dat het te maken had met mijn gemengde afkomst. Maar zij was het daar niet mee eens...'
Bill stak zijn hand op. 'Een ogenblik. Ik begrijp niet hoe je je oom Suhuy meteen mee naar beneden hebt gekregen, de kelder van het kasteel van Amber in.'
'O, ik heb een stel Chaostroeven en ook een stel Ambertroeven voor mijn familie in de Hoven.'
Hij schudde het hoofd. 'Het is allemaal fascinerend, maar we dwalen af van het onderwerp. Is er nog iemand anders die in Schaduw kan leven? Of zijn er andere manieren om het te doen?'
'Ja, er zijn verschillende manieren waarop het zou kunnen. Er zijn een aantal magische wezens, zoals de eenhoorn, die gewoon kunnen rondzwerven, waarheen ze maar willen. En je kunt een Schaduwganger of een magisch wezen door Schaduw volgen, zolang je het spoor kunt volgen, wie je ook bent. Ongeveer zoals Thomas Rhymer in de ballade. En één Schaduwganger zou er een leger doorheen kunnen leiden. En dan zijn er de inwoners van de verschillende schaduwkoninkrijken die het dichtst bij Amber en Chaos liggen. Die aan beide uiteinden liggen leiden zeer invloedrijke tove-

naars op, gewoon als gevolg van de nabijheid van de twee machtscentra. Wie goed is kan er heel bedreven in worden, maar hun personificaties van het Patroon of de Logrus zijn niet volmaakt, zodat ze nooit zo goed zijn als het origineel. Maar aan beide uiteinden hebben ze niet eens een introductie nodig om binnen te komen. De schaduwgrensvlakken zijn daar het dunst. We drijven momenteel ook handel met ze. En vastgestelde routes zijn mettertijd steeds gemakkelijker te volgen. Maar het is moeilijker om eruit te gaan. Het is echter bekend dat grote aanvalslegers erdoor zijn gekomen. Daarom houden we de patrouilles in stand. Julian in Arden, Gérard op zee, enzovoort.'

'Zijn er nog andere mogelijkheden?'

'Een schaduwstorm misschien.'

'Wat is dat?'

'Dat is een natuurverschijnsel, maar niemand begrijpt precies hoe het werkt. De beste vergelijking die ik kan bedenken is die met een tropische orkaan. Een theorie over zijn ontstaan houdt verband met de frequenties van de golven die worden uitgezonden van Amber en van de Hoven, die vorm geven aan het karakter van de schaduwen. Hoe het ook zij, wanneer zo'n orkaan opsteekt, kan hij door een groot aantal schaduwen stromen voor er een eind aan komt. Soms richten tropische orkanen veel schade aan, soms heel weinig. Maar ze voeren vaak dingen mee in hun baan.'

'Zijn daar ook mensen bij?'

'Het schijnt wel eens gebeurd te zijn.'

Hij dronk zijn bier op. Ik deed hetzelfde met het mijne.

'Hoe zit het met de Troeven?' vroeg hij. 'Zou iemand kunnen leren hoe hij ze moet gebruiken?'

'Ja.'

'Hoeveel pakken slingeren er rond?'

'Ik weet het niet.'

'Wie maakt ze?'

'Er is een aantal experts in de Hoven. Daar heb ik het geleerd. En verder zijn Fiona en Bleys nog in Amber – en ik geloof dat zij het Random hebben geleerd...'

'Die tovenaars over wie je het had – uit de aangrenzende koninkrijken... Zou een van hen een stel Troeven kunnen maken?'

'Ja, maar die zijn van mindere kwaliteit. Volgens mij moet je een ingewijde van het Patroon of de Logrus zijn om ze goed

te maken. Sommigen zouden toch wel een bruikbaar stel kunnen produceren, waar je risico's moet nemen bij het gebruik – mogelijk eindigend met de dood of in de een of andere kerker, en soms wordt het doel bereikt.'
'En het stel kaarten dat je in de woning van Julia hebt gevonden...?'
'Die zijn goed.'
'Hoe verklaar je dat?'
'Iemand die wist hoe het moest, heeft het een ander geleerd die de juiste capaciteiten had, en ik heb er verder nooit iets over gehoord. Dat is alles.'
'Ik begrijp het.'
'Ik ben bang dat dit allemaal niet veel oplevert.'
'Maar ik heb het allemaal wel nodig om mee te kunnen denken,' antwoordde hij. 'Hoe kan ik anders met richtlijnen voor het onderzoek komen? Heb je zin in nog een biertje?'
'Wacht.'
Ik sloot de ogen en haalde me een beeld van de Logrus voor de geest – dat bewoog, voortdurend bewoog. Ik formuleerde mijn wens en twee van de zwevende lijnen binnen de geestverschijning namen toe in helderheid en dikte. Ik bewoog mijn armen langzaam en volgde hun golfbewegingen en schokken. Ten slotte leken de lijnen en mijn armen een geheel. Ik opende mijn handen en verlengde de lijnen naar buiten, naar buiten door Schaduw.
Bill schraapte zijn keel.
'Eh – wat doe je, Merle?'
'Ik zoek iets,' antwoordde ik. 'Even geduld.'
De lijnen zouden steeds langer worden door een oneindigheid van Schaduw tot ze de voorwerpen die ik wenste ontmoetten – of tot mijn geduld op raakte of mijn concentratie verslapte. Tenslotte voelde ik schokken alsof ik beet had aan een paar vislijnen.
'Daar zijn ze,' zei ik en ik haalde ze vlug binnen. In elke hand verscheen een ijskoud flesje bier. Ik greep ze vast en gaf er een aan Bill.
'Dat bedoelde ik met de omkering van een schaduwloop,' zei ik terwijl ik een paar keer diep ademde. 'Ik heb Schaduw een paar biertjes laten halen. Het heeft je een loop naar de keuken bespaard.'
Hij bekeek het oranje etiket met het eigenaardige groene schrift erop.

'Ik ken het merk niet,' zei hij, 'laat staan de taal. Weet je zeker dat het in orde is?'
'Ja, ik heb echt bier besteld.'
'Eh ... je hebt niet toevallig ook nog een opener meegenomen, hè?'
'Nee maar!' zei ik. 'Sorry. Ik zal...'
'Doe geen moeite.'
Hij stond op, liep naar de keuken en kwam even later terug met een opener. Toen hij het eerste flesje openmaakte, schuimde het een beetje en hij moest het boven de prullenbak houden tot het schuim minder werd. Hetzelfde met het andere.
'Die dingen kunnen een beetje geëmotioneerd raken wanneer je ze zo snel binnenhaalt als ik deed,' legde ik uit. 'Ik krijg mijn bier gewoonlijk niet op deze manier en ik was vergeten...'
'Dat is oké,' zei Bill, terwijl hij zijn handen aan zijn zakdoek afveegde.
Vervolgens nam hij voorzichtig een slok.
'Het is tenminste wel goed bier,' merkte hij op. 'Ik vraag me af... Nee.'
'Wat?'
'Zou je een pizza kunnen laten halen?'
'Wat wil je erop hebben?' vroeg ik.

De volgende morgen maakten we een lange wandeling langs een kronkelende beek, waar we tegenover kwamen te staan aan het eind van wat landbouwgrond die eigendom was van een buurman, een cliënt van Bill. We wandelden langzaam, Bill met een stok in de hand en een pijp in zijn mond en hij zette het gesprek van de vorige avond voort.
'Je hebt iets gezegd en dat is op dat moment niet goed overgekomen,' zei hij, 'omdat ik meer belangstelling had voor andere aspecten van de situatie. Je zei dat jij en Luke elkaar eigenlijk hebben beconcurreerd tot aan de finales van de Olympische spelen en het toen hebben opgegeven?'
'Ja.'
'Welk gebied?'
'Verschillende baan- en veldnummers. We waren allebei hardlopers en...'
'En zijn tijd lag dicht bij de jouwe?'
'Heel dicht. En soms was hij iets beter.'
'Vreemd.'

'Wat?'
De oever werd steiler en we staken via een paar stapstenen over naar de andere kant waar het breder was en betrekkelijk vlak met een platgetreden pad erlangs.
'Ik vind het meer dan toevallig,' zei hij, 'dat deze jongen bijna net zo goed is in sport als jij. Naar alles wat ik heb gehoord zijn jullie, inwoners van Amber, verscheidene keren sterker dan een gewoon mens, met een superieure stofwisseling die jullie een buitengewoon groot uithoudingsvermogen geeft en versterkende regeneratieve krachten. Hoe kon Luke je evenaren in prestaties op hoog niveau?'
'Hij is een prima atleet en hij houdt zich in goede conditie,' antwoordde ik. 'Zo zijn er hier meer mensen – heel sterk en snel.'
Hij schudde het hoofd terwijl we aan het pad begonnen.
'Dat spreek ik niet tegen,' zei hij. 'Het lijkt me gewoon een toevalligheid te veel. Die vent verbergt zijn verleden, net als jij, en dan blijkt dat hij, hoe dan ook, echt wel weet wie jij bent. Zeg eens, is hij werkelijk een groot kunstkenner?'
'Hè?'
'Kunst. Gaf hij echt genoeg om kunst om het te verzamelen?'
'O. Ja. We gingen vrij regelmatig naar openingen van galerieën en tentoonstellingen in musea.'
Hij snoof en zwiepte met zijn stok naar een steentje dat in de beek plonsde.
'Wel,' merkte hij op, 'dat verzwakt één punt, maar het breekt nauwelijks het patroon af.'
'Ik snap niet...'
'Het leek vreemd dat hij die gekke, occulte schilder ook kende. Minder vreemd echter, wanneer je zegt dat die vent goed was en dat Luke werkelijk kunst verzamelde.'
'Hij hoefde me niet te vertellen dat hij Melman kende.'
'Dat is waar. Maar dat alles, plus zijn lichamelijke talenten... Ik ben gewoon een indirect bewijs uit aanwijzingen aan het construeren, of een gedragslijn, maar ik vind die man heel vreemd.'
Ik knikte.
'Sinds gisteravond heb ik er verschillende keren over nagedacht,' zei ik. 'Als hij hier echt niet vandaan komt, weet ik niet waar dan wel.'
'Dan hebben we misschien die richting in het onderzoek uitgeput,' zei Bill, terwijl hij me voorging in een bocht en even

bleef staan om naar een paar vogels te kijken die uit een moerassig gebied aan de overkant van de beek opvlogen. Hij keek achterom, in de richting vanwaar we gekomen waren en vroeg toen: 'Zeg eens – helemaal los van het onderwerp – wat is je – eh, status?'
'Wat bedoel je?'
'Je bent de zoon van een Prins van Amber. Wat ben je dan?'
'Je bedoelt titels? Ik ben Hertog van de Westelijke Marken en Graaf van Kolvir.'
'Wat houdt dat in?'
'Het betekent dat ik geen Prins van Amber ben. Niemand hoeft zich zorgen te maken dat ik zal intrigeren, geen vendetta's in verband met de opvolging.'
'Hm.'
'Wat bedoel je met "Hm"?'
Hij haalde de schouders op. 'Ik heb te veel geschiedenis gelezen. Niemand is veilig.'
Ik trok ook de schouders op. 'Volgens de laatste berichten was alles vredig aan het thuisfront.'
'Nou, dat is in ieder geval goed nieuws.'
Na nog een paar bochten kwamen we op een uitgestrekte vlakte met kiezel en zand en een lichte stijging over een afstand van misschien tien meter tot de plaats waar ze een steile oever bereikte die twee tot drie meter hoog was. Ik zag de hoge waterlijn en een aantal blootgespoelde wortels van bomen die langs de top groeiden. Bill ging in de schaduw zitten, op een zwerfkei, en stak zijn pijp weer aan. Ik rustte uit op een kei die dichtbij lag, links van hem. Het water klaterde en ruiste in een prettige toonaard en we keken een poosje hoe het glinsterde.
'Fijn,' zei ik even later. 'Mooi plekje.'
'Ja.'
Ik wierp een blik op hem. Bill keek het pad af dat we hadden gevolgd.
Ik begon zachter te praten. 'Is er iets?'
'Ik zag toevallig zo pas iemand deze kant op komen – een eindje achter ons,' fluisterde hij. 'Ik heb hem uit het oog verloren door al die bochten die we hebben genomen.'
'Misschien moet ik een eindje teruglopen.'
'Het is waarschijnlijk niets. Het is een prachtige dag. Veel mensen wandelen hier graag. Ik dacht net, als we een paar minuten wachten, komt hij wel opdagen of weten we dat hij ergens anders heen gegaan is.'

'Kun je hem omschrijven?'
'Nee. Ik heb hem nauwelijks gezien. Ik geloof niet dat het iets is om je druk over te maken. Het is gewoon dat nadenken over jouw verhaal dat me een beetje alert maakt – of paranoïde. Ik weet niet zeker welke van de twee.'
Ik zocht mijn pijp op, stopte hem, stak hem aan en wachtte af. We bleven een minuut of vijftien wachten. Maar er kwam niemand.
Bill ging ten slotte staan en rekte zich uit. 'Vals alarm,' zei hij.
'Ik denk het ook.'
Hij begon weer te lopen en ik ging naast hem in de pas.
'Verder zit die dame, Jasra, me dwars,' zei hij. 'Je zegt dat ze met de troefkaart kwam – en verder had ze die giftand die jou buiten westen bracht.'
'Inderdaad.'
'Heb je ooit eerder zo iemand ontmoet?'
'Nee.'
'Enig idee?'
Ik schudde het hoofd.
'En waarom die toestand met Walpurgisnacht? Ik kan begrijpen dat een bepaalde datum betekenis heeft voor een psychopaat en ik begrijp dat mensen in verschillende primitieve godsdiensten groot belang hechten aan het wisselen van de seizoenen. Maar S lijkt bijna te goed georganiseerd om een krankzinnige te zijn. En wat de ander betreft...'
'Melman vond het belangrijk.'
'Ja, maar die zat in dat soort rommel. Het had me verbaasd wanneer hij niet met zo'n gelijkenis op de proppen was gekomen, of het nu opzettelijk was of niet. Hij gaf toe dat zijn meester hem nooit had gezegd dat dat het geval was. Het was zijn eigen idee. Maar jij bent degene met de achtergrond op dat gebied. Heeft het een bijzondere betekenis, of zou je echt enige macht kunnen verwerven door iemand van jouw familie te doden in die speciale tijd van het jaar?'
'Niet dat ik weet. Maar natuurlijk zijn er veel dingen waar ik niets van weet. Ik ben heel jong vergeleken bij de meeste ingewijden. Maar waar wil je naartoe? Je zegt dat je niet gelooft dat hij een halve gare is, maar je accepteert het idee van de Walpurgis ook niet.'
'Ik weet het niet. Ik denk gewoon hardop. Ze lijken me beiden onbetrouwbaar, meer niet. Nu we het er toch over hebben, het Franse Vreemdelingenlegioen gaf iedereen op 30

april verlof om dronken te worden en nog een paar dagen erbij om weer nuchter te worden. Het is de verjaardag van de slag bij Camerone, een van hun grote overwinningen. Maar ik betwijfel of dat hier ook een rol in speelt. En waarom de sfinx?' zei hij opeens. 'Waarom een Troef die je ergens heenvoert om stomme raadsels uit te wisselen of je hoofd eraf te laten bijten?'

'Ik had het gevoel dat het laatste eerder de bedoeling was.'

'Dat idee heb ik ook. Maar het is behoorlijk vreemd. Weet je wat ik geloof? Ik wed dat het allemaal een soort valstrikken zijn.'

'Dat zou best kunnen.'

Ik stak mijn hand in de zak om ze te pakken.

'Laat maar zitten,' zei hij. 'We moeten maar geen moeilijkheden zoeken. Misschien is het beter als je ze weglegt, tenminste een poosje. Ik zou ze in mijn safe kunnen opbergen, op het kantoor.'

Ik lachte.

'Zo veilig zijn safes ook weer niet. Nee, dank je. Ik wil ze bij me houden. Er is misschien een manier om ze uit te proberen zonder risico.'

'Jij bent de deskundige. Maar zeg eens, zou er iets van het beeld op de troefkaart kunnen wegglippen zonder dat je...'

'Nee, zo werkt het niet. Ze eisen je aandacht om iets teweeg te kunnen brengen. En meer dan een beetje.'

'Dat is in ieder geval iets. Ik...'

Hij keek weer achterom. Er kwam iemand aan. Onwillekeurig balde ik mijn vuisten.

Toen hoorde ik hem zuchten.

'Het is in orde,' zei hij. 'Ik ken hem. Het is George Hansen, de zoon van de eigenaar van de boerderij die achter ons ligt. Hallo, George!'

De naderende figuur wuifde. Hij had een gemiddelde lengte en was stevig gebouwd. Hij had rossig haar en droeg Levi's en een Grateful Dead T-shirt. In de omgeslagen linkermouw zat een pakje sigaretten. Hij leek in de twintig.

'Hallo,' antwoordde hij toen hij naderbij kwam. 'Prachtige dag, hè?'

'Dat is het zeker,' antwoordde Bill. 'Daarom maken we een wandeling in plaats van thuis te zitten.'

De blik van George ging naar mij.

'Ik ook,' zei hij, terwijl hij met zijn tanden over zijn onderlip schuurde. 'Een echt mooie dag.'

'Dat is Merle Corey. Hij kwam 's langs.'
'Merle Corey,' herhaalde George en hij stak zijn hand uit. 'Hallo, Merle.'
Ik drukte hem de hand. Die was wat vochtig.
'Herinner je je de naam?'
'Eh – Merle Corey,' zei hij nog een keer.
'Je hebt zijn vader gekend.'
'Ja? O, natuurlijk!'
'Sam Corey,' zei Bill en hij wierp me over de schouder van George een snelle blik toe.
'Sam Corey,' herhaalde George. 'Krijg nou wat! Leuk je te leren kennen. Ben je van plan hier lang te blijven?'
'Een paar dagen, denk ik,' antwoordde ik. 'Ik wist niet dat je mijn vader had gekend.'
'Fijne man,' zei hij. 'Waar kom je vandaan?'
'Californië, maar ik wil wat anders.'
'Waar ga je heen?'
'Ik wil eigenlijk het land uit.'
'Europa?'
'Verder.'
'Dat klinkt fantastisch. Ik zou ook wel eens op reis willen.'
'Misschien gebeurt dat wel.'
'Misschien. Nou, ik ga verder. Ik wens jullie een prettige wandeling. Leuk je ontmoet te hebben, Merle.'
'Tot genoegen.'
Hij stapte naar achteren, wuifde, draaide zich om en ging weg.
Ik wierp vervolgens een blik op Bill en zag dat hij trilde.
'Wat is er?' fluisterde ik.
'Ik heb die jongen van jongs af aan gekend,' zei hij. 'Denk je dat hij aan de drugs is?'
'In elk geval geen drugs die je moet inspuiten. Ik heb geen sporen gezien. En hij leek niet bepaald zweverig.'
'Tja, maar je kent hem niet zoals ik hem ken. Hij leek heel... anders. Het was gewoon een impuls dat ik de naam Sam voor je vader gebruikte, omdat er iets niet leek te kloppen. Zijn manier van spreken is veranderd, zijn houding, zijn loop... Ondefinieerbaar. Ik wachtte af of hij me zou corrigeren en dan had ik een grapje kunnen maken over voortijdige seniliteit. Maar hij deed het niet. In plaats daarvan nam hij hem over. Merle, dit is alarmerend! Hij heeft je vader heel goed gekend – als Carl Corey. Je vader hield zijn huis graag netjes, maar hij voelde nooit veel voor wieden en maaien, of

bladeren opharken. George heeft jarenlang het tuinwerk gedaan toen hij nog naar school ging. Hij wist dat zijn naam geen Sam was.'
'Ik begrijp het niet.'
'Ik ook niet,' zei hij, 'en ik vind het eigenaardig.'
'Dus hij gedraagt zich vreemd – en jij denkt dat hij ons volgde?'
'Nu wel. Dit is te veel om toeval te zijn, net nu je hier bent.'
Ik draaide me om.
'Ik ga hem achterna,' zei ik. 'Ik wil het uitzoeken.'
'Nee. Niet doen.'
'Ik zal hem geen kwaad doen. Er zijn andere manieren.'
'Het kon wel eens beter zijn hem te laten geloven dat hij ons voor de gek heeft gehouden. Het zou hem kunnen aanmoedigen later iets te doen of te zeggen dat bruikbaar zou kunnen blijken. Anderzijds kan alles wat je doet – ook iets mysterieus of magisch – hem, of iets anders, laten weten dat we hem op het spoor zijn. Laat het op zijn beloop, wees dankbaar dat je gewaarschuwd bent en blijf alert.'
'Daar heb je gelijk in,' gaf ik toe. 'Goed.'
'Laten we teruggaan en naar de stad rijden om te lunchen. Ik moet even langs het kantoor voor een paar telefoontjes en wat papieren. Dan moet ik om twee uur een cliënt ontvangen. In de tussentijd kun je de auto nemen en wat rondrijden.'
'Prima.'
Terwijl we terug kuierden, vroeg ik me toch het een en ander af. Er waren een aantal dingen die ik Bill niet had verteld. Er was bijvoorbeeld geen reden geweest om hem te vertellen dat ik om mijn linkerpols een onzichtbaar wurgkoord droeg dat een paar vrij ongewone kwaliteiten bezat. Een van die kwaliteiten is dat het me over het algemeen waarschuwt voor gevaarlijke intenties jegens mij, zoals het bijna twee jaar lang in aanwezigheid van Luke had gedaan, tot we vrienden werden. Wat ook de reden voor het ongewone gedrag van George Hansen mocht zijn, Frakir had me geen enkele aanwijzing gegeven dat hij kwade bedoelingen had.
Toch vreemd... er was iets in zijn manier van praten, de wijze waarop hij zijn woorden uitsprak...
Na de lunch ging ik een eindje rijden terwijl Bill zijn zaken afhandelde. Ik reed naar het huis waar mijn vader jaren geleden had gewoond. Ik was er in het verleden een aantal keren langs gekomen, maar ik was er nooit in geweest. Ik denk

trouwens dat er geen echte reden voor was. Ik parkeerde in de berm, en keek ernaar. Bill had me verteld dat er nu een jong stel met een paar kinderen woonde – wat ik zelf wel kon zien aan het speelgoed dat op de rand van het gazon lag. Ik vroeg me af hoe het geweest zou zijn om in zo'n huis op te groeien. Ik nam aan dat het had gekund. Het huis zag er goed verzorgd en vriendelijk uit. Ik stelde me voor dat de mensen daar gelukkig waren.

Ik vroeg me af waar hij was – als hij nog onder de levenden verkeerde. Niemand kon hem bereiken via zijn Troef, hoewel dat uiteraard niets bewees. Er zijn verschillende manieren waarop de uitzending van een Troef kan worden geblokkeerd. In feite werd er ook gezegd dat een van deze omstandigheden betrekking had op zijn geval, hoewel ik daar liever niet aan dacht.

Er ging een gerucht dat Pa in de Hoven van Chaos gek was gemaakt door een vloek die hem was opgelegd door mijn moeder en dat hij nu doelloos door Schaduw rondzwierf. Zelf weigerde ze commentaar te geven op dat verhaal. Er werd ook beweerd dat hij het universum van zijn eigen schepping was binnengegaan en nooit was teruggekeerd, wat hem mogelijk buiten bereik van de Troeven had gebracht. Een ander verhaal was dat hij gewoon ergens was omgekomen na zijn vertrek uit de Hoven – en een aantal verwanten hebben me verzekerd dat ze hem uit de Hoven hadden zien weggaan. Dus, wanneer de berichten over zijn dood op waarheid berustten, was hij niet in de Hoven van Chaos gestorven. En er waren anderen die beweerden dat ze hem later op ver uit elkaar gelegen plaatsen hadden gezien, ontmoetingen die steevast een vreemd gedrag van zijn kant inhielden. Iemand had me verteld dat hij reisde in gezelschap van een stomme danseres – een heel kleine, mooie dame met wie hij communiceerde door middel van gebarentaal – en dat hij zelf ook niet veel zei. Een ander vertelde over hem dat hij hem straalbezopen in een lawaaiige kroeg had gezien, waar hij tenslotte alle andere klanten eruit had gegooid om zonder te worden afgeleid te genieten van de muziek van de band. Ik kon niet instaan voor de betrouwbaarheid van deze verhalen. Het had me al veel onderzoek gekost om deze paar geruchten op te sporen. Ik kon hem ook niet lokaliseren met een Logrusoproep, hoewel ik het vaak had geprobeerd. Maar natuurlijk, wanneer hij ver genoeg weg was kan mijn concentratievermogen eenvoudig

onvoldoende zijn geweest.
Met andere woorden, ik wist werkelijk niet waar mijn vader, Corwin van Amber, was en verder scheen ook niemand het te weten. Dat betreurde ik in hoge mate omdat mijn enige langdurige ontmoeting met hem was geweest toen hij me zijn ellenlange verhaal vertelde, buiten de Hoven van Chaos, op de dag van de Patroonval-slag. Dat had mijn leven veranderd. Het had me tot het besluit gebracht het Hof te verlaten, met het vaste voornemen om ervaring en ontwikkeling op te doen in de schaduwwereld waar hij zich zo lang had opgehouden. Ik had de noodzaak gevoeld die wereld beter te begrijpen als ik hem beter wou begrijpen. Ik dacht dat ik daar nu iets van had bereikt en meer dan dat. Maar hij was er niet meer om ons gesprek voort te zetten.
Ik dacht dat ik zo ongeveer klaar was een nieuw middel te proberen om hem op te sporen – nu het Spookwielproject van de grond kwam – toen een faecaal projectiel de roterende bladen raakte. Op mijn reis van kust tot kust zou ik volgens plan over een maand of twee bij Bill terechtkomen. En dan zou ik met het werk beginnen.
Nu werd ik echter volledig in beslag genomen door andere dingen. De voor de hand liggende zaken moesten worden geregeld voor ik verder kon gaan met het onderzoek.
Ik reed het huis langzaam voorbij en hoorde de klanken van stereomuziek door de open ramen. Het was beter om niet precies te weten hoe het er binnen uitzag. Soms is een beetje geheimzinnigheid het beste.
Die avond zat ik na het eten met Bill op de veranda en probeerde een ander onderwerp te bedenken dan mijn problemen. Omdat het me niet lukte, was hij de eerste die ons gesprek in afleveringen hervatte.
'Nu iets anders,' begon hij.
'Ja?'
'Dan Martinez begon zijn gesprek met jou door te zinspelen op pogingen van Luke om investeerders te vinden voor een soort computerbedrijf. Later kreeg je het gevoel dat het allemaal eenvoudig een list kon zijn geweest om te zorgen dat je niet meer op je hoede zou zijn en je vervolgens te overvallen met die vraag over Amber en Chaos.'
'Klopt.'
'Maar later bracht Luke inderdaad de kwestie ter sprake om iets in die richting te doen. Hij hield echter vol dat hij geen contact had gehad met potentiële investeerders en nooit van

Dan Martinez had gehoord. Toen hij de man later dood zag, hield hij nog vol dat hij hem nooit had ontmoet.'
Ik knikte.
'Dus Luke loog of Martinez had op de een of andere wijze van zijn plannen gehoord.'
'Ik geloof niet dat Luke loog,' zei ik. 'Ik heb over die hele zaak nog wat nagedacht. Gewoon, omdat ik hem zo goed ken, geloof ik niet dat Luke op pad zou gaan om investeerders te zoeken vóór hij zeker wist dat er iets was om het geld in te steken. Ik denk dat hij ook de waarheid sprak op dat punt. Het lijkt me meer waarschijnlijk dat dit misschien de enige echte toevalligheid is geweest in alles wat tot nu toe is gebeurd. Ik heb het gevoel dat Martinez veel van Luke wist en gewoon dat laatste beetje informatie wou hebben – over zijn kennis van Amber en de Hoven. Ik denk dat hij slim was en op grond van wat hij al wist in staat was iets bij elkaar te flansen dat me plausibel zou toeschijnen, omdat ik voor dezelfde onderneming had gewerkt als Luke.'
'Ik neem aan dat het mogelijk is,' zei hij. 'Maar toen Luke echt...'
'Ik begin te geloven,' onderbrak ik hem, 'dat het verhaal van Luke ook nep was.'
'Ik volg je niet.'
'Ik denk dat hij het op dezelfde wijze heeft samengesteld als Martinez en om dezelfde redenen – om het voor mij aannemelijk te maken, opdat hij de informatie kon krijgen die hij wilde hebben.'
'Ik kan het niet volgen. Wat voor informatie?'
'Mijn Spookwiel. Hij wou weten wat het was.'
'En hij was teleurgesteld toen hij hoorde dat het alleen maar een oefening in buitenissg ontwerpen was, om andere redenen dan het opbouwen van een onderneming?'
Bill ving mijn glimlach op terwijl ik knikte.
'Er is toch meer?' vroeg hij. Vervolgens: 'Wacht. Vertel het me niet. Jij loog ook. En dit is essentieel.'
'Ja.'
'Misschien zou ik het niet eens moeten vragen – tenzij je het belangrijk vindt en je me het wilt vertellen. Als het iets groots en heel belangrijks is zouden ze het uit me kunnen krijgen, weet je. Ik heb een lage pijndrempel. Denk er goed over na.'
Dat deed ik. Ik zat een poosje te peinzen.
'Ik neem aan,' zei ik tenslotte, 'dat het in een marginaal op-

zicht belangrijk zou kunnen zijn, maar ik weet zeker dat je dat niet bedoelt. Ik zie echter niet in hoe het – zoals jij zegt – belangrijk zou kunnen zijn. Voor Luke niet, noch voor iemand anders, omdat buiten mij niemand ook maar weet wat het is. Nee, ik begrijp niet hoe het kan opwegen tegen Lukes nieuwsgierigheid op dit punt. Dus denk ik dat ik je suggestie opvolg en het gewoon voor mezelf hou.'
'Mij best,' zei hij. 'Dan is er nog de kwestie van Lukes verdwijning...'
In huis rinkelde de telefoon.
'Neem me niet kwalijk,' zei Bill.
Hij stond op en liep de keuken in.
Na enige ogenblikken hoorde ik hem roepen: 'Merle, het is voor jou!'
Ik ging naar binnen. Ik keek hem vragend aan zodra ik binnenkwam en hij haalde de schouders op en schudde het hoofd. Ik dacht snel na en ik herinnerde me de plaatsen van twee extra toestellen in het huis. Ik wees op hem, vervolgens in de richting van de studeerkamer en deed net of ik een onzichtbare hoorn oppakte en tegen m'n oor hield. Hij glimlachte even en knikte.
Ik nam de hoorn op en wachtte even tot ik de klik hoorde om dan pas te spreken, in de hoop dat degene die belde zou denken dat ik een ander toestel had genomen om te antwoorden.
'Hallo,' zei ik.
'Merle Corey?'
'Daar spreek je mee.'
'Ik moet wat informatie hebben die jij misschien kunt geven.'
Het was een mannenstem, enigszins bekend, maar niet helemaal.
'Met wie spreek ik?' vroeg ik.
'Het spijt me, dat kan ik je niet zeggen.'
'Dan zal dat waarschijnlijk ook mijn antwoord zijn op jouw vraag.'
'Wil je me ten minste de vraag laten stellen?'
'Ga je gang,' zei ik.
'Oké. Jij en Luke Raynard zijn vrienden.'
Hij wachtte even.
'Dat zou je kunnen zeggen,' zei ik om de stilte op te vullen.
'Je hebt hem horen praten over plaatsen als Amber en de Hoven van Chaos.'

Weer eerder een bewering dan een vraag.
'Mogelijk,' zei ik.
'Weet je zelf iets over die plaatsen?'
Eindelijk een vraag.
'Mogelijk,' zei ik weer.
'Alsjeblieft. Dit is serieus. Ik heb iets meer nodig dan een "mogelijk".'
'Het spijt me. "Mogelijk" is alles wat je krijgt, tenzij je me vertelt wie je bent en waarom je het wilt weten.'
'Ik kan je een grote dienst bewijzen wanneer je oprecht tegenover me wilt zijn.'
Ik slikte nog net op tijd een antwoord in en voelde mijn hart sneller slaan. Die laatste bewering was in het Thari uitgesproken. Ik volhardde in mijn zwijgen.
Toen: 'Nou, dat werkte niet en ik weet het nog altijd niet.'
'Wat? Wat weet je niet?' vroeg ik.
'Of hij uit een van die plaatsen komt of jij.'
'Om het maar eens bot te stellen: wat maakt jou dat uit?' vroeg ik hem.
'Omdat een van jullie misschien in groot gevaar verkeert.'
'Degene die uit zo'n plaats komt of de ander?' vroeg ik.
'Dat kan ik je niet zeggen. Ik kan me niet nog een fout permitteren.'
'Wat bedoel je? Wat was je vorige dan?'
'Wil je het me niet vertellen uit zelfbehoud of om een vriend te helpen?'
'Misschien wel,' zei ik, 'als ik wist dat dat werkelijk het geval was. Maar zover ik weet zou jij wel eens het gevaar kunnen zijn.'
'Ik verzeker je dat ik alleen maar probeer de juiste persoon te helpen.'
'Allemaal woorden,' zei ik. 'Veronderstel dat we beiden uit zulke plaatsen komen?'
'Mijn hemel,' zei hij. 'Nee, dat zou niet kunnen.'
'Waarom niet?'
'Dat doet er niet toe. Wat moet ik doen om je te overtuigen?'
'Mm. Een ogenblik. Even denken,' antwoordde ik. 'Goed. Wat vind je hiervan? Ik ontmoet je ergens. Jij zegt waar. Ik krijg je te zien en we wisselen informatie uit. Elk op zijn beurt tot alles boven tafel is.'
Het bleef even stil.
Toen: 'Dat is de enige manier?'

'Ja.'
'Laat me erover nadenken. Ik neem spoedig weer contact op.'
'Nog één ding...'
'Wat?'
'Als ik het ben, ben ik dan nu op dit moment in gevaar?'
'Dat denk ik wel. Ja, beslist. Dag.'
Hij hing op.
Het lukte me tegelijk te zuchten en te vloeken terwijl ik de hoorn weer op de haak legde. Mensen die het van ons wisten, schenen uit de gevarenzone te komen.
Bill kwam de keuken in met een zeer verbaasde uitdrukking op zijn gezicht.
'Hoe zou wie dan ook kunnen weten dat jij hier bent?' waren zijn eerste woorden.
'Dat wou ik ook vragen,' zei ik. 'Bedenk nog een tweede.'
'Dat doe ik. Als hij iets wil organiseren, ga je er dan echt heen?'
'Wat dacht je? Ik heb het voorgesteld omdat ik die vent wil ontmoeten.'
'Zoals jij opmerkte, kan hij het gevaar zijn.'
'Dat is oké, wat mij betreft. Hij begeeft zich ook in groot gevaar.'
'Het staat me niet aan.'
'Ik ben er ook niet zo gelukkig mee. Maar het is het beste aanbod dat ik tot nu toe heb gekregen.'
'Wel, het is jouw beslissing. Het is jammer dat er geen mogelijkheid is om hem vooraf op te sporen.'
'Daar heb ik ook aan gedacht.'
'Luister, waarom zetten we hem niet een beetje onder druk?'
'Hoe?'
'Hij klonk wat nerveus en ik geloof niet dat hij meer voor je suggestie voelde dan ik. Laten we zorgen dat we weg zijn als hij weer belt. Hij moet niet de indruk krijgen dat we hier alleen maar zitten te wachten tot de telefoon gaat. Laat hem een beetje wachten. Tover wat nieuwe kleren te voorschijn en dan gaan we een paar uur naar de golfclub.'
'Goed idee,' zei ik. 'Dit hele tripje was eens bedoeld als een vakantie. Dat komt er misschien nog het dichtst bij. Klinkt goed.'

Ik vernieuwde mijn garderobe met spullen uit Schaduw, knipte mijn baard bij, nam een douche en kleedde me aan.

Vervolgens reden we naar de club en gebruikten heel ontspannen een maaltijd op het terras. Het was er een goede avond voor, zacht weer en veel sterren, samen met een melkwit maanlicht. We spraken af mijn problemen even te laten rusten. Bill leek daar bijna iedereen te kennen dus vond ik het een aardige gelegenheid. Het was de meest ontspannen avond die ik in lange tijd had gehad. Later gingen we wat drinken in de bar van de club die, naar ik concludeerde, een van mijn vaders favoriete gelegenheden was geweest. Uit het vertrek ernaast klonken flarden dansmuziek.

'Ja, dat was een prima idee,' zei ik. 'Bedankt.'

'*De nada,*' zei hij. 'Ik ben hier vaak geweest met je oude heer. Je hebt toevallig niet...?'

'Nee, geen nieuws van hem.'

'Jammer.'

'Ik zal het je laten weten als hij opduikt.'

'Fijn. Sorry.'

De rit terug verliep rustig en we werden door niemand gevolgd. Kort na middernacht waren we thuis, wensten elkaar goedenacht en ik ging meteen naar mijn kamer. Ik trok het nieuwe jasje uit en hing het in de kast, schopte mijn nieuwe schoenen uit en liet ze daar ook achter. Toen ik de kamer inliep, zag ik de witte rechthoek op het kussen van mijn bed.

Ik was er met twee grote stappen bij en pakte hem snel op. HET SPIJT ME DAT JE ER NIET WAS TOEN IK WEER BELDE, stond er in hoofdletters. MAAR IK ZAG JULLIE OP DE CLUB EN BEGRIJP BEST DAT JULLIE EEN AVOND UIT WILDEN. HET BRACHT ME OP EEN IDEE. LATEN WE ELKAAR DAAR ONTMOETEN IN DE BAR, MORGENAVOND OM TIEN UUR. IK VOEL ME BETER OP MIJN GEMAK MET VEEL MENSEN OM ME HEEN ZONDER DAT ER IEMAND LUISTERT.

Verdomme. Mijn eerste impuls was om naar Bill te gaan en het te vertellen. Mijn eerste gedachte die op de impuls volgde, was echter dat hij niets kon doen, behalve wat slaap erdoor missen, die hij ongetwijfeld veel harder nodig had dan ik. Daarna vouwde ik het briefje op, stak het in de zak van mijn overhemd en hing vervolgens het hemd op.

Zelfs geen nachtmerrie om mijn slaap levendiger te maken. Ik sliep rustig en goed in de wetenschap dat Frakir me zou wekken als er gevaar dreigde. Ik versliep me en vond het

uitstekend. Het was een zonnige morgen en de vogels zongen.
Ik liep de trap af naar de keuken nadat ik me had afgespoeld, mijn haar in model had gekamd en Schaduw had beroofd van een nieuwe sportpantalon en een overhemd. Er lag een briefje op de keukentafel. Ik had genoeg van het vinden van briefjes, maar dit was van Bill en er stond in dat hij vlug naar de stad moest om even naar zijn kantoor te gaan en dat ik mezelf maar moest redden voor een ontbijt. Hij zou niet zo lang wegblijven.
Ik keek de koelkast na en nam wat Engelse muffins, een stuk meloen en een glas jus d'orange mee. De koffie, die ik eerst had gezet, was klaar toen ik mijn ontbijt op had. Ik nam een kopje mee naar buiten op de veranda.
Terwijl ik daar zat, dacht ik dat ik misschien een briefje moest achterlaten en weg moest gaan. Mijn mysterieuze correspondent – mogelijk S – had hierheen gebeld en een keer ingebroken. Het was onbelangrijk hoe S wist dat ik hier was. Het was het huis van een vriend en hoewel ik het niet erg vond een aantal van mijn problemen met vrienden te delen, vond ik het geen prettige gedachte ze bloot te stellen aan gevaar. Maar het was nu dag en de ontmoeting was vastgesteld op vanavond. Het zou niet zo lang meer duren voor er een soort oplossing werd bereikt. Het was bijna dwaas om nu te vertrekken. Eigenlijk was het ongetwijfeld beter dat ik hier zolang wat bleef hangen. Ik kon de zaak in de gaten houden en Bill beschermen wanneer zich vandaag iets voordeed...
Opeens kreeg ik een visioen dat iemand Bill, onder bedreiging van een vuurwapen, dwong om dat briefje te schrijven en hem vervolgens snel wegvoerde als een gegijzelde om mij te dwingen vragen te beantwoorden.
Ik liep snel terug naar de keuken en belde zijn kantoor. Toen hij de tweede keer overging, nam Horace Crayer, zijn secretaris, op.
'Hallo, met Merle Corey,' zei ik. 'Is Bill Roth aanwezig?'
'Ja,' antwoordde hij, 'maar hij is nu bezig met een cliënt. Kan ik vragen of hij u terugbelt?'
'Nee, zo belangrijk is het niet,' zei ik, 'en ik zie hem nog wel. Valt u hem maar niet lastig. Bedankt.'
Ik schonk mezelf nog een kop koffie in en liep terug naar de veranda. Zulke dingen waren slecht voor de zenuwen. Ik besloot dat ik zou vertrekken wanneer vanavond niet alles geregeld was.

Er kwam iemand om de hoek van het huis.
'Hallo, Merle.'
Het was George Hansen. Frakir drukte heel zacht, alsof ze wou waarschuwen en zich vervolgens had bedacht. Onduidelijk. Ongewoon.
'Ha, George. Hoe gaat het?'
'Prima. Is meneer Roth er niet?'
'Helaas niet. Hij moest even naar de stad. Ik denk dat hij omstreeks lunchtijd wel terug is, of iets later.'
'O. Een paar dagen geleden heeft hij me gevraagd eens langs te komen als ik vrij was. Er is wat werk dat hij gedaan wou hebben.'
Hij kwam dichterbij en zette zijn voet op het stoepje.
Ik schudde het hoofd.
'Ik kan je niet helpen. Hij heeft er niet over gesproken. Je moet straks maar even langskomen.'
Hij knikte, haalde zijn pakje sigaretten te voorschijn, tikte er een uit, stak hem aan en deed het pakje weer in de mouw van zijn shirt. Dit T-shirt was van Pink Floyd.
'Hoe bevalt het hier?' vroeg hij.
'Heel goed. Wil je een kop koffie?'
'Als het geen moeite is.'
Ik stond op en ging naar binnen.
'Met een beetje melk en suiker,' riep hij me na.
Ik maakte een kop voor hem klaar en toen ik ermee terugkwam, zat hij in de andere stoel op de veranda.
'Dank je.'
Nadat hij ervan had geproefd, zei hij: 'Ik weet dat de naam van je vader Carl is, ook al zei meneer Roth Sam. Zijn geheugen moet hem in de steek hebben gelaten.'
'Of zijn tong,' zei ik.
Hij glimlachte.
Wat was er toch met de manier waarop hij sprak? Zijn stem kon bijna dezelfde zijn die ik gisteravond door de telefoon had gehoord, hoewel die heel beheerst en vertraagd was geweest, net voldoende om elke herkenning uit te sluiten. Het was niet de vergelijking die me hinderde.
'Hij was gepensioneerd officier, niet? En een soort adviseur van de regering?'
'Ja.'
'Waar is hij nu?'
'Hij reist veel – overzee.'
'Ontmoet je hem tijdens je reis?'

'Ik hoop het.'
'Dat zou leuk zijn,' zei hij terwijl hij een trekje van zijn sigaret nam en nog een slok van zijn koffie. 'Ah! Lekker!'
'Ik kan me niet herinneren dat ik je hier eerder heb gezien,' zei hij toen opeens. 'Je hebt nooit bij je vader gewoond, hè?'
'Nee. Ik ben bij mijn moeder en andere familieleden opgegroeid.'
'Nogal ver hier vandaan, hè?'
Ik knikte. 'Overzee.'
'Hoe heette ze?'
Ik vertelde het hem bijna. Ik weet niet waarom. Maar voor ik het zei, veranderde ik het in 'Dorothy'.
Ik wierp ondertussen een blik op hem en zag dat hij de lippen tuitte. Hij had naar mijn gezicht gekeken terwijl ik sprak.
'Waarom vraag je dat?' zei ik.
'Ik heb er geen speciale reden voor. Of erfelijke nieuwsgierigheid, zou je kunnen zeggen. Mijn moeder was de roddelaarster van de stad.'
Hij lachte en nam een slok koffie.
'Ben je van plan lang te blijven?' vroeg hij vervolgens.
'Moeilijk te zeggen. Maar waarschijnlijk niet zo lang.'
'Wel, ik hoop dat je het naar je zin zult hebben.' Hij dronk zijn koffie op en zette het kopje op de balustrade. Toen stond hij op, rekte zich uit en voegde eraan toe: 'Leuk met je gepraat te hebben.'
Halverwege de treden bleef hij staan en draaide zich om.
'Ik heb het gevoel dat je ver weg gaat,' zei hij. 'Het beste.'
'Jij misschien ook,' zei ik. 'Jij kunt je woordje wel doen.'
'Bedankt voor de koffie. Tot ziens.'
'Ja.'
Hij ging de hoek om en was verdwenen. Ik wist gewoon niet wat ik van hem moest denken en na enige pogingen gaf ik het op. Wanneer de inspiratie niet werkt, krijgt het verstand er snel genoeg van.

Terwijl ik voor mezelf een boterham klaarmaakte, kwam Bill thuis, dus maakte ik er twee. Hij ging zich verkleden terwijl ik bezig was.
'Ik had me voorgenomen het deze maand rustig aan te doen,' zei hij terwijl we zaten te eten, 'maar dit was een oude cliënt met een dringende zaak, dus moest ik erheen. Wat

vind je ervan als we vanmiddag de beek in de andere richting volgen?'
'Prima.'
Toen we door het veld liepen, vertelde ik hem over het bezoek van George.
'Nee,' zei hij, 'ik heb niet tegen hem gezegd dat ik een karweitje voor hem had.'
'Met andere woorden...'
'Ik denk dat hij langskwam om met jou te praten. Het was vanuit hun huis heel eenvoudig om mij te zien weggaan.'
'Wist ik maar wat hij wou.'
'Als het belangrijk genoeg is zal hij te zijner tijd de moed verzamelen om het je te vragen.'
'Maar de tijd staat niet stil,' zei ik. 'Ik heb besloten morgenochtend te vertrekken, misschien zelfs vanavond al.'
'Waarom?'
Terwijl we langs de beek liepen, vertelde ik hem over het briefje van de vorige avond en de afspraak voor deze avond. Ik vertelde hem ook van mijn angst hem in gevaarlijke situaties te zullen betrekken.
'Zo erg is het misschien niet,' begon hij.
'Ik heb mijn besluit genomen, Bill. Ik vind het niet leuk om eerder weg te gaan nu ik je zo lang niet heb gezien, maar ik had niet gerekend op al die problemen. En je weet dat die ook zullen verdwijnen wanneer ik wegga.'
'Vast wel, maar...'
We gingen in die geest een poosje door terwijl we het stroompje volgden. Tenslotte beschouwden we die zaak als afgedaan en keerden we terug naar het opnieuw vruchteloos opdissen van mijn problemen. Onder het wandelen keek ik af en toe achterom, maar ik zag niemand achter ons. Ik hoorde met grote tussenpozen wel wat geluiden in het kreupelhout op de andere oever, maar het kon best een dier geweest zijn dat gestoord was door onze stemmen.
We hadden meer dan een uur gelopen toen ik het waarschuwende gevoel kreeg dat iemand mijn Troef oppakte. Ik verstijfde. Bill bleef staan en draaide zich naar mij om.
'Wat...'
Ik hief mijn hand op.
'Intercontinentaal gesprek,' zei ik.
Een ogenblik later voelde ik de eerste contactbeweging. Ik hoorde ook het geluid weer, in de struiken aan de overkant van het water.

'Merlijn.'
Het was de stem van Random die me riep. Een paar tellen later zag ik hem, gezeten aan een bureau in de bibliotheek van Amber.
'Ja?' antwoordde ik.
Het beeld kwam tot stilstand en werd glashelder, alsof ik in een aangrenzende kamer keek. Tegelijkertijd had ik nog steeds oog voor de rest van mijn omgeving, hoewel het met de seconde bijkomstiger werd. Ik zag bijvoorbeeld George Hansen opdoemen uit de struiken aan de overkant terwijl hij me aanstaarde.
'Ik wil je nu meteen terug hebben in Amber,' verklaarde Random.
George begon zich voorwaarts te bewegen en plonsde het water in.
Random hief zijn hand omhoog, strekte hem uit.
'Kom erdoor,' zei hij.
Nu moesten mijn contouren flauwer zijn en ik hoorde George schreeuwen: 'Stop! Wacht! Ik moet mee...!'
Ik stak mijn hand uit en greep Bill bij zijn schouder.
'Ik kan jou niet bij die halve gare achterlaten,' zei ik. 'Kom mee!'
Met mijn andere hand pakte ik die van Random vast.
'Oké,' zei ik, terwijl ik vooruit bewoog.
'Stop!' schreeuwde George.
'Loop naar de hel,' antwoordde ik en we lieten hem achter om zich vast te klemmen aan een illusie.

7

Random keek geschrokken toen wij beiden doorkwamen in de bibliotheek. Hij ging staan, maar bleef daarmee kleiner dan elk van ons en hij richtte zijn aandacht op Bill.
'Merlijn, wie is dat?' vroeg hij.
'Je advocaat, Bill Roth,' zei ik. 'Je hebt vroeger altijd zaken met hem gedaan via agenten. Ik dacht dat je het misschien leuk zou vinden om...'
Bill begon aan een knieval met 'Majesteit' op zijn lippen, maar Random pakte hem bij de schouders.
'Hou op met die onzin,' zei hij. 'We zijn niet aan het hof.' Hij greep zijn hand en zei: 'Zeg maar Random. Ik heb je altijd persoonlijk willen bedanken voor het werk dat je voor dat verdrag hebt gedaan. Ik ben er echter nooit aan toe gekomen. Ik vind het leuk je te ontmoeten.'
Ik had Bill nooit eerder naar woorden zien zoeken, maar hij keek alleen met grote ogen naar Random, de kamer, door het raam naar een toren in de verte.
Tenslotte hoorde ik hem fluisteren: 'Het is echt...'
'Zag ik niet iemand op jullie af springen?' vroeg Random, terwijl hij met een hand door zijn weerbarstige bruine haar streek. 'En je laatste woorden daar waren natuurlijk voor mij bedoeld?'
'We hadden een probleempje,' antwoordde ik. 'Dat is de werkelijke reden waarom ik Bill heb meegebracht. Er is iemand die geprobeerd heeft me te doden, zie je, en...'
Random stak zijn hand op. 'Bespaar me vooralsnog de details. Ik moet ze natuurlijk allemaal hebben, maar... maar dat komt later wel. Er is op het ogenblik meer rotzooi dan normaal en die ellende van jou kan er heel goed deel van uitmaken. Maar ik moet eerst even bijkomen.'
Toen pas vielen me een paar diepe groeven op in zijn van nature jeugdig gezicht en ik begon te beseffen dat hij onder spanning leefde.
'Wat is er aan de hand?' vroeg ik.
'Caine is dood. Vermoord,' antwoordde hij. 'Vanmorgen.'

'Hoe is het gebeurd?'
'Hij was in Schaduw Deiga – een ver afgelegen haven waar we handel mee drijven. Hij was er met Gérard om een oud handelsverdrag te herzien. Hij werd in het hart geraakt. Stierf onmiddellijk.'
'Hebben ze de boogschutter gepakt?'
'Boogschutter? Verdomme. Hij schoot met een geweer, vanaf het dak van een huis. En hij is ontsnapt.'
'Ik dacht dat kruit hier niet werkte.'
Hij hield zijn handpalmen omhoog in een gebaar van onzekerheid.
'Misschien ligt Deiga wel zo ver in Schaduw dat het daar wel werkt. Niemand van ons herinnert zich dat hij het daar ooit heeft getest. Maar nu we het er toch over hebben, je vader is hier eens met een samenstelling gekomen die wel werkte.'
'Dat is zo. Ik was het bijna vergeten.'
'Hoe dan ook, de begrafenis is morgen...'
'Bill! Merlijn!'
Mijn tante Flora – die Rosetti's aanbiedingen van de hand had gewezen, waaronder een om voor hem te poseren – was het vertrek binnengekomen. Ze was lang, slank en haar gezicht straalde; ze kwam snel naar voren en kuste Bill op de wang. Ik had hem nog nooit zien blozen. Ze verrichtte dezelfde handeling bij mij, maar het maakte op mij minder indruk omdat ik me herinnerde dat ze eens mijn vaders bewaker was geweest.
'Wanneer zijn jullie aangekomen?' Haar stem was ook aantrekkelijk.
'Nog maar net,' zei ik.
Ze gaf ons meteen een arm en probeerde ons mee te nemen.
'We hebben zoveel te bepraten,' begon ze.
'Flora!' Dat kwam van Random.
'Ja, broeder?'
'Je mag meneer Roth meenemen, maar ik wil dat Merlijn nog even hier blijft.'
Ze pruilde even en liet toen mijn arm los.
'Nu weet je wat een absolute monarchie is,' legde ze Bill uit. 'Je kunt zien hoe corrupt iemand wordt door macht.'
'Ik was al corrupt voor ik macht had,' zei Random, 'en rijk is beter. Je hebt mijn toestemming om te gaan, zuster.'
Ze snoof en nam Bill mee.
'Het is hier altijd rustiger wanneer ze ergens in Schaduw een vriend heeft,' merkte Random op. 'Helaas is ze deze keer het

grootste deel van het jaar thuis geweest.'
Ik klikte met mijn tong.
Hij wees naar een stoel en ik ging zitten. Vervolgens liep hij naar een glazen kast.
'Wijn?' vroeg hij.
'Als je hebt...'
Hij schonk twee glazen in, bracht me er een en ging zelf in een stoel zitten, links van mij, met een tafeltje tussen ons in.
'Er heeft ook iemand een schot gelost op Bleys,' zei hij, 'vanmiddag, in een andere Schaduw. Hij is ook geraakt, maar het is niet ernstig. De schutter is ontkomen. Bleys was net op een diplomatieke missie naar een bevriend koninkrijk.'
'Denk je dat het dezelfde persoon is?'
'Zonder twijfel. We hebben in deze omgeving nooit sluipschutters gehad. En dan opeens twee tegelijk? Het moet dezelfde zijn. Of een komplot.'
'Zijn er ook aanwijzingen?'
Hij schudde het hoofd en keurde de wijn.
'Ik moet je onder vier ogen spreken,' zei hij vervolgens, 'voordat een van de anderen bij je is geweest. Er zijn twee dingen die je moet weten.'
Ik nipte van de wijn en wachtte.
'Het eerste is dat ik hier echt van ben geschrokken. Met de aanslag op Bleys lijkt het niet langer een persoonlijke kwestie met Caine te zijn geweest. Iemand schijnt het op ons gemunt te hebben – of tenminste op een paar van ons. Nu zeg je dat er ook al iemand achter jou aan zit.'
'Ik weet niet of er enig verband bestaat.'
'Ik ook niet. Maar het mogelijke patroon dat ik zich zie ontwikkelen, bevalt me niet. Mijn grootste zorg is dat er een of meer van ons achter kunnen zitten.'
'Waarom?'
Hij staarde in zijn glas.
'Eeuwenlang is de persoonlijke vendetta onze manier geweest om geschillen te regelen, hoewel dat niet noodzakelijk of onvermijdelijk tot de dood leidde – het was echter altijd een mogelijkheid – maar het werd zeker gekarakteriseerd door intriges, de ander lastig vallen, benadelen, schade toebrengen of verbannen en de eigen positie versterken. Dat bereikte zijn laatste hoogtepunt in de strijd om de opvolging. Maar ik meende dat alles vrij goed geregeld was toen ik tenslotte de baan kreeg, die ik zeker niet heb gezocht. Het was geen eigenbelang en ik heb geprobeerd eerlijk te zijn. Ik

weet hoe overgevoelig iedereen hier is. Maar ik geloof niet dat het om mij gaat en ik denk niet dat het met de opvolging te maken heeft. Ik heb geen verkeerde uitstraling van een van de anderen opgevangen. Ik had de indruk dat ze tot het besluit waren gekomen dat ik de minst slechte van alle mogelijkheden was en dat ze echt samenwerkten om het te doen slagen. Nee, ik geloof niet dat een van de anderen zo onbezonnen is dat hij mijn kroon wil. Er was werkelijk vriendschap en welwillendheid nadat de opvolging was geregeld. Maar ik vraag me nu af of het oude patroon misschien terugkeert – dat een paar van de anderen misschien het oude spelletje weer gaan spelen om persoonlijke grieven op te lossen. Dat wil ik echt niet – al die achterdocht, voorzorgsmaatregelen, insinuaties, dat wantrouwen en bedrog. Dat verzwakt ons en er kan altijd een dreiging ontstaan waar we onze kracht voor nodig hebben. Nu heb ik met ieder persoonlijk gesproken en ze ontkennen natuurlijk allemaal iets te weten van bestaande komplotten, intriges en vendetta's, maar ik kon zien dat ze achterdochtig werden tegenover elkaar. Het gaat de gedachten beheersen. En ze vonden het in het geheel niet moeilijk om een oude wrok op te halen die elk van de anderen misschien nog tegen Caine had gekoesterd, ondanks het feit dat hij ons allen heeft bevrijd van Brand. En zo was het ook met Bleys – iedereen vond wel een motief voor alle anderen.'

'Dus je moet de moordenaar snel hebben, omwille van de slechte invloed op het moreel?'

'Precies, ik heb geen behoefte aan al dat geklets en dat zoeken naar grieven. Het ligt allemaal nog zo dicht aan de oppervlakte dat we binnenkort misschien wel echte komplotten, intriges en vendetta's krijgen, zo we die al niet hebben, en een klein misverstand zou weer tot geweld kunnen leiden.'

'Denk je dat het een van de anderen is?'

'Verdomme! Ik ben niets beter dan zij. Mijn achterdocht is ook een reactie. Het zou best zo kunnen zijn, maar ik heb werkelijk geen enkele aanwijzing gevonden.'

'Wie zou het anders kunnen zijn?'

Hij haalde zijn benen uit de gekruiste positie en sloeg ze weer over elkaar. Hij nam nog een slok wijn.

'Verdomme! We hebben legio vijanden. Maar de meesten zouden de moed niet hebben. Ze weten allemaal welke represailles ze kunnen verwachten als we ze eenmaal hebben opgespoord.'

Hij vouwde de handen achter het hoofd en keek naar de rijen boeken.
'Ik weet niet hoe ik het moet zeggen,' begon hij, 'maar ik moet wel.'
Ik wachtte weer af. Toen zei hij snel: 'Er wordt gezegd dat het Corwin is, maar dat geloof ik niet.'
'Nee,' zei ik zacht.
'Ik heb je gezegd dat ik het niet geloof. Je vader betekent veel voor me.'
'Waarom zou iemand dat geloven?'
'Er gaat een gerucht dat hij waanzinnig is geworden. Dat heb je gehoord. En als hij nu is teruggevallen in de een of andere vroegere geestesgesteldheid, uit de tijd toen zijn relaties met Caine en Bleys - of met ons allen - verre van hartelijk waren, nu we het er toch over hebben? Dat zeggen ze.'
'Ik geloof het niet.'
'Ik wou alleen dat jij wist dat erover wordt gepraat.'
'Ze kunnen er beter niet met mij over praten.'
Hij zuchtte. 'Begin jij nou ook niet, alsjeblieft. Ze zijn geschokt. Zoek geen moeilijkheden.'
Ik nam een slokje wijn.
'Je hebt gelijk,' zei ik.
'Nu moet ik naar jouw verhaal luisteren. Ga je gang, maak mijn leven nog maar wat gecompliceerder.'
'Oké. Ik kom er tenminste fris bij,' zei ik tegen hem.
Dus vertelde ik het allemaal opnieuw. Het kostte heel wat tijd en toen ik bijna klaar was, begon het donker te worden. Hij had me af en toe slechts onderbroken voor wat uitleg en was zich niet te buiten gegaan aan het opsommen van mogelijkheden, zoals Bill had gedaan toen hij het hoorde.
Toen ik klaar was, ging hij staan en stak een paar olielampen aan. Ik kon hem bijna horen denken.
Eindelijk zei hij: 'Nee, je hebt me geboeid met die Luke, maar zijn naam zegt me niets. De dame met de giftand zit me echter wel een beetje dwars. Het is net of ik wel eens iets over zulke mensen heb gehoord, maar ik kan me de omstandigheden niet herinneren. Het zal me wel weer te binnen schieten. Maar ik wil meer weten over dat Spookwielproject van jou. Daar is iets mee dat me verontrust.'
'Natuurlijk,' zei ik. 'Maar er schiet me iets anders te binnen dat ik je eerst moet vertellen.'
'Wat is dat?'
'Ik heb alles ongeveer net zo aan jou verteld als aan Bill. In

feite was het bijna een herhaling omdat ik het kort geleden nog helemaal heb verteld... Er was echter iets dat ik Bill niet heb verteld omdat het op dat moment niet belangrijk leek. In het licht van al het andere had ik het zelfs helemaal kunnen vergeten tot die kwestie van de sluipschutter ter sprake kwam – en toen herinnerde je me eraan dat Corwin eens een vervangingsmiddel voor kruit heeft ontwikkeld dat hier wel werkt.'

'Iedereen herinnerde het zich, geloof me.'

'Ik was de twee kogels vergeten die ik in mijn zak heb. Ze komen uit de ruïne van dat magazijn waar Melman zijn atelier had.'

'Zo?'

'Ze bevatten geen kruit. In plaats daarvan zit er een soort roze spul in – en het wil zelfs niet branden. Tenminste niet daar, op die schaduw-Aarde...'

Ik haalde er een te voorschijn.

'Ziet eruit als een 30-30,' zei hij.

'Leek me ook.'

Random stond op en trok aan een gevlochten koord dat naast een van de boekenplanken hing.

Tegen de tijd dat hij bij zijn stoel terug was, werd er op de deur geklopt.

'Binnen,' riep hij.

Er kwam een bediende binnen in livrei, een jonge, blonde vent.

'Dat was snel,' zei Random.

De man keek verbaasd.

'Majesteit, ik begrijp niet...'

'Wat valt er te begrijpen? Ik belde. Jij kwam.'

'Sire, ik had geen kamerdienst. Ik ben gestuurd om u te zeggen dat het diner klaar is om te worden opgediend wanneer u wenst.'

'O. Zeg hun dat ik zo kom. Zodra ik met degene heb gesproken die ik heb geroepen.'

'Heel goed, sire.'

De man liep met een snelle buiging weg in achterwaartse richting.

'Ik vond het te mooi om waar te zijn,' mopperde Random.

Even later verscheen er een andere man, ouder en minder elegant gekleed.

'Rolf, zou jij snel even naar beneden willen gaan naar de wapenkamer en degene die daar dienst heeft willen vragen om

de verzameling geweren door te lopen die we hebben uit de tijd dat Corwin ze naar Kolvir heeft gebracht, op de dag dat Eric is gestorven. Kijk eens of hij een 30-30 voor me kan vinden, in goede staat. Laat hij hem schoonmaken en naar boven sturen. Wij gaan nu naar beneden om te dineren. Je kunt het wapen gewoon daar in de hoek laten staan.'
'30-30, sire?'
'Klopt.'
Rolf vertrok. Random ging staan en rekte zich uit. Hij stak de kogel die ik hem had gegeven in zijn zak en maakte een gebaar naar de deur.
'Laten we gaan eten.'
'Een goed idee.'

We zaten met z'n achten aan tafel: Random, Gérard, Flora, Bill, Martin – die wat eerder die dag was teruggeroepen, Julian – die juist was aangekomen uit Arden, Fiona – die ook net was binnengekomen uit de een of andere verre lokatie, en ik. Benedict werd de volgende morgen verwacht en Llewella later op de avond.
Ik zat links van Random en Martin rechts. Ik had Martin een hele tijd niet gezien en was benieuwd waar hij was geweest. De sfeer nodigde echter niet uit tot conversatie. Zodra iemand iets zei, toonde iedereen een ongebruikelijk intense belangstelling – ver uitgaand boven de normen van eenvoudige beleefdheid. Ik vond het tamelijk op de zenuwen werken en ik denk dat Random er ook zo over dacht, omdat hij Droppa MaPantz, de hofnar, liet halen om de diepe stiltes op te vullen.
Droppa had het eerst moeilijk. Hij begon met wat voedsel te jongleren. Terwijl het voorbijkwam, at hij ervan tot het op was, veegde met een geleend servet zijn mond af en vervolgens bespotte hij ons, ieder op zijn beurt. Daarna begon hij aan een nummer zonder trucs dat ik erg grappig vond.
Bill, die links van mij zat, merkte zachtjes op: 'Ik ken voldoende Thari om het meeste te begrijpen en dat is een nummer van George Carlin! Hoe...'
'O, wanneer het materiaal van Droppa afgezaagd begint te klinken, stuurt Random hem naar verschillende clubs in Schaduw,' legde ik uit, 'om nieuwe dingen op te pikken. Ik begrijp dat hij een trouwe bezoeker van Vegas is. Soms gaat Random zelf ook mee, om te kaarten.'
Na een poosje begon hij inderdaad de lachers op zijn hand te

krijgen en dat maakte de sfeer wat losser. Toen hij stopte om iets te drinken werd het mogelijk om te praten zonder het middelpunt van de belangstelling te zijn, omdat er opeens afzonderlijke gesprekken waren begonnen. Zodra dat gebeurde, werd er een zware arm achter Bill langs op mijn schouder gelegd. Gérard leunde achterover in zijn stoel en boog zich in mijn richting.
'Merlijn,' zei hij, 'leuk dat ik je weer zie. Luister, als je in de gelegenheid bent zou ik je graag even privé willen spreken.'
'Natuurlijk,' zei ik, 'maar Random en ik moeten na het eten nog iets afhandelen.'
'Als je in de gelegenheid bent,' herhaalde hij.
Ik knikte.
Enige ogenblikken later had ik het gevoel dat iemand me via mijn Troef probeerde te bereiken.
'Merlijn!'
Het was Fiona, maar ze zat precies aan het andere eind van de tafel...
Haar beeld kwam echter duidelijk over en ik antwoordde haar: 'Ja?' en wierp vervolgens een vluchtige blik over de tafel en zag dat ze in haar zakdoek zat te staren. Toen keek ze me aan, glimlachte en knikte.
Ik hield gelijktijdig het geestelijke beeld van haar vast en hoorde het zeggen: *'Om een aantal redenen voel ik er niet voor mijn stem te verheffen. Ik weet dat je na het eten snel weg zult zijn en ik wou je even laten weten dat we een wandeling moeten maken, of gaan roeien op een van de vijvers, of met een Troef naar Cabra gaan, of samen gauw eens het Patroon gaan bekijken. Begrijp je me?'*
'Ik begrijp het,' zei ik. 'We houden contact.'
'Uitstekend.'
Vervolgens werd het contact verbroken en toen ik in haar richting keek, vouwde ze haar zakdoek op en bekeek ze haar bord.
Random bleef niet hangen, maar hij stond vlug op toen hij klaar was met zijn dessert. Hij wenste de anderen een goedenacht en wenkte Martin en mij om hem te vergezellen toen hij wegging.
Julian passeerde me rakelings bij het verlaten van de kamer en hij probeerde wat minder onheilspellend te kijken, wat hem bijna lukte.
'We moeten binnenkort samen in Arden gaan paardrijden,' zei hij.

'Een goed idee,' zei ik, 'we houden contact.'
We verlieten de eetkamer. Flora ving me op in de hal. Ze had Bill nog steeds op sleeptouw.
'Kom naar mijn kamer voor een slaapmutsje voor je onder de wol kruipt,' zei ze. 'Of kom morgen langs voor thee.'
'Graag,' zei ik. 'We zien elkaar nog. Ik moet eerst even afwachten hoe alles verloopt.'
Ze knikte en overviel me met de glimlach die in het verleden tal van crises en duels had veroorzaakt. Toen liep ze door en wij ook.
Terwijl we de trap opgingen op weg naar de bibliotheek, vroeg Random: 'Zijn ze dat allemaal?'
'Wat bedoel je?' vroeg ik.
'Hebben ze nu zo ongeveer allemaal een afspraakje met je gemaakt?'
'Wel, zo ongeveer, ja.'
Hij lachte. 'Ze laten er geen gras over groeien. Op die manier krijg je ieders favoriete verdenking te horen. Ik zou ze toch maar verzamelen. Sommige kunnen later misschien van pas komen. Mogelijk zoeken ze ook allemaal bondgenoten – en jij bent een vrij veilige keus.'
'Ik wil ze inderdaad allemaal spreken. Het is alleen jammer dat het op die manier moet.'
Hij maakte een gebaar toen we boven aan de trap kwamen. We liepen naar de bibliotheek.
'Waar gaan we heen?' vroeg Martin.
Hoewel hij gelijkenis vertoonde met Random, leek Martin wat minder gesloten en hij was langer. Toch was hij geen echt grote kerel.
'Een geweer halen,' zei Random.
'O. Waarom?'
'Ik wil wat munitie testen die Merlijn heeft meegebracht. Als die echt werkt, heeft ons leven gewoon een extra complicatie gekregen.'
We gingen de bibliotheek in. De olielampen brandden nog. Het geweer stond in een hoek. Random liep erheen, haalde de patroon uit zijn zak en laadde het.
'Oké. Waar moeten we het op proberen?' zei hij peinzend.
Hij liep terug naar de hal en keek om zich heen.
'Ah! Dat is het!'
Hij legde aan, richtte op een harnas dat in de hal stond en haalde de trekker over. Er volgden een hevige knal en het rinkelen van metaal. Het harnas schudde.

'Nondeju!' zei Random. 'Het werkt! Waarom ik, eenhoorn? Ik hoopte op een vreedzaam bewind.'
'Mag ik het eens proberen, vader?' vroeg Martin. 'Dat heb ik altijd al gewild.'
'Waarom niet?' zei Random. 'Heb je die andere kogels nog, Merlijn?'
'Ja,' zei ik. Ik zocht in mijn zak en haalde er twee te voorschijn die ik aan Random gaf. 'Een van die twee moet het trouwens niet doen,' zei ik. 'Hij is gewoon tussen de andere twee geraakt.'
'Goed.'
Random pakte ze beide aan en gebruikte er een. Vervolgens gaf hij het wapen aan Martin en begon uit te leggen hoe het werkte. Op afstand hoorde ik alarmsignalen.
'We krijgen de hele paleiswacht op ons dak,' merkte ik op.
'Goed zo,' antwoordde Random terwijl Martin het geweer aan de schouder bracht. 'Een beetje realistische oefening af en toe kan nooit kwaad.'
Het geweer bulderde en het harnas rinkelde een tweede keer. Martin keek verschrikt en gaf het wapen snel terug aan Random. Deze keek naar de patroon in zijn hand en zei: 'Ach, wat.' Hij deed de laatste kogel erin en vuurde zonder te richten.
Er klonk een derde knal, gevolgd door het geluid van een ricochetschot, juist toen de wacht boven aan de trap verscheen.
'Ik denk dat ik gewoon verkeerd leef,' merkte Random op.

Nadat Random de wacht had bedankt voor hun snelle reactie op een oefening en ik wat gemompel had opgevangen over de koning die in de olie was, keerden we terug naar de bibliotheek en stelde hij me de vraag.
'Ik heb de derde in de zak van Lukes jack gevonden,' antwoordde ik en ik ging verder met het uitleggen van de omstandigheden.
'Ik kan me niet langer permitteren niets van Luke Raynard te weten,' zei hij tenslotte. 'Vertel me eens wat er volgens jou is gebeurd.'
'In het gebouw dat is afgebrand,' begon ik, 'woonde Melman die mij wou offeren. Beneden zat de Brutus Storage Company. Brutus sloeg blijkbaar dit soort munitie op. Luke heeft toegegeven dat hij Melman kende. Ik had geen idee dat er ook enig verband kon bestaan met Brutus en de munitie.

Het feit dat ze in hetzelfde gebouw waren gevestigd is echter te veel.'
'Als ze het in zulke grote hoeveelheden produceren dat er een opslagplaats voor nodig is, verkeren we in grote moeilijkheden,' zei Random. 'Ik wil weten wie de eigenaar van dat gebouw was – en wie de onderneming leidde, als het verschillende personen zijn.'
'Het moet niet zo moeilijk zijn om dat na te gaan.'
'Wie zou ik moeten sturen?' zei hij peinzend. Toen knipte hij met zijn vingers en glimlachte. 'Flora staat op het punt om een belangrijke missie voor de Kroon te ondernemen.'
'Briljant,' zei ik.
Martin glimlachte en schudde vervolgens het hoofd. 'Ik geloof dat ik niet begrijp wat er gaande is,' zei hij, 'en dat wil ik ook.'
'Weet je wat,' zei Random, 'jij licht hem in terwijl ik Flora haar opdracht ga geven. Ze kan na de begrafenis meteen vertrekken.'
'Ja,' zei ik terwijl hij vertrok en ik begon mijn verhaal nog een keer te vertellen, in aangepaste, beknopte vorm.
Martin had geen nieuwe gezichtspunten en geen nieuwe informatie, maar dat had ik ook niet van hem verwacht. Hij had de laatste jaren in een landelijke omgeving doorgebracht, hoorde ik. Ik kreeg de indruk dat hij veel meer voor het platteland voelde dan voor de stad.
'Merlijn,' zei hij, 'je had die hele warboel eerder naar Amber moeten brengen. We zijn er allemaal bij betrokken.'
En de Hoven van Chaos dan? vroeg ik me af. Zou het geweer daar zijn afgegaan? Toch waren Caine en Bleys het doel geweest. Niemand had me teruggeroepen naar de Hoven om me voor te bereiden op incidenten. Toch... misschien moest ik mijn andere familieleden in zeker opzicht in de zaak betrekken.
'Maar een paar dagen geleden waren de dingen nog een stuk eenvoudiger,' zei ik tegen Martin, 'en toen de zaak zich snel begon te ontwikkelen was ik er te zeer bij betrokken geraakt.'
'Maar al die jaren... die aanslagen op je leven...'
Ik zei: 'Ik ga geen contact met thuis zoeken telkens wanneer ik mijn teen stoot. Dat doet een ander ook niet. Ik zag al die tijd geen enkel verband.'
Ik wist echter dat hij gelijk had en ik had ongelijk. Gelukkig kwam Random toen terug.

'Ik kon haar niet helemaal wijsmaken dat het een eer was,' zei hij, 'maar ze doet het.'
Daarna praatten we nog een poosje over meer algemene zaken, voornamelijk over wat we de laatste jaren hadden gedaan. Ik herinnerde me Randoms nieuwsgierigheid naar Spookwiel en sneed het project aan. Hij veranderde onmiddellijk van onderwerp en wekte de indruk dat hij het wilde bewaren voor een strikt privé-gesprek. Na een tijdje begon Martin te gapen en het werkte aanstekelijk. Random besloot ons goedenacht te wensen en hij belde een bediende om me mijn kamer te wijzen.
Ik vroeg Dik, die me naar mijn kamers had gebracht, wat tekenspullen voor me te halen. Het kostte hem ongeveer tien minuten om alles te vinden wat ik nodig had.
Het zou een lange, moeilijke wandeling terug zijn geweest en ik was moe. Daarom ging ik aan een tafel zitten en begon een Troef te maken voor de bar bij de golfclub, waar ik de vorige avond met Bill was geweest. Ik werkte er misschien twintig minuten aan voor ik tevreden was.
Nu was het alleen nog een kwestie van tijdverschil, iets dat afhankelijk was van afwijkingen. De verhouding tweeënhalf op één was slechts een vuistregel tussen Amber en de Schaduw waar ik tot voor kort had gewoond. Het was heel goed mogelijk dat ik mijn afspraak met de naamloze insluiper had gemist.
Ik schonk alleen nog aandacht aan de Troef.
Er werd op mijn deur geklopt. Ik stond op. Ik kwam in de verleiding om niet te reageren, maar mijn nieuwsgierigheid won het. Ik liep de kamer door, ontgrendelde de deur en deed open.
Daar stond Fiona. Ze had het haar loshangen. Ze droeg een aantrekkelijke avondjurk en een met edelstenen versierd speldje dat uitstekend bij het haar paste.
'Hallo, Fi,' zei ik. 'Wat brengt je hierheen?'
'Ik voelde dat je met bepaalde krachten werkte,' antwoordde ze, 'en ik wou niet dat er iets met je gebeurt voor we gepraat hadden. Mag ik binnenkomen?'
'Natuurlijk,' zei ik en ik deed een stap opzij. 'Maar ik heb haast.'
'Dat weet ik, maar misschien kan ik je helpen.'
'Hoe dan?' vroeg ik, terwijl ik de deur sloot.
Ze keek de kamer rond en zag de Troef die ik net klaar had. Ze deed de deur op de grendel en liep naar de tafel.

'Heel mooi,' merkte ze op, terwijl ze mijn werk bekeek. 'Dus daar wil je naar toe? Waar is het?'
'De bar bij een golfclub op de plaats waar ik net vandaan kwam,' antwoordde ik. 'Ik zou daar om tien uur, plaatselijke tijd, een onbekend individu ontmoeten. Naar ik hoop krijg ik informatie over degene die geprobeerd heeft me te doden, en waarom, en misschien hoor ik ook iets over andere zaken die me problemen hebben bezorgd.'
'Ga erheen,' zei ze, 'en laat de Troef achter. Op die manier kan ik hem gebruiken om te spioneren en wanneer je plotseling hulp nodig mocht hebben, kan ik je die geven.'
Ik stak mijn hand uit en drukte de hare. Vervolgens nam ik een positie in naast de tafel en concentreerde me.
Na enige ogenblikken kreeg het beeld diepte en kleur. Ik zonk weg in de structuren die te voorschijn kwamen en alles kwam naderbij, werd groter terwijl het mijn onmiddellijke omgeving verdrong. Mijn starende blik zocht de klok aan de muur die ik me herinnerde, rechts van de bar...
9:48. Ik had een en ander niet veel scherper kunnen instellen.
Ik zag de klanten nu, hoorde het geluid van hun stemmen. Ik zocht het beste punt van aankomst. Er zat op het ogenblik niemand aan het eind van de bar, rechts, bij die klok. Oké...
Ik was er en probeerde te kijken alsof ik er steeds was geweest. Drie klanten wierpen blikken in mijn richting. Ik glimlachte en knikte. Bill had me de vorige avond aan een van de mannen voorgesteld. De andere had ik gezien, maar op dat moment niet gesproken. Ze beantwoordden beiden mijn knikje, wat de derde scheen te overtuigen van het feit dat ik echt was omdat hij zijn aandacht onmiddellijk weer richtte op de vrouw die hij bij zich had.
De barkeeper kwam al gauw naar me toe. Hij herinnerde zich mij ook van de vorige avond, omdat hij vroeg of Bill er ook was.
Ik kreeg een biertje van hem en liep terug naar het verste tafeltje waar ik ging zitten, met mijn handen m'n glas omvattend, met mijn rug naar de muur, af en toe een blik op de klok werpend en de twee toegangen tot het vertrek in de gaten houdend. Als ik mijn best deed, kon ik Fiona's aanwezigheid voelen.
Het werd tien uur en later. Er kwamen een paar nieuwe klanten en anderen gingen weg. Niet een van hen leek bij-

zonder in me geïnteresseerd, hoewel mijn aandacht werd getrokken door een jongedame zonder gezelschap, met geblondeerd haar en een profiel als van een camee – waar de gelijkenis ophield omdat cameeën niet glimlachen en dat deed zij wel, de tweede keer dat ze naar me keek, vlak voor ze de blik afwendde. Verdomme, dacht ik, waarom moest ik verwikkeld zijn in een situatie van leven en dood? Onder bijna alle andere omstandigheden had ik mijn bier opgedronken, was er nog een gaan halen, had een paar vriendelijke woorden gezegd en haar dan gevraagd of ze er bezwaar tegen had om bij me te komen zitten. Eigenlijk...

Ik keek naar de klok.

10:20.

Hoeveel tijd zou ik de geheimzinnige stem nog geven? Moest ik gewoon aannemen dat het George Hansen was geweest en dat hij het voor vanavond had opgegeven toen hij me zag verdwijnen? Hoe lang zou de jongedame nog blijven?

Ik gromde zachtjes. Bij de zaak blijven. Ik keek naar haar slanke taille, haar ronde heupen, haar strakke schouders...

10:25.

Ik zag dat mijn glas leeg was. Ik nam het mee om weer te laten vullen. Plichtmatig keek ik ernaar.

'Ik zag je daar zitten,' hoorde ik haar zeggen. 'Wacht je op iemand?'

Ze had een sterke geur van een vreemd parfum om zich heen.

'Ja,' zei ik, 'maar ik begin te geloven dat het te laat wordt.'

'Ik heb een soortgelijk probleem,' zei ze en ik draaide me naar haar toe. Ze glimlachte weer. 'We zouden samen kunnen wachten,' besloot ze.

'Kom maar mee,' zei ik. 'Ik breng de tijd liever met jou door.'

Ze pakte haar drankje en volgde me naar de tafel.

'Mijn naam is Merle Corey,' zei ik, zodra we zaten.

'Ik ben Meg Devlin. Ik heb je hier nog niet eerder gezien.'

'Ik ben maar op bezoek. Jij niet, begrijp ik?'

Ze schudde lichtjes haar hoofd.

'Tot mijn spijt niet. Ik woon in het nieuwe appartementencomplex, een paar kilometer verder.'

Ik knikte alsof ik wist waar het was.

'Waar kom je vandaan?' wou ze weten.

'Het centrum van het universum,' zei ik en voegde er haastig aan toe: 'San Francisco.'

'O, daar ben ik vaak geweest. Wat doe je?'
Ik bood weerstand aan een plotselinge impuls om haar te vertellen dat ik tovenaar was en in plaats daarvan beschreef ik haar mijn laatste betrekking bij Grand Design. Ik hoorde op mijn beurt dat ze een fotomodel was geweest, inkoopster voor een groot warenhuis en later beheerster van een boutique.
Ik wierp een blik op de klok. Het was kwart voor elf. Ze ving m'n blik op.
'Ik denk dat ze ons allebei hebben laten zitten,' zei ze.
'Ongetwijfeld,' stemde ik in, 'maar we behoren ze tot elf uur de tijd te geven. Dat is fatsoenlijk.'
'Dat zal wel.'
'Heb je gegeten?'
'Een paar uur geleden al.'
'Honger?'
'Wel wat, ja. En jij?'
'Eh, ja. Ik heb gezien dat een paar mensen hier eerder wat te eten kregen. Ik ga eens kijken.'
Ik hoorde dat we een sandwich konden krijgen, dus namen we er twee, met wat salade erbij.
'Ik hoop dat je afspraak niet een late maaltijd inhield,' zei ik opeens.
'Er is niet over gesproken en het kan me niet schelen,' antwoordde ze, terwijl ze een hap nam.
Het werd elf uur. Ik had mijn eten en drinken op en wilde echt niet meer.
'Het was tenminste niet helemaal een verloren avond,' zei ze, terwijl ze haar servet verfrommelde en aan de kant legde.
Ik keek naar haar wimpers omdat ik ze mooi vond. Ze gebruikte heel weinig of heel lichte make-up. Het deed er niet toe. Ik stond op het punt om mijn hand uit te steken en die op de hare te leggen, maar ze was me voor.
'Wat zou je vanavond gaan doen?' vroeg ik haar.
'O, wat dansen, wat drinken, misschien wandelen in het maanlicht. Dat soort dingen.'
'Ik hoor muziek in de ruimte hiernaast. Zullen we erheen gaan?'
'Waarom niet?'
Terwijl we de bar verlieten, hoorde ik Fiona als een gefluister: *'Merlijn! Als je het beeld op de Troef verlaat, ben je buiten mijn bereik.'*

'Wacht even,' antwoordde ik.
'Wat?' vroeg Meg.
'Eh... ik wil eerst even naar het toilet,' zei ik.
'Goed idee. Ik ook. Ik zie je over een paar minuten hier in de hal.'
De ruimte was leeg, maar ik nam een hokje voor het geval er iemand binnen zou komen. Ik zocht Fiona's Troef in het stapeltje dat ik bij me droeg. Een paar ogenblikken later bereikte ik haar.
'Luister Fi,' zei ik, 'er komt kennelijk niemand opdagen. De rest van de avond belooft echter leuk te worden en ik mag ook wel wat plezier hebben zolang ik hier ben. Dus, bedankt voor je hulp. Ik neem gewoon later wel weer eens contact op.'
'Ik weet het niet,' zei ze. *'Het bevalt me niet dat je onder de gegeven omstandigheden met een vreemde meegaat. Er kan daar toch nog ergens gevaar voor je dreigen.'*
'Dat is er niet,' antwoordde ik. 'Ik heb een middel om dat te weten en het reageert niet op haar. Bovendien, ik weet zeker dat het een vent was die ik hier zou ontmoeten en dat hij het opgaf toen ik met een Troef ben vertrokken. Het is in orde.'
'Het bevalt me niet,' zei ze.
'Ik ben een grote jongen. Ik kan voor mezelf zorgen.'
'Ik hoop het. Roep me onmiddellijk op als er problemen zijn.'
'Die komen er niet. Je kunt misschien ook wel onder de wol kruipen.'
'En roep me op wanneer je zover bent en terug wilt. Maak me gerust wakker. Ik wil je persoonlijk thuisbrengen.'
'Oké. Dat doe ik. Welterusten.'
'Blijf op je hoede.'
'Dat ben ik altijd.'
'Goedenacht dan.'
Ze verbrak het contact.
Een paar minuten later waren we op de dansvloer, we draaiden rond, luisterden en raakten elkaar aan. Meg had sterk de neiging om te leiden. Maar wat hinderde dat? Ik kon geleid worden. Ik probeerde af en toe ook op mijn hoede te zijn, maar er was verder niets dreigends dan luide muziek en onverwacht plezier.
Om half twaalf keken we nog even in de bar. Er zaten verschillende stelletjes, maar degene met wie ze had afgesproken, was er niet. En er was niemand die ook maar naar me

knikte. We gingen terug naar de muziek.
Kort na middernacht keken we nog een keer, met hetzelfde resultaat. Toen gingen we zitten en bestelden een laatste drankje.
'Nou, het was leuk,' zei ze, terwijl ze haar hand zo legde dat ik de mijne erop kon leggen en dat deed ik.
'Ja,' antwoordde ik. 'Ik wou dat we het vaker konden doen. Maar ik ben van plan morgen te vertrekken.'
'Waar ga je naar toe?'
'Terug naar het middelpunt van het universum.'
'Jammer,' zei ze. 'Kan ik je ergens heen brengen?'
Ik knikte. 'Overal waar jij heengaat.'
Ze glimlachte en kneep in mijn hand.
'Goed,' stemde ze toe. 'Kom maar mee, dan zet ik een kopje koffie voor je.'
We dronken onze glazen leeg en liepen naar het parkeerterrein. Onderweg bleven we een paar keer staan om elkaar te omhelzen. Ik probeerde ook weer op mijn hoede te zijn, maar we leken de enigen op het terrein. Haar auto was een keurige, kleine rode Porsche met een open vouwdak.
'Alsjeblieft. Wil jij rijden?' vroeg ze.
'Nee, rij jij maar, dan let ik wel op ridders zonder hoofd.'
'Wat?'
'Het is een heerlijke avond en ik heb altijd een chauffeur willen hebben die er precies zo uitziet als jij.'
We stapten in en zij reed. Snel natuurlijk. De auto leek gewoon haar te volgen. De wegen waren verlaten en ik kreeg een opgelucht gevoel over me. Ik hief een hand op en liet een brandende sigaar van Schaduw komen. Ik deed een paar trekjes en gooide hem weg toen we over een brug raasden. Ik keek naar de sterrenbeelden die me deze laatste acht jaar vertrouwd waren geworden. Ik ademde diep in en langzaam uit. Ik probeerde mijn gevoelens te analyseren en realiseerde me dat ik gelukkig was. Ik had in geen tijden dat gevoel gehad.
Ik zag een mengelmoes van lichten opdoemen achter een rij bomen voor ons. Een minuut later namen we een bocht en zag ik dat het van een klein complex appartementen kwam, rechts van ons. Ze ging langzamer rijden.
Toen we er waren, parkeerde ze op een genummerde plaats vanwaar we langs een met heesters afgezet voetpad naar de ingang van het gebouw liepen. Ze opende de deur en we gin-

gen door de hal naar de liften. Toen we eenmaal in haar appartement waren, zette ze inderdaad koffie.
Dat vond ik prima. Het was goede koffie. We gingen bij elkaar zitten en namen af en toe een slokje. Tijd genoeg...
Tenslotte lokte het een het ander uit. Even later bleken we in de slaapkamer te zijn, met onze kleren op een stoel in de buurt en ik feliciteerde mezelf dat de ontmoeting, waarvoor ik was teruggekomen, niet had plaatsgevonden. Ze was probleemloos, zacht en warm, met alles erop en eraan. Een fluwelen bankschroef, met honing... de geur van haar parfum...
We lagen daar, veel later, in die vredige toestand van tijdelijke vermoeidheid waar ik geen metaforen aan wil verspillen. Ik streelde haar haar toen ze zich uitrekte, haar hoofd iets omdraaide en door haar wimpers naar me keek.
'Je moet me iets vertellen,' zei ze.
'Natuurlijk.'
'Hoe heette je moeder?'
Ik kreeg een gevoel alsof er net iets stekeligs langs mijn ruggegraat was gerold. Maar ik wou zien waar dit toe leidde.
'Dara,' zei ik tegen haar.
'En je vader?'
'Corwin.'
Ze glimlachte.
'Dat dacht ik al,' zei ze, 'maar ik moest het zeker weten.'
'Mag ik nu een paar vragen stellen? Of blijft er maar een aan zet?'
'Ik zal je de moeite besparen. Je wilt weten waarom ik het vroeg.'
'Je bent ad rem.'
'Sorry,' zei ze, terwijl ze haar been bewoog.
'Ik neem aan dat hun namen iets voor je betekenen.'
'Jij bent Merlijn,' zei ze. 'Hertog van Kolvir en Prins van Chaos.'
'Verdomme!' merkte ik op. 'Het lijkt wel of iedereen in deze Schaduw weet wie ik ben! Horen jullie allemaal bij een club of zoiets?'
'Wie weet het nog meer?' vroeg ze snel, met haar ogen opeens wijd open.
'Een man die Luke Raynard heet, een dode met de naam Dan Martinez, een man uit deze plaats die waarschijnlijk George Hansen heet – en nog een dode, Victor Melman... Waarom? Zeggen die namen je iets?'

'Ja. Luke Raynard is de gevaarlijke. Ik heb je meegenomen om je voor hem te waarschuwen, wanneer jij de goede was.'
'Wat bedoel je met "de goede"?'
'Als jij was wie je bent – de zoon van Dara.'
'Waarschuw me dan.'
'Dat heb ik net gedaan. Vertrouw hem niet.'
Ik ging rechtop zitten en propte een kussen achter me.
'Wat wil hij? Mijn postzegelverzameling? Mijn traveller's cheques? Zou je iets duidelijker kunnen zijn?'
'Hij heeft, jaren geleden, verschillende keren geprobeerd je te doden...'
'Wat? Hoe?'
'De eerste keer was er een vrachtauto bij betrokken, die je bijna overreed. Toen het volgende jaar...'
'Mijn god! Je weet het echt! Geef me de datum waarop hij het heeft geprobeerd.'
'Dertig april, altijd dertig april.'
'Waarom? Weet jij waarom?'
'Nee.'
'Shit. Hoe weet je dat allemaal?'
'Ik was erbij. Ik stond te kijken.'
'Waarom heb je er niets aan gedaan?'
'Dat kon ik niet. Ik wist niet wie wie was.'
'Ik kan je helemaal niet volgen, dame. Wie ben je, verdomme, en welke rol speel je hierin?'
'Net als Luke ben ik niet wat ik lijk,' begon ze.
Er kwam een doordringend gezoem uit het aangrenzende vertrek.
'Mijn hemel!' zei ze en sprong uit bed.
Ik volgde haar en kwam in de hal toen ze op een knopje naast een roostertje drukte en 'Hallo?' zei.
'Schatje, ik ben het,' klonk het antwoord. 'Ik ben een dag eerder terug. Doe de deur open, wil je? Ik heb een stel pakjes bij me.'
Tja...
Ze liet het ene knopje los, drukte op een ander en wendde zich tot mij.
'Mijn man,' zei ze, plotseling ademloos. 'Je moet nu weg. Alsjeblieft! Neem de trap!'
'Maar je hebt me nog niets verteld!'
'Ik heb je genoeg verteld! Maak alsjeblieft geen moeilijkheden!'
'Oké,' zei ik en ik haastte me terug naar de slaapkamer, trok

mijn broek aan en stak mijn voeten in mijn mocassins.
Ik stopte mijn sokken en ondergoed in mijn zakken en trok mijn overhemd aan.
'Ik ben niet tevreden,' zei ik. 'Je weet meer en dat heb ik nodig.'
'Is dat alles wat je wilt?'
Ik kuste haar snel op de wang.
'Niet echt. Ik kom terug,' zei ik.
'Niet doen,' zei ze. 'Het zal niet hetzelfde zijn. We zien elkaar weer als de tijd rijp is.'
Ik liep naar de deur.
'Dat is niet voldoende,' zei ik, terwijl ik hem opende.
'Het zal wel moeten.'
'We zullen zien.'
Ik rende weg, de hal in, en duwde de deur onder het bordje EXIT open. Ik knoopte mijn hemd dicht en stopte het in mijn broek terwijl ik de trap afliep. Beneden bleef ik even staan om mijn sokken aan te trekken. Vervolgens streek ik een hand door mijn haar en opende de deur naar de hal.
Niemand te zien. Goed zo.
Toen ik het gebouw verliet en het voetpad afliep, stopte er een zwarte sedan voor me. Ik hoorde het zoemen van een elektrisch raam en zag een rode flits.
'Stap in, Merlijn,' zei een bekende stem.
'Fiona!'
Ik opende de deur en gleed naar binnen. We reden onmiddellijk weg.
'En, was ze het?' vroeg ze.
'Was ze wat?' zei ik.
'Degene die je in de club zou ontmoeten?'
Zo had ik er nog niet over gedacht tot zij het zei.
'Weet je,' zei ik even later. 'Ik denk dat ze het misschien wel was.'
Ze draaide de weg op en reed terug in de richting vanwaar we eerder gekomen waren.
'Wat voor spelletje speelde ze?' vroeg Fiona.
'Het zou me heel wat waard zijn om dat te weten,' antwoordde ik.
'Vertel me er wat van,' zei ze, 'en neem de vrijheid om bepaalde gedeelten aan te passen.'
'Nou, goed dan,' zei ik en ik vertelde het haar.
Voor ik klaar was, waren we terug op het parkeerterrein van de golfclub.

'Waarom zijn we hier weer?' vroeg ik.
'Hier heb ik de auto gepikt. Misschien is hij wel van een vriend van Bill. Ik dacht dat het wel aardig was om hem terug te brengen.'
'Jij hebt de Troef, die ik had gemaakt, gebruikt om naar de bar te komen?' vroeg ik.
'Ja, meteen nadat jij naar binnen ging om te dansen. Ik heb ongeveer een uur naar jullie gekeken, de meeste tijd vanaf het terras. En ik had tegen je gezegd dat je alert moest zijn.'
'Sorry, ik was smoorverliefd.'
'Ik had vergeten dat ze hier geen absint serveren. Ik moest me behelpen met een koude marguerita.'
'Dat spijt me ook. Vervolgens ben je ons gevolgd toen we weggingen?'
'Ja. Ik heb gewacht op haar parkeerterrein en heb via jouw Troef het meest perifere contact met jou behouden. Als ik gevaar had gevoeld, was ik je achterna gekomen.'
'Bedankt. Hoe perifeer was dat?'
'Ik ben geen voyeur, als je dat bedoelt. Goed, nu zijn we op de hoogte.'
'Er is heel wat meer te vertellen.'
'Daar heb ik op het ogenblik geen belangstelling voor,' zei ze. 'Ik ben maar benieuwd naar één ding. Heb je toevallig een foto van die Luke Raynard?'
'Misschien wel,' zei ik, terwijl ik mijn portefeuille zocht. 'Ja, ik geloof het wel.'
Ik haalde mijn onderbroekje uit de broekzak en zocht verder.
'Je draagt tenminste geen jockey-slipje,' merkte ze op.
Ik trok mijn portefeuille uit de zak en deed het binnenlicht aan. Terwijl ik hem opensloeg, boog ze zich naar me toe en legde haar hand op mijn arm. Eindelijk vond ik een duidelijke kleurenfoto van Luke en mij op het strand, met Julia en een meisje dat Gail heette, waar Luke toen mee omging. Ik voelde haar greep sterker worden terwijl ze snel en diep inademde.
'Wat is er?' vroeg ik. 'Ken je hem?'
Ze schudde te snel het hoofd.
'Nee. Nee,' zei ze. 'Ik heb hem nog nooit ontmoet.'
'Je bent een vuile leugenaar, tante. Wie is het?'
'Ik weet het niet,' zei ze.
'Kom nou! Je brak bijna mijn arm toen je hem zag.'
'Dwing me niet,' zei ze.

'Mijn leven staat op het spel.'
'Ik denk dat er meer op het spel staat dan jouw leven.'
'Dus?'
'Wacht maar af.'
'Ik vrees dat ik dat niet kan. Ik moet eraan vasthouden.'
Ze draaide zich verder naar me toe en haar beide handen kwamen tussen ons omhoog. Uit haar goed verzorgde vingertoppen begon rook op te stijgen. Frakir klopte op mijn pols, hetgeen betekende dat ze het zat was om op mij te vertrouwen als het erop aankwam.
Ik maakte een beschermend gebaar en besloot me terug te trekken.
'Oké, laten we er een punt achter zetten en naar huis gaan.'
Ze trok haar vingers samen en de rook verdween. Frakir werd rustig. Fiona haalde een pakje Troeven uit haar beurs en schoof de ene voor Amber eruit.
'Maar vroeg of laat zal ik het moeten weten,' voegde ik eraan toe.
'Later,' zei ze, terwijl het beeld van Amber voor ons opdoemde.
Er was één ding dat ik altijd in Fiona bewonderde, ze zag er niets in om haar gevoelens te verbergen.
Ik stak mijn hand omhoog en deed het binnenlicht uit terwijl overal om ons heen Amber naderbijkwam.

8

Ik geloof dat ik typische ideeën heb op begrafenissen. Net als Bloom, in *Ulysses*, heb ik de meest wereldse gedachten over de overledene en alledaagse gebeurtenissen. De rest van de tijd is mijn geest dwalende.

Op het brede strand aan de zuidpunt van Kolvir staat een kapelletje dat gewijd is aan de eenhoorn, een van de vele, over het hele koninkrijk verspreid, op plaatsen waar ze was gezien. Deze leek het meest geschikt voor de dienst ter ere van Caine omdat hij daar - evenals Gérard - de wens had uitgesproken om te worden begraven in een van de grotten aan zee, aan de voet van de berg tegenover het water dat hij zo lang en zo vaak had bevaren. Men had er zo een voor hem gereedgemaakt en na de dienst zou er een processie volgen om hem daar ter aarde te bestellen. Het was een winderige, mistige ochtend. Het was waterkoud en er verplaatsten zich slechts een paar zeilen van of naar de haven die wel drie kilometer ten westen van ons lag.

Ik veronderstel dat Random formeel de dienst had moeten leiden omdat zijn koningschap hem automatisch hogepriester maakte, maar afgezien van het lezen van een openings- en een slotpassage over het Heengaan van Prinsen, uit het Boek van de eenhoorn, droeg hij de dienst over aan Gérard, omdat Caine beter met Gérard had kunnen opschieten dan met wie ook in de familie. Zodoende vulde de galmende stem van Gérard het stenen gebouwtje, terwijl hij lange gedeelten las over de zee en haar grilligheid. Er werd verteld dat Dworkin het boek zelf had geschreven in zijn betere dagen en dat er lange passages rechtstreeks van de eenhoorn afkomstig waren. Ik weet het niet. Ik ben er niet bij geweest. Er wordt ook beweerd dat we afstammen van Dworkin en de eenhoorn, wat leidt tot enige opmerkelijke geestelijke personificaties. De oorsprong van alles toont echter de neiging in de mythe te verdwijnen. Wie weet? Ik was er toen niet bij.

'...En alle dingen keren terug naar de zee,' zei Gérard. Ik

keek om me heen. Behalve de familie waren er misschien veertig of vijftig mensen aanwezig, voornamelijk adellijke personen uit de stad, een paar handelaren met wie Caine bevriend was geweest, vertegenwoordigers van koninkrijken in verschillende naburige schaduwen waar Caine tijd had besteed aan zowel officiële als persoonlijke zaken, en natuurlijk Vinta Bayle. Bill had de wens uitgesproken aanwezig te zijn en hij stond links van mij. Martin stond aan mijn rechterzijde. Fiona noch Bleys was aanwezig. Bleys had zich beroepen op zijn verwonding en zich geëxcuseerd voor de dienst. Fiona was eenvoudig verdwenen. Random had haar deze morgen niet kunnen opsporen. Julian verliet de dienst halverwege om de wacht te controleren die hij had uitgezet langs het strand, omdat iemand onder de aandacht had gebracht dat een vermeende moordenaar een hoge score kon halen met zo velen van ons bij elkaar in één kleine ruimte. Julians boswachters waren derhalve met sabels, dolken en handbogen of lansen overal strategisch opgesteld – en telkens hoorden we het luide geblaf van een van zijn helhonden, dat bijna onmiddellijk werd beantwoord door verscheidene andere; het had iets sombers en beangstigends, dat een contrast vormde met de golven, de wind en de beschouwingen over de sterfelijkheid. Waar was Fiona heen gegaan, vroeg ik me af. Angst voor een valstrik? Of had het iets te maken met de afgelopen nacht? En Benedict... Hij had zich laten verontschuldigen, zijn leedwezen betuigd en onverwachte verplichtingen genoemd die hem beletten op tijd terug te kunnen zijn. Llewella was eenvoudig niet komen opdagen en kon niet worden bereikt door middel van een Troef. Flora stond vooraan, links van mij en ze wist dat ze er in donkere kleuren ook aantrekkelijk uitzag. Misschien doe ik haar onrecht aan. Ik weet het niet. Maar ze leek eerder onrustig dan beschouwend.

Bij het einde van de dienst liepen we achter elkaar naar buiten. Vier matrozen droegen Caines kist en we stelden ons op in een processie die naar de grot met de sarcofagen zou leiden. Er kwam een aantal van Julians manschappen dat, als een gewapend escorte, het tempo aangaf.

Onder het lopen stootte Bill me zachtjes aan en hij bewoog zijn hoofd omhoog in de richting van Kolvir. Ik keek en zag een gedaante in een zwarte cape met capuchon, die in de schaduw van een uitspringende rots op een richel stond. Bill boog zich naar me toe zodat ik hem kon verstaan boven het

geluid van de doedelzakken en strijkinstrumenten die nu speelden.
'Is die daar een onderdeel van de ceremonie?' vroeg hij.
'Niet dat ik weet,' antwoordde ik.
Ik verliet de rij en ging naar voren. Nog ongeveer een minuut en dan zouden we precies onder de gedaante door lopen.
Ik haalde Random in en legde mijn hand op zijn schouder. Toen hij omkeek, wees ik naar boven. Hij bleef staan en keek met de ogen half dicht.
Zijn rechterhand ging naar zijn borst, waar hij het Juweel des Oordeels droeg, zoals bij de meeste staatsaangelegenheden. Ogenblikkelijk stak de wind op.
'Halt!' riep Random. 'Stop de processie! Iedereen blijft waar hij is!'
Toen bewoog de gedaante zich iets, draaide het hoofd alsof hij naar Random wou kijken. Aan de hemel trok zich een wolk samen alsof het een fotografische truc was, en breidde zich uit over Kolvir. Onder Randoms hand verscheen een rode, pulserende gloed.
Opeens keek de gedaante omhoog en er schoot plotseling een hand onder de cape, die even later weer te voorschijn kwam om een snelle werpbeweging te maken. Er hing een klein zwart voorwerp in de lucht, dat vervolgens begon te dalen.
'Iedereen gaan liggen!' riep Gérard.
Random bewoog zich niet terwijl de anderen zich lieten vallen. Hij bleef staan kijken terwijl de bliksem uit de wolk kwam en over de voorkant van de steile rots schoot.
De donder die volgde, viel bijna samen met de explosie, hoog boven ons. De afstand was te groot. De bom was ontploft voor hij ons had bereikt, hoewel hij ongetwijfeld doel had getroffen wanneer we waren doorgelopen. Dan was hij boven op ons gevallen bij het passeren van de richel. Toen de vlekken niet meer voor mijn ogen dansten, zag ik de rots weer. De donkere gedaante was verdwenen.
'Heb je hem geraakt?' vroeg ik Random.
Hij haalde de schouders op en liet zijn hand zakken. Het Juweel gloeide niet meer.
'Iedereen overeind!' riep hij. 'Laten we doorgaan met deze begrafenis!'
En dat deden we. Incidenten deden zich niet meer voor en alles verliep verder volgens plan.

Mijn gedachten, en misschien wel die van alle anderen, dwaalden al af naar de familieleden terwijl de kist in de grafkelder werd geplaatst. Was de aanvaller misschien een van onze afwezige verwanten geweest? En zo ja, wie? Welke motieven kon elk van hen voor de daad hebben? Waar waren ze nu? En wat waren hun alibi's? Zou er een verbond mee gemoeid kunnen zijn? Of was het een buitenstaander geweest? Zo ja, hoe had hij toegang gekregen tot de plaatselijke voorraad explosieven? Of was dit geïmporteerd spul? Of was er iemand van hier op de proppen gekomen met de juiste formule? Als het een buitenstaander was, wat was dan het motief en waar kwam de persoon vandaan? Had een van ons een moordenaar meegebracht? Waarom?
Terwijl we achter elkaar door het gewelf liepen, moest ik vluchtig aan Caine denken, maar meer als deel van de legpuzzel dan als individu. Zo goed had ik hem niet gekend. Maar ja, anderen hadden me al vroeg verteld dat hij niet de gemakkelijkste was om mee om te gaan. Hij was agressief en cynisch en had iets wreeds in zijn karakter. Hij had in de loop der jaren heel wat vijanden gemaakt en daar scheen hij ook trots op te zijn. Hij was tegen mij altijd vrij geschikt geweest, maar we hadden elkaar nooit in de wielen gereden. Mijn gevoelens voor hem zaten dus niet zo diep als voor de meeste anderen. Julian was van hetzelfde slag, maar aan de buitenkant beschaafder. En niemand wist precies wat er op zekere dag aan de oppervlakte zou komen. Caine... ik wou dat ik je beter had gekend. Ik weet zeker dat jouw overlijden mijn positie heeft verzwakt op een wijze die ik nog niet eens begrijp.
Toen we later teruggingen naar het paleis om te eten en te drinken, vroeg ik me af, en niet voor de eerste keer, hoe mijn problemen en die van de anderen verband met elkaar hielden. Want ik voelde dat er verband was. Ik heb geen bezwaar tegen kleine toevalligheden, maar de grote vertrouw ik niet.
En Meg Devlin? Wist zij ook iets van deze zaak? Het leek mogelijk. Echtgenoot of geen echtgenoot, ik besloot dat we spoedig een afspraak moesten maken.
Later, in de grote eetzaal, te midden van het geroezemoes van de gesprekken en het gekletter van bestek en aardewerk, kwam er een vage mogelijkheid bij me op en ik besloot er onmiddellijk op voort te borduren. Ik excuseerde me van het koele, maar wel aantrekkelijke gezelschap van

Vinta Bayle, de derde dochter van een of andere minder belangrijke edelman en kennelijk Caines laatste maîtresse, en zocht mijn weg naar het andere eind van de zaal en het groepje mensen dat om Random heen stond. Ik bleef me daar een paar minuten afvragen hoe ik ertussen moest komen, toen hij me zag. Hij verontschuldigde zich onmiddellijk tegenover de anderen, kwam naar me toe en pakte me bij de mouw.

'Merlijn,' zei hij, 'ik heb nu geen tijd, maar ik wou je even laten weten dat ik ons gesprek niet als geëindigd beschouw. Ik wil later in de middag, of vanavond, weer met je praten – zodra ik vrij ben. Ga dus nergens heen voor we hebben gepraat, oké?'

Ik knikte.

'Eén snelle vraag,' zei ik, terwijl hij zich wilde omdraaien naar de anderen.

'Zeg het maar,' zei hij.

'Zijn er ook inwoners van Amber die momenteel op de schaduw-Aarde verblijven die ik net heb verlaten – agenten, van welk soort ook?'

Hij schudde het hoofd.

'Ik heb er niet een en ik geloof niet dat een van de anderen er nu een heeft. Ik heb daar een aantal contacten op verschillende plaatsen, maar het zijn allemaal bewoners, zoals Bill.' Zijn ogen werden kleiner. 'Heb je iets nieuws ontdekt?' vroeg hij vervolgens.

Ik knikte weer.

'Ernstig?'

'Mogelijk.'

'Ik wou dat ik tijd had om ernaar te luisteren, maar het zal even moeten wachten.'

'Ik begrijp het.'

'Ik laat je roepen,' zei hij en hij keerde terug naar zijn gezelschap.

Daarmee verviel de enige verklaring die ik voor Meg Devlin kon bedenken. Het sloot ook de mogelijkheid uit van mijn vertrek om haar te ontmoeten, zodra ik de bijeenkomst kon verlaten.

Ik troostte me door nog eens op te scheppen. Na enige tijd kwam Flora de zaak binnen. Ze bekeek alle groepjes mensen en zocht vervolgens haar weg ertussendoor om naast me plaats te nemen op het zitje bij het raam.

'Het is onmogelijk om Random nu alleen te spreken te krijgen,' zei ze.

'Klopt,' antwoordde ik. 'Kan ik iets te eten of te drinken voor je halen?'
'Nu niet. Misschien kun je me helpen. Je bent tovenaar.'
Die opening van het gesprek stond me niet aan, maar ik vroeg: 'Wat is het probleem?'
'Ik ben naar de kamer van Bleys geweest om te zien of hij naar beneden en bij ons wilde komen. Hij is weg.'
'Was zijn deur niet op slot? De meesten hier sluiten de deur af.'
'Ja, aan de binnenkant. Hij moet dus zijn vertrokken met een Troef. Toen hij geen antwoord gaf, heb ik ingebroken omdat er al een aanslag op zijn leven was gepleegd.'
'En wat zou je willen dat een tovenaar deed?'
'Kun je zijn spoor volgen?'
'Troeven laten geen sporen achter,' zei ik. 'Maar ook wanneer ik het zou kunnen, weet ik niet zo zeker of ik het zou doen. Hij weet wat hij doet en hij wil kennelijk met rust worden gelaten.'
'Maar als hij erbij betrokken is? Hij en Caine waren vroeger tegenstanders.'
'Als hij ergens bij betrokken is, is dat gevaarlijk voor ons en mag je blij zijn als je hem ziet vertrekken.'
'Dus je kunt niet helpen – of je wilt niet?'
Ik knikte. 'Beide, denk ik. Elke beslissing om hem op te sporen hoort echt van Random te komen, vind je niet?'
'Misschien.'
'Ik zou willen adviseren het voor je te houden tot je met Random kunt praten. Het heeft geen zin onder de anderen nutteloze speculaties aan te wakkeren. Als je wilt vertel ik het hem wel. Ik praat straks met hem.'
'Waarover?'
Ai.
'Dat is nog niet zeker,' zei ik. 'Hij wil me iets vertellen, of vragen.'
Ze bekeek me aandachtig.
'Wij hebben eigenlijk nog niet met elkaar gepraat,' zei ze toen.
'Het lijkt erop dat we dat nu doen.'
'Oké. Mag ik je problemen horen in een van mijn favoriete schaduwen?'
'Waarom niet?' zei ik en ik stak weer van wal met een samenvatting van die verdomde zaak. Maar ik had het gevoel dat dit de laatste keer zou zijn. Als Flora het eenmaal wist,

kon ik erop vertrouwen dat het de ronde zou doen. Ze had geen informatie die betrekking had op mijn geval die ze niet wou delen. We praatten nog een poosje door - plaatselijke roddel - en ten slotte besloot ze nog iets te eten te halen. Ze vertrok in de richting van het voedsel en kwam niet terug.

Ik praatte ook nog met een paar anderen - over Caine en over mijn vader. Ik hoorde niets dat ik nog niet wist. Ik werd voorgesteld aan een aantal mensen die ik nog niet had ontmoet. Omdat ik niets beters te doen had prentte ik een massa namen en familiebetrekkingen in mijn geheugen.

Toen een en ander tenslotte afliep, hield ik Random in de gaten en ik zag kans ongeveer op hetzelfde moment weg te gaan als hij.

'Later,' zei hij, toen we elkaar passeerden, en hij liep weg met een paar mensen met wie hij had gepraat.

Daarom ging ik terug naar mijn kamers en strekte me uit op het bed. Wanneer er iets broeit, rust dan uit zoveel je kunt.

Na een poosje sliep ik en ik droomde...

Ik wandelde in de keurige tuin achter het paleis. Er was nog iemand bij me, maar ik wist niet wie het was. Dat scheen niet te hinderen. Ik hoorde een bekend gehuil. Opeens klonken vlakbij grommende geluiden. De eerste keer dat ik om me heen keek, zag ik niets. Maar toen, plotseling, waren ze er - drie enorme beesten die op honden leken, van hetzelfde type als die ene die ik in het appartement van Julia had gedood. Ze renden dwars door de tuin op me af. Het huilen ging door, maar het kwam niet van hen. Zij beperkten zich tot grommen en kwijlen terwijl ze dichterbij kwamen. Even plotseling realiseerde ik me dat het een droom was en dat ik het verschillende keren eerder had gedroomd, enkel om het spoor bijster te zijn bij het ontwaken. De wetenschap dat het een droom was, verminderde echter in geen enkel opzicht het dreigende gevoel terwijl ze op me af renden. Ze waren alle drie omgeven door een soort licht - bleek en vervormend. Toen ik langs ze heenkeek, door hun lichtkring, zag ik de tuin niet meer, maar ik ving een glimp op van een woud. Toen ze vlakbij kwamen en sprongen om me aan te vallen, was het alsof ze een glazen wand ontmoetten. Ze vielen achterover, stonden op en renden weer op me af om opnieuw te worden tegengehouden. Ze sprongen en gromden, jankten en probeerden het weer. Het was alsof ik onder een glazen stolp stond of in een magische cirkel. Ze konden niet

bij me komen. Toen werd het gehuil luider, het kwam dichterbij en ze richtten niet langer hun aandacht op mij.
'Wauw!' zei Random. 'Ik zou geld moeten vragen om jou uit een nachtmerrie te halen.'
...En ik was wakker en ik lag op mijn bed en onder mijn raam was het donker – en ik realiseerde me dat Random me via mijn Troef had geroepen en op mijn droom had afgestemd toen hij contact maakte.
Ik gaapte en gaf hem in gedachten antwoord: *Bedankt.*
'Word wakker en laten we ons gesprek hebben,' zei hij.
'Goed. Waar ben je?'
'Beneden. De kleine zitkamer, ten zuiden van de grote zaal. Ik zit aan de koffie. We zijn hier helemaal alleen.'
'Ik ben in vijf minuten bij je.'
'Akkoord.'
Random verdween langzaam. Ik ging zitten, zwaaide mijn voeten over de rand van het bed en ging staan. Ik liep door de kamer naar het raam en gooide het wijd open. Ik ademde de frisse lucht van de herfstavond in. Lente op de schaduw-Aarde, herfst hier in Amber – mijn twee favoriete jaargetijden. Ik zou opgewekt moeten zijn, aangemoedigd. In plaats daarvan – een truc van de nacht, het restje van de droom – leek het er even op dat ik de laatste klanken van het gehuil hoorde. Ik huiverde en sloot het raam. Onze dromen zijn te veel bij ons.
Ik liep naar beneden, naar het aangeduide vertrek en nam plaats op een van de banken. Random liet me een kopje koffie voor de helft leeg drinken voor hij zei: 'Vertel me wat over het Spookwiel.'
'Het is een soort parafysisch bewakingstoestel en een bibliotheek.'
Random zette zijn kopje neer en boog zijn hoofd naar een kant.
'Zou je iets duidelijker kunnen zijn?' vroeg hij.
'Nou, mijn werk met computers heeft me ertoe gebracht erop te speculeren dat basisprincipes van informatieverwerking met interessante resultaten konden worden toegepast op een plaats waar het computermechanisme zelf niet zou werken,' zei ik. 'Met andere woorden, ik moest een schaduwomgeving zoeken waar de handelingen vrijwel onveranderd zouden blijven, maar waar het fysieke concept, alle randapparatuur, de programmeringstechnieken en de energie-inputs van een andere aard zouden zijn.'

'Eh, Merlijn,' zei Random. 'Ik kan je nou al niet meer volgen.'
'Ik heb een stukje informatieverwerkingsapparatuur ontworpen en gebouwd in een schaduw waar een gewone computer niet zou kunnen werken,' antwoordde ik, 'omdat ik andere materialen heb gebruikt, een totaal ander ontwerp, een andere krachtbron. Ik heb ook een plaats gekozen waar andere natuurwetten gelden, zodat hij volgens andere procedures zou kunnen werken. Toen kreeg ik de mogelijkheid om er programma's voor te schrijven die niet zouden functioneren op de schaduw-Aarde, waar ik had gewoond. Daarmee geloof ik dat ik een uniek kunstprodukt heb gecreëerd. Ik noemde het het Spookwiel naar aanleiding van bepaalde uiterlijke aspecten.'
'En het is een bewakingstoestel en een bibliotheek. Wat bedoel je daarmee?'
'Het loopt snel door Schaduw heen als door de bladzijden van een boek - of een spel kaarten,' zei ik. 'Programmeer het voor wat je ook wilt laten controleren en het zal het voor je in de gaten houden. Ik had het bedoeld als een verrassing. Je zou kunnen zeggen: gebruik het om vast te stellen of onze mogelijke vijanden zich mobiliseren, of om de ontwikkeling van schaduwstormen te volgen, of...'
'Wacht even,' zei hij terwijl hij een hand opstak. 'Hoe? Hoe loopt het op die manier door schaduwen? Hoe zorg je dat het werkt?'
'In feite,' legde ik uit, 'creëert het het equivalent van massa's Troeven in een ogenblik, dan...'
'Stop. Even terug. Hoe kun je een programma schrijven voor de creatie van Troeven? Ik dacht dat ze alleen gemaakt konden worden door iemand die een ingewijde kende van het Patroon of de Logrus.'
'Maar in dit geval is het toestel zelf een van diezelfde soort magische voorwerpen als Pa's zwaard, Grayswandir. Ik heb elementen van het Patroon in het ontwerp verwerkt,' zei ik.
'En jij was van plan ons hiermee te verrassen?'
'Ja, als het klaar is.'
'Wanneer zal dat zijn?'
'Ik weet het niet zeker. Ik moest bepaalde hoeveelheden essentiële informatie verzamelen voordat de programma's volledig operationeel konden worden. Ik heb die een poosje geleden ingevoerd en de laatste tijd geen gelegenheid gehad om het te controleren.'

Random schonk nog wat koffie in en nam een slok.
'Ik zie niet hoe het zoveel tijd en inspanningen zou besparen,' zei hij even later. 'Stel dat ik benieuwd ben naar iets in Schaduw. Ik ga en doe een onderzoek, of ik stuur iemand. Stel nu dat ik in plaats daarvan dat ding wil gebruiken om het te onderzoeken. Dan ben ik nog altijd tijd kwijt om er naar toe te gaan.'
'Nee,' zei ik. 'Je roept een eindstation op.'
'Oproepen? Een eindstation?'
'Ja.'
Ik maakte mijn Ambertroeven vrij van de aarde en gaf mezelf de onderste. Er stond een zilveren wiel op tegen een donkere achtergrond. Ik gaf hem aan Random en hij bekeek hem.
'Hoe gebruik je hem?' vroeg hij.
'Net zo als de andere. Wil je het oproepen?'
'Doe jij het maar. Ik kijk wel.'
'Prima,' antwoordde ik. 'Maar al heb ik het ingesteld op het verzamelen van informatie in de schaduwen, het zal wat dat betreft nog niet zo heel veel weten dat bruikbaar is.'
'Ik heb er meer behoefte aan het te zien dan om het iets te vragen.'
Ik hield de kaart omhoog en staarde ernaar, keek er met mijn geestesoog doorheen. Na enige ogenblikken was er contact. Ik riep het op.
Er volgde een zwak knetterend geluid en een gewaarwording van ionisatie in de lucht, terwijl er een stralend wiel met een diameter van ruim twee meter te voorschijn kwam.
'Verminder buitenste afmeting,' droeg ik op.
Het slonk tot ongeveer een derde en ik gaf opdracht om op dat punt te blijven. Het zag eruit als een matte lijst van een schilderij, met af en toe dansende vonken erin, terwijl het beeld van de kamer voortdurend golfde wanneer je door het midden keek.
Random wou een hand uitsteken.
'Niet doen,' zei ik. 'Je zou een schok kunnen krijgen. Ik heb alle mankementen er nog niet uitgekregen.'
'Kan het energie overbrengen?'
'Dat zou wel kunnen. Niet zo moeilijk.'
'Als jij opdracht gaf om energie over te brengen...?'
'O, zeker. Het moet in staat zijn hier energie te brengen om het station in stand te houden en om zijn scanners door Schaduw te bedienen.'

'Ik bedoel, zou het die aan dit uiteinde kunnen ontladen?'
'Als ik opdracht geef, zou het een lading kunnen opbouwen en weer afgeven. Ja.'
'Wat zijn de grenzen hierbij?'
'Alles wat het tot zijn beschikking heeft.'
'En wat heeft het beschikbaar?'
'Nou, in theorie een hele planeet. Maar...'
'Veronderstel dat je het opdracht geeft om hier naast iemand te verschijnen, een grote lading op te bouwen en die te ontladen op die persoon. Zou dat een elektrokutie kunnen veroorzaken?'
'Ik denk het,' zei ik. 'Ik zie niet in waarom niet. Maar dat is niet de bedoeling van het toestel.'
'Merlijn, je verrassing is ongetwijfeld een verrassing. Maar ik weet niet of ik het zo leuk vind.'
'Het is veilig,' legde ik uit. 'Niemand weet waar het ding zich bevindt. Daar komt niemand. De Troef die ik heb is de enige. Niemand anders kan het bereiken. Ik was van plan nog een kaart te maken, alleen voor jou, en je dan te laten zien hoe het toestel werkt als het klaar is.'
'Ik moet hierover nadenken...'
'Spook, in vijfduizend schaduwsluiers, deze lokatie – hoeveel schaduwstormen zijn er op dit moment?'
De woorden kwamen alsof ze gesproken werden binnen de ring.
'Zeventien.'
'Dat klinkt als...'
'Ik heb het mijn stem gegeven,' zei ik. 'Spook, geef ons wat beelden van de grootste.'
Een beeld van een chaotische furie vulde de ring.
'Er kwam zojuist nog een gedachte bij me op,' zei Random. 'Kan het dingen vervoeren?'
'Ja hoor, net als een normale Troef.'
'Was de oorspronkelijke afmeting van die ring de maximale grootte?'
'Nee, we zouden hem veel groter kunnen maken als je dat wilt. Of kleiner.'
'Nee, dat hoeft niet. Maar veronderstel dat je hem groter maakt – en je geeft dan opdracht om die storm over te brengen, of zoveel als hij kan hebben?'
'Wauw! Dat weet ik niet. Ik kan het proberen. Het zou waarschijnlijk lijken op het openen van een gigantisch raam.'

'Merlijn, hou ermee op. Het is gevaarlijk.'
'Zoals ik al zei, weet niemand, behalve ik, waar het zich bevindt en de enige andere manier om het te bereiken is...'
'Ik weet het, ik weet het. Zeg eens, zou iemand het kunnen bereiken met de juiste Troef, of door het toevallig te vinden?'
'Nou, ja. Ik heb me nog niet beziggehouden met veiligheidscodes ter wille van de onbereikbaarheid.'
'Dat ding zou een ontzagwekkend wapen kunnen zijn, jongen. Hou ermee op. Nu.'
'Dat kan niet.'
'Hoe bedoel je?'
'Je kunt zijn geheugen niet uitzetten, of zijn vermogen uitschakelen vanaf een ver station. In feite zou ik naar die plaats moeten reizen om dat te doen.'
'Dan stel ik voor dat je dat doet. Ik wil dat je het uitschakelt tot er heel wat meer waarborgen zijn ingebouwd. En dan nog... nou ja, we zullen zien. Ik vertrouw zo'n macht niet. Niet als ik er geen enkele verdediging tegen heb. Het zou bijna zonder waarschuwing kunnen toeslaan. Waar dacht je aan toen je dat ding bouwde?'
'Informatie verzamelen. Kijk, wij zijn de enigen...'
'Er bestaat altijd een mogelijkheid dat iemand het in de gaten krijgt en een middel vindt om er te komen. Ik weet het, ik weet het – je bent gek op je werk – en ik waardeer wat je van plan was. Maar het moet verdwijnen.'
'Ik heb niets verkeerds gedaan.' Het was mijn stem, maar hij kwam uit het wiel.
Random keek ernaar, keek mij aan en bekeek het nog een keer.
'Eh, dat is het punt niet,' zei hij tegen het wiel. 'Het is je vermogen waar ik me zorgen over maak.'
'Merlijn, schakel het station uit!'
'Einde transmissie,' zei ik. 'Terug naar eindstation.'
Het flikkerde even en was toen verdwenen.
'Had jij commentaar van dat ding verwacht?' vroeg Random me.
'Nee, ik was verrast.'
'Ik begin een hekel aan verrassingen te krijgen. Misschien kan de schaduwomgeving voor een paar subtiele veranderingen zorgen. Maar doe wat ik je gevraagd heb, laat het met rust.'
Ik boog het hoofd. 'Zoals u zegt, meneer.'

'Schakel het uit. Word geen martelaar. Doe het.'
'Toch geloof ik dat het alleen maar een kwestie is van het aanbrengen van een paar waarborgen. Geen reden om het hele project weg te gooien.'
'Als het rustiger was,' zei hij, 'zou ik er misschien anders over denken. Maar er komt nu te veel ellende op ons af, met sluipschutters, bommenwerpers en al de dingen die je me hebt verteld. Ik heb geen behoefte aan meer zorgen.'
Ik ging staan. 'Oké. Bedankt voor de koffie,' zei ik. 'Ik laat je weten wanneer het gebeurd is.'
Hij knikte. 'Goedenacht, Merlijn.'
'Welterusten.'
Terwijl ik naar buiten liep door het grote voorportaal, zag ik Julian, in een groene kamerjas, die stond te praten met twee van zijn mannen. Op de vloer, tussen hen in, lag een groot dood beest. Ik bleef staan en staarde ernaar. Het was net zo'n soort rothond als waar ik net van had gedroomd, zoals die in Julia's woning.
Ik kwam naderbij. 'Hallo Julian. Wat is dat?' vroeg ik terwijl ik er naar wees.
Hij schudde het hoofd. 'Ik weet het niet. Maar de helhonden hebben er net drie doodgemaakt in Arden. Ik heb deze mannen opgeroepen om Random een van de karkassen te laten zien. Je weet zeker niet waar hij is?'
Ik wees met mijn duim over de schouder. 'In de zitkamer.'
Hij liep weg in die richting. Ik stapte naderbij en gaf het beest een por met mijn voet. Zou ik teruggaan en Random vertellen dat ik er eerder een had ontmoet?
Laat maar, besloot ik. Ik zag niet hoe de informatie van enig belang kon zijn.
Ik keerde terug naar mijn kamers, friste me op en verkleedde me. Vervolgens ging ik langs de keuken en vulde mijn rugzak met eten. Ik voelde er niets voor om van iemand afscheid te nemen, dus liep ik gewoon naar de achterkant en nam de grote trap die naar de tuin leidde. Het was donker en koel en de lucht was vol sterren. Ik voelde opeens een huivering toen ik de plek naderde waar, in mijn droom, de honden waren verschenen.
Geen gehuil, geen gegrom. Niets. Ik vervolgde mijn weg naar de achterkant van het goed onderhouden terrein, waar een aantal paden naar een natuurlijker landschap leidden. Ik nam het tweede van links. Het was een iets langere route dan een andere die ik had kunnen kiezen – ze kwamen trou-

wens later toch bij elkaar – maar deze was gemakkelijker te lopen en dat vond ik nodig in de nacht. Ik was nog niet zo vertrouwd met de afwijkingen van de andere route.
Ik liep bijna een uur over de top van Kolvir voor ik het pad naar beneden vond dat ik zocht. Toen stopte ik, dronk wat water en rustte een paar minuten voor ik aan de afdaling begon.
Het is erg moeilijk om op Kolvir in Schaduw te lopen. Je moet tussen Amber en jezelf wat afstand bewaren om het goed te doen. Dus alles wat ik op dit moment kon doen was verdergaan – wat ik best vond, want het was een mooie nacht om te wandelen.
Ik schoot aardig op met mijn weg naar beneden toen het boven me licht werd. De maan kwam over een helling van Kolvir en goot haar licht uit over mijn slingerend pad. Vanaf dat moment voerde ik mijn tempo wat op. Ik wou tegen de morgen het gebergte voorbij zijn.
Ik was boos op Random omdat hij me geen kans had gegeven mijn werk te rechtvaardigen. Maar eigenlijk was het daar nog te vroeg voor. Als het niet voor de begrafenis van Caine was geweest, was ik niet naar Amber teruggekomen voor ik het toestel had geperfectioneerd. En het was ook niet mijn plan geweest om op dat moment over Spookwiel te praten, ware het niet dat het min of meer een rol had gespeeld in het mysterie dat me had overspoeld en Random het wou weten om het hele verhaal te horen. Oké. Het was hem niet bevallen wat hij had gezien, maar de voorvertoning was voorbarig geweest. Wanneer ik het nu uitschakelde, wat me was opgedragen, zou ik veel werk vernietigen waarmee ik lang bezig was geweest. Spookwiel was nog in een schaduwonderzoekende ontwikkelingsfase. Ik zou het omstreeks deze tijd in ieder geval hebben gecontroleerd om te zien hoe het werkte en alle voor de hand liggende gebreken te corrigeren die het systeem waren binnengeslopen.
Ik dacht erover na terwijl het pad steiler werd en naar de westkant van Kolvir boog. Random had me niet precies opgedragen om alles weg te gooien wat het tot nu toe had verzameld. Hij had me alleen gezegd het uit te schakelen. Ik kon het opvatten zoals ik zelf verkoos en dat betekende dat ik mijn eigen oordeel kon laten gelden als middenweg. Ik kwam tot het besluit dat het me de speelruimte gaf om eerst alles te controleren, de functies van het systeem opnieuw te bekijken en de programma's te herzien tot ik tevreden was

en alles klopte. Dan kon ik alles overbrengen in een meer permanente toestand voor ik het stopzette. Dan zou er niets verloren gaan; het geheugen zou intact zijn wanneer de tijd kwam om zijn functies weer in te voeren.

Misschien...

Wat zou er gebeuren wanneer ik alles deed om het in orde te brengen, met inbegrip van het aanbrengen van een paar – naar mijn mening – onnodige waarborgen om te zorgen dat Random tevreden was? En dan, peinsde ik, aangenomen dat ik contact kreeg met Random, zou laten zien wat ik had gedaan en zou vragen of hij er zo tevreden mee was? Zo niet, dan kon ik het altijd nog uitschakelen. Maar misschien nam hij het opnieuw in overweging. Vond hij het de moeite waard om erover na te denken...

Ik voerde denkbeeldige gesprekken met Random tot de maan links van mij geleidelijk verdwenen was. Ik was toen over de helft van de afstand naar Kolvir en het lopen ging steeds gemakkelijker. Ik kon al voelen dat de kracht van het Patroon wat minder werd.

Ik bleef nog een paar keer staan op de weg naar beneden, voor wat water en een keer voor een boterham. Hoe meer ik erover dacht, hoe meer ik het gevoel kreeg dat Random alleen maar kwaad zou worden wanneer ik verderging in de richting die ik had bedacht en dat hij misschien niet eens naar me zou willen luisteren. Anderzijds was ik zelf kwaad.

Maar het was een lange reis en ik zou tijd genoeg hebben om erover te piekeren.

De hemel werd lichter toen ik de laatste rotsachtige helling overstak om het brede pad te bereiken aan de voet van Kolvir naar het noordwesten. Ik keek naar groepjes bomen aan de overkant van het pad, waarvan een grote een bekende grenspaal was...

Met een verblindende lichtflits die leek te sissen, en een donderslag als van een bom werd de boom gespleten, geen honderd meter van me af. Ik had bij het zien van de bliksemflits beide handen omhoog gestoken, maar verscheidene seconden later hoorde ik nog het krakende hout en de echo van de klap.

Toen schreeuwde een stem: 'Ga terug!'

Ik nam aan dat ik het onderwerp was voor deze openingszet tot een gesprek. 'Kunnen we dat bespreken?' riep ik.

Er kwam geen antwoord.

Ik ging languit liggen in een ondiepe glooiing langs het pad en kroop vervolgens verscheidene meters verder naar een plaats waar de dekking beter was. Ik luisterde en lette ondertussen op of degene die de stunt had uitgehaald, wie hij ook was, zijn positie op de een of andere manier zou verraden.
Er gebeurde niets, maar de volgende halve minuut overzag ik het groepje bomen en een stuk van de helling die ik was afgekomen. Vanuit die hoek gezien gaf hun nabijheid me enige inspiratie.
Ik riep het beeld van de Logrus op en twee van de lijnen werden mijn armen. Ik strekte ze vervolgens uit, niet door Schaduw, maar naar de helling waar een behoorlijk grote zwerfkei boven een massa andere in balans lag.
Ik greep hem vast en trok eraan. Hij was te zwaar om hem zo maar te doen kantelen, dus begon ik hem heen en weer te bewegen. Eerst langzaam. Tenslotte kreeg ik hem zover dat hij kantelde en naar beneden rolde. Hij viel tussen de andere en ontketende een kleine waterval van stenen. Ik trok me verder terug toen ze tegen andere aansloegen en die weg deden stuiteren. Er begonnen verscheidene grote te rollen. Er zakte een breuklijn in elkaar toen ze op een steilere plaats op de rand vielen. Een steenmassa kreunde, kraakte en begon te glijden.
Ik voelde de trillingen terwijl ik mijn terugtocht vervolgde. Ik had niet verwacht dat ik zoiets spectaculairs op gang zou brengen. De rotsblokken tuimelden, gleden en vlogen het bos in. Ik zag de bomen zwaaien en zag er een paar omvallen. Ik hoorde het geknars, de schrille geluiden, het breken. Ik wachtte nog een extra halve minuut nadat het voorbij leek te zijn. Er hing veel stof in de lucht en het halve bos lag plat. Toen ging ik staan. Frakir bungelde langs mijn linkerhand en ik liep naar het bos.
Ik zocht alles heel nauwkeurig af, maar er was niemand. Ik klom op de stam van een omgevallen boom.
'Ik herhaal, heb je er bezwaar tegen om het te bespreken?' riep ik.
Geen antwoord.
'Oké, zoals je wilt,' zei ik en ik ging naar het noorden, Arden in.

Ik hoorde af en toe het geluid van paarden terwijl ik door dat oude bos liep. Zo ik al werd gevolgd, toonden de ruiters geen belangstelling om met mij een gevecht te beginnen. Het meest waarschijnlijke was dat ik verder trok in de nabijheid van een van Julians patrouilles.

Niet dat het er iets toe deed. Ik vond weldra een spoor en begon met de kleine aanpassingen die me steeds verder van hen verwijderden.

Een lichtere tint, van bruin naar geel, en wat kortere bomen... Minder onderbrekingen in het dak van bladeren.

Eigenaardig vogelgeluid, een vreemde paddestoel...

Geleidelijk aan veranderde het karakter van het bos. En de verandering verliep steeds natuurlijker naarmate ik verder van Amber verwijderd raakte.

Ik liep langs zonnige open plekken. De hemel werd lichtblauw... Alle bomen waren nu groen, maar de meeste waren nog jong.

Ik ging plotseling over op een sukkeldrafje.

Er kwamen veel wolken opzetten, de sponzige aarde werd steviger, droger...

Ik voerde mijn tempo op, de heuvel af. Het gras was overvloediger. De bomen stonden nu in groepjes, eilanden in een golvende zee van dat bleke gras. Ik kon nu veel verder kijken. Rechts van mij een op en neer bewegend gordijn van kralen: regen.

Gerommel van de donder kwam dichterbij hoewel de zon mijn pad bleef verlichten. Ik ademde de schone, vochtige lucht diep in en rende door.

Het gras verdween, de grond scheurde, de lucht werd donker... Overal om me heen stroomden watermassa's door beken en ravijnen... Van boven vielen stortbuien op het golvende stuk grond...

Ik begon te glijden. Ik vloekte telkens wanneer ik weer overeind krabbelde omdat ik me veel te snel wilde verplaatsen.

De wolken dreven uiteen als een theatergordijn totdat een citroengele zon warmte en licht liet neerdalen uit een zalmkleurige hemel. De donder hield plotseling op en het begon te waaien...

Ik liep een heuvel op en zag beneden een vervallen dorp liggen. Al lang verlaten, voor een deel verdwenen onder het groen en langs de vernielde hoofdstraat lagen vreemde hopen aarde.

Ik liep erdoor onder een grijze hemel, zocht langzaam mijn weg over een met ijs bedekt meertje, gezichten van hen die bevroren waren, staarden onder me, zonder iets te zien, in alle richtingen...

De hemel had roetzwarte strepen, de sneeuw was opeengepakt, mijn ademhaling was vederlicht toen ik het skeletachtige bos in ging waar bevroren vogels rustten: een ets.
Ik gleed de heuvel af, rolde de smeltende sneeuw in en de lente... Er was weer beweging om me heen... Smerige grond en stukken groen... Vreemde auto's op een snelweg in de verte...
Een autokerkhof, stinkend, wasemend, roestend, smeulend. Ik zocht mijn weg tussen bergen oude auto's... Ratten die ronddribbelden...
Weg... me sneller verplaatsend, sneller ademend... De horizon overkapt door smog... De rivierdelta... Zeekust... Gouden pylonen langs de weg... Een landelijk gebied met meren... Bruin gras onder een groene hemel...
Langzamer... Golvend grasland, rivier en meer... Langzamer... Wind en gras, als een zee... Mijn voorhoofd afvegend met mijn mouw... De lucht opzuigend... Weer lopend...
Ik bewoog me door het veld in een normaal tempo en besloot te rusten op dit aangename plekje, waar ik een ruim uitzicht had. De wind maakte zachte geluiden terwijl hij door het gras streek. Het dichtstbijzijnde meer had een diepe gele kleur. Er hing een zoete geur in de lucht.
Ik dacht dat ik rechts van me een korte lichtflits zag, maar toen ik in die richting keek, was er niets bijzonders te zien. Even later was ik er zeker van dat ik in de verte hoefgetrappel hoorde. Maar ik zag weer niets. Dat is het probleem met schaduwen – je weet niet altijd wat normaal is; je weet nooit zeker waar je moet zoeken.
Er verstreken verscheidene minuten en toen rook ik het voor ik iets zag.
Rook.
Het volgende ogenblik zag ik een vuur dat zich snel verplaatste. Een lange strook vlammen sneed mijn pad af.
En weer die stem: 'Ik heb je gezegd terug te gaan!'
De wind blies het vuur aan, in mijn richting. Ik draaide me om en wou me uit de voeten maken, maar ik zag dat het vuur al naast me was. Er is tijd voor nodig om de juiste geestelijke instelling op te bouwen voor een verplaatsing in schaduw en ik had de mijne laten verstrijken. Ik betwijfelde of dat nog op tijd zou lukken.
Ik begon te rennen.
De vlammenlijn kromde zich om me heen alsof hij een enorme cirkel wou trekken. Ik wachtte echter niet om de details

van dat ding te bewonderen omdat ik inmiddels de hitte voelde en de rook dikker werd.
Het leek of ik boven het geknetter van het vuur uit het hoefgetrappel nog hoorde. Mijn ogen begonnen echter te tranen en flarden rook verminderden mijn zicht nog meer. En weer ontdekte ik geen enkele aanwijzing wie de val had laten dichtklappen.
Toch meende ik duidelijk de grond te voelen trillen. Het móest een viervoetig wezen zijn dat in mijn richting kwam. De vlammen schoten verder omhoog en kwamen dichterbij terwijl de kring zich snel begon te sluiten.
Ik vroeg me af welke nieuwe dreiging op me afkwam toen een ruiter te paard door het gat in de muur van vlammen mijn gezichtsveld binnensprong. De ruiter trok aan de teugels, maar het paard - een vos - trok de lip omhoog, beet op het bit en probeerde verschillende keren te steigeren.
'Schiet op! Spring achterop!' schreeuwde de ruiter en ik haastte me om erop te komen.
De ruiter was een vrouw met donker haar. Ik zag maar een glimp van haar gelaatstrekken. Het lukte haar het paard te draaien in de richting waar ze vandaan was gekomen en ze gaf een ruk aan de teugels. De vos wilde vooruit maar steigerde plotseling. Het lukte me te blijven hangen.
Toen zijn voorste hoeven de grond raakten, draaide het dier zich om en draafde naar het vuur. Het was bijna de vlammen in toen het weer draaide.
'Verdomme!' hoorde ik de vrouw zeggen, terwijl ze als een waanzinnig aan de teugels trok.
Het paard draaide weer en hinnikte luid. Er drupte bloederig speeksel uit zijn bek. De cirkel was inmiddels gesloten, er hing een dichte rook en de vlammen kwamen heel dichtbij. Ik was niet in de gelegenheid om te helpen, behalve dat ik het paard een paar flinke stoten in de flanken kon geven toen het zich weer in een rechte lijn bewoog.
Het dier schreeuwde toen het zich in de vlammen stortte, links van ons. Ik had geen idee hoe breed de ring van vuur op dat moment was. Maar ik voelde een brandende pijn aan mijn benen en ik rook brandend haar.
Toen brulde het dier weer, de vrouw schreeuwde terug en ik merkte dat ik niet langer kon blijven zitten. Ik voelde me naar achteren glijden, juist op het moment dat we door de ring van vuur braken en in een verkoold, smeulend gebied kwamen waar de vlammen al voorbij waren. Ik viel tussen

hete zwarte stronken en de as steeg boven me uit. Ik rolde als een dolleman op mijn linkerzij en kneep mijn ogen dicht tegen de wolk as die op mijn gezicht neerdaalde.
Ik hoorde de vrouw schreeuwen en ik krabbelde overeind terwijl ik in mijn ogen wreef. Ik kon nog net zien dat de vos, die boven op de vrouw was gevallen, zich weer oprichtte. Het paard ging er onmiddellijk vandoor om in de rookwolken te verdwijnen. De vrouw bleef heel stil liggen en ik rende naar haar toe. Ik veegde geknield de vonken van haar kleren en controleerde de ademhaling en de polsslag.
Terwijl ik dat deed, opende ze de ogen.
'Mijn rug – gebroken – denk ik,' zei ze hoestend. 'Voel – niet veel... Vlucht – als je kunt... Laat me hier. Ik ga – toch dood.'
'Geen sprake van,' zei ik. 'Maar ik moet je vervoeren. Er is hier een meer in de buurt. Rechts, als ik me goed herinner.'
Ik maakte mijn cape los waar hij om mijn middel vastzat en spreidde hem naast haar uit. Ik schoof haar erop, zo voorzichtig als ik kon, sloeg de cape om haar heen om haar tegen de vlammen te beschermen en begon haar, naar ik hoopte, in de goede richting te slepen.
We haalden het, door een mengsel van vuur en rook. Ik had een rauwe keel, tranende ogen en mijn broek brandde. Toen ik een grote stap achterwaarts deed merkte ik dat mijn hiel in de modder zakte. Ik ging door.
Ten slotte stond ik tot mijn middel in het water en ondersteunde haar. Ik duwde een flap van de cape weg om haar gezicht te kunnen zien. Ze had de ogen nog open, maar ze bewogen niet. Voor ik haar halsslagader kon voelen, maakte ze een sissend geluid. Toen noemde ze mijn naam.
'Merlijn,' zei ze met een hese stem. 'Het... spijt me...'
'Je hebt mij geholpen en ik kon jou niet helpen,' zei ik. 'Het spijt mij.'
'Jammer... dat ik... niet langer ben gebleven,' vervolgde ze. 'Niet goed... met paarden. Ze... volgen je.'
'Wie?' vroeg ik.
'Heb de honden... toch in bedwang gehouden. Maar... het vuur... is van een ander. Ik weet niet... van wie.'
'Ik weet niet waar je het over hebt.'
Ik koelde haar wangen af met wat water. Het was moeilijk te zien hoe ze er werkelijk uitzag door het roet en haar geschroeide, gehavende haar.
'Iemand... achter... je,' zei ze, terwijl haar stem zwakker

werd. 'Ook... iemand... voor je. Dat... wist... ik niet. Sorry.'
'Wie?' vroeg ik weer. 'En wie ben jij? Hoe ken je me? Waarom...'
Ze glimlachte flauwtjes. '...Slaap bij je. Kan nu niet. Ik ga...'
Haar ogen gingen dicht.
'Nee!' schreeuwde ik.
Haar gezicht vertrok en ze ademde nog een keer in. Toen blies ze de lucht uit en gebruikte die om de woorden 'Laat... me hier... maar zinken. Vaarwel...' te fluisteren.
Er trok een rookwolk over haar gezicht. Ik hield mijn adem in en sloot mijn ogen omdat er een grotere deken van rook volgde die ons overspoelde.
Toen de lucht eindelijk weer helder werd, bekeek ik haar aandachtig. De ademhaling was opgehouden en ze had geen polsslag meer, geen hartslag. Er was ook geen plekje grond beschikbaar waar het niet brandde of niet moerassig was, om mond-op-mondbeademing te proberen. Ze was dood.
Ik wikkelde mijn cape zorgvuldig om haar heen en maakte er een doodskleed van. Ik bedekte ook haar gezicht ermee. Ik hield alles op zijn plaats met een gesp. Toen waadde ik naar dieper water. Soms zinken doden snel, soms blijven ze drijven...
'Vaarwel,' zei ik. 'Ik wou dat ik je naam wist. Nogmaals bedankt.'
Ik liet mijn greep verslappen. Het water kolkte. Ze was weg.
Na een poosje wendde ik mijn blik af en ging weg. Te veel vragen en geen antwoorden.
Ergens ging een dol geworden paard tekeer.

9

Verscheidene uren en vele schaduwen later rustte ik weer op een plek onder een heldere hemel en met weinig brandbaar materiaal om me heen. Ik nam een bad in een ondiepe beek en liet daarna andere kleren uit Schaduw komen. Toen ik schoon en droog was, rustte ik uit op de oever en maakte wat eten klaar.

Het leek wel of iedere dag nu een dertigste april was. Iedereen die ik ontmoette, scheen me te kennen en iedereen leek een met zorg voorbereid dubbelspel te spelen. De mensen stierven overal om me heen en rampen werden alledaagse gebeurtenissen. Ik begon me te voelen als een figuur in een videospelletje. Wat zou er nu weer komen, vroeg ik me af. Een meteoorregen?

Er moest een verklaring voor zijn. De naamloze vrouw die haar leven had gegeven om mij uit het vuur te halen, had gezegd dat er iemand was die me volgde en dat er ook iemand voor me uit reisde. Wat betekende dat? Moest ik op mijn achtervolger wachten tot ik werd ingehaald en hem, haar of het vragen wat er in vredesnaam aan de hand was? Of moest ik snel doorlopen in de hoop dat ik de ander zou inhalen en daar informeren? Zouden ze allebei hetzelfde antwoord geven? Of ging het om twee verschillende antwoorden? Zou een duel iemands eergevoel bevredigen? Dan zou ik het aangaan. Of een afkoopsom? Dan zou ik hem betalen. Alles wat ik wilde was een antwoord, gevolgd door wat vrede en rust. Ik moest grinniken. Het klonk als een omschrijving van de dood...

'Verdomme!' zei ik tegen de stilte om me heen en ik wierp een steen in de beek.

Ik stond op en liep door het water naar de overkant. Daar stonden in het zand de woorden GA TERUG geschreven. Ik begon te rennen.

De wereld draaide om me heen terwijl ik de schaduwen raakte. De vegetatie werd minder. De stenen werden rotsblokken die licht gaven en vonkten...

Ik liep door een dal met prisma's onder een ontzagwekkende purperen hemel. De wind tussen bonte stenen, gezang, eolische muziek...
Kleding, gegeseld door stormen... Boven purper tot lavendelblauw... Doordringende kreten binnen de flarden geluid... De aarde begeeft het...
Sneller.
Ik ben een reus. Hetzelfde landschap, oneindig klein nu...
Cyclopisch, ik verpletter de gloeiende stenen onder mijn voeten.
...Stof van regenbogen op mijn laarzen, wolkjes om mijn schouders...
De dampkring wordt dikker en dikker, bijna vloeibaar en groen... kolkend. In slow-motion, mijn beste prestaties...
Ik zwem erin... Voor aquaria gemaakte kastelen drijven voorbij... Raketten, stralend als vuurvliegen, vallen me aan... Ik voel niets...
Van groen naar blauw... Dunner wordend, dunner... Blauwe rook en lucht als wierook... De echo van een miljoen onzichtbare bellen, aanhoudend... Ik klem mijn tanden op elkaar.
Sneller.
Van blauw naar roze, vol vonken... Een kattewasje van vuur... Nog een... Koude vlammen dansen als planten in de zee...
Hoger, hoger opstijgend... Muren van vuur storten onder gekraak ineen...
Voetstappen achter me.
Niet kijken. Verander van plaats.
De hemel in het midden gespleten, er flitst een komeet langs de zon... hier, en weg... Nog eens. Nog een keer. Drie dagen in evenveel hartslagen... Ik adem de kruidige lucht in...
Laat de branden wervelen, daal af naar de purperen aarde... Prisma in de lucht... Ik hou een wedloop met een gloeiende rivier over een veld met bloedrode paddestoelen, sponzig... Sporen die veranderen in edelstenen vallen als kogels...
De nacht op een vlakte van koper, voetstappen die weerkaatsen in de eeuwigheid. Knobbelige planten, rinkelend als machines, metalen bloemen die zich terugtrekken in metalen stelen aan consoles... Gerinkel, gerinkel, een zucht... Alleen echo's, achter me?
Ik draai me eenmaal om.

Was dat een donkere gedaante die wegdook achter het kruishout van een windmolen? Of alleen maar de dans van de voortdurend wisselende schaduwen in mijn ogen?
Voorwaarts. Door glas en schuurpapier, oranje ijs, een landschap van lijkbleek vlees...
Er is geen zon, alleen een bleek licht... Er is geen aarde... Alleen smalle bruggen en eilanden in de lucht... De wereld is een kristallen moedergesteente...
Omhoog, naar beneden, rondom... Door een gat in de lucht en een glijbaan naar beneden...
Glijdend... Naar een kobaltblauw strand langs een zee die nog van koper is... Schemering zonder sterren. Overal een flauwe gloed... Dood, deze plaats is dood... Blauwe rotsen... Gebroken status van niet-menselijke wezens... Niets verroert zich...
Stop.
Ik trok een magische cirkel in het zand om me heen en bekleedde hem met de machten van Chaos. Vervolgens spreidde ik mijn nieuwe cape in het midden uit, strekte me uit en ging slapen. Ik droomde dat het water steeg om een stukje van de cirkel weg te spoelen en dat een groen wezen met schubben, purper haar en scherpe tanden uit zee naar me toe kroop om van mijn bloed te drinken.
Toen ik wakker werd, zag ik dat de cirkel onderbroken was en dat er een groen, geschubd wezen dood op het strand lag, op een meter afstand. Frakir zat strak om zijn keel en het zand eromheen was opgehoopt. Ik moet heel vast geslapen hebben.
Ik haalde mijn wurgkoord terug en stak weer een brug over naar de oneindigheid.

Toen ik tijdens het tweede deel van mijn reis voor de eerste keer pauzeerde, werd ik bijna ingehaald door een plotseling opgekomen vloed. Ik wist hem echter lang genoeg voor te blijven om hem te kunnen ontwijken. Ik kreeg nog een waarschuwing – in brandende letters op de wand van een berg van obsidiaan – met het advies me terug te trekken, terug te gaan naar huis. Mijn luid uitgesproken invitatie tot overleg werd genegeerd.
Ik reisde door tot het weer tijd werd om te slapen en ik kampeerde op de Zwarte Velden – hoewel die grauw, beschimmeld en mistig waren. Ik vond een gemakkelijk te verdedigen kloof, beschermde hem tegen magie en ging slapen.

Later – hoeveel later weet ik niet precies – werd ik door het kloppen van Frakir op mijn pols gewekt uit een droomloze slaap.
Ik was meteen wakker en vroeg me vervolgens af waarom. Ik hoorde of zag niets binnen mijn beperkt gezichtsveld. Maar Frakir – hoewel ze niet voor honderd procent perfect is – heeft altijd een reden wanneer ze alarm slaat. Ik wachtte en riep intussen mijn beeld van de Logrus weer op. Toen het volledig voor me stond, stak ik mijn hand erin alsof het een handschoen was, en reikte...
Ik draag zelden een mes dat langer is dan een gemiddelde dolk. Ik vind het verdomd lastig als er een meter staal aan mijn zij hangt, dat tegen me aan stoot, vastraakt in de struiken en me soms zelfs laat struikelen. Mijn vader en de meeste anderen in Amber en de Hoven zweren bij die zware, onhandige dingen, maar zij zijn zeker van harder materiaal gemaakt dan ik. In principe heb ik er niets op tegen. Ik hou van schermen en ik heb er een goede training in gehad. Ik vind het alleen lastig om steeds een zwaard te dragen. De gordel veroorzaakt na een poosje zelfs een pijnlijke plek op mijn heup. Normaal geef ik de voorkeur aan Frakir en improvisatie. Maar...
Ik geef toe dat dit misschien een goed moment was om er een te hebben. Want nu hoorde ik sissende geluiden als van een blaasbalg en een lawaai alsof er buiten ergens werd gevochten.
Ik strekte me uit door Schaduw en zocht een zwaard. Ik strekte en strekte...
Verdomme, ik was ver verwijderd van iedere metaalbewerkende cultuur, van de juiste structuur en de juiste fase in de historische ontwikkeling.
Ik bleef reiken, het zweet parelde plotseling op mijn voorhoofd. Ver, heel ver, en de geluiden kwamen dichterbij, sneller en luider.
Er klonken rochelende, stampende en blazende geluiden. Een gebrul.
Contact!
Ik voelde het handvat van het wapen in mijn hand. Grijpen en oproepen! Ik riep het op en werd tegen de wand gesmeten door de kracht waarmee het bestelde werd geleverd. Ik bleef daar even hangen voor ik het zwaard uit de schede kon trekken waar het nog in zat. Op dat moment werd het stil buiten.

Ik wachtte tien seconden. Vijftien. Een halve minuut...
Nog niets.
Ik veegde mijn handen aan mijn broek af en bleef luisteren. Tenslotte stapte ik naar voren.
Direct voor de opening was niets, behalve een lichte nevel en toen ik wat meer zicht kreeg, was er nog niets te zien.
Nog een stap...
Nee.
Nog een.
Ik stond nu vlak voor de ingang. Ik boog me voorover en keek snel alle kanten uit.
Ja. Daar lag iets, links - donker, laag, bewegingloos, half verborgen in de nevel. Ineengedoken? Klaar om me te bespringen?
Wat het ook was, het verroerde zich niet en het hield zich doodstil. Ik ook. Na enige tijd zag ik erachter nog een donkere gedaante, met ongeveer dezelfde vorm - en mogelijk ook nog een derde, verder weg.
Ik bleef waakzaam.
Er moeten verscheidene minuten zijn verstreken voor ik naar buiten stapte. Mijn bewegingen riepen geen enkele activiteit op. Ik deed nog een stap en wachtte. Toen weer een.
Ik ging langzaam verder en naderde tenslotte de eerste gedaante. Een monsterlijk beest, bedekt met schubben die de kleur van gedroogd bloed hadden. Een beest van wel een paar honderd pond zwaar, lang en gekronkeld... En ook geen gaaf gebit, noteerde ik in gedachten toen ik met de punt van mijn wapen de bek opende. Ik wist dat ik niets gevaarlijks deed omdat de kop bijna volledig van de rest van het lichaam gescheiden was. Een pracht van een snijwond. Er stroomde nog wat geeloranje vloeistof uit.
En van de plaats waar ik stond, kon ik zien dat de andere twee van dezelfde soort waren. In alle opzichten. Ze waren ook dood. De tweede die ik bekeek, was verschillende keren onder handen genomen en hij miste een poot. De derde was in stukken gehakt. Ze bloedden allemaal en ze roken enigszins naar kruidnagels.
Ik onderzocht de vertrapte omgeving. In een mengsel van dat vreemde bloed en de dauw stonden gedeeltelijke afdrukken van wat een laars leek met de grootte van een mensenvoet. Ik zocht verder en vond een volledige voetafdruk. Die wees terug, in de richting waar ik vandaan was gekomen.

Mijn achtervolger? S, misschien? Degene die de honden in bedwang had gehouden? Die me te hulp kwam?
Ik schudde het hoofd. Ik kreeg er genoeg van er een bedoeling achter te zoeken die er niet was. Ik zette mijn onderzoek voort, maar er waren geen volledige sporen meer. Toen keerde ik terug naar mijn kloof en raapte de schede van mijn zwaard op. Ik schoof het wapen erin en hing het aan mijn gordel. Ik maakte het vast over mijn schouders zodat het op mijn rug hing. Het handvat zou juist boven mijn rugzak uitsteken wanneer ik die droeg. Ik zag niet hoe ik kon hardlopen met dat ding opzij.
Ik at wat brood en de rest van het vlees. Ik dronk ook wat water en een flinke slok wijn. Ik hervatte mijn reis.

Ik liep een groot deel van de volgende dag – hoewel 'dag' een verkeerde benaming is voor de tijd die ik doorbracht onder onveranderlijk gespikkelde en geblokte luchten die werden verlicht door vuurraderen en lichtfonteinen. Ik liep tot ik moe werd. Dan rustte ik, at iets en liep weer een stuk. Ik stelde mezelf op rantsoen, want ik had het gevoel dat ik ver moest zenden voor meer voedsel en zo'n activiteit vraagt nogal wat energie van het lichaam. Ik begon er niet aan wegen af te snijden, want opvallend schaduwoverspannend gejakker vraagt ook zijn tol en ik wou niet volledig kapot zijn als ik aankwam. Ik keek vaak achterom. Meestal zag ik niets verdachts. Af en toe dacht ik dat ik in de verte een glimp zag van iets dat me volgde. Er waren echter andere verklaringen mogelijk; schaduwen kunnen nu eenmaal rare streken uithalen.
Ik liep door tot ik wist dat ik eindelijk mijn bestemming naderde. Er deed zich geen onheil meer voor, ook kreeg ik niet meer het bevel om terug te gaan. Ik vroeg me even af of dat een goed teken was, of dat het ergste nog moest komen. Ik wist in ieder geval dat nog één overnachting en een korte reis me zouden brengen waar ik moest zijn. Doe er nog wat voorzichtigheid en een paar voorzorgsmaatregelen bij en dan was er misschien zelfs reden voor optimisme.
Ik liep door een groep kristalheldere vormen die op een bos leek. Ik wist niet of het echt levende dingen waren of dat het een of ander geologisch verschijnsel was. Ze vervormden de perspectieven en maakten het moeilijk je te verplaatsen. Ik zag echter geen teken van leven in die blinkende, glasachtige

ruimte, wat me deed overwegen daar mijn laatste kampeerplaats in te richten.
Ik brak een aantal takken af en dreef ze de roze grond in die de structuur had van nog net niet hard geworden stopverf. Ik bouwde een cirkelvormige omheining tot ongeveer schouderhoogte en nam plaats in het midden. Ik maakte Frakir los van mijn pols en gaf haar de nodige instructies toen ik haar boven op mijn ruwe, glanzende verschansing plaatste.
Frakir maakte zich langer, rekte zich uit tot ze zo dun was als een draad en slingerde zich om de puntige takken. Ik voelde me veilig. Niets of niemand kon deze hindernis nemen zonder dat Frakir los zou springen en zich er met een dodelijke omklemming omheen wikkelen.
Ik spreidde mijn cape uit, ging liggen en sliep. Voor hoelang? Ik weet het niet zeker. En ik herinner me geen dromen. Ik werd ook niet gestoord.
Toen ik wakker werd, draaide ik mijn hoofd om me te heroriënteren, maar het uitzicht bleef hetzelfde. Overal werd het zicht gevuld met in elkaar gestrengelde kristalheldere takken. Ik kwam langzaam overeind en drukte ertegenaan. Stevig. Het was een glazen kooi geworden.
Hoewel het me lukte een paar kleinere takken af te breken was ik niet in staat me uit de glazen gevangenis te bevrijden. De takken die ik oorspronkelijk in de grond had gedrukt waren aanzienlijk dikker geworden omdat ze kennelijk stevig wortel hadden geschoten. Ze wilden niet buigen voor mijn krachtigste trappen.
Die vervloekte toestand maakte me razend. Ik zwaaide met mijn zwaard en de glasachtige splinters vlogen alle kanten op. Toen wikkelde ik de cape om mijn gezicht en sloeg nog verscheidene keren toe. Ik merkte dat mijn hand nat werd. Toen ik ernaar keek, zag ik dat hij droop van het bloed. Ik hield op met het zwaard en begon weer tegen mijn omheining te trappen. De wanden kraakten af en toe en maakten een rinkelend geluid, maar ze bleven overeind.
Normaal heb ik geen last van claustrofobie en mijn leven was niet in gevaar, maar er was iets met deze glanzende gevangenis dat me mateloos irriteerde. Ik ging misschien nog tien minuten tekeer voor ik me tot voldoende kalmte dwong om helder te denken.
Ik bekeek de wirwar tot ik de kleur en structuur van Frakir bespeurde die er doorheen liep. Ik legde mijn vingertoppen

op haar en sprak een opdracht uit. Haar helderheid nam toe. Ze liep het spectrum door en kwam tot rust in een rode gloed. Een paar seconden later deed zich het eerste krakende geluid voor.
Ik trok me snel terug in het midden en beschermde mijn hoofd en nek met mijn armen en handen en met de cape.
Het geknars werd gekraak, gevolgd door gerinkel, knallen en breken. Ik werd opeens aan de schouder getroffen, maar ik bleef op de been.
Rinkelend en knarsend begon het bouwsel om me heen te vallen. Ik week geen duimbreed hoewel ik nog verscheidene keren werd geraakt.
Toen de herrie was opgehouden en ik weer keek, zag ik dat het dak weg was en ik tot mijn kuiten tussen het koraalachtige materiaal stond. Verscheidene delen van de zijkant waren bijna tot aan de grond toe afgebroken. Andere stonden nu onder vreemde hoeken en deze keer kreeg ik ze met een paar goed geplaatste trappen om. Mijn cape was op een aantal plekken gescheurd. Frakir kronkelde nu om mijn linkerenkel en begon zich te verplaatsen naar mijn pols. Het spul knerpte onder mijn voeten toen ik wegging.
Ik schudde mijn cape uit en klopte me af. Vervolgens trok ik ongeveer een halfuur verder en liet de plaats ver achter me voor ik weer pauzeerde en mijn ontbijt gebruikte in een warm, somber dal waar het een beetje naar zwavel rook.
Toen ik bijna klaar was, hoorde ik een ongelooflijk lawaai. Een donkerrood ding met horens en slagtanden rende over de bergkam rechts van mij, achtervolgd door een beest zonder beharing, met een oranje huid, lange poten en een gespleten staart. Ze loeiden beide in verschillende toonhoogten.
Er werd me verdomme ook geen moment rust gegund.

Ik zocht mijn weg door bevroren velden en verbrande stukken land, onder luchten die afwisselend grillig en wolkenloos waren. Eindelijk zag ik, uren later, de lange rij donkere heuvels en daarachter de dageraad. Dat was het. Daarachter zou ik mijn doel zien, achter die laatste en tot dusver moeilijkste hindernis.
Ik liep door. Ik zou blij zijn als dit karwei was afgehandeld en ik verder kon gaan met belangrijker zaken. Als ik daar klaar was, zou ik met een Troef naar Amber teruggaan. Dat deed ik liever dan te voet terug. Ik had echter niet met een

Troef naar mijn bestemming kunnen reizen omdat de plaats niet op een kaart kon worden afgebeeld.
Toen ik in looppas ging lopen, dacht ik eerst dat ik de trillingen zelf veroorzaakte. Ik werd uit de droom geholpen toen er kleine steentjes doelloos over de grond voor me rolden. Waarom ook niet?
Ik had nu bijna alles gehad. Het leek alsof mijn onbekende vernietiger een lijst afwerkte en nu was aangekomen bij 'Aardbeving'. Prima. Er stond tenminste niets hoogs in de buurt dat op me kon vallen.
'Geniet er maar van, smeerlap!' riep ik. 'Er komt een dag dat het niet zo leuk meer is!'
Het trillen werd heviger, alsof dat de reactie was, en ik moest blijven staan om niet omver geworpen te worden. Terwijl ik stond te kijken, begon de grond op sommige plaatsen weg te zakken en op andere plaatsen over te hellen. Ik keek snel om me heen en ik vroeg mij af of ik verder moest, terug of blijven waar ik was. Er waren kleine scheuren ontstaan en nu hoorde ik een rommelend en knarsend geluid.
Plotseling zakte de grond onder me ineen – misschien vijftien centimeter – en de scheuren werden breder. Ik draaide me om en rende terug in de richting waar ik vandaan kwam. Daar leek de grond minder in beroering.
Een fout misschien. Er volgde een bijzonder hevige schok die me omver gooide. Voor ik kon opstaan, verscheen er een grote scheur vlak bij me. Ik zag hem breder worden. Ik haastte me om overeind te komen, sprong eroverheen, struikelde, stond weer op en zag een nieuwe spleet ontstaan – die verbreedde zich nog sneller dan de andere waar ik voor was gevlucht. Ik sprong nog een keer, naar een vlak, hellend stukje land. De grond leek nu overal gescheurd te zijn, plotseling overal donkere breuklijnen van spleten die zich wijd openden, vergezeld door een enorm gekraak en geknars. Grote stukken grond verdwenen in het niets, afgronden in. Mijn eilandje ging al.
Ik sprong weer en nog een keer en probeerde wat vastere grond onder de voeten te krijgen.
Het lukte me niet helemaal. Ik viel onderuit, maar ik slaagde erin de rand vast te grijpen. Ik bleef even bungelen en begon me op te trekken. De rand brokkelde af. Ik sloeg mijn nagels erin en kreeg opnieuw houvast. Toen bungelde ik weer, hoestend en vloekend.

Ik zocht steun met mijn voeten in de kleiachtige wand waar ik tegenaan hing. Terwijl ik het stof uit mijn ogen knipperde, probeerde ik boven mijn hoofd meer greep te krijgen. Ik voelde dat Frakir zich losmaakte, zich samenkneep tot een bocht en een eindje over mijn knokkels golfde in de hoop iets te vinden dat stevig genoeg was om als anker te dienen.

Maar nee. De greep van mijn linkerhand verslapte weer. Ik klemde me vast met de rechter en tastte naar een ander houvast. Toen dat mislukte, viel er losse grond langs me heen naar beneden en mijn rechterhand begon te glijden.

Met tranende ogen zag ik door het stof een schaduw boven me. Mijn rechterhand gleed los. Ik stootte toe met mijn benen voor een nieuwe poging.

Toen ik mijn pols weer omhoogbracht werd hij vastgegrepen door een grote hand. Enige ogenblikken later kwam er nog een bij en werd ik snel en zonder moeite omhoog getrokken. Ik was boven de rand en zocht ogenblikkelijk steun voor mijn voeten. Mijn pols werd losgelaten. Ik veegde mijn ogen schoon.

'Luke!'

Hij was in het groen gekleed en hij moet zwaarden niet zo lastig gevonden hebben als ik, want aan zijn rechterzij hing een flink exemplaar. Hij had een opgerolde cape als rugzak over zijn schouder hangen en hij droeg de gesp als een decoratie op zijn linkerborst – een mooi afgewerkt ding, een soort goudkleurige vogel.

'Deze kant op,' zei hij terwijl hij zich omdraaide, en ik volgde hem. De grond werd vaster terwijl we ons voorthaastten. Op een heuveltje bleven we staan om op adem te komen en nog eenmaal achterom te kijken.

'Niet verder komen!' galmde een zware stem uit die richting.

'Bedankt, Luke,' bracht ik hijgend uit. 'Ik weet niet hoe je hier bent gekomen, of waarom, maar...'

Hij stak een hand omhoog. 'Nu wil ik gewoon één ding weten,' zei hij en hij wreef zijn hand door een baardje dat hij in een verbazingwekkend korte tijd had laten groeien en het viel me daarbij op dat hij de ring met de blauwe steen droeg.

'Zeg het maar,' zei ik.

'Hoe kan het dat dat ding, wat het ook mag zijn, dat net heeft gesproken, jouw stem heeft?' vroeg hij.

'O-eh, ik wist dat het een bekende klank had.'

'Kom nou!' zei hij. 'Dat moet je weten. Telkens wanneer je

wordt bedreigd en gewaarschuwd om terug te gaan, is het jouw stem die ik hoor – als een echo.'

'Hoe lang volg je me trouwens al?'

'Een hele afstand.'

'Die dode beesten buiten de kloof waar ik heb gekampeerd...'

'Ik heb ze voor je gedood. Waar ga je heen en wat is dat voor ding?'

'Ik heb op dit moment alleen maar vermoedens en het is een lang verhaal. Maar het antwoord zou achter de volgende rij heuvels moeten liggen.'

Ik wees naar het morgenlicht.

Hij keek in die richting en knikte.

'Laten we erheen gaan,' zei hij.

'Er is een aardbeving aan de gang,' merkte ik op.

'Die schijnt zich tot dit dal te beperken,' zei hij. 'We kunnen eromheen trekken en verder gaan.'

'Maar misschien is het daar net zo erg.'

Hij schudde het hoofd. 'Volgens mij,' zei hij, 'is wat het ook is dat je achtervolgt, na elke aanval uitgeput en heeft het tijd nodig om zich te herstellen voor een nieuwe.'

'Maar de aanslagen volgen elkaar sneller op,' merkte ik op, 'en iedere keer zijn ze spectaculairder.'

'Zou dat zo zijn omdat we dichter bij de bron komen?' vroeg hij.

'Mogelijk.'

'Laten we dan opschieten.'

We daalden de andere kant van de heuvel af en liepen vervolgens over een andere. De beving was ondertussen al afgenomen tot zo nu en dan wat trillen van de grond en ook dat hield spoedig op.

We zochten onze weg door een ander dal dat ons een tijdlang ver naar rechts van ons doel voerde en vervolgens geleidelijk aan met een bocht in de juiste richting, naar de laatste rij kale heuvels. Erachter flikkerden lichten tegen de lage, onbeweeglijke witte lijn die op bewolking leek, onder een zachtpaarse tot violette hemel. Er deden zich geen nieuwe gevaren voor.

'Luke,' vroeg ik na een poosje, 'wat is er die nacht gebeurd in Nieuw-Mexico?'

'Ik moest weg – snel,' antwoordde hij.

'En het lichaam van Martinez?'

'Dat heb ik meegenomen.'

'Waarom?'
'Ik hou er niet van bewijsstukken rond te laten slingeren.'
'Dat verklaart niet zoveel.'
'Dat weet ik,' zei hij en hij begon aan een looppas. Ik nam het tempo van hem over.
'En je weet wie ik ben,' vervolgde ik.
'Ja.'
'Hoe dan?'
'Nu niet,' zei hij. 'Nu niet.'
Hij verhoogde zijn tempo. Ik hield hem bij.
'En waarom ben je me gevolgd?'
'Ik heb je toch gered, of niet soms?'
'Ja, en daar ben ik je dankbaar voor. Maar dat is nog geen antwoord op mijn vraag.'
'We lopen om het hardst naar die overhangende steen,' zei hij en hij begon sneller te lopen.
Dat deed ik ook en ik hield hem bij. Maar ik kon hem niet passeren, hoe ik ook mijn best deed. En toen hadden we geen adem genoeg om vragen te stellen of te beantwoorden.
Ik spande me extra in en liep nog sneller. Hij ook en hij hield me bij. De steen was nog een heel eind. We bleven naast elkaar en ik spaarde mijn reserves voor de eindsprint. Het was krankzinnig, maar ik had al zo vaak tegen hem gelopen. Het was onderhand bijna een gewoonte geworden. Dat, en de eeuwige nieuwsgierigheid. Was hij wat sneller geworden? Of ik? Of wat langzamer?
Ik kreeg controle over mijn ademhaling, hield die in het passende ritme. Ik liep iets op hem voor en hij deed er niets aan. De steen was plotseling een heel stuk dichterbij.
De afstand tussen ons bleef misschien een halve minuut gelijk en toen maakte hij zich los. Hij haalde me in, hij was me voorbij. Tijd om aan te vallen.
Ik bewoog mijn benen sneller. Het bloed bonsde in mijn oren. Ik zoog de lucht in en zette alles in wat ik had. De afstand tussen ons werd weer kleiner. De overhellende steen leek groter en groter...
Ik rende naast hem voor we er waren, maar hoe ik me ook inspande, ik kon hem niet passeren. We renden tegelijkertijd de steen voorbij en stortten samen in.
'Fotofinish,' hijgde ik.
'Laten we het een onbesliste strijd noemen,' zei hij weifelend. 'Je verrast me altijd – op het laatste moment.'

Ik vond op de tast mijn veldfles en reikte hem over. Hij nam een teug en gaf hem terug. Zo maakten we hem leeg, ieder wat op zijn beurt.
'Laten we nou verdomme eens gaan kijken wat er achter die heuvels is,' zei hij toen, terwijl hij langzaam overeind kwam.
Ik ging staan en liep mee.
'Jij schijnt heel wat meer van mij te weten dan ik van jou,' zei ik.
'Dat denk ik ook,' zei hij na een lange pauze, 'en ik wou dat het niet zo was.'
'Wat betekent dat?'
'Nu niet,' antwoordde hij. 'Later. Je leest *Oorlog en Vrede* ook niet in de koffiepauze.'
'Dat begrijp ik niet.'
'De tijd,' zei hij. 'Er is altijd te veel tijd of niet genoeg. Op dit moment is er niet genoeg.'
'Ik volg je niet.'
'Was dat maar zo.'
De heuvels kwamen dichterbij en de grond onder onze voeten bleef stabiel. We sjokten gestadig door.
Ik dacht aan Bills veronderstellingen, Randoms achterdocht en de waarschuwing van Meg Devlin. Ik dacht ook aan die vreemde munitie die ik in Lukes jack had gevonden.
'Dat ding waar we naartoe gaan,' zei hij, voor ik zelf een nieuwe vraag kon formuleren, 'dat is jouw Spookwiel, nietwaar?'
'Ja.'
Hij lachte. Vervolgens: 'Dus heb je me daar in Santa Fe de waarheid verteld toen je zei dat er een speciale omgeving voor nodig was. Wat je niet hebt verteld is dat je die omgeving hebt gevonden.'
Ik knikte. 'En je plannen voor een eigen zaak?' vroeg ik hem.
'Dat was alleen om je aan het praten te krijgen.'
'En Dan Martinez dan – de dingen die hij zei?'
'Dat weet ik niet. Ik kende hem werkelijk niet. Ik weet nóg niet wat hij wou, of waarom hij op ons schoot.'
'Luke, wat wil je eigenlijk?'
'Op dit moment wil ik gewoon dat verdomde apparaat zien,' zei hij. 'Heeft die rimboe hier het de juiste eigenschappen gegeven?'
'Ja.'
'Zoals?'

'Zoals een paar waar ik zelfs niet aan heb gedacht – jammer genoeg,' antwoordde ik.
'Noem er eens een.'
'Sorry,' zei ik. 'Vragen en antwoorden is een spel in twee richtingen.'
'Hé, ik ben degene die je net uit een gat in de grond heeft getrokken.'
'Ik concludeer dat jij ook degene bent die geprobeerd heeft me een aantal keren te doden.'
'De laatste tijd niet,' zei hij. 'Eerlijk niet.'
'Dus je geeft het wel toe?'
'Nou... ja. Maar ik had er mijn reden voor. Het is een lang verhaal en...'
'Jezus, Luke! Waarom? Wat heb ik je ooit aangedaan?'
'Zo simpel ligt het niet,' antwoordde hij.
We bereikten de voet van de dichtstbijzijnde heuvel en hij begon hem te beklimmen.
'Niet doen,' riep ik hem toe. 'Je kunt er niet overheen.'
Hij bleef staan. 'Waarom niet?'
'De dampkring eindigt op tien of twaalf meter hoogte.'
'Dat meen je niet.'
Ik knikte.
'En aan de andere kant is het nog erger,' voegde ik eraan toe. 'We moeten een doorgang zoeken. Er is er een, verder naar links.'
Ik draaide me om en liep die kant op. Al gauw hoorde ik zijn voetstappen.
'Dus je hebt het jouw stem gegeven,' zei hij.
'Dus?'
'Dan begrijp ik wat je van plan bent en wat er aan de hand is. Het is receptief geworden op die krankzinnige plek waar je het hebt gebouwd. Het is nu dolgedraaid en je gaat erheen om het uit te schakelen. Dat weet het en het heeft het vermogen gekregen om er iets aan te doen. Het is jouw Spookwiel dat probeert je terug te laten gaan, is het niet zo?'
'Mogelijk.'
'Waarom ben je er niet gewoon met een Troef heengegaan?'
'Je kunt geen Troef maken voor een plaats die steeds verandert. Wat weet jij trouwens van Troeven?'
'Genoeg,' zei hij.
Ik zag de doorgang die ik zocht.
Ik liep naar de plek toe en bleef staan.
'Luke,' zei ik, 'ik weet niet wat je wilt en waarom je hier bent

gekomen en je schijnt geen zin te hebben om het te vertellen. Toch wil ik je vrijblijvend iets zeggen. Dit kan heel gevaarlijk worden. Misschien moest je teruggaan naar waar je vandaan bent gekomen en het mij laten opknappen. Er is geen reden om je in gevaar te brengen.'

'Ik vind van wel,' zei hij. 'Bovendien kan ik misschien van nut zijn.'

'Hoe?'

Hij haalde de schouders op. 'Laten we doorgaan, Merlijn. Ik wil dat ding zien.'

'Oké. Kom op.'

Ik ging voor, de nauwe ruimte in waar het gesteente gespleten was.

10

De gang was lang, donker en hier en daar smal en werd geleidelijk aan kouder naarmate we verder kwamen, maar uiteindelijk kwamen we weer te voorschijn op het brede terras tegenover de dampende kuil. Het rook er naar ammoniak, mijn voeten waren koud en mijn gezicht gloeide. Ik knipperde een paar keer met de ogen en bekeek de nieuwste contouren van het labyrint door de zich verplaatsende nevel. Er hing een parelgrijze sluier over het hele gebied. Met tussenpozen drongen oranje lichtflitsen het halfduister binnen.

'Eh, waar is het?' informeerde Luke.

Ik wees recht vooruit, naar de plaats van de laatste flikkering. 'Daar ergens,' zei ik.

Op dat moment trok de nevel op en onthulde rijen donkere vlakke richels, gescheiden door zwarte glooiingen. De richels liepen zigzag naar een eiland dat op een vesting leek, met een lage muur eromheen en verscheidene metaalachtige bouwsels die erachter te zien waren.

'Het is een... doolhof,' merkte hij op. 'Gaan we via de gangen of lopen we over de muren?'

Ik glimlachte terwijl hij ernaar keek.

'Dat varieert,' zei ik. 'Soms boven en soms beneden.'

'Nou, welke weg nemen we?'

'Dat weet ik nog niet. Ik moet het iedere keer bekijken. Zie je, het verandert steeds maar er is een truc voor.'

'Een truc?'

'In feite meer dan een. De hele boel drijft op een meer van vloeibare waterstof en helium. Het labyrint is steeds in beweging. Het is telkens anders. En dan is er nog de kwestie van de dampkring. Als je rechtop over de richels loopt, zou je er op de meeste plaatsen bovenuit komen. Dat zou je niet lang volhouden. En de temperatuur varieert van verschrikkelijk koud tot gloeiend heet, op een verschil van misschien een meter hoogte. Je moet weten wanneer je moet kruipen en wanneer je omhoog moet en zo.'

'Hoe weet je dat dan?'
'Uh-huh; ik neem je mee, maar ik ga je het geheim niet vertellen,' zei ik.
De nevel kwam weer opzetten uit de diepere delen en pakte samen tot kleine wolken.
'Nu begrijp ik waarom je er geen Troef voor kunt maken,' begon hij.
Ik bestudeerde de indeling nog eens.
'Goed,' zei ik toen. 'Deze kant op.'
'Wat doen we als het ons aanvalt wanneer we in het labyrint zijn?' vroeg hij.
'Je kunt hier blijven als je wilt.'
'Nee. Ga je het echt uitschakelen?'
'Dat weet ik nog niet. Kom mee.'
Ik deed een paar stappen naar voren en naar rechts. Er verscheen een flauwe lichtkring in de lucht voor me en die werd duidelijker. Ik voelde Lukes hand op mijn schouder.
'Wat...?' begon hij.
'Niet verder!' zei de stem die ik herkende als de mijne.
'Ik denk dat we eruit kunnen komen,' antwoordde ik. 'Ik heb...'
'Nee!' was het antwoord. 'Ik heb gehoord wat Random zei.'
'Ik ben bereid zijn opdracht te negeren,' zei ik, 'als er een beter alternatief is.'
'Je probeert me te bedriegen. Je wilt me uitschakelen.'
'Je maakt het alleen maar erger met al dat machtsvertoon,' zei ik. 'Ik kom er nu in en...'
'Nee!'
Er kwam een zware windstoot uit de cirkel, die tegen me aansloeg en me deed wankelen. Ik zag mijn mouw eerst bruin en toen oranje worden. Hij begon zelfs te rafelen terwijl ik ernaar keek.
'Wat doe je? Ik moet met je praten, uitleggen...'
'Niet hier! Nu niet! Nooit!'
Ik werd tegen Luke aan geslingerd, die me opving en daarbij bijna omviel. We werden overweldigd door een ijskoude wind en er dansten ijskristallen voor mijn ogen. Er begonnen vervolgens stralende kleuren te flitsen die me half verblindden.
'Stop!' schreeuwde ik, maar het hielp niets.
Het leek of de grond onder ons wegsmolt, maar toch bleven we overeind. Het leek eerder of we midden in een sneeuwstorm van licht hingen.

'Stop!' riep ik nog een keer, maar de woorden werden weggevaagd.
De lichtkring verdween alsof hij zich terugtrok in een lange tunnel. Ik realiseerde me echter, ondanks de zintuiglijke overbelasting, dat Luke en ik ons verwijderden van het licht, dat we al zover waren weggeblazen dat we halverwege de heuvel waren. Maar er was nergens iets tastbaars om ons heen.
Er klonk een zwak zoemend geluid, dat aanzwol tot gegons en vervolgens een dof geraas in de verte. Het leek of ik een kleine stoomlocomotief een berghelling zag nemen onder een onmogelijke hoek, vervolgens een omgekeerde waterval, een horizon onder groen water. Een bank in een park flitste voorbij waarop een vrouw zat met een blauwe huid, die zich vasthield met een angstige uitdrukking op haar gezicht.
Ik zocht als een waanzinnige in mijn zak, wetend dat we ieder moment vernietigd konden worden.
'Wat is dat?' gilde Luke in mijn oor, terwijl hij bijna mijn arm ontwrichtte.
'Schaduwstorm!' schreeuwde ik terug. 'Hou je vast!' voegde ik er overbodig aan toe.
Er werd een soort vleermuis in mijn gezicht geblazen. Een ogenblik later was het weer weg en het liet een natte snee achter op mijn rechterwang. Er sloeg iets tegen mijn linkervoet.
Er kwam een omgekeerde bergketen voorbij, wankelend en golvend. Het ronken werd luider. Het licht leek ons nu te passeren, brede kleurenstroken die met kracht tegen ons aanstootten. Hete lampen en geklingel van de wind...
Ik hoorde Luke schreeuwen alsof hij getroffen was, maar ik kon me niet omdraaien om hem te helpen. We gingen door een gebied met lichtflitsen als bliksemstralen, waar mijn haren overeind stonden en mijn huid tintelde.
Ik kreeg greep op het pak kaarten in mijn zak en trok het eruit. Op dat moment begonnen we in de rondte te draaien en ik was bang dat ze uit mijn handen zouden worden gerukt. Ik hield ze stevig vast en drukte ze tegen mijn lichaam. Ik bracht ze langzaam en voorzichtig omhoog. Welke ook boven lag, hij zou onze uitweg moeten zijn.
Er vormden zich donkere luchtbellen om ons heen die uit elkaar spatten en stinkende dampen verspreidden.
Toen ik mijn hand opstak, zag ik dat mijn huid grauw was,

met glinsterende, lichtgevende krullen. De hand van Luke, op mijn arm, leek die van een lijk en toen ik naar hem achterom keek, staarde ik naar een grijnzend doodshoofd.
Ik wendde mijn blik af en richtte mijn aandacht weer op de kaarten. Het was moeilijk om mijn beeld scherp te stellen door de grauwheid, door een vreemd, verkleinend effect. Maar tenslotte werd het helder. Het was het stuk grasland dat ik – hoe lang geleden? – had gezien, met rustig water eromheen, met een kristalheldere rand die rechts in beeld kwam.
Ik hield het in mijn gedachten. Geluiden achter mijn schouder wezen erop dat Luke probeerde me te bereiken, maar ik kon zijn woorden niet verstaan. Ik bleef naar de Troef kijken en hij werd duidelijker. Maar langzaam, heel langzaam. Ik werd hard geraakt door iets, onder mijn ribbenkast, rechts. Ik dwong mezelf het te negeren en me te blijven concentreren.
Eindelijk leek het beeld op de kaart naar me toe te komen, groter te worden. Er kwam een bekend gevoel van koude bij, nu het beeld me overspoelde en ik erin opging. Er hing een bijna weemoedig gevoel van stilte over dat meertje.
Ik viel voorover in het gras, mijn hart bonsde, mijn zij klopte. Ik hapte naar adem en de gewaarwording van werelden die langs me heen snelden, was er nog, zoals de beelden van de snelweg blijven hangen wanneer men de ogen sluit aan het eind van een lange dag rijden.
Toen ik zoet water rook, viel ik flauw.

Ik was me er vaag van bewust dat ik werd weggesleept, gedragen en ondersteund. Er volgde een diepe bewusteloosheid, die overging in slapen en dromen.
...Ik liep door de straten van een verwoest Amber, onder een dalende hemel. Een kreupele engel met een gloeiend zwaard om zich heen slaand, spookte rond op de hoogten boven me. Overal waar het zwaard terechtkwam, stegen rook, stof en vlammen op. Haar stralenkrans was mijn Spookwiel, dat krachtige winden voortstuwde die werden aangedreven door gruwelijkheden die langs het gezicht van de engel stroomden als een donkere, levende sluier die, overal waar ze viel, wanorde en verwoesting aanrichtte. Het paleis was voor de helft ingestort en er stonden galgen in de nabijheid, waar mijn familieleden aan hingen, draaiend in de wind. Ik had in de ene hand een zwaard en Frakir bungel-

de aan de andere. Ik klom nu naar boven, om slag te leveren met de stralende, dreigende wraakgodin. Ik kreeg een afschuwelijk gevoel over me, terwijl ik mijn rotsachtig pad opliep, alsof het een uitgemaakte zaak was dat ik zou verliezen. Toch, besloot ik, zou het wezen hier weggaan om haar wonden te likken.

Ze merkte me op toen ik naderbij kwam en draaide zich om in mijn richting. Het gezicht was nog verborgen toen ze haar wapen ophief. Ik snelde vooruit en ik betreurde het dat ik geen tijd had gehad om mijn zwaard met gif te bewerken. Ik draaide me twee keer om toen ik aanviel, een schijnbeweging makend om ergens in de buurt van de linkerknie toe te slaan.

Er volgde een lichtflits en ik viel, terwijl vlammen op me neerdaalden als een vuurstorm. Het leek wel of ik anderhalve eeuw bleef vallen en ik kwam tenslotte tot rust op een grote stenen tafel in de vorm van een zonnewijzer, waarvan de pijl me bijna doorboorde – wat waanzinnig leek, ook in een droom. In de Hoven van Chaos bestonden geen zonnewijzers omdat daar geen zon is. Ik bevond me aan de rand van een plein, naast een hoge, donkere toren en ik was niet in staat om overeind te komen. Boven me stond mijn moeder, Dara, op een laag balkon, in haar natuurlijke vorm. Ze keek op me neer in haar indrukwekkende macht en schoonheid.

'Moeder!' schreeuwde ik. 'Bevrijd me!'

'Ik heb iemand gestuurd om je te helpen,' antwoordde ze.

'En wat gebeurt er met Amber?'

'Ik weet het niet.'

'En mijn vader?'

'Spreek niet met me over de doden.'

De pijl draaide langzaam, koos positie boven mijn keel en begon geleidelijk, maar zonder onderbreking, te dalen.

'Help me!' schreeuwde ik. 'Vlug!'

'Waar ben je?' vroeg ze. Ze draaide met haar hoofd en haar ogen priemden. 'Waar ben je gebleven?'

'Ik ben hier nog!' gilde ik.

'Waar ben je?'

Ik voelde de pijl tegen de zijkant van mijn hals...

Het beeld eindigde en viel uiteen.

Mijn schouders werden ergens tegenaan gedrukt, mijn benen languit gelegd. Er had juist iemand in mijn schouder geknepen en een hand streek langs mijn nek.

'Merle, voel je je goed? Wil je wat drinken?' vroeg een bekende stem.
Ik haalde diep adem en slaakte een zucht. Ik knipperde verschillende keren met de ogen. Het licht was blauw. De wereld was een veld van lijnen en hoeken. Voor mijn mond verscheen een scheplepel water.
'Hier.' Het was de stem van Luke.
Ik dronk.
'Wil je er nog een?'
'Ja.'
'Een ogenblik.'
Ik voelde dat zijn gewicht zich verplaatste en hoorde het geluid van zijn voetstappen langzaam zwakker worden. Ik keek naar de diffuus verlichte wand, zo'n twee meter voor me. Ik liet mijn hand over de vloer dwalen. Die leek van hetzelfde materiaal.
Luke kwam spoedig glimlachend terug en gaf me de scheplepel. Ik maakte hem leeg.
'Wil je nog meer?' vroeg hij.
'Nee. Waar zijn we?'
'In een grot – een grote, mooie ruimte.'
'Waar heb je het water vandaan?'
'Uit een nis, die kant op,' wees hij. 'Er staan verscheidene vaten. Ook een boel eten. Wil je iets te eten hebben?'
'Nog niet. Alles in orde met je?'
'Uitgeput,' antwoordde hij, 'maar alles heel. Je schijnt niets gebroken te hebben en die snee op je gezicht bloedt niet meer.'
'Dat is in ieder geval iets,' zei ik.
Ik kwam langzaam overeind en de laatste elementen van mijn dromen verdwenen geleidelijk. Toen zag ik dat Luke zich had omgedraaid en wegliep. Ik volgde hem een paar stappen voor ik hem vroeg: 'Waar ga je heen?'
'Daarin,' antwoordde hij en hij wees met de lepel. Ik volgde hem door een opening in de muur een koude grot in, ongeveer zo groot als de woonkamer in mijn vroegere appartement. Er stonden links van mij vier grote houten vaten langs de wand en Luke liep erheen om de scheplepel over de rand van de dichtstbijzijnde te hangen. Tegen de andere wand stonden hoge stapels kartonnen dozen en zakken.
'Van alles in blik,' meldde hij. 'Vruchten, groente, ham, zalm, biskwie, snoep. Verscheidene kisten wijn. Een kachel. Genoeg drank. Zelfs een paar flessen cognac.'

Hij draaide zich om en schoof me snel voorbij, weer in de richting van de hal.
'En waar nu heen?' vroeg ik.
Maar hij liep snel door en gaf geen antwoord. Ik moest me haasten om hem in te halen. We passeerden verschillende vertakkingen en openingen tot hij bleef staan en knikte.
'Daar is de latrine. Gewoon een gat met een paar planken eroverheen. Goed idee om het afgedekt te houden, zou ik zeggen.'
'Wat betekent dit allemaal?' vroeg ik.
Hij stak zijn hand op. 'Over een minuut is alles duidelijk. Hierheen.'
Hij sloeg een saffierblauwe hoek om en verdween. Bijna volledig gedesoriënteerd liep ik in die richting. Na verschillende bochten en een scherpe draai voelde ik me volledig verdwaald. Luke was nergens te zien.
Ik bleef staan om te luisteren. Geen geluid behalve mijn eigen ademhaling.
'Luke! Waar ben je?' vroeg ik.
'Hier, boven,' antwoordde hij.
De stem leek van boven te komen, ergens rechts van mij. Ik dook onder een laag poortje door en kwam in een heldere blauwe kamer van dezelfde glasachtige substantie als de rest van de ruimte. Ik zag een slaapzak en kussen in een hoek. Door een kleine opening, ruim twee meter boven me, stroomde licht naar binnen.
'Luke?' vroeg ik weer.
'Hier,' kwam zijn antwoord.
Ik stelde me op onder het gat en knipperde met de ogen tegen het licht toen ik naar boven keek. Tenslotte hield ik mijn hand boven de ogen. Boven me tekenden Lukes hoofd en schouders zich af, zijn haar een kroon van koperkleurige vlammen in het licht dat van de vroege morgen of avond kon zijn. Hij glimlachte weer.
'Ik neem aan dat dat de weg naar buiten is,' zei ik.
'Voor mij wel,' antwoordde hij.
Er volgde een irritant schrapend geluid en het uitzicht werd voor een deel afgesloten door de rand van een grote zwerfkei.
'Wat doe je?'
'De steen in een positie brengen zodat ik de opening snel kan afsluiten,' antwoordde hij, 'en er daarna nog een paar wiggen tussen steken.'

'Waarom?'
'Er zijn genoeg luchtgaatjes, dus je zult niet stikken,' vervolgde hij.
'Geweldig. Waarom ben ik hier trouwens?'
'Laten we nú geen wijsgerige beschouwingen gaan houden,' zei hij. 'Dit is geen cursus filosofie.'
'Luke! Verdomme! Wat gebeurt hier?'
'Het zou toch duidelijk moeten zijn dat ik je gevangen zet,' zei hij. 'Tussen twee haakjes, het blauwe kristal blokkeert alle uitzendingen met Troeven en het doet al je magische capaciteiten buiten deze muren teniet. Ik heb je voorlopig levend nodig, en ongevaarlijk, op een plaats waar ik snel bij je kan komen.'
Ik bekeek de opening en de wanden eromheen.
'Probeer het maar niet. Ik ben nu even de sterkste.'
'Vind je niet dat je me een verklaring schuldig bent?'
Hij keek me een ogenblik aan en knikte.
'Ik moet terug,' zei hij tenslotte, 'om te proberen controle over Spookwiel te krijgen. Heb je nog suggesties?'
Ik lachte. 'Op dit moment staat het niet op zo'n goede voet met mij. Ik vrees dat ik je niet kan helpen.'
Hij knikte weer. 'Ik zal gewoon moeten zien wat ik kan doen. Mijn god, wat een wapen! Als ik het zelf niet kan, kom ik terug om je hersens na te pluizen voor een paar ideeën. Je denkt er maar over na, oké?'
'Ik zal over veel dingen nadenken, Luke. Sommige zullen je niet bevallen.'
'Je kunt op dit moment weinig uitrichten.'
'Nog niet,' zei ik.
Hij pakte de zwerfkei vast en begon hem te verplaatsen.
'Luke!' schreeuwde ik.
Hij wachtte even, keek me aan en zijn gezicht kreeg een uitdrukking die ik nog nooit had gezien.
'Dat is mijn echte naam niet,' zei hij, een ogenblik later.
'Welke dan?'
'Ik ben je neef Rinaldo,' zei hij langzaam. 'Ik heb Caine gedood, en Bleys bijna. Maar ik miste met de bom bij de begrafenis. Er was iemand die me zag. Ik zal het Huis van Amber vernietigen, met of zonder jouw Spookwiel – maar het zou de zaak veel eenvoudiger maken wanneer ik dat soort macht bezat.'
'Wat is je probleem, Luke?... Rinaldo? Waarom die vendetta?'

'Ik ben eerst achter Caine aan gegaan,' vervolgde hij, 'omdat hij degene is die in feite mijn vader heeft gedood.'
'Dat – wist ik niet.' Ik staarde naar het flitsen van de gesp met de Feniks op zijn borst. 'Ik wist niet dat Brand een zoon had,' zei ik tenslotte.
'Dan weet je het nu, makker. Dat is ook een reden waarom ik je niet kan laten gaan en je gevangen moet houden. Ik wil niet dat je de anderen waarschuwt.'
'Het zal je niet lukken om dit uit te voeren.'
Hij zweeg even, toen haalde hij de schouders op.
'Winnen of verliezen. Ik moet het proberen.'
'Waarom dertig april?' vroeg ik opeens.
'Dat was de dag waarop ik het bericht van mijn vaders dood ontving.'
Hij liet de kei over de opening glijden die volledig werd afgesloten. Er volgden nog een paar korte tikken.
'Luke!'
Hij gaf geen antwoord. Door de doorschijnende steen kon ik zijn silhouet zien. Na een poosje richtte het zich op en verdween uit het gezicht. Buiten hoorde ik zijn laarzen de grond raken.
'Rinaldo!'
Hij antwoordde niet en ik hoorde hoe zijn voetstappen zich verwijderden.

Ik tel de dagen door het lichter en donkerder worden van de blauwe kristallen wanden. Het is meer dan een maand geleden dat ik gevangen werd gezet, hoewel ik niet weet hoe langzaam of snel de tijd hier verstrijkt in verhouding tot andere schaduwen. Ik heb in elke hal en kamer van deze grot heen en weer gelopen, maar ik heb geen uitgang gevonden. Mijn Troeven werken hier niet. Mijn magie kan me niet helpen, omdat die begrensd wordt door muren in de kleur van Lukes ring. Ik begin het gevoel te krijgen dat ik misschien zelfs zou genieten van een ontsnapping in tijdelijke krankzinnigheid, maar mijn verstand weigert zich eraan over te geven omdat er te veel puzzels zijn die me bezighouden. Dan Martinez, Meg Devlin, mijn Dame van het Meer… Waarom? En waarom heeft hij al die tijd in mijn gezelschap doorgebracht, Luke, Rinaldo, mijn vijand? Ik moet een manier vinden om de anderen te waarschuwen. Als het hem lukt Spookwiel tegen hen te gebruiken zal Brands droom – mijn nachtmerrie van de wraak – worden gerealiseerd. Ik zie nu wel in dat ik veel fouten heb gemaakt... Vergeef me, Julia. Toch zal ik mijn kristallen gevangenis blijven onderzoeken. Er moet ergens een opening zijn in de koele, blauwe logica die me omringt, waar ik mijn geest, mijn schreeuw en mijn bittere lach tegen inzet. Boven in deze hal, beneden in de tunnel. Het blauw is overal. De schaduwen zullen me niet wegdragen, want er zijn hier geen schaduwen. Ik ben Merlijn, de ingeslotene, zoon van Corwin, de verlorene en mijn droom van het licht heeft zich tegen me gekeerd. Ik waar rond door mijn gevangenis als door mijn eigen geest. Ik kan het zo niet laten eindigen. Misschien de volgende tunnel, of de volgende...